美臀
おんな秘画
【完全版】

御堂 乱

フランス書院文庫X

美臀おんな秘画【完全版】

もくじ

フランス書院文庫X

美臀おんな秘画
【完全版】

第一章　志乃の巻　穢された仇討ち妻

1

筑前有坂藩筆頭家老・瀬谷兵左衛門の屋敷――。

中庭に面した広い座敷の中央に白装束の母子が並んで端座し、背筋をピンと伸ばしたまま、もう四半刻ほども兵左衛門が現われるのを待っていた。母子ともに仇討ちの作法にのっとって襷がけ、頭部には真っ白い鉢巻を締めている。

春爛漫のうららかな中庭の陽気とは対照的に、白装束に身を固めた母と子の表情には、壮絶とも凄艶とも評すべき緊迫感が窺えた。五年という長い歳月を経て、愈々あの憎っくき蟇目《ひきめ》寅之助と堂々白刃を交え、夫、そして父の無念を晴らすべきその時が近づいているからだ。

ポチャン――。

中庭の池で錦鯉が跳ねて、水面に大きな銀色の波紋をひろげた。

元服したばかりの少年は気をとられ、まだあどけなさの残る顔をそちらへ向けたが、
母親の柔らかい掌がたしなめるようにそっと膝頭に触れると、すぐに居ずまいを正して正面を向く。

襖が開き、家老の瀬谷が現われた。

母子はハッとして手を突き、額をしっかと畳にこすりつけた。

「津軽藩士・鵜飼新右衛門が妻・志乃に御座ります。これなるは一子・新之丞――」

「うむ。苦しゅうない。面を上げられよ」

上座の座布団にどっかと腰を据えると、瀬谷は志乃の挨拶を遮って言った。

志乃は顔をあげ、瀬谷を見た。

肥え太った巨軀。袴は着用しているものの羽織は着ておらず、ゆるりとくつろいだ恰好だ。それでも流石に有坂藩二十万石の重鎮だけあって、平侍にはない威圧感を放っていた。志乃は緊張に身体がこわばるのを感じた。

「仇討ち申し出の儀、しかと承った。津軽藩発行の免許状にも不備はない」

「畏れいります」

豊かな黒髪をきつく結い上げた頭を、志乃はもう一度深々と瀬谷の前に垂れた。晒された白く細い襟足に、瀬谷がすばやく好色な視線を投げかける。凛として冴えわたった白装束の内側から、三十路前の成熟した女の色香が匂い立つようだ。瀬谷は腹の中で舌なめずりした。

「志乃殿と申されたな。国元を出られてどれぐらいになられる」

「かれこれもう五年になります」

「五年……若い女子の身で、しかも子を連れての仇討ち行脚。さぞや苦労したことであろう。大儀であったな」

「………」

筆頭家老のねぎらいの言葉に、志乃は美しい顔をあげ、少し遠い眼をした。

夫の仇を討つまではと不退転の決意で出立した旅は、予想を上回る艱難辛苦の連続であった。路銀のほうは国元の夫の親戚が惜しみなく用立ててくれるので困るということはなかったが、悪天候に川止め、息子の新之丞、そして志乃自身の体調不良。途中雲助の集団に襲われ、危ういところで難をのがれたこともある。何より仇の所在の不確かさが、旅の憂いを二重にも三重にもするのだ。

「勿体無きお言葉。されど夫の無念を想えば、苦労も苦労とは思いませぬ」

「うむ。天晴れ、貞女の鑑じゃ」

瀬谷は頷き、膝を打ってみせた。

「で？　そちはどうじゃ、新之丞」

瀬谷は、母親に似て顔立ちの美しい少年に探るような眼を向けた。

「見事本懐を遂げればよし。だが相手は無外流の手だれと聞く。もし負ければ、その時は母と共に死ぬることになるが、それでも構わぬか」

「構いませぬ」

少年は背中を伸ばし、きっぱりと言った。

「拙者は武士の子に御座ります。武士の子が父の仇を討てぬまま、おめおめと生きながらえるとすればそれこそ武門の恥辱。あの世で父に合わす顔が御座りませぬ。いっそひと思いに斬り殺されたほうがましで御座ります」

毎夜母親にそう言い聞かされている。少年は立て板に水、淀むことなく一気にそう言ってのけた後、

「それに――」

不意に口篭って、ためらうように母親の美しい横顔を窺った。

「それに？」

瀬谷が興味深げに身を乗り出した。

息子の言葉を志乃が引き取った。

「旅の道すがら、土地どちの町道場に教えを請い、息子と共に剣術の腕を磨いてまいりました。敵わぬまでもせめて一太刀——一太刀だけでも憎い仇に浴びせて死にたいと思います」

「よくぞ申した」

瀬谷は頷いた。

「ならば言おう。たしかに蟇目寅之助は当藩にて百二十石の俸禄で召し抱えておる。すでに召喚して奥座敷に控えさせておるゆえ、支度が整い次第、裏庭にて尋常に勝負いたすがよい。生憎、藩主有坂義直様は長患いの床に伏せっておられるゆえ、殿に代わってこの儂が見届けさせてもらう」

「かたじけのう存じます」

蟇目の名を耳にした瞬間、志乃は全身が熱くなるのを感じた。ああ、息子と二人、どんなにこの日を待ち望んだことか。

蟇目寅之助は新右衛門と同じく津軽藩馬廻方に務める平藩士であった。幼少時に重い熱病に罹り、片目を失った上、ひどいあばた面になった彼は、容姿の引け目を補おうとしてか無外流の剣術修行に打ちこみ、若くして藩随一の使い手と評されるまでになった。この隻眼の醜怪な剣士が、組頭である横井甚兵衛の娘、志乃に懸想したのである。

もちろん志乃が相手にするはずもなかった。当時十六歳だった志乃は、すでに鵜飼新右衛門の許婚の身であった。婚儀を恙無く終え鵜飼の妻となった志乃は、一年後に男子を出産した。

幸せな日々が七年ほど続いた。

ある夜、新右衛門の家で同僚たちを招いて小宴が催された。どういう風の吹き回しなのか、普段はことさらに新右衛門を避けている蟇目が、その日ばかりは珍しく座に加わっていた。深更にさしかかり、そろそろお開きかという時分、悪酔いした蟇目が新右衛門を嘲弄するようなことを言いはじめた。

最初のうちは笑って受け流していた新右衛門だが、蟇目の悪質な冗談が妻の志乃のことに及ぶと、顔色を変えた。

「貴殿の奥方。ありゃあいい女だ」

蟇目は厭味たらしく、何度も「貴殿の奥方」を連発し、血走った片目をいやらしく細めた。

「子を産んでから一段と色っぽくなられたな。腰つきがたまらん。あんな別嬪と毎夜まぐおうておるおぬしが羨ましいぞ」

「蟇目、口を慎め」

「いい加減にしろ。冗談にも程ってもんがあるぞ」

さすがに周囲が諌めだしたが、酔った蟇目には全く通じない。

「あんな別嬪を独り占めしておるのは許せない。どうだろう。今夜の余興に志乃殿を素っ裸に剝いて、ここで裸踊りなどさせてみては」

「な、何っ！」

血相を変えて立ち上がろうとする新右衛門を、同僚たちが懸命になだめた。

「まあまあ――相手にするな。酔っぱらいのたわ言にすぎぬ」

「蟇目には後で俺たちがよく言ってきかせる。新右衛門、どうかこらえてくれ」

「どうなすったのです？」

台所から銚子を運んできた志乃が、色めきたった座の気配に怪訝そうな顔をした。

「何でもない。向こうへ行っておれ」

新右衛門は羽織の襟を整え、咳払いして平静を装った。が、険しい眼は相変わらず蟇目の醜いあばた面をしっかと睨みすえている。

「ふん」

蟇目は隻眼で睨み返し、小馬鹿にしたように顎をしゃくった。

志乃が膳の銚子を取り替え、立ち去ろうと腰を上げた時だ。狙いすましていたかのように蟇目の手が動き、志乃の豊満な臀部を鷲づかみにつかんだ。

「ヒッ」

志乃が悲鳴をあげたのと、新右衛門が刀の柄に手をかけたのが同時であった。

「いかん、新右衛門」

「やめろ、やめろっ」

抜こうとする手を誰かがつかむ。それを振り払って新右衛門は抜刀した。妻を辱しめられたことで、すっかり逆上していた。全員が立ち上がって、新右衛門を押さえにかかった。

「離せっ。この無礼者に思い知らせてくれる」

「落ち着け、落ち着くんだ、新右衛門」

刀を奪い取られ、後ろから羽交い絞めされた。

「ええい、離せ。離せというに」

新右衛門は身悶える。

「私闘は御法度だぞっ、新右衛門」

「蟇目、お前は帰れっ」

不敵な薄ら笑いを浮かべたまま、まるで他人事のようにのんびり銚子を傾けている蟇目に向かって、誰かが苛立ったように叫んだ。蟇目がこの場にいたのでは、収拾がつかない。

「おう、帰るとも」

蟇目寅之助はゆっくりと立ち上がった。

怒り心頭の新右衛門を抑えるのに懸命で、蟇目が刀を抜いたことに誰ひとり気づかなかった。

蟇目は、羽交い絞めされて身動きのとれぬ新右衛門の前に悠然と立つと、後ろから絡めとっている同僚の手首もろとも、肩から脇腹へかけ一刀両断、袈裟懸けに斬ってのけた。

酔っていたとは信じられぬほど、目にもとまらぬ早業であった。志乃が甲高い悲鳴をあげるのと同時に、真っ赤な返り血に羽織を染めた蟇目は、血刀を投げ捨てて庭に駆け下り、そのままいずこかへ行方をくらましてしまったのだ。

「目くじらを立てるというのではないが」

瀬谷は腕組みをし、いかめしく眉を顰めた。

「そこもとの装束――それはちと当藩のしきたりに違うておる」

「？……」

「正式の仇討ちである以上、当藩の慣例に従って頂かんとな。儂の顔も立たん」

異なことを――志乃は首をかしげた。

＊

蟇目寅之助が有坂藩の家禄を食んでいることを突き止め、奉行所に仇討ち免許状を提出した。七日の後に突然、本日仇討ちの儀許す故、身を清め装束一切を調えて急ぎ家老宅へ参上せよと奉行所より沙汰があった。その際、髪の結い方から白足袋の形に至るまで微に入り細に穿った指示がなされ、志乃は万が一にも落ち度なきよう、厳密にそれに従ったつもりであった。

「離れを使ってお着替えなさい。用人をつかわすゆえ、その者の指示に従うように」

「かしこまりました」

「刀は無用じゃ。置いていかれるがよい」

「仰せの通りに」

「御子息もここで待たれるがよいぞ」

瀬谷は手を叩いて用人を呼びつけた。

「すぐに戻りますよ、新之丞。父上と一緒にここで待っていなさい」

片時も肌身離さず携えている夫の位牌を息子に託すと、志乃はいかにも武家の妻女らしい上品な仕草で腰を上げた。

無表情な、だが眼つきだけはやけに鋭い用人の後にしたがい、春の香漂う渡り廊下を進んで、離れの一室に入った。

奥の襖がわずかばかり開いていて、薄暗い次の間に赤い夜具が敷き延べられてあるのが見えた。布団の傍らには真紅の縄が数本、毒蛇のごとく不気味にトグロを巻いている。

「こ、これは!?」

志乃が瞠目して振り向くや、

「御免――」

用人は志乃の脇腹に軽い、だが正確な当て身を加え、すばやく後ろ手に襖を閉じた。伊賀者らしい熟達した身のこなしであった。

「あ……」

薄闇の中で驚愕の瞳を見開いたまま、志乃は用人の体にもたれかかるようにして、ズルズルと畳の上に崩れ落ちた。

2

意識を取り戻した志乃が最初に見たものは、蠟燭の明かりにユラユラとゆらめいている大きな男の影であった。

ハッとして起き上がろうとしたが、身体がいうことをきかない。糊のきいた仇討ち白装束のまま、志乃は荒縄で両手と両足首を括られ、布団の上に大の字の恰好で寝かされていたのだ。

「気がつかれたか。ご妻女」

男は家老の瀬谷であった。すでに袴は脱ぎ捨て、でっぷりと肥え太った巨軀を夜着に包んで布団の脇にあぐらをかいている。酒肴の膳を脇に引き寄せ、ちびりちびりと杯を舐めていた。

「これは……これはどういうことです!?」

悪い夢をみているのではないか。志乃はしきりに縄を引き、かぶりを振った。志乃の四肢を拘束した縄は部屋の四隅に打ち込まれた杭に結わえられ、どんなに引いてもビクともしない。

「一体何の真似です。ご、御家老様！」

ついに夢ではないと知らされると、志乃は美しい瞳を驚愕にひきつらせて瀬谷を見据えた。死化粧のつもりで紅を引いた唇が、憤りにワナワナと慄えている。

「おぬしの仇はたしかに無頼の輩だが、いろいろ役に立つ男でな。今は儂の側用人として警護を任せておる。死なせるには惜しい」

瀬谷はグイと杯を干すと、大の字になった志乃の白装束を見て舌なめずりした。

「だ、騙したのですねっ」

「騙しはせぬ。ほれ、奴はそこに来ておるわ」

瀬谷は二重顎をしゃくってみせた。

「蟇目が!?」

志乃は白鉢巻の頭をねじった。

襖が開いて、片目の侍が入ってきた。

「蟇目……」

夫の仇を眼前にして、志乃は絶句した。怒りと興奮に美貌が夜叉のようにこわばり、大の字に縛られている四肢がブルブルと震えはじめた。

五年ぶりに見る蟇目の顔は、つぶれた片目の縁が膿み爛れ、一段と醜怪さを増していた。

「お久しゅうござるな、志乃殿」

大の字に縛られた志乃を見下ろし、片頬を歪めてニタニタと笑った。三十代半ばの脂ぎった頬が津軽藩士時代より血色が良いのは、有坂藩の好待遇を示している。

「このわしを恋い慕うて、はるばる陸奥国から訪ねてまいられたとか。ふふふ、蟇目寅之助、男としてこれに勝る喜びはござらん」

「お、おのれっ！　愚弄するかっ」

志乃はやっと声をあげた。切れ長の美しい双眸が怒りに燃え、ひたと夫の仇の顔を睨みすえる。

「この縄を解きなさい！　蟇目寅之助、尋常に勝負いたせっ」

叫びながら、もどかしさに身をよじりたてた。白装束の裾がはだけ、白足袋を履いた下肢がちらちらとのぞいた。むっちりと白い脂肪をのせた女盛りの太腿を、蟇目は一つしかない眼球を動かして追い、嬉しそうに舌なめずりする。志乃はハッとなって

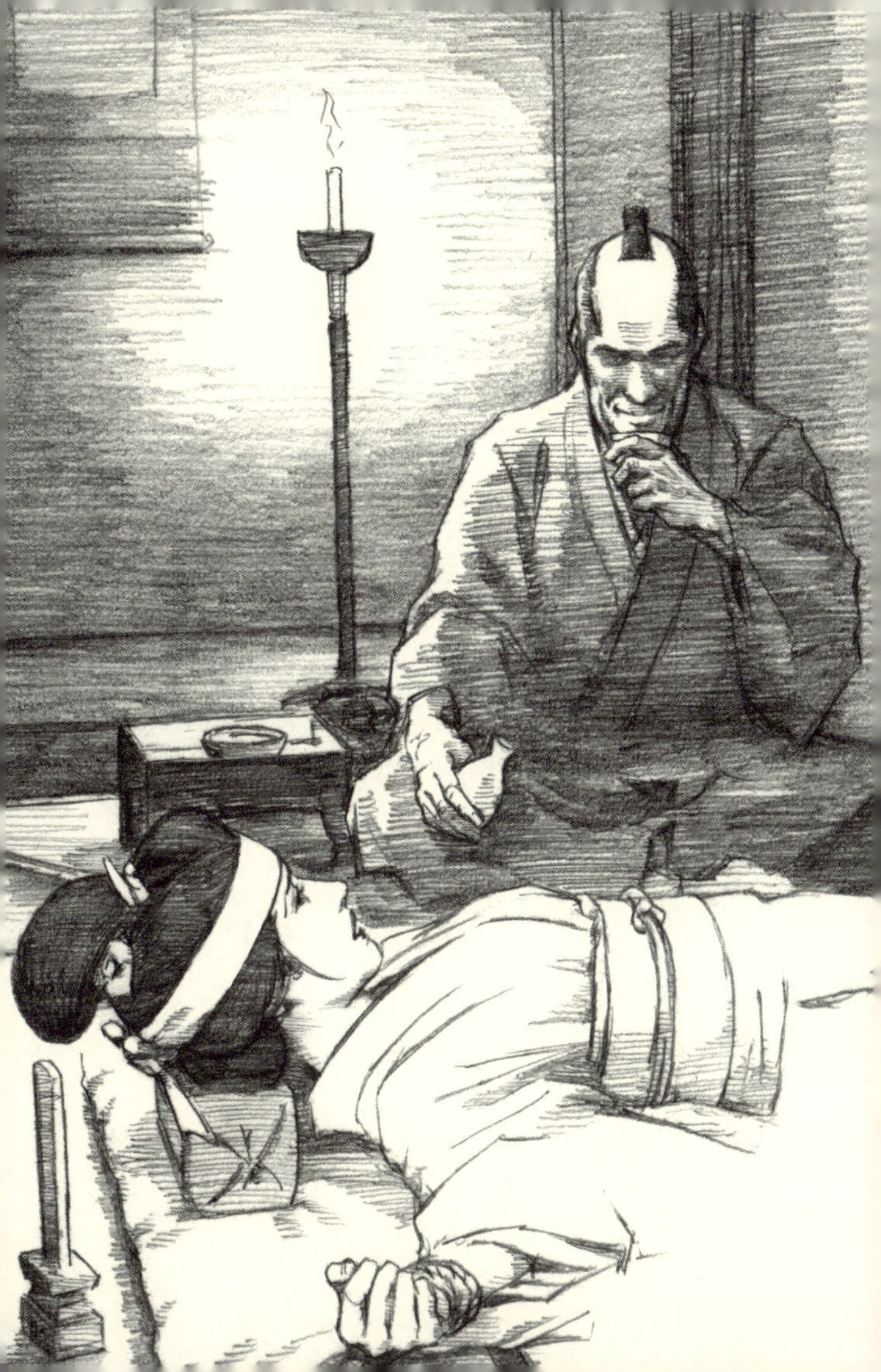

美貌をひきつらせた。女の直感で男の淫らな意図を察したのだ。

「ふふふ、よく熟れておるの」

瀬谷もいやらしく相好を崩した。

「男と女の果し合いなれば、大小を振りまわすは如何にも無粋。肌を晒して床の上でまぐわい、互いに尻を振り合うて戦うに如くはなかろう。どれ、わしも蟇目に助太刀いたそうか」

立ち上がって夜着の帯を解こうとするところを、

「いや、しばらく」

片手を上げて蟇目が押しとどめた。

「恥ずかしながらそれがし、人を殺め逐電致し候由も、ひとえにこの女子に恋い焦がれたればこそ。さればどうか此度ばかりは――」

「一騎打ちが望みと申すか」

「何卒」

「よかろう。魔羅とぼぼで存分に渡り合い、遺恨の決着をしかとつけるがよい。儂はその後で楽しませてもらうぞ」

瀬谷は解きかけた帯を締め直して、蟇目に何やら耳打ちする。蟇目がうなずくと、ニンマリと笑って部屋を後にした。

「フフフ、志乃殿。やっと二人きりになれましたな」

蟇目は袴の裾をからげてしゃがみ、額に垂れた志乃のほつれ毛をかき上げた。

「また一段とお美しゅうなられた。拙者、この五年間、一日たりとも志乃殿のことを忘れた日は御座らん。そんな拙者を哀れに思うて、神仏が引き合わせてくれたのだ。ふふふ、そうは思わぬか」

「ああっ。く、口惜しいっ」

志乃は歯噛みして、かぶりを振りたてた。仇敵を前に手も足も出せぬ状況が、貞淑な武家女の心を責め苛む。志乃は狂ったように縄を引き、虚しく柳腰を悶えさせた。

「ほれ」

懐から小さな木片を取り出し、蟇目は夜具の傍らに据えた。清光院新釈修恵居士位——黒檀に金色の文字を刻んだそれは、息子新之丞に預けた夫の位牌である。

「新之丞！」

志乃は叫んだ。

「ああっ、息子に……息子に何をしたのです!?」

「慌てるな、志乃殿。斬ってはおらん。拙者の片目に気づいて刀を抜きおったから、

二、三発殴りつけて縛りあげてやったまでよ。こわっぱのくせして生意気に、殺せ、殺せと喚いておるわ」

「お、おのれ……」

「ふふふ、そんなことより――」

「あっ、な、何をする!?」

「知れたことよ」

乱れた白装束の裾に、蟇目の手が伸びた。

「拙者と一戦交えたいがため、方々の道場で色修業をしてきたと聞いたぞ。ふふふ、ひとつ腕前のほどを見せていただこうか」

「痴れ事を。あっ……ひいっ!!」

蟇目の手が裾をかき分けて太腿の内側に触れると、志乃は焼き鏝でも当てられたかのような甲高い悲鳴をあげた。

「おのれっ……い、いやっ」

「むちむちではないか、志乃殿。想像してはおったが、まさかこれほど熟れておったとはな。ふふふ、五年待った甲斐があったというものだ」

肉づきを味わうかのように、蟇目の手がゆっくりと這いまわる。ひきつった志乃の美貌を覗きこみながら太腿を撫でさすり、少しずつ愛撫の手を鼠蹊部へ近づけた。

「ああ、いやっ！　ひいっ！　いやあっ！」

志乃は悲鳴を昂らせ、クナクナと柳腰を揺すりたてた。憎んで余りある仇に、夫にしか許したことのない柔肌を嬲られる。貞淑な武家女の志乃にとって、死にもまさる屈辱だ。悪夢のような現実が信じられず、志乃は気が遠くなった。

「ああっ……あ、あァ……」

「ふふふ」

遠い眼になっていく志乃の美貌を見て、蟇目はいったん手を引いた。気絶した女を犯しても面白くはない。夜は長いのだ。焦る必要はない。たっぷりと時間をかけて、積年の情欲を志乃の白い肌に刻みつけてやる。

「二十八になられたのだな。ふふふ、この熟れきった身体で五年間もの孤閨、さぞやお辛かったろう」

お為ごかしにそう語りかけながら、白装束の胸元をはだけた。

白いふくらみが蠟燭の光に艶めかしい。清楚な容貌に似ず量感に溢れた双の乳房に、蟇目は節くれだった十指を食い込ませ、ギリギリと絞りあげた。豊乳がいびつにたわむと、

「うっ」

正体を失いかけていた志乃が、痛苦の呻き声をあげて美貌を歪めた。

「卑怯者……ああっ、じ、尋常に勝負をいたせ」

呻きつつそう言いながらも、乳房を揉まれている志乃は蟇目とまともに顔を合わせられず、懸命に顔を横に捻った。絶望した瞳に夫の位牌が映る。

（あなた、助けて……志乃を助けて）

金色の戒名が涙に霞んだ。

「ふふふ、無念よのう」

蟇目が見透かしたように笑う。

「夫の位牌の前で、仇に犯される貞淑な妻――フフフ、まこと浮世というのは皮肉なものだ。どれ、そろそろ志乃殿のオマ×コを拝ませてもらうとしようか」

「ああっ、やめて！」

無駄と知りつつも志乃は懸命に縄を引いた。蟇目寅之助の手が白装束の裾を大きく引きはだけ、その指が女の最も恥ずかしい部分に触れると、志乃は気がふれたように悶え狂った。

「いやっ！　いやですっ！　ああっ、それ以上は！　な、なりませぬ」

「ならぬか？　フフフ、ならぬことなればこそ、益々してみたくなるのだ。フフフ、それにしても、いい生えっぷりではないか。濃すぎず薄すぎず――拙者の思い描いていたとおりだわい」

蟇目は志乃の狼狽を楽しみながら、恥毛をつまみ、柔らかな絹の感触を味わった。どんなにこの日を待ち焦がれたことか。

「し、死にまするっ」

脂ぎった蟇目の顔を睨みすえ、志乃は血を吐くように言った。

「これ以上辱しめられるくらいなら……し、志乃は舌を噛んで自害いたしまする」

「ほほう、舌を噛むとな」

蟇目はニヤッと笑った。

貞操を奪われそうになった志乃が自害しようとする。そんなことぐらい、とっくに予見していた。その対策も講じてある。

「それもよかろう。さすれば拙者は、そなたの遺骸を存分に慰みものにしたうえで、今夜のうちに日吉川の河原に晒すこととしよう。大股を開いたそなたの骸の傍に、『これなるは津軽藩士鵜飼新右衛門が妻女志乃。仇討ち本懐を遂ぐることあたわず、仇の魔羅にて無念の極楽往生を遂ぐる』と高札を立てるのだ。さぞかし耳目を引くであろうな。瓦版などにも書きたてられ、いずれ国元にも伝わることであろう。フフフ、どうだ、よい考えとは思わぬか」

「お、おのれ……」

志乃はほつれ髪を噛んだ。

「それだけではないぞ。そなたが自害すれば、わしはそなたの息子新之丞の陰茎をば切り捨て、男でなくしたうえで、この近くの寺に売ろうと思う」

「な、何と……」

「この寺というのが、衆道好みの坊主たちの巣窟でな。れっきとした武家の子息の尻の穴となれば、三十両はくだるまい。男でなくなった鵜飼新右衛門の息子が、生臭坊主どもにカマを掘られて生きておることは、わしが手紙にしたためて国元に知らせておいてやるわ。どうだ、それで構わなければ、今すぐこの場で舌を噛みきるがよい」

「ああっ」

志乃が絶望の呻きを洩らした。命より家名を重んじる志乃の思いを逆手にとって、蟇目は志乃が命を断つことさえ出来なくしてしまったのだ。

「ふふふ、この手触り……たまらんよ」

「くうっ！」

節くれだった指で肉の合わせ目をなぞられ、志乃は口惜しさと恥ずかしさで、カチカチと歯を噛み鳴らした。

「いやっ……もう、いや」

「ふふふ」

「いや……ううむっ」

「ほれほれ、ふふふ」

「あっ……あ……」

割れ目をなぞっていた指が肉裂をくつろげ、柔らかい粘膜の内側を蹂躙してきた。志乃はぎゅうっと眉をたわめて固く眼を閉じ、慄え鳴る歯をキリキリと噛みしばって死なんばかりの屈辱に堪えようとした。横にねじった美貌が悲愴だ。

「ふふふ、このねっとりした柔らかさ。まるで吸い付いてくるようだ。どうだ志乃殿。憎んで余りある拙者にオマ×コをいじられておる気分は？　口惜しいか。それとも、まんざらでもないか」

恋い焦がれた人妻の媚肉。貝類に似た粘膜の感触がたまらない。妖美な肉の構造を確かめるように、蟇目は存分に指先を蠢かせた。天にも昇る心地とはまさにこういう気分を言うのであろう。

「うっ……くううっ」

志乃が堪え難げに呻いて、白いうなじを浮き立たせた。細い喉が汗に光っている。こめかみ、額の生え際にもじっとり脂汗が滲んできた。

「……んんっ……」

抑えこんだ嗚咽が鼻孔から洩れる。

「呻いてばかりいないで、何とか言ったらどうだ？　それとも気持ちよすぎて、声も出ぬのかな」

「ううっ……は、恥をお知りなさいっ！」

嘲られる口惜しさに、志乃は噛みしばった紅唇を開いて、吐き捨てるように言った。

だが、濡れた紅唇から抑えきれぬ熱い喘ぎがハアハアと溢れ出ると、激しく狼狽して再び奥歯を噛みしばる。

「恥？　恥など拙者、五年前に捨てておるわ。ふふふ、志乃殿。そなたにも、今宵は恥を忘れてもらうことになる。覚悟召されよ」

蟇目はニンマリと笑いながら、執拗な媚肉愛撫を続けた。まんべんなく花弁をまさぐっては、蜜壺にも指を入れ、柔らかい花層を指の腹でこすった。まだ濡れているというほどではないが、襞数の多い膣壁が収縮しながら絡みついてくる。最奥には早くも熱い肉のたぎりが感じられた。

「名器よのう」

猛った肉棒でこの蜜壺をえぐりたててやれば、さぞや極楽が味わえることだろう。まさぐるほどにヒクヒクと敏感な反応を示してくる志乃の秘肉に、蟇目の股間も火のようになっていく。

「えらく熱いではないか、志乃殿。そろそろ感じてこられたのかな？　ふふふ」

「か、感じるなど……た、たわけたことを……あうううっ！」

「でしょうなあ。春をひさぐ女じゃあるまいし、由緒正しい鵜飼家の妻女殿が、少々股ぐらをいじられたぐらいで、そうたやすく身体を開くわけがない。そうでしょう？　違いますかな、志乃殿」

「くうっ……」

弄ばれる志乃の美貌は、死なんばかりの羞恥と憤辱に歪んでいる。にもかかわらず、端正な頬には官能の赤みがさし、切れ長の双眸には妖しい潤みを滲ませていた。

（ふふふ、そろそろ本丸攻めにかかるとするか）

蟇目はいったん蜜壺から指を抜き、再び肉裂をまさぐりはじめた。柔らかい花びらが重なり合うあたりに、しこりのようにコリコリと固い感触が感じられる。女の官能が凝縮されたその部分に、蟇目は淫らな愛撫を集中させた。

「ほれほれ、どうだ」

掻くように指先で優しくこすってやる。長い無頼生活の中、多くの女と情を通じた。城勤めしていた五年前とは異なり、女を歓かせる技巧には自信がある。夫以外に男を知らぬ貞女を狂わせることなど、今の蟇目にとってはたやすいことだ。

「うっ……うっ……」

志乃の顔がたちまち上気した。噛みしばった唇がブルブルとわななく。何かを振り払うように、しきりにかぶりを振った。

「どうだ、おさねをいじられる気分は？　ふふふ、たまらんだろうが。それ、新右衛門はこんなことをしてくれたか」

女芯の包皮を指先で剝き、肉芽を露呈させる。指の腹で優しく転がした後、包皮をかぶせ、少し強めに揉み込んだ。再び包皮を剝いて肉芽を転がす。幾度かそれを繰り返すうちに、志乃の女芯は真っ赤に充血してツンと尖り、もはや包皮の内に戻らなくなってしまう。飽くことなく女芯を責め嬲りつつ、蟇目は雪白の乳房を揉みしだき、薄桃色の尖端に舌を這わせた。尖らせた舌先で円を描くように乳暈をなぞり、乳頭を唇に含んで軽く吸った。右の乳首、左の乳首と交互に吸う。

「んんんっ」

軽く甘噛みされて、志乃はのけぞった。

どんなにおぞましくとも、愛撫には変わりない。それも恐ろしくツボを得た愛撫だ。謹厳実直な夫からは受けたことのない二箇所責めに、熟れきった女体が敏感に応えていた。

「はあっ……」

腰骨もとろけそうな甘い官能の疼きに、噛みしばった唇が開いた。美しい歯並びがのぞいて、熱い喘ぎがこぼれる。

「おやおや、これはどうしたことか、志乃殿。乳首が硬くなってきましたぞ」

蟇目が嘲る。

「オマ×コのほうも、ほれ、もうこんなに——」

「し、知りませぬっ」

ぬめりの糸を引いた指を見せつけられ、志乃は真っ赤に上気した顔をよじった。

息子新之丞を人質にとられているのでなければ、今すぐに舌を噛んで自害し果てるところだ。このまま愛撫されつづけたら——ああ、それを考えると、息が止まるほど恐ろしかった。

蟇目は指をしゃぶってニヤッと笑うと、白装束をさらに大きく引きはだけ、志乃の肢体を剥き晒しにした。

「ううッ」

志乃は屈辱に声を慄わせる。少しでも肌を隠そうとして縄を引くが、膝をわずかに内側へ寄せるのが精一杯だ。愛する夫にさえも、これほどあからさまに裸身を晒したことはない。

「何と美しい……」

蟇目は隻眼を細めた。

一日たりと志乃のことを忘れたことがないというのは、決して誇張ではなかった。寝ては夢に、覚めてはうつつの中で、蟇目は志乃の気品ある顔を思い出し、まだ見ぬ肉体のことを想像しながら、荒んだ逃亡生活に堪えてきたのだ。

その肉体を今こうして目のあたりにしている。

生娘のように張りのある真っ白い乳房。懊悩にたわむ上品な縦長の臍。けぶるような翳りに包まれた悩ましい女の恥丘——恋い焦がれていた人妻が何もかもを曝け出し、自分に貪り食われるのを待っているのだ。

「ふふふ、何をそんなにうろたえておられる」

淫欲に濁った眼で志乃の顔を覗きこんだ。

「こうなった以上、覚悟を決められるがよろしかろう。どうあがこうとも、志乃殿は拙者にオマ×コ——いや、尻の穴まで舐められるのだ」

「ああっ」

恐ろしい言葉に、志乃はたまらず引き攣った美貌を横にそむける。もう生きた心地もない。

蟇目は再び顔を沈め、人妻の乳首に舌を伸ばした。硬くなった乳頭をあやすように舌先で転がし、唇に含んで上へ引き伸ばす。転がしては伸ばし、転がしては伸ばし、それを何度か繰り返すうちに、小さかった乳首が驚くほど勃起して反りかえった。

「あっ……うっ……」

志乃の白い身体が、ピクッ、ピクッと跳ねた。

「うっ……ううっ」

じっとりと汗を滲ませた富士額。細眉がせつなげにたわんで、眉間に深い縦ジワを刻む。貞淑な仇討ち妻は、声をあげまいとして懸命に唇を噛みしばっている。

「フフフ……」

恋しい人妻の乳首をたっぷりと味わうと、蟇目の舌は円を描きながら、ゆっくりと乳房の裾野へ下りていく。鳩尾に溜まった汗をペロペロと舐めとり、さらに脇腹へと這った。産毛のひとすじも逃さぬとばかり、丁寧に肋骨の畝を舐め、火照った柔肌をチュウチュウと唇で吸う。たっぷり時間をかけて右の脇腹を愛撫した後、今度は縦長の臍を舐め、左の脇腹を経由して、再び乳首へ戻る。それを何度も繰り返した。

執拗な口唇愛撫に、成熟した二十八歳の女体が長く堪えられる筈もなかった。

「あ……あンっ」

嚙みしばった唇を薄く開いて、志乃は不覚にも声をあげてしまう。

「ああ、いやっ。いやですっ」

あわてて頭を振り、腰をよじりたてるが、濃密な口唇愛撫から逃れるすべはない。ザラザラした男の舌が、脇腹の汗を舐めとりながら這いずり回る感触に、いやが上にも官能を刺激されてしまう。まるで五年間の孤閨を取り戻そうとするかのように女の性が暴走していく。

「ンンっ……あンンっ……い……い……いやっ」

身体に火をつけられるのを恐れて、志乃は白鉢巻の頭を狂ったように振りたてた。

苦悶に苛まれながらも、美しい顔は上気して火を噴かんばかり、溶け爛れる情感を抑えようとして闇雲に腰を振るが、その艶めかしい身悶えが、かえって彼女の豊かな性感を露呈してしまう。

「フフフ、すごい汗だのう」

舐めれば舐めるほど、熱く火照った絹肌から脂汗がタラタラと流れる。もう志乃の全身は油を塗ったようになり、行灯の薄明かりにヌラヌラと妖しく光るのだ。

「すごい感じようではないか、志乃殿。もう男が欲しくてたまらぬ——そう言っておるようだぞ」

「な、何を……何を言うか……そのような……そのような痴れ事……あっ……ンンっ！」

志乃は汗まみれの細いうなじを浮き立たせ、乳房をググウッとせり上げた。抗う先から痛烈な官能に突き上げられ、まともに口もきけなくなる。

「よかろう」

蟇目は脂ぎった顔をあげて言った。

「フフフ、武士の情けというやつだ。もし志乃殿が拙者に抱かれて最後まで気をやらなければ、その貞女ぶりに免じて、刀で手合わせをしてやってもよいぞ」

抜き差しならぬ情態に追い込まれた人妻の美貌を、残忍な眼を光らせて覗きこみ、夜具の脇に据えられた黒檀の位牌と見比べる。

「とは言うても、この燃え上がりようではな――フフフ」

余裕の笑みを洩らした。

「無理することはない。この新右衛門の位牌以外、誰も見てはおらんのだ。つまらん仇討ちなどやめて、拙者と仲睦まじく腰を振り合おうではないか。どうだ？　ん？」

「ぐ……愚弄するかっ」

志乃は歯嚙みし、激しくかぶりを振った。

「わたくしは鵜飼新右衛門の妻……そなたのような卑劣な男に手籠めにされたからと て、このわたくしが……このわたくしが……」

そこまで言うと志乃は言葉を失った。唇からハァハァと荒い息を吐き、凄艶な覚悟で天井を睨みすえる。胸が波打つように上下して、先端をツンと尖らせた白い乳房がフルフルと震えた。

「フフフ、いつまでそうやって強がっておられるかのう」

隻眼で上目遣いに覗き上げ、蟇目は志乃の悩ましい臍の窪みに唇を押しつけた。

「木偶《でく》人形になるお積りか？　フフフ、だがそうは問屋が卸さぬぞ」

先を尖らせた舌で、執拗に臍の内側をくすぐりまわす。

志乃は、

「ああっ」

感極まった声を張りあげ、つり上がった細眉の根をギューッと寄せて、クナクナともどかしげに腰を揺すりたてた。

蟇目はニヤニヤと相好を崩しつつ、舌先を柔らかい下腹部へ這わせていく。

「あっ……そ、そんな」

志乃はたまらず狼狽の声を発した。

延々と上半身だけ責め嬲っていた巧妙な男の舌の動きが、ゆっくりと渦巻きを描きつつ、だが確実に少しずつ下へ移動してくるのを感知すると、志乃の汗ばんだ裸身はおぞましさに粟を生じる。

「フフフ」

蟇目は手探りで枕をつかみ、怯え震える志乃の尻の下に押しこんだ。

双臀が持ち上がって、中心に縦割れを刻み込んだ恥丘を中心に、はだけられた白い腰が高くせり上がった。何とも悩ましい光景だ。

「な、何を……」

志乃はたまらず、怯えた眼を下へ向ける。

「知れたこと。先刻申し上げたように、志乃殿の大切なところを舐めねぶらせて頂く。

フフフ、嫌とは言わせぬぞ。拙者の長年の夢だからな」

「な、な……」

志乃の瞳が夜叉のように引き攣った。

「なりませぬ……そ、そのような獣の振舞い……断じて……断じて許しませぬっ！」

左右に割られた太腿が、ブルルッとわなないた。小さな枕に乗せられた豊満な臀部も、汗の玉を光らせながらブルブルと慄える。女陰を舐めると言う蟇目の言葉が信じられなかった。

「なりませぬ……なりませぬぞっ！」

「フフフ、そのように大袈裟に嫌がるところを見ると、どうやら新右衛門の奴にも股ぐらは舐めさせていないとみえる。フフフ」

「いやっ、いやあっ」

蟇目の舌が鼠蹊部をなぞりはじめると、志乃は激しく白鉢巻の頭を振り、金切り声をあげて喚きちらした。

「け、けだものっ！　ああ、誰か！　誰かあっ！」

微禄であっても、志乃は誇り高い武家の妻である。羞恥の器官を自分でしかと見たこともなければ、愛する新右衛門に口をつけさせたこともない。それをあろうことか憎っくき仇に――。

「あぁっ!!」

衝撃に全身が硬直してのけぞった。

志乃は黒目がちの美しい瞳を驚愕に見開き、ワナワナと唇を慄わせる。恥ずかしい女の縦割れを、野卑極まりない男の舌でなぞり上げられるおぞましさに、息も絶えんばかりだ。だが志乃の羞恥地獄はまだ始まったばかりだった。

「いやああっ！」

秘めやかな貝割れを、節くれだった指の先で大きく開かれ、花弁の中心に舌を挿し入れられる。元服をすませた子がいるとは信じられぬほど初々しい薄桃色の秘肉を、蟇目はペロペロと舐めねぶった。

「ひーっ！　ひいいっ！」

「グヘヘエッ」

蟇目はだらしなく相好を崩し、ゆるみきった口の端からダラダラ涎を垂らしている。恋い焦がれた人妻の肉花を限界までひろげ、剝き身に晒した美麗な臓物を唇と舌とで存分に味わう。甘くて濃密な山百合の芳香。濡れ光る妖美な肉の構造。甲高い悲鳴に入り混じって、次第に官能の昂りを示していく熱い喘ぎとせつなげな呻き声。これが極楽でなければ、いずこに浄土があるというのか。美しい人妻の果肉こそ、男の西方浄土なのだ。

「たまらん……」

無我夢中になって舐めねぶりながら、蟇目はうわごとのように言う。

「とろけるようだ。この味、この匂い……これが志乃殿の……うう、たまらん！」

「うっ……な、なりま……せぬ……くううっ！」

チューッと女芯を吸い上げられ、志乃は真っ赤に火照った美貌を揺すりたてた。

蟇目の舌でなぞられるたびに、ピクピクと媚肉が蠢く。じっとしていられないほど痛烈な快美が背筋を貫いて走り、思わず恥ずかしい声が洩れそうになった。

「ううっ……そんな……」

生まれて初めて味わう女陰舐め。熱く疼く女芯を直に舐められる凄まじい感覚に、カアッと脳が灼ける。羞恥と快感。嫌悪と恍惚。こらえようとしても勝手に腰が動く。

「駄目っ……あァ……」

眉根を寄せた美貌を振りたくる。

「ああっ……ああっ」

全身の毛穴が開いてドッと生汗を噴いた。志乃はキリキリと縄を引き、緊縛された裸身を弓なりに反らせる。

「おおっ……おおおっ」

身体の芯を熱い火柱が走った。五年ものあいだ、無意識に抑えてきた女の情欲が、堰を切った奔流のように溢れ出す。

「あーっ！　あああっ！」

狂ったように全身をよじりたてた。

「フフフ、すごいヨガりようではないか、志乃殿。よほど男に飢えていたとみえる。貞淑面しておっても、この熟れ肉。男の太魔羅が欲しゅうて欲しゅうて仕方なかったのだな」

「お、おのれっ……許さぬ……許さぬぞ、蟇目寅之助……あっ、あっ……ああああっ！」

「フフフ、もっと歔け。もっとヨガり狂え。新右衛門の位牌の前で、濡れぼぼを一杯に開いて、淫らに尻を振りまくるのだ」

蟇目は指でまさぐり、舌でなぞり、唇で吸いあげた。ありったけの技巧を駆使し、すべての情熱を注ぎこんで恋しい人妻の官能を責めたてる。

「うむっ……ああっ！　あああっ！」

狡猾な蟇目の性技に、自制心の衣を剝ぎ取られてしまった志乃の肉体は、なす術もなく一気に頂上まで昇りつめていく。

「あわわっ……ひいっ……あわわっ」

小さな枕の上で、豊満な双臀が跳ね躍る。枕を弾き飛ばさんばかりの激しさだ。

「フフフ、いかに男ひでりとはいえ、ちと激しすぎやしないか、ん？　志乃殿」

「お、おっしゃらないで……い、いやっ……いやですっ……はううっ……はっ、はっ、はううっ！」

意地悪くからかわれた志乃は、グラグラとかぶりを振って最後の抗いをみせるが、火照り抜いた美貌はすでに落城寸前の趣を示している。

「駄目……もう……もう志乃は……はあっ……はあっ……はあン……はああンっ！」

身も世もなく甘いヨガり歔きの声を張りあげ、夢中になって腰を振っていた志乃は、最後にひときわ高い声で、

「オオオッ!!　オオオッ!!」

獣じみた狂態を晒して、白い裸身を大きく反りかえらせたかと思うと、憎んで余りある男の舌に、ドッとばかり熱い官能の汁を迸らせた。

「ハハハ、感じすぎて潮を噴きおったか」

堪えに堪えたあげく、凄絶に討ち死にして果てた貞女の女陰は、激しすぎる絶頂の

余韻にヒクヒクと妖しい痙攣を示している。双臀の下の夜具は、失禁したのかと思うほどにグッショリ濡れそぼっていた。

弛緩して大きく波打つ女の腹を上目遣いに覗き上げつつ、蟇目は塩っぱい味の恥汁に、しばし満足の舌鼓を打つ。

「手合わせは無しじゃぞ、志乃殿。拙者の舌で派手に気をやったばかりか、ほれ、布団までこんなに濡らしおったのだからな」

「………」

淫情に敗れ去った志乃は、上気した美貌を覆い隠すことも出来ず、眼を閉じたままハァハァと荒い息を吐いていたが、不意に細首を横に捻ると、

「う、ううっ……」

喉を絞って哀しげに嗚咽しはじめた。漆黒の髪を縛った白鉢巻はいつのまにか解け、汗ばんだ美しい頬にほつれ髪がべっとりと貼りついている。

蟇目を討ち果たすどころか、彼の手練手管に屈し、夫からも与えられたことがないくるめくような女の悦びを極めさせられてしまったのだ。その口惜しさ羞ずかしさは想像に難くない。

恋しい人妻の妖しすぎる敗残の姿に、蟇目は異様なほど嗜虐心を昂らせ、

「こんな美味いヨガリ汁を、拙者ひとりで味わうのは罰当たりな話。旧友のよしみであの世の新右衛門にも分けて進ぜよう」

言うなり、枕元の位牌を鷲づかみし、再び志乃の股ぐらに顔を埋めた。

「あっ」

まだ余韻の痙攣の収まらぬ女芯を強く吸われ、志乃は絶息するような声をあげた。チュウチュウと吸われた肉の芽を、ペロペロと舌先で嬲られる。たちまちに絶頂感がぶり返してきて、

「あっ、あっ……あーっ!!」

背筋に快感の痙攣が走った。上半身が硬直して突っ張り、腰から下がブルブルと震える。

「ああああっ!!」

堪えに堪えて崩壊した一度目と異なり、志乃はあっけないほど簡単に昇りつめた。男の口が離れるのと同時に、開ききった女陰から音を立てて恥汁がしぶいた。蟇目がかざした黒檀の位牌に、貞淑妻の愛液がかかり、金色の戒名をドロドロに濡らす。

「いい供養になったではないか」

濡れた位牌を志乃の鼻先に突きつけながら、蟇目はせせら笑った。

「恋女房のヨガり汁にまみれて、仏もさぞかし満足しておろう。フフフ、さて志乃殿。こうなったからには年貢の納めどき。何もかもすっかり諦めて、おとなしゅう拙者の慰みものになるしかないのう」

因果を含めるように言うと、絶頂の余韻にあえぐ紅唇に、おのれの分厚い唇を押し被せた。人妻の昂った官能を冷めさせぬよう、やわやわと乳房を揉みしだきながら、口腔内にザラザラした熱い舌を挿し入れる。

「むうっ……」

志乃はかすかに顔を歪めて呻いたが、生まれて初めて味わわされた連続逐情に意識が朦朧となっているのか、ほとんど抗いもせず、蟇目のなすがままだ。柔らかい舌をたやすく絡めとられて、痺れるほどに強く吸いあげられた。濃厚な唾液をドクドクと喉奥に流しこまれ、むせ返りながら嚥下した。

「フフフ、では頂戴つかまつる」

存分に人妻との口吸いを堪能すると、蟇目は立ち上がって袴を脱いだ。

薄汚れた白褌の紐を解くやいなや、長大な肉の棒が待ちかねたようにピーンと上を向いて弾け出た。

よほど使いこんでいると見え、毛むくじゃらの股間にそそり立った肉幹は、青筋を不気味に浮かび上がらせてドス黒い。逞しく怒張した肉笠が、赤黒い鰓を張り出していかにも不気味だ。

「男のものを見るのは久しぶりであろう。どうだ、志乃殿、拙者の名刀は。新右衛門ごときのなまくら刀とは、見た目からして違うであろうが」

おぞましい肉根を目にした志乃は、上気した頬を引き攣らせ、サッと顔を横にねじった。

「お、お許しを……どうかそればかりは――」

切れ長の瞳をギュウッと固く閉じ合わせ、憎い仇の情けにすがる。

仇と肉の交わりを強いられる――志乃はもう生きた心地もない。だが、息子新之丞と婚家の名誉を質に取られている彼女には、舌を噛んで自害することすら許されないのだ。

「たっぷりと可愛がってやる」

蟇目は志乃の足首の縄を解くと、そのまま屈曲位に持ちこもうとした。

「やめてっ、け、けだものっ」

自由になった両足で蟇目を蹴りつけようと、志乃は懸命に悶えるが、二度の絶頂に痺れきってしまった下肢には力が入らない。スラリと長い雪白の美脚をたちまち肩に抱え上げられ、苦もなくのしかかられてしまった。

「いやああっ」

「そらそら、挿れるぞ」

蟇目は破裂せんばかりに猛った怒張の先端を、恋しい人妻の肉溝にこすりつける。トロトロと溢れ出す先走りの汁を、とろけるように柔らかい女の媚肉にこすりつけ、半透明の恥汁と練り合わせた。

「いや……いやですっ……」

志乃はもう気死せんばかり。

「助けて、あなた……あなたァ」

乱れ髪を打ち振りつつ、うわごとのように夫の名を呼んだ。

「ハハハ、新右衛門よ」

黒檀の位牌に目をやると、蟇目は燃え立つような欲情と同時に、残忍な嗜虐心の発作に駆られ、

「あの世からしかと見るがよい。志乃殿が拙者に犯され、あさましく尻を振って悦ぶところをなァ」

言うなり、鬼のような形相になって、灼熱の鉄棒と化した分身を志乃の柔肉に沈め

ていった。

3

「どうだ、志乃殿。拙者の肉刀の切れ味は如何でござる？」

「う、うむっ……」

「フフフ、こらえておるのか。それとも、口もきけぬほど心地良いということか」

「くっ」

嘲られ、志乃はキリキリと唇を噛みしばった。

懸命にこらえていないと、恥ずかしい声が洩れこぼれそうになる。仮借なく最奥をえぐり込んでくる逞しい律動に、思わず我れを忘れて腰を蠢かせてしまうのだ。

「遠慮召さるな、志乃殿。この熟れ肉で五年も弧閨に堪えたのだ。仇に犯され、腰を振ってヨガリ歔いたからとて、誰も咎めだてはせぬ」

ヌプッ、ヌプッと腰を打ち込みながら、耳元で蓁目が誘惑の言葉を囁く。

「ほれ、もっと腰を振らぬか。やせ我慢せず声をあげれば、死ぬほど気持ちよくしてやるぞ。そなたがこらえたからとて、死んだ夫が生き返るわけでもあるまい。お義理の仇討ちなんぞ忘れて、自分に正直になるのだ」

「あ……はああっ」

濡れた唇が開いて、熱い吐息が洩れた。志乃は背中を反らして美しい乳房をせり上げ、せつなげに瞳をしばたたかせる。張りつめた双の乳房を、蟇目がタプタプと揉みしだいた。ツンと硬くしこった乳首を指の腹で転がし、こよりを撚るようにグリグリとひねりあげる。荒々しく見える責めだが、小憎らしいほど的確に女の官能のツボをついていた。それが証拠に、

「あっ……いいっ」

のけぞった志乃の口から、言ってはならぬ言葉が噴きこぼれてしまう。

「ほほう、言うたではないか。言うたではないか、志乃殿」

蟇目に詰め寄られ、志乃は絶望に引き攣った顔を横にそむけた。

「い、いやっ……」

「フフフ、嫌よ嫌よも好きのうちよと、志乃殿の濡れ濡れマ×コが拙者の魔羅にそう言うてせがんでおるわ」

嘘でも誇張でもなかった。

志乃の女肉は熱くたぎり、貝類に似た妖美な蠢きを示して蟇目の巨根に絡みついて

くる。ヒクヒクと収縮し、奥へ奥へと引き込む動きさえ見せた。

五年にわたる流浪生活の間に、夜鷹や岡場所の女は言うに及ばず、女やもめ、町娘、宿の女中と、あらゆる女と情を交わした蟇目だが、かような名器には出遭ったことがない。志乃の裸身の美しさは十分に予測していたが、まさかこれほどの女肉の持ち主とは想像だにしていなかった。熟れた肉層の甘美すぎる収縮。少しでも気を抜くと、灼熱した肉棒が爆発してしまいそうだ。

「ううっ、たまらん……」

蟇目はときおり動きを止め、呼吸を整えなければならなかった。

精力には絶対の自信があるので、たとえ自失したとしても、何度でも出来る。だが最初の一発だけは志乃の逐情した子宮にたっぷりと浴びせかけてやりたかった。軟弱な新右衛門ごときは、この極上の肉壺に入れたが最後、おそらく三こすり半で果ててしまったことだろう。そんな新右衛門との魔羅力の差を、志乃に思い知らせてやりたい。逞しい男に完膚無きまでに犯される悦びを、この美しい貞女に教えてやりたい。

「うりゃあ、うりゃあ」

天井を向いた白い双臀に、蟇目は全体重をかけて野太い肉杭を打ち込んでいく。

荒々しい律動に合わせて、志乃の白い双臀が上下に弾んだ。

グヂュッ、グヂュッ——。

えぐられる果肉の音とともに、溢れ出た白い花蜜が豊満な双臀の亀裂を垂れ流れ、夜具の染みをひろげていく。

グヂュッ、グヂュッ——。

ヂュボッ、ヂュボッ——。

「いいっ……いいっ」

苦悶にも似た喜悦の表情をのけぞらせ、志乃はあられもなく歔いた。

一突きごとに快感が脳髄に衝き上がる。子壺を押し上げられて息が止まる。灼熱を引き出されるおりの、腰骨がとろけるほどのやるせなさ。

（あなた……あなた、助けて……）

亡き夫の面影にすがろうとするのだが、それもいつしかぼんやりした幻影となって霞んでしまう。代わりに目の前に蟇目の脂ぎった顔があった。

（ああっ）

ただれるような肉の快感を、夫の仇である蟇目から味わわされている——身を灼く慚愧の念と強烈な被虐感が、情欲の火に油を注いだ。

「あわわっ！　あわわわっ！　ひいっ！　ひいいっ！」

五年間の弧閨の淋しさを、今この瞬間に取り戻そうとするかのように、志乃は全身を悦びに燃え上がらせて獣のようにヨガり狂った。蟇目の腰の動きが鈍くなると、

「いやっ、いやっ」

嬌声を昂らせ、腰をせりあげた。絹のように柔らかい漆黒の繊毛を自ら蟇目の下腹にこすりつけ、汗の光る双臀をもどかしげに揺すりたてる。先刻、瀬谷の前で白装束の背中を真っ直ぐに伸ばし端座していた、あの凛として慎ましい人妻とは別人だ。

「もっと……もっとよおっ！」

「おうおう、志乃殿の濡れぼぼが、拙者の魔羅を締めつけてきよるわ。ちぎろうてか？　拙者の太魔羅を食いちぎろうてか？　ハハハ、フハハハ――」

からかいの言葉も、勝ち誇った哄笑も、志乃の耳には入っていない。官能の火柱と化した女体は、禁断の絶頂へ向け、一気に昇りつめていく。

「イクっ……志乃……イクっ」

「まだだ、志乃殿。フフフ、なにせ五年ぶりの再会なのだぞ。お互いもっと楽しもうではないか」

手首を縛りあげた縄を解くと、蟇目は志乃の白装束をすべて剝ぎとり、抱えあげるようにして四つん這いの姿勢をとらせた。

「フフフ、頭を布団につけて、もっと尻を上げろ」

「ああっ、こ、こんなっ……」

後背位で辱しめられると知って、志乃は乱れ髪を振り立てた。惨めすぎる体位——もちろん経験したことはない。獣のような体位で犯される昂奮に、四つん這いの裸身がブルブルと震えた。

「『ひよどり越え』だ。新右衛門の見ている前で、志乃殿を牝犬のように犯す。拙者の長年の宿願でな」

目の前に志乃の尻がある。

肌理こまかく、雪をあざむく白い肌。たっぷりと脂肪を乗せ、官能味を湛えた見事な肉づき。行灯の微光を受けて、左右の尻えくぼは悩ましく、中心の亀裂は神秘的なまでに深い。

(ああ、この尻の色香に血迷って、俺は同輩を殺傷し、まっとうな人生を棒に振ったのだ)

感慨が胸に迫る。

道ならぬ横恋慕に狂い、人を殺めて無頼の徒に堕ちた隻眼の男を哀れに思し召して、神仏が志乃と引き合わせてくれたのだ。この女の美しい裸の尻を好きなだけ犯せと、八百万の神々が許し、御仏がお命じになっておられる。

淫欲と嗜虐心に乱れ狂った蟇目の頭の中では、そんな手前勝手な妄想がゴウゴウと音を立てて渦を巻いていた。

「志乃殿に極楽の法悦を味わわせて進ぜる」

むっちりと量感に満ちた臀肉を、むんずと両手で鷲づかみすると、蟇目は反りかえった肉刀を志乃の肉の合わせ目に押し当てた。自らは中腰に構え、豊麗な女尻を引き寄せるようにして、ググッと沈めていく。

「おおっ」

「ううう っ」

結合する男女の呻き声。

志乃は生まれて初めて犬のように犯され、屈辱に歪む顔を夜具にこすりつけた。

「どうじゃ、ほれ、どうじゃ」

ゆっくりと動きながら、さらに深く肉杭を食い込ませていく。

「拙者の『ひよどり越え』で狂わなかった女はおらん。この魔羅の太さと反り加減が女どもにはたまらんらしいのよ。フフフ、ほれほれ」

「ああっ……ふううっ」

上気した美貌を夜具に伏せたまま、志乃は敷布団を掻きむしった。

熱くたぎる蜜壺の背中側を、反りかえった肉刀の切っ先が擦りあげる。おぞましい——そう思ったのは最初だけだった。肛道と粘膜一枚しか隔たりのない薄い膣壁を、疼ききった肉襞もろともにゴシゴシと削られると、信じられないほどの痺れと快感がふくれあがる。男を知りつくした年増女郎すら泣き狂わせたという蟇目の突き上げに、快感に免疫のない武家女はたちまち虜になった。

「あンっ……あンっ……あンっ」

鋭く突かれるたびに、志乃の紅唇から甘い嬌声が噴きこぼれる。こみ上げる強烈な快感と肉の疼きに、こらえようとする意志すら麻痺させて、兆しきった恍惚の表情をのけぞらせた。桃色の靄に覆われたその視界には、もはや目の前にある夫の位牌すら映ってはいないようだ。

「ああっ、もう……ヒッ、ヒッ……も、もう」

逐情が近いことを告げ知らせる声も、ヒイヒイというヨガリ歔きに濡れまみれた。

「イクのか、志乃殿」

「あァ、イクっ！　志乃、イキますっ！」

志乃は泣きながら、あられもなく四つん這いの腰を振った。全身淫欲の炎と化してしまった彼女には、もう究極の快美を貪るほか為す術はない。夫の仇に後背位で責め抜かれながら、とどめを刺して欲しいと豊麗な尻を悶えさせて哀訴する。肉欲に打ち克てない、哀しい女の性だった。

「フフフ、人妻のくせにだらしないぞ。もっと拙者を楽しませませんか」

そう簡単には気をやらせぬ——蟇目は右手を振り上げ、強烈な腰の突き上げと同時に、パーンと平手で志乃の尻を打擲した。

「ヒイッ」

志乃が悲鳴をあげ、うなじをのけぞらせた。汗ばんで血色をみなぎらせた双臀に、蟇目の大きな手形が浮き上がる。それが消えるか消えないうちに、二発目、三発目の痛打が襲った。

パーン！

パーン！

屋敷中に響きわたるかと思うほどの小気味良い音は、志乃の臀肉の成熟味を示している。

「これはあの世にいる新右衛門の打擲だと思え。仇に犯されてあさましく尻を振る、ふしだらな妻への叱責じゃ。怒りじゃ」

「ひいっ、お、お許しをっ」

パーンと双臀を打たれ、志乃は火照った美貌を泣き出さんばかりに引き攣らせた。

官能の渦に巻きこまれて錯乱した頭には、あたかもその痛打が今は鬼籍の人となった夫、新右衛門によって授けられたかに思えるのだ。

「そりゃ、尻を振れ。もっと振れ」

「ひいっ！　あなた、お許しをっ。ひいっ！　ひいいっ！」

膣肉をえぐられては尻を打たれ、打たれては再び串刺しにえぐり抜かれる。痛苦と快美、恍惚と屈辱感が入り混じって、志乃はもう訳が分からなくなっていく。

「良いのか、志乃殿。こうやって尻を打たれながら犬のように犯されるのがそんなに良いのか？」

「ああっ……蟇目……さま」

「濡れておるぞ。ますます濡れておるぞ。そら、聞こえるか、このいやらしい音が」

グヂュッ、グヂュッ——。

ヂュボッ、ヂュボッ——。

臀肉が立てるパーンという打擲音、ヒーッという甲高い悲鳴に入り混じって、肉棒にこねまわされる蜜壺が、淫猥な音色を奏でている。

「うりゃあ！」

志乃の身体を仰向けに乱暴に転がすと、蓁目は再び屈曲位で責めはじめた。

「あおっ、あおっ」

太い肉杭にズシン、ズシンと最奥をえぐられて、しなやかな女体がビクンビクンと悦びに跳ねる。

「おおっ、おおおっ」

懸命に夜具をつかんでいた白い指が、ためらいがちに蓁目の腰にかかって、さらに背中へ移動したかと思うと、

「ああっ、駄目っ！　もう駄目っ！」

歔きながら狂ったように男の逞しい肉体にしがみつく。天井を向いた清楚な白足袋の爪先が、ひきつけを起こしたように突っ張り、内側に反りかえった。女の最奥から熱気が噴き上げ、肉の痙攣も激しくなった。想いつづけた人妻の生々しすぎる反応に絶倫の悪党もついにこらえきれなくなった。

「入れてやる。拙者の子種を。たっぷりと志乃殿のオマ×コの奥にな」

容赦なく突き、えぐり、こねまわした。

「ううっ、出るっ」

「イ、イクっ……」

「うおおおっ」

「ヒーッ!!」

熱い樹液のしぶきを子壺に浴びせられながら、志乃は汗ばんだ背中を折れ曲がらんばかりにのけぞらせ、キリキリと総身に痙攣を走らせた。

「ヒーッ!!　ヒーッ!!」

かすれた断末魔の絶叫とともに、深く貞操をえぐり抜かれてしまった人妻の美臀がガクガクと操り人形のように跳ね上がる。痛ましくも妖しい返り討ち絶頂の地獄絵図であった。

4

蟇目の絶倫ぶりは凄まじく、夫とは比べ物にならなかった。息子の行く末と婚家の名誉を質にとられた志乃は、ありとあらゆる恥ずかしい体位で犯されながら、幾度となく熱い男の樹液を体奥に注がれ、そのたびに逐情の生き恥を晒した。

「ううっ」

弛緩した全裸姿をうつ伏せにしたまま、哀しげな啼泣の声を震わせる志乃。強いられた連続絶頂の余韻なのか、行灯が投げかける薄明の中、汗の玉を光らせる柔らかい絹肌が、ときおり小刻みな痙攣を走らせている。

そんな志乃を小気味良げに眺めつつ、蟇目は女中が運んできた酒膳の前にあぐらをかき、ちびりちびりと熱燗の杯を舐めていた。

酒の肴など無用だ。骨の髄までしゃぶりつくした目の前の女体。想い焦がれた人妻の美しい裸体のほかに、いったいどんな酒肴が必要だろうか。

「いつまで泣いておる」

隻眼を細め、蟇目はあぐら座りの毛脛を満足げに撫でまわした。自分でも何度精を放ったか分からぬ股間のイチモツが、うつ伏せのままですすり泣く志乃の裸の双臀を見ているうちに、またムクムクと大きくなってくる。

シミひとつない真っ白い肌。嬌声をあげてうねり舞う細腰。伸縮性に富み、無数の肉襞から豊潤な甘蜜を分泌する妖美な女性器。どれひとつとっても、志乃は最高の女だった。これほどの女が、五年間男を知らずに仇討ち行脚していたとは、その原因を作ったのが自分とはいえ、まったく勿体ない話である。

「どうじゃ、志乃殿」

片手に酒杯、片手に半勃ちの肉棒を持ったまま、蟇目は語りかける。

「拙者と夫婦にならんか」

志乃のすすり泣きが途切れた。

「今、そなたと契りを交わし合うていて思うたのじゃ。拙者とそなたは仇敵の間柄なれど、魔羅とぼぼの相性は申し分ない。こうしてひとまず遺恨の決着がついた以上、二人は良い夫婦になれ――」

「いやっ」

最後まで言わせじと、志乃が首をねじって、キッと蟇目を睨んだ。

官能のなごりに薄赤く火照った頬を、乱れ髪が半ば覆い隠して凄艶だ。口惜し涙で潤んだ瞳は、屈辱と憎悪の光を宿している。

「ど、どこまで――」

志乃は喉を絞った。

「どこまでこのわたくしを……愚弄すれば気がすむのですっ⁉」

手にかけた男の妻を縛りあげ、裸に剝いて死にも勝る辱しめを加えておきながら、契りを交わしたなどとうそぶく蟇目寅之助。いったいどこまで性根の腐った下劣な男なのか。

「戯言ではないぞ。フフフ、志乃殿とて、まんざらでもなかったはず。さもなくば、拙者の魔羅にあれほどヨガり狂いはすまいて――フフフ」

志乃は、あっと小さく叫んで、うなじまで火に染まった美貌を夜具に埋めた。己が醜態を思い返すと身の置き所がない。わあっと叫んで気が狂ってしまいそうだ。命より大切な夫の位牌に、悦びの恥汁をしぶかせて果てた自分に蓋目を責める資格はなかった。

「ああ、殺して……いっそ殺してください」

夜具の中で嗚咽をくぐもらせる志乃。

「フフフ、そう早まらずに、よくよく損得を考えてみるのだな、志乃殿。拙者は当藩筆頭家老の瀬谷殿にお仕えし、津軽の平侍だった時分よりもずっと暮らし向きが良いのだ。そなたに美しい着物を着せてやることも出来るし、そなたの息子にも――」

「あっ」

志乃は叫んで、夜具から身体を起こした。

「あの子は……新之丞は無事なのですね。ああっ、新之丞！」

女は弱し、されど母は――己が身の憂いを忘れ、我が子を案じて狂乱するのは母親なればこそである。

「新之丞っ！　新之丞っ！」

四方の壁と襖に、志乃の絶叫が木霊する。

「心配召さるな。先ほど申した通り、二、三発殴りつけてやったので、えらく鼻血を出しておったがの。大事はない」

蟇目は耳をそばだてた。

渡り廊下を通って、人が近づく気配がする。

「そら、息子に見せてやるがいい。新之丞は元服したばかりだそうだな。ちと早すぎるかもしれんが、拙者たちが夫婦の契りを交わしたことを見せて、よもや拙者の寝首をかこうなどというつまらぬ考えを起こさぬよう、よおく言って聞かせてやるのだ」

その一言で、志乃は夢から醒めたようになった。

濡れた頬を引き攣らせ、脱ぎ散らかった白装束に慌てて手を伸ばしたが、一瞬早く蟇目の手がそれを奪いとる。

サッと襖が開いた。

「は、母上……」

「新之丞……」

息子の驚愕した視線を浴びた志乃は、あっと叫ぶなり、夜具の上に白い裸身を縮こませた。

「見ては……見てはなりませぬ、新之丞……母を見てはなりませぬっ」

「これは……これはどういうことです、母上!?」

新之丞には何がどうなっているのか分からない。美しい母が仇討ち装束を脱ぎ、夜具の上に全裸で伏せている。傍には、あの憎い隻眼の男があぐらをかき、余裕の笑みを浮かべたまま、ちびりちびりと酒の杯を舐めているではないか。

「いったいこれは……おのれ、蟇目。母上に……私の母上に何をしたあっ!?」

性の営みのことは無論知らない。だが知識として知らなくとも、この歳ともなれば、男女の間に何か怪しげな秘密があることを漠然と感じている。一緒に風呂に入るとき、母の気高いほど白い裸身についつい見とれてしまうし、隠れて手すさびをしたこともある。

気丈な母が裸で泣いているのは、蟇目に何か秘密の悪戯をされたのに違いない。

「蟇目えっ」

跳びかかろうとする襟元を、家老の瀬谷が握って離さない。

「はなせ！　はなせえっ！」

「ぎゃあぎゃあ喚くな、小僧。せっかくの酒がまずくなるわ」

蟇目はグイと飲み干すと、

「よく聞け、小僧。子供の貴様にはよく分からんだろうが、母上と拙者は、今しがたまでその布団の上で正々堂々の果し合いをしておったのだ。素っ裸で激しく腰を振りおうてな」

「や、やめて……」

志乃は布団に顔を埋めたまま、血を吐くような声を絞り出した。身の置き所がなく、恥ずかしさに消え入らんばかりだ。

「母上は敗れた。敗れた母上は、これまでの遺恨を捨て、拙者の妻となることを承諾されたのだ。フフフ、そうであったな、志乃殿」

「………」

志乃は答えず、すすり泣くばかりだ。

「母上が……負けた？」

新之丞は驚きを隠せない。

夜具の上での果し合い。汗に濡れた裸身を震わせてすすり泣いている母。母が憎い仇の妻になる？　元服をすませたばかりの少年には、分からないことだらけである。

「で、出鱈目を申すなっ。母上！　母上！　嘘だと言ってください、母上」

「嘘ではない。フフフ、今その証拠を見せてやる」

蟇目は毛脛を晒したまま、のっそり立ち上がると、身も世もなくすすり泣く志乃の耳元に口をつけて何か囁いた。

志乃はヒッと息を呑むと、

「ご、後生ですから……」

泣き顔をこわばらせて、憎い仇の腕にとりすがる。

だが蟇目は冷酷に笑い、

「嫌か？　ならば息子の前で、もう一度拙者とまぐおうてみせるか？」

薄汚れた褌の紐を解く素振りをする。

「それだけは……あァ」

「ならば、やるな？」

「…………」

「どうなのじゃ？」

志乃はガックリと首を垂れた。蟇目は瀬谷と目配せをし合って笑い、白装束を凝固させている少年に向かって、

「これから、母上が裸踊りを踊ってくださる。拙者との婚礼を寿ぐ祝賀の舞いじゃ。

そこに座って、よおく見ておけ」

抗う少年の体を、瀬谷の太い腕が無理やりに畳の上に座らせた。

「志乃殿──」

蟇目も腰を据え、顎をしゃくった。

「忘れもせぬ──あの夜、拙者は酔った勢いで、そなたの尻踊りが見たいと新右衛門に所望したのだ。ククク、逆上した奴の阿呆面が今でも目に浮かぶわ。あれから五年、今夜こそ見せてもらうぞ、志乃殿の尻踊りを」

そら、やれ。しっかり腰を振らんと、拙者の魔羅で腰を振ることになるぞ。息子の目の前でな──。

蟇目は刀の柄で志乃の尻を小突いた。

「ううッ」

志乃はこれから始まる地獄に堪えようと、キリキリと奥歯を噛みしばった。乱れ髪をほつらせた美貌が一段と凄艶さを増す。烈しい凌辱でタガが外れてしまった四肢を励まし、どうにか畳の上に立ち上がった。立ち上がりはしたものの、どうしても身体は前屈みになり、乳房と太腿の付け根を手で隠さずにはおれない。

「あっ」

新之丞が声をあげた。

乳房、太腿、双臀のそこかしこ——シミひとつなかったはずの母の美しい身体のあちらこちらに、蟇目によってつけられた唇の痕や歯型がクッキリと残っていた。

（ああ……）

今こそ新之丞は、蟇目が母に対し行った秘密の悪戯を知ったと思った。蟇目は母を裸にした後、美しい身体を舐めたり嚙んだりして弄んだのだ。母が泣いているのは、きっとそのためなのだ。

「畜生っ」

無性に口惜しく、眼に涙がにじんだ。

「畜生、畜生」

「し、新之丞……」

志乃の切れ長の瞳からも、涙が溢れる。

「フフフ、愁嘆場はたくさんだ」

そう言いながらも蟇目は楽しそうだ。息子の目の前で美しい母親を嬲りものにする嗜虐の喜び。ギラギラと血走った隻眼は、おのれの残忍さに酔い痴れていた。

「前を隠すな、女。両手を頭の上に組め。フフフ、そうだ、それでいい」

瀬谷も黙っていられず口を出す。犯された人妻の裸身から匂い立つ妖しい色香に、とりつかれたような眼をしていた。

「踊れ。そのムチムチの尻を振って、息子の前で踊るのだ。そら、あの世で新右衛門の奴も見物しているぞ」

どこまで辱しめれば気がすむのか、蟇目はそう言って、志乃の恥汁に濡れた位牌をかざしてみせる。

「ああっ」

志乃は天を仰いで絶望の声をあげると、おずおずと腰を振りはじめた。

剝き玉子を想わせる二つの白い臀丘が、腰の動きに合わせて左右に揺れる。量感にあふれた双の乳房も、タプタプと音を立てて揺れ弾んだ。

「もっとだ、志乃殿。もっといやらしく尻を振れ」

「ああっ……」

「そら、尻を息子の方へ向けろ」

「あああっ」

「もっとだ。拙者の妻になるには、もっと淫らに尻が振れなくてはならぬ。ハハハ、ウハハハハ！」

愉快でたまらぬ。恋い焦がれた人妻を完膚無きまでに犯しヨガらせ、その息子の見ている前で裸の尻を振らせている。極楽だ。まさに極楽だ。西方浄土にあるとかいう極楽も、これほどの楽しみを与えてくれはすまい。

「母上、おやめくださいっ」

立ち上がろうとした新之丞は、後ろから瀬谷に抱きかかえられてもがいている。

「母上、母上っ。どうしてこんな連中の言いなりになど!?　母上っ！」

「黙って見物していろ。フフフ、それにしても、お前の母御はいい女じゃのう。見ろ、あの長い脚。ムチムチとした尻。そして美しい乳房。よく見ろ。よおく見ろ。子供のお前にも分かるじゃろう、母御の乳首が勃っておるのが——」

「………」

新之丞は目をこらした。

言われてみれば、なるほど志乃の美しい乳房の先端は硬く尖りきって、新之丞の目から見ても驚くほどに反りかえっている。汗ばんでユラユラと揺れる双の乳房の頂点で、屹立した赤い乳首は妖しい昂奮に震えているように見えた。

「泣いてはおっても、母御は嫌がってはおらぬ。苛められて喜んでおるのじゃ。あの尖った乳首が何よりの証拠じゃて。フフフ。ほれ、もう嬉しゅうて、腰砕けになっておるではないか」

「あァ……」

志乃は悩ましい嗚咽を洩らしながら、雪白の裸身をクナクナとうねり舞わせている。膝がガクガクと慄え、細く引き締まった足首は今にも崩れてしまいそうだ。上気した美貌は何かに憑かれたようで、妖しく色づいた汗みどろの絹肌は、行灯の薄明かりを受けて、ヌラヌラと油を塗ったように光っている。激しく犯され、最奥にたっぷりと牡の精を注がれたことで、秘めていた官能性を一気に開花させたのであろう。羞恥に苛まれる心とは裏腹に、二十八歳の成熟した女体は、あたかも長い弧閨生活の帳尻を合わせようとするかのごとく、紅蓮の炎となって燃え盛っていく。

「うわああん」

突然新之丞が泣き出した。

「み、見損ないましたぞ……母上……うわあ、わあああっ」

母は負けた。きっと負けたのだ——だからといって、何も憎い蓁目の前で裸踊りをすることはないではないか。なぜ？　なぜ？　いったいなぜ？

五年間、母とともに艱難辛苦に堪えてきた鵜飼新之丞は、仇敵の眼前で淫らに尻を振りたくる母の姿に、いたいけな少年に戻って泣きじゃくる。

（許して……許して、新之丞）

裸の腰を左右に振りながら、志乃の瞳からも大粒の涙がこぼれる。

（お前を守るために……いいえ、鵜飼家の名誉を守るためには、こうするよりほかにないのよっ）

「おおん、おおおん」

志乃の嗚咽は身も世もない号泣に変わった。

夫の仇に貞操を奪われ、逐情の生き恥を晒した自分――淫らな女を神仏がお憎みになって、自分を生き地獄へ堕とそうとしているのだ。そうでなければこんな理不尽なことがある筈がない。

「おおん、おおん」

「わあああっ！」

母子の哀しい二重奏が、行灯の灯りをユラユラと揺らしている。

「フフフ、蓁目よ。こういう趣向はどうかの？」

号泣する少年の袴の裾を、瀬谷の大きな手がまさぐり始めた。

清潔な白袴は、仇討ち本懐を遂げることを祈りながら、志乃が手ずから縫い上げたものだ。長旅になることは覚悟してあるので、子供の成長を考え、かなりのゆとりを持たせて仕立てたのだが、それでも今ではかなり小さくなっている。

「な、何をする!?」

新之丞は泣きながら暴れはじめた。

「や、やめろ」

瀬谷の手が袴の裾をまくり、褌の下の陰茎を握ってきたのだ。

「やめろ。やめろってば」

少年は狼狽した。両脚を前に投げ出し、バタバタと青畳に打ちつける。だが大人の巨軀に身体ごと抱きすくめられていては為す術がない。とうとう前をはだけられて、根元のあたりに微かな産毛を生じつつある小さな恥茎を露呈してしまった。

「やだ。やだあっ」

瀬谷の指が幼い恥茎にまとわりつき、怪しげな動きを示しはじめた。未成熟な亀頭を押し包んでいる包皮を、ゆっくりと剝いては戻し、戻しては剝きあげる。

「フフフ、どうだ、小僧。自分でやったことはあるのか。ん？」

「あっ……あっ」

新之丞の童顔は真っ赤だ。

瀬谷の指の動きはまさしく、ときおり彼が母の目を盗んで行っている悪癖のそれである。風呂で見る母の美しい裸身や、通りで見かけた愛らしい町娘のことを想いつつシコシコとこすっていると、小さかった肉茎がふくらんで上を向き、次第にむず痒くなってくる。それでも構わずこすりつづけていると、ついには腰全体が燃えるような熱と痺れに襲われて、呻き声が洩れるほどの快感と同時に、白くて粘っこい汁が勃起した陰茎の先から噴き出てくるのだ。

「ほほう、こわっぱにしては、なかなかいいモノを持っておるではないか」

硬くなってきた美少年の恥茎を弄びながら、

「ほうれ、すっかり皮が剝けおった。さすがに綺麗な色をしておるわい」

恥垢も付いておらず、瑞々しく桃色に光る先端部を見ながら、瀬谷は好色な笑みを浮かべている。どうやらこの初老男、稚児趣味もあるらしい。

「やだ……やだあっ」

新之丞は泣き喚く。

蔓目は、目の前で悩ましく揺れる熟しきった白い双臀と、少年の股間の稚い猛りを見比べつつ、

「フフフ、父親は拙者の刃であの世行き、母親もまた拙者の肉刀で極楽往生。挙句の果てには、裸で尻を振る母の前で魔羅の皮を剝かれて泣き叫ぶ。どこまでも不憫な奴

よのう。鵜飼新之丞」

「ひとつ母親の前で、このガキに随喜の汁を出させてみるか、蟇目」

「いや、御家老。もっとよい考えが——」

「フフフ、なるほど」

悪党同士は以心伝心、肝胆相照らすというやつか。顔を見合わせてニンマリ笑う。

「尻踊りはもういい」

号泣しつつ裸の尻を振る志乃に、蟇目は四つん這いの恰好をとらせた。

「そら、進め」

突き出た尻たぶを、刀の鞘で乱暴に小突きながら、裸身を犬のように這わせた。

「ああ……」

袴の前をはだけられ、両脚を投げ出して悶える息子の前まで移動させられた志乃は、ほつれ髪の垂れかかった凄艶な美貌を上向かせ、

「無念……無念です、新之丞……」

血を吐くような声を絞ると、息子も、

「母上、母上っ」

と呼びかけ、母子ともに嗚咽の声を昂らせる。

そんな哀れな姿にも、悪鬼たちはいささかの憐憫の情を起こさず、

「そら、しゃぶれ」

勃起し、皮の剝けた新之丞の稚い恥茎を、瀬谷が握って揺すぶった。

「息子の珍棒をしゃぶるんだ」

「そら、早くしろ」

蟇目も刀の鞘で後ろから小突く。

「あぁっ」

志乃は美しい顔面をひきつらせ、イヤイヤとかぶりを振った。

いったいどこまで苦しめれば気がすむというのか。仇に犯され逐情の生き恥を晒しただけで、志乃の心は絶望のどん底にあるのである。それを、全裸のまま尻を振って踊らされ、囚われになった我が子の幼棒を口に含まされる。いったいこの男たちには人間の情がないのであろうか。

「いや……いやです」

「いやか？　ならばこうだ」

蟇目は位牌を天井へ向けて放り上げるなり、片膝を立てて刀の鯉口を切った。白刃一閃。刀身はすでに鞘に収まっていた。目にも止まらぬ居合いである。

カラン――。

黒檀の位牌は真っ二つに切れ、四つん這いになった志乃の脇に落ちた。

「見たか、無外流の奥技――まともに立ち合うたとて、むざむざと女子供に斬られる蟇目寅之助ではないわ」

凄みのある声に志乃は慄えあがった。

若い頃から遣い手として聞こえている蟇目を討ち果たすため、旅すがら各地の道場で教えを乞い、血の滲むような修行研鑽を積み重ねてきた。本懐を遂げられぬまでも一太刀は浴びせられる。そんな自信が志乃の中に生じていた。だが宙に浮いた木片を弾き飛ばすことなく真っ二つに斬る――そのような離れ業を行う蟇目に、女だてらのにわか剣法などで、とうてい太刀打ちできるものではなかったのだ。

「次は息子の魔羅だ。寺に売りとばすのに、魔羅は余計だからな」

蟇目は脅すように、再び鯉口を鳴らした。

「まずは先っぽか、それとも根元からスッパリと切りとるか。フフフ」

「お、おやめくださいっ」

志乃の声は悲鳴に近い。

「ならば咥えるか？　息子の魔羅を口に咥えてねぶりまわし、精汁を吸い出してやるのだ」

「………」

「返事をせい。やるのだな?」

「……は、はい」

うなだれた頭を志乃が微かに動かすと、二人の悪鬼たちは、ハハハ、ハハハと腹を揺すって勝ち誇ったように笑った。

「ほれ、息子も待ちかねておるぞ」

「咥えろ。そら、咥えろ」

美しく貞淑な武家女が、一糸まとわぬ全裸を四つん這いにし、我が子の稚い肉茎に口唇奉仕を行おうというのだ。異常としか言いようのない状況に、瀬谷と蟇目は淫情を昂らせ、充血した眼をギラギラと光らせる。

「許して、新之丞……こんなことをする母を許しておくれ」

「母上、な、何を!? あ、ああっ」

痛いほどふくらんだ陰茎の先に、母親の暖かい息がかかるのを感じ、新之丞は狼狽した。手すさびの習慣、おぼろげな性の目覚めはあるものの、そのような行為がある などとは夢想だにしない。元服したばかりの少年には、謹厳な母親がしようとしていることが、まったく理解できなかった。

「母上……お、おやめください！」

新之丞は悲鳴をあげた。

苦しげに眉をたわめた母が、決意したように髪を掻きあげて、それでもやはり逡巡するのか、股間に寄せた顔を振り、開きかけた唇をブルブルとわななかせている。

「新之丞、許して」

志乃の紅唇が開いて、先端を含む。

「や、やめ……ああっ！」

稚い猛りを生暖かい粘膜に包まれ、新之丞は声を失った。瀬谷に背後から抱え支えられたまま、白装束の背中をのけぞらせる。

「あ……うふ……うふ」

心地良さとくすぐったさに、少年は全身を揺すって身悶えした。全身に張りめぐらされた神経繊維の隅々に、小さな虫が入り込んで蠢いているような感じだった。微細な虫は、脳の中にも入り込んで暴れまわる。

「ひっ、ひっ……あふふふ」

泣き笑いのような顔を作って、ひきつった声をあげた。

「どうだ、小僧。母上にしゃぶってもらっている気分は？」

「やめ……やめ……あふふふ……ひっ、ひっ、ひいいっ」

「たまらんであろう。おぬしは果報者よ。フフフ、ほれ女、もっと舌を使うてやれ。息子を喜ばせて、気をやらせるのだ」

瀬谷が促せば、

「フフフ、このまま後ろから犯してやる。そら、尻を上げるのだ、志乃殿」

蟇目は背後から志乃の腰を抱えこみ、成熟した双臀の谷間を太い肉根の先でなぞりおろす。

「こうやって三人仲睦まじくつながれば、夫婦の絆だけでなく、親子としての情愛も深まろうというもの。フフフ、そうは思わぬか」

肉の合わせ目に先端をあてがうと、濡れそぼった花びらのヌラつきを楽しむ。熱くたぎった柔肉がヒクヒクと蠢くのがたまらない。

「フフフ、よう濡れておる。志乃殿はよほど後ろからハメられるのが好きとみえる」

「むふううっ」

息子をしゃぶりながら犯されると知って、志乃は口唇奉仕の顔を歪め、狂ったように腰をよじりたてた。吐き出そうとする頭を前後から押さえられ、逆に激しく揺すられる。

「あひーっ！」

尿意にも似た切迫に襲われ、新之丞が素っ頓狂な声をあげた。同時に、

「むーっ!!」

ズンと最奥を衝き上げられた志乃も、悲痛な泣き声をくぐもらせる。

「むーっ！　むふううっ！」

「ひっ、ひっ、母上っ」

「フフフ、さすがに親子だのう。呼吸もぴったりではないか」

「ならば親子同時に気をやるがいい。いや、拙者もだ。三人で仲良う腰を振り合うて、同時に思いを遂げるのだ」

「ほれほれ、もっと気を入れてしゃぶらんか」

蟇目が大腰を使って志乃を揺すりあげれば、瀬谷が黒髪をつかんで引っぱる。

「フフフ、こいつはたまらん。犯せば犯すほど味が良くなってくる。どうだ、新之丞。お前も気持ちいいか、ん？」

「あわわ……あわわわ……」

瀬谷に抱きすくめられたまま、少年は露わにはだけきった股間をわななかせている。

甘美な唇に吸われて、柔らかい舌でなぞられ、半ば意識が飛んでしまっているように見えるが、それでも頭の片隅に、美しい母の口を汚してはならぬという思いがあるのだろう。自失の切迫感に、わななく唇を噛みしめ、真っ赤になった顔を振りたてた。

一方、母親の志乃は、

「むーっ……むーっ……むううっ！」

ズンズンと突きあげる蟇目の律動に、喉奥から肺腑をえぐる悲鳴を洩らしつづけているが、稚い屹立を含んですぼまった頬は、屈辱の涙に濡れ光りつつ、次第に妖しく上気していく。

「むううっ……むううっ」

成熟した女体の哀しい性か、あるいは、我が子を口に含んだまま、憎い仇敵に獣の体位で犯される異常さが、貞淑な人妻の理性を狂わせるのか。志乃はいつしか蟇目の突き上げに合わせるかのように、淫らに腰をうねり舞わせはじめた。

「むふう、むふううっ……」

「おうおう、締めつけてきよるわ。イクのか、志乃殿、またイクのか。息子を咥えたまま、拙者の太魔羅で、また気をやりおるのか？」

「むおおっ！」

志乃は屹立を頬張ったまま呻き声を昂らせ、双臀をブルブル震わせた。四つん這いの全身が小刻みに痙攣しはじめる。絶頂が近い。蓁目は一段と激しく突き上げた。

「うりゃあ、うりゃあ！」

「むふうっ、むふううっ！」

惑乱した志乃は貪るように腰を振りつつ、夢中になって我が子を吸った。すぼめた唇で遮二無二なって肉茎を摩擦しながら、発育途上で硬さも十分でない肉笠の窪みに柔らかい舌腹を這わせた。

「アッ」

小さく声をあげて少年の背がのけぞったのと、志乃が生々しい呻き声を発したのが同時であった。志乃の硬直に合わせて、蓁目も女肉の奥に精をしぶかせた。

「おおっ!!」

「むふううっ!!」

「あああっ」

三人の逐情の声。志乃は女の最奥に熱い樹液を注がれつつ、我が子の青い性の迸りを喉奥へ嚥下した。

もう何も分からなかった。官能の喜悦に腰骨が痺れきり、全身の肉がドロドロに溶けただれていく。燃え盛る火柱と化した裸身は、幾度も幾度も絶頂の痙攣を繰り返していた。

第二章　美冬の巻　女剣士のやわ肌

1

「えいっ――えいっ」

暮色の迫る道場内に二つの若い声が響きわたっている。気迫のこもった二色の声の、低い方は男、高く澄んだ方は女。

「えいっ――えいっ」

「えいっ――えいっ」

素振りを二千回――それを終えると、白小袖に青袴の若い女は、秀でた美しい額に光る汗を白い手の甲でぬぐい、隣に並んで竹刀を振っていた若者に向き直った。

「勝之進さま、今日はこれまでに致しましょう」

弾む息を整えつつ、若衆髷に結った頭を下げ、丁寧に御辞儀をした。

「はい」

勝之進と呼ばれた若者は素直にうなずく。だがすぐ、思い返したように、

「美冬どの」

袴姿をあらたまった感じに直立させ、竹刀を握ったままで、若い女の双眸をヒタと見すえた。

「はい」

美冬は逸らしかけた視線を再び若者の瞳へ戻した。思い詰めた若者の一途な表情を見ると、期待と同時に、畏れにも似た感情で胸がしめつけられる気がした。

若者といっても、十八になったばかりの美冬と、すでに何年も城勤めをしている勝之進とでは、十ほども歳が離れている。その勝之進が、自分に好意以上の強い感情を抱いていることは、女の直感で十分すぎるほど分かっていた。そして美冬もまた——だからこそ他の道場生たちが帰った後も、こうして遅くまで勝之進の修練に付き合っているのである。

「美冬どの……」

勝之進は言いよどんだ。

「はい……」

純朴な勝之進の緊張が、処女の美冬にも伝染したのか、普段は男まさりの女剣士が美しい切れ長の眼を伏せ、ややうつむき加減になった。

勝之進から結婚の申し出があれば、どう返答するか――美冬はすでに決めてある。娘の顔さえ見れば「剣術などにうつつを抜かさず、早くどこぞへ嫁に行け」と小言を言う父に対し、いつも返答しているのと同じ言葉で答えるつもりだ。

女の私より弱い男に、妻として仕えることなどありえません。剣で私を打ち負かす殿御がいれば、美冬は終生その方に身も心も捧げとうございます――。

早く嫁に行けという父の言葉が本心でないことを、美冬は知っている。

長く子宝に恵まれず、ようやくもうけた一子が女であると知ったとき、父の又八郎がどれほど意気消沈したか、三年前に病死した母から聞かされたことがある。幼い美冬に剣術など教えたことからも、道場の後継ぎとなるべき男子を、彼がどんなに欲していたか分かるというもの。それを知ればこそ、美冬は自分より剣の強い男、いやせめて自分と対等にわたりあえるだけの技量を持った男を婿にしたいと、父の為に願っていた。

「お手合わせ願えますか」

しばし気まずい沈黙が続いた後、勝之進は結局その言葉に逃げた。

美冬は黙ってうなずいた。

安堵と落胆の入り混じった複雑な気持ちで、齢十八の乙女は防具をつける。しかしいったん竹刀を握って相対すると、迷いのない剣士の顔になった。

実際、美冬は人を斬ったことがある。昨年の暮れ、父の所用に同行しての帰り道、人気のない暗い橋のたもとで覆面をした五人組に囲まれた。折から雲間が切れ、顔をのぞかせた三日月の光に、無言で抜刀した男たちの凶刃が光ったとき、

「新陰流だ、美冬」

男たちの構えから、流派を見抜いて父が告げた。

「抜かるでない」

「承知しました」

父娘は刀を抜き、背中合わせに声をかけ合った。相手が柳生新陰流なら、こちらもそれに合わせた戦術がある。

「うりゃああ！」

怒号とともに、五人がいっせいに殺到した。

血しぶきがあがった。

父の又八郎が二人を斬るより速く、美冬の剣は三人を斬り捨てていた。

死体の覆面を剝ぎとると、見覚えのある顔があった。以前道場破りに訪れ、又八郎の木剣に軽くいなされた剣客である。その時のことを遺恨に思って、卑劣にも仲間を集めて闇討ちをかけてきたのだ。

美冬に斬られた三人の遺体を検分しつつ、又八郎は額に汗を滲ませていた。一人は胴をなで斬りに、一人は正面から真一文字に、残る一人は喉笛をかっ切られていた。鮮やかすぎる斬り口だった。三人とも一刀で絶命している。

又八郎は唸った。

（この子は——）

天稟の才というものがあるとすれば、まさしくこれであった。いかに剣術の才能があろうと、最初の実戦では身に備わった力量の半分しか出せぬもの。その半分がこれなのだから……あらためて、美冬が男であったならと思わざるを得ない。

だが強ければ強いほど、その強い相手を打ち倒して名を挙げんとする剣客が次から次へと勝負を挑んでくる。その中には今日のような卑劣な輩も少なくはない。剣客の道は修羅の道。父として、女の美冬にそのような道を歩ませたくはない。

そんなことがあってから、又八郎は以前にもまして、美冬に早く嫁に行けと口うるさく言うようになった。

「いざ」

「いざ」

勝之進と向かいあった美冬は、竹刀を青眼に構えたまま、摺り足でそろりそろりと涼やかな青袴姿を音もなく右へ右へと移動させていく。防具面の奥に凜とした眼光が冴え、一分の隙もない。

「やーっ！」

気合いとともに勝之進が打ちこむが、軽くいなされた。前につんのめって危うく壁にぶつかりかかった勝之進は、おのれの不様さに苦笑いし、気を取り直して再び打ちこむ。

「脇が甘いっ」

胴を打つとともに、美冬が叱咤した。

相手が年上でも、また、思いを寄せる相手であっても、こと剣術となれば容赦はしない。勝之進はたちまち五本を取られた。

「いや、参りました。本当に美冬どのはお強い」

力の差もここまで歴然としていると、女に負けたという口惜しさすら湧いてこない。

勝之進は防具面をとり、白い歯をのぞかせて爽やかに笑った。

「勝之進さまも上達されましたわ」

「いやあ、自分など、まだまだ」

防具を脱いで裏庭へ出ると、暮れ六つの鐘が聞こえてきた。

日は長くなってきたとはいえ、あたりはもうすっかり暗くなっている。二人は井戸の水を木桶に汲み、冷水に手ぬぐいを浸した。美冬はいつものように肩脱ぎになって火照った肌を手ぬぐいで湿す。

(見てはいかん……)

そう思いながらも勝之進の視線は、その雪のように白い肩、汗の光る鎖骨の窪みに吸い寄せられてしまう。去年くらいまでは、さほど目立たなかった美冬の小袖の胸のあたりが、今は誇らしげに前方へ突き出し、魅力的な二つのふくらみが呼吸とともに上下している。十八になったばかりの女剣士は、その清楚な小袖の盛り上がりの下にどんな美しい乳房を秘め隠しているのだろうか。度が過ぎるほど生真面目な勝之進が、このときばかりはついつい淫らな空想に囚われて、袴の下の股間をモッコリと膨らませてしまった。

首まわりの汗を拭いつつ、ふと瞳を上げた美冬は、勝之進の熱い視線に気づくと、

狼狽を露わにして身をこわばらせた。

　男まさりで剣術一筋の美冬も、初潮を迎えた頃から、道場生たち、いや、父を除く大人たち全員の、自分を見る眼が変わってきたことに気づかざるを得なかった。

「美冬ちゃん」あるいは「みぃちゃん」だったのが、ある日を境にして「美冬殿」と呼ばれるようになったことは、大人として扱われている証しで、決して嫌なことではなかったが、にわかに柔らかみを帯びてきた自分の身体に、男たちの視線がある特殊な意味を込めてまとわりつくようになったことには、ほとほと閉口していた。

「はて？　近頃、やけに入門志願者が増えおった」

　父の又八郎は日誌をめくって首をかしげるが、美冬にはその理由が分かっている。例の闇討ち事件が瓦版によって報じられた後、三人の無頼漢を一刀両断に斬り捨てた女剣士をひと目見ようと、道場に大勢の野次馬が押しかけた。入門志願者が急増したのはその後である。彼らは皆、美冬目当てだったのだ。

　道場主の娘であるということで、さすがになれなれしく話しかけてはこないものの、サカリのついた牡犬を想わせるいやらしい視線は、勝気な美冬の神経を逆撫でした。

　どこで聞いたのか、美冬が自分より強い男にしか嫁がぬという噂を耳にした者たちが、次々と彼女に手合わせを願い出てきた。だめもとで挑んでくる者はまだ可愛げが

あるが、中には、

「美人剣客、天才剣士ともてはやされても、所詮は女。なにほどのことがあろう」

とタカをくっている輩もいる。このあつかましい男たちが、他の門弟らの見まもる中、美冬の流麗な剣技に翻弄され、完膚無きまでに打ちすえられたのは言うまでもない。そのことがまた瓦版に報じられ、美人女剣士・早乙女美冬の名は城下で知らぬ者とてなくなってしまった。

「いや……あの……」

身をこわばらせ、処女らしい潔癖さでキッと眉根を寄せる美冬を見て、勝之進はひどく慌てた。おのれの薄汚い内心を見透かされた気がして、身の置き所がない。

「し、志乃殿——志乃殿は遅いですなァ」

窮余の一策で話題を転じる。その言葉に救われたように、美冬も、

「本当に——」

と、肩脱ぎになった肌をさりげなく隠した。

つい反射的に険しい態度を示してしまったが、他の男たちの場合と違い、勝之進の視線を浴びることは決して不快ではなかった。ただその分、羞恥心は大きかった。自分でも、どうしてこんなにと思うほど恥ずかしく、頬が赤らんで火照る。

「今日は御家老と面会するだけのはず。長く引き止められる理由もなかろうと思うのですが」

「ええ、どうしたのでしょう」

言われると、美冬も不安になる。

ここ十日ほど、鵜飼新右衛門の妻・志乃とその息子・新之丞を道場に泊めている。旅姿で教えを乞いにきた母子に仔細を尋ねた父・又八郎が、夫の無念を晴らそうという美しい武家妻の真情にほだされ、道場の一角を住まいとして提供しているのだ。

正式の仇討ちには、奉行所の調査、認可、幕府への処置伺い等々、煩雑な手続きがある。今回は藩侯長患いの折、家老・瀬谷兵左衛門の特別の取り計らいがあったとはいえ、竹矢来をめぐらせるなど決闘場の設営も必要である。

「もしやということもございますので——」

家老屋敷へ呼び出しを受けた志乃は、そう言って白装束で出かけていったが、即日決行などということは考えられない。

「まあ戌の刻までには戻られるでしょう。勘助さんも付いていることですし、心配は要りますまい。さあ、私も帰ろうかな」

勝之進は腰を上げた。気まずい雰囲気を切り替えることができ、とりあえずホッとしている。

2

その勘助は戌の刻が過ぎても家老宅の門前に立ちつくしている。中間の彼は、母子と一緒に屋敷内へ入ることを許されず、次第に冷たさを増す夜気の中、もう長いこと二人が出てくるのを待っているのだ。

主人である鵜飼新右衛門が殺害された時、彼は台所で得意の魚料理に腕をふるっていた。志乃の悲鳴に飛び出していった彼が見たものは、血まみれになって倒れ伏した新右衛門と、骸にとりすがって半狂乱になっている志乃の姿であった。

忠義心の篤い老中間《ちゅうげん》は、おのれを恥じた。先代から仕えている屋敷で、むざむざと主人を凶刃に屠られた自分自身を深く恥じた。逐電した蟇目寅之助を追って、志乃と息子の新之丞が仇討ち行脚に出発すると決まった時、是が非でもお供させてもらいたいと泣きながら懇願したのは、そのためである。

主人を守れなかった罪を贖うには、仇討ち母子の旅の苦労を少しでも軽減してやること、そして運よく仇にめぐり合い、奥方の志乃が蟇目と白刃を交えることになった暁には、無外流の遣い手と聞く蟇目の刀を、老い先短い身体に身代わりとなって受けることで、志乃が彼に一太刀を浴びせる手助けをするほかない。

だが、老体にはこたえる五年の長旅に彼が愚痴ひとつこぼさずついて来れたのには、忠義以外の理由もあった。ほかでもない。美しい女主人の志乃に対する、秘められた老いらくの恋である。

志乃が鵜飼家に嫁いできたその日から、早くに妻を亡くした男やもめの老中間は、志乃の端麗な美しさに魅せられてしまった。初々しい新妻の魅力は、彼女が子を産み母親になると、成熟した色香と犯し難い気品にとってかわった。成就するはずのないせつない恋心を、勘助は無償の自己犠牲へと転じ、夫である新右衛門に対するそれを上回る忠義心でもって志乃に仕えてきたのである。

そんな勘助にとって、志乃とその息子との三人旅は、苦労であるのと同時に、この上ない幸せでもあった。朝な夕な、間近に志乃の姿を見、柔肌の仄かな匂いを嗅ぎ、時には優しいねぎらいの言葉をかけられる。

至福であった。志乃の為とあらば、老いさらばえた命などいつでも投げ出すことができる。

「遅いなァ……うう、さぶ」

粗末な麻の着物の前を合わせて、勘助はブルルッと身震いした。

昼間が暑かったので、薄着のままで出てきたのが悔やまれた。それにしても、随分長い。冷たい夜気に刺激されて、鼻の奥がムズムズしてきた。

「ヒ、ヒ、ヒャックショイ！」

大きくくさめをした時、表門の脇の木戸が開いて、勘助と同じくらいの歳に見える痩せぎすの男が、手招きしてきた。

「よろしいんで？」

相手が黙ってうなずいたので、勘助は体をかがめて中へ入った。遅くなったので、志乃と新之丞は夕餐を馳走になっているのかもしれない。自分も、熱燗と肴の煮つけでも戴けると有り難いが——。

男についていくと、暗い庭を横切って勝手口へ導かれ、そこから屋敷内に入った。

（いやはや、これはたいしたものだ）

男の後について、行灯の並んだ長い廊下を歩く。これほど大きなお屋敷には入ったことがない。一人にされたら迷子になりかねない広さだ。

「へ？」

勘助はキョトンとした。

男が立ち止まってニヤッと笑い、前方にある襖を指差したのだ。そこを開けて中へ入れという意味らしい。さっきから一言もしゃべらないのが不気味だ。もしかすると口がきけないのかもしれない。

男はもう一度勘助に向かって笑いかけると、廊下を小走りに、もと来た方へ去っていった。

ひとり取り残された勘助は、おそるおそる襖に手をかける。

部屋には灯りがともされておらず、中は真っ暗であった。熱燗と酒の肴を期待していた勘助は面食らい、白い眉を顰めた。

その時、かすかに人の蠢く気配がし、暗闇の中から「ううっ」と苦しげな女の呻き声が聞こえた。

勘助が驚き、闇の中に視線をこらそうとしたその時である。

「勘助とやら。長旅、大儀であったな」

重々しい声がして、行灯に火が入れられ、闇の奥が薄明るくなった。

勘助は思わずアッと声をあげそうになった。

明かりに照らし出されたのは、褌姿の二人の男、そしてあお向けに転がされている真っ白い女の裸身であった。

女は細い足首を青竹に縛られ、清楚な白足袋の裏を天井に向けた恰好で、肉感的な太腿を限界まで左右に割りひろげられている。褌姿の二人が青竹の両端を支え持ち、こちらを向いた女の豊満な臀部の下には枕が据えられていた。濃い草叢に覆われた女の恥丘は、隠しどころもなく曝け出されている。

「こ、これは――」

瞬間、狐に化かされたかと我が目を疑ったが、目に染み入る女の肌の白さ、そしてその白さを際立たせる漆黒の繊毛の鮮やかさは、生々しいまでに現実的である。

だが、勘助が心臓も止まるほど驚いたのは、褌の男の一人が女の髪を鷲づかみにし、被虐に泣き濡れた美しい顔を勘助にも見えるように上へ持ち上げた時であった。

「お、奥さま！」

勘助は腰を抜かしそうになった。

「これは……これはいったい……」

「いやあっ！」

志乃が泣き声をあげ、ほつれ髪のかかった凄艶な美貌を横へねじる。

「見ないで……勘助。見てはなりませぬっ」

行灯の明かりが逆光になって、志乃の側からは勘助の顔が見えない。だがこれ以上は無理というほど開ききった太腿の付け根に、冷たい夜気とともに熱い眼差しが突き刺さってくるのを感じないわけにはいかなかった。

「見ないで……見ないで、勘助……」

グラグラと頭を振り、志乃はうわごとのように哀願を繰り返す。使用人である勘助の前に女の羞恥を晒しきっている。悪夢のような現実に息も絶えてしまいそうだ。

「フフフ、遠慮はいらぬ。もそっと近う寄れ、下郎」

青竹を揺らしながら、瀬谷が言った。

「お前の女主人がの、ここにおる蟇目に床の上で仇討ちを挑みかかって、ちょうど今返り討ちに遭うておる最中じゃ。中間のお前も、しかと見届けるがよかろう」

「何、蟇目!?」

言われて初めて、勘助はもう一人の男が隻眼であることに気づいた。

「蟇目……蟇目寅之助」

「おう、勘助か。懐かしいのう。そちも達者で何よりだ。フフフ」

「おのれ、蟇目っ。ここで遭うたが――」

だが、勘助は小刀一つ身に帯びてはいない。それに何よりも、体が金縛りにあったように凝固して動かなかった。心の臓が激しく脈を打ち、膝がガクガクして、今にも床に崩れ落ちてしまいそうだ。

「無体な真似は許さぬ。奥さまを……奥さまをお放し申せっ」

伏目になって斜め下の青畳を睨んだまま、勘助は嗄れ声を絞り出した。とても前を見る勇気がない。顔を上げようものなら志乃のあそこに眼が吸い寄せられてしまう。いや懸命に眼を逸らしていても、成熟した雪白の女体と、漆黒の草叢の下にのぞいた肉の合わせ目はすでに脳裏に焼きついてしまっている。志乃の女肉は、二人がかりの激しい凌辱によって、薄桃色の花びらを妖しく外側へほころばせていたのだ。

「放せだと？　フフフ、心にもないことを申すな、勘助」

志乃の柔らかい乳房を弄びつつ、蟇目は狡猾そうに隻眼を細める。

「拙者が知らぬとでも思うたか、ん？」

「な、何のことだっ!?」

「何のことだァ？　へへへ」

蟇目は嘲笑った。

「志乃殿に惚れておるのだろう。分かっておるぞ。フフフ、この助平中間が」

「な、な、な——」

忠義な老人は、滑稽なほど狼狽した。

「な、何を――何を言う!?」

「そうムキになるなよ、勘助。お前だって男だ。主人の女房がこれほどの美人なら、抱いてみたい気になるのは分からんでもない」

「げ、下劣なことを申すなっ」

「ほう。では何か？　お前はこの五年間、志乃殿と寝起きを共にしていて、一度たりとも催したことはないと、そう天地神明に誓って言えるのか？」

「…………」

「そおれ見ろ。おおかた厠《かわや》あたりで、志乃殿のオマ×コを想いながら、しなびた老い魔羅をこすっておったのであろう」

「そ、そのようなこと……」

勘助の眼が泳いでいる。嘘のつけぬ無骨な老人の顔が、まるでウブな青年のように赤らんだ。志乃が腰をよじり、すすり泣きの声を高ぶらせた。しっかり閉じ合わせた睫毛の間から、大粒の涙がポロポロと頬にこぼれ落ちる。

「フフフ、どうやら図星だったようだな」

蟇目はさらに追い討ちをかけた。尖った人妻の乳首を指の腹で刺激しながら、

「いっそ手籠めにしてやればよかったのだ。志乃殿もそれを待っておったやもしれぬ

ではないか」

「ば、馬鹿な——」

狼狽した勘助の顔は、憤怒を加えてさらに赤くなった。まるで茹蛸だ。

「奥さまはそのようなお方では——」

「ないと言うのか？　フフフ、いい歳をして、世間知らずな男よの」

蟇目はせせら笑った。

「よいか、勘助。女というのはな、卑猥で狡賢い生き物なのだよ。肉の悦びを与えてやれば、お前のような下郎が相手でも、夢中になってしがみついてきおるわ。無理やり犯されたのだと自分に言い訳が立ちさえすればな」

「………………」

「現にこの女、わしの太魔羅に子壺をえぐられ、ヒイヒイよがって腰を振りおったわ。上品な顔をしておるが、相当の好きものじゃて」

瀬谷も褌の上から肉棒をつかんで言う。

「な……で、では奥様を——」

「おう、たっぷり可愛がってやったとも。腰が抜けるほどどな」

蟇目は志乃の白い尻肉を撫でながら続けた。

「亭主に死なれて五年、志乃殿は身体が疼いて仕方がなかったらしい。『蟇目さま、挿れて。志乃のオマ×コに珍棒を深く入れて、かきまわしてください』、新右衛門の奥方にそう泣いて頼みこまれてはな。フフフ、奴を斬ったのが拙者である以上、ことわりきれぬ」

「う、嘘だっ」

勘助は声を荒げた。

「これ以上奥さまを侮辱すると、許さぬぞっ。貴様それでも武士かっ⁉」

「フフフ、嘘かまことか。しばらくそこに座って見物しておるがいい」

蟇目は家老の瀬谷と顔を見合わせると、左右から志乃の媚肉に手を伸ばした。凌辱にほころびた肉の花弁を左右にくつろげる。

「い、いやっ」

志乃の腰が躍った。息子に続き、使用人の勘助の前でも辱しめられると知って悲鳴をあげ、狂ったようにかぶりを振る。だが後ろ手に縛られ、両足首を青竹に括られていては為す術がない。

「フフフ、御開帳だ、志乃殿」

「いやあっ」

「ほれ、ぱっくりと観音様を開け。善人面した助平ジジイに、奥の院を拝ませてやるのだ」

「いやっ、いやあっ」

志乃はのけぞり、ブルブルと腰を震わせた。

媚肉を左右に割りひろげられ、繊細な粘膜が外気に晒される。蟇目と瀬谷の視線が食い入ってくる感覚に、気が遠くなっていく。

「それ、見るがいい、勘助。お前が死ぬほど見たかった、志乃殿のオマ×コだぞ」

「使いこんでおらぬから、形も崩れておらぬ。ほれ綺麗な薄桃色の蛤じゃ」

剝き身に晒した綺麗な貝肉を、男たちは指先でいやらしくなぞりはじめた。蟇目が蜜壺の入口をひろげてみせれば、瀬谷は肉の合わせ目の上端に、太い指を這わせる。

「フフフ、たまらん手触りだ」

「柔らかくて熱い。指がとろけてしまいそうじゃ」

ひっ、ひっ、ひいいっ――。

高い悲鳴とともに、緊縛された志乃の双臀がピクン、ピクンと跳ねる。

「や、やめて、やめてえっ」

「フフフ、『嫌よ嫌よも好きのうち』じゃ。下の口は喜んでおる。どれどれ、肉豆を触って進ぜよう」

「あっ、そ、そこは――」

いやああっ!!

のけぞった志乃の喉から、ひときわ高く悲鳴が噴きあがった。

「そこは――そこは駄目っ!」

瀬谷の指が、女体の最も敏感な箇所、官能の凝縮した女のつぼみに愛撫を集中させはじめると、志乃は狂気したように泣き叫んで、腰をうねらせた。

「いやっ、いや! 許して、堪忍してっ!」

「フフフ、感じやすいオマ×コをしておる。ちょっといじってやっただけで、ほおれもうこんなに――」

指先に熱い潤いを感じて、瀬谷が笑った。

老練で執拗な愛撫に、女芯の包皮が自然と剝けていく。羞ずかしげに顔をのぞかせた肉の芽を指の腹でユルユル揉み込んでやると、たちまち硬く尖って充血し、小指の先ほどの大きさにまでふくれあがった。

「こんなに反りかえっておる。女の蕾とはよく言ったものじゃ。嬉しそうにヒクヒク蠢いておるではないか。フフフ、いやらしいのう」

「そろそろ指を入れて欲しくなってきたのではありませぬかな、志乃殿」

まさぐられる蜜壺の周辺は、すでに悦びの蜜で濡れ光っている。蟇目は泣きながらかぶりを振る志乃を無視して、

「何? 『女の口からそんなことを言わせるな』とな? いやいや、これは失礼をばつかまつった。無粋であったな。許されよ」

金縛りにあったように立ちつくす勘助に聞こえるように言うと、中指を根元まで蜜壺に挿れ、抽送を開始した。回転を加えながら、ゆっくりと抜き差しする。

「や、やめ――あっ……あっ、け、けだものっ」

志乃は血を吐くように叫び、眉間に縦ジワを刻んだ美貌を右に左に振りたくった。おぞましい――そう思う心とは裏腹に、くすぐられる女のつぼみ、えぐられる肉壺を中心にして、腰全体が甘く痺れる。その痺れと熱によって、ドロドロと全身の肉が溶け爛れた。

「ハアアッ……」

こらえようとしても恥ずかしい声が洩れ出た。男たちは女芯の肉芽と蜜壺を同時に責めつつ、あまったほうの片手で志乃の乳房を揉み、汗ばんだ双臀をいやらしく撫でまわした。

淫らな玩弄とはいえ、愛撫に変わりはない。ツボを得た全身愛撫に、志乃は緊縛された肢体をもどかしげにうねらせ、禁断の絶頂へ向けて駆け上がっていく。止めようにも、暴走を始めた女体はもう自分の意志ではどうにもならない。

「あ……あうっ……見ないで、勘助……あうっ、あううっ」

はっきりそれと分かるヨガり泣き。志乃は泣き、呻き、枕に乗った腰を悶えさせた。

「フフフ、どれ、尻の穴も可愛がってやるか」

「あっ……そんな……あぁァ」

肛門をいじられても、強くは抗わない。燃え上がってしまった身体には、どれほどおぞましい刺激でも官能の火に注がれる油となるのだ。

「あーっ！　あああっ！」

「フフフ。痙攣が始まったぞ」

「激しいですな、志乃殿」

「もう……ああ、もうっ」

「イクのですかな、志乃殿」

「イク時はちゃんと知らせるのだぞ」

そう言いながら、男たちは手加減している。そう簡単に気をやらせては面白くない。

たっぷりと時間をかけ、使用人の面前で志乃に死にたくなるほど無様な生き恥を晒させようというのだ。

「や、やめてくれえっ！」

濡れそぼった肉壺に男たちの指がこすれて立てるピチャピチャという淫音に、勘助は耳を押さえてうずくまった。眼を逸らし、志乃の悩ましいヨガリ声だけを聞かされていると気が狂いそうだ。魔が差したと言おうか、勘助はうつむかせていた顔を上げ、志乃の双臀を盗み見た。

「お、奥さま……」

志乃の花びらが迫ってくる気がした。節くれだった男たちの指に開かれ、妖美な女の構造が隠しどころなく露呈している。薄紅色の肉層は透明な甘蜜にヌラヌラと濡れ光り、男の愛撫に応えて踊り食いのアワビのように蠢いていた。摘まめばもげそうなほどに屹立した女のつぼみは、絶頂が近いことを告げ知らせるようにヒクヒクと震え、溢れかえった甘い果汁は会陰へと流れて、小さくすぼまった桜色の肛門をグッショリと濡らしていた。

「志乃……志乃さま」

勘助はうわごとのように口走った。

目の前にムッチリと張りつめた志乃の双臀がある。パックリと開いた羞恥の花園から、山百合に似た甘く濃密な女の匂いが漂ってくる。濡れた花びらが迫ってきたかに見えたのは、自覚せぬまま、勘助自身が這い寄っていたのであった。

「イカせてやれ、勘助」

陶然となってしまった老中間の耳に、蟇目が悪魔の誘惑を囁いた。

「このままでは志乃殿はかえって恥ずかしい。何もかも忘れてしまうくらいにヨガり狂わせてやるのが奉公人としてのお前の務めだ」

「五年分の俸禄と思えばよい。マン汁を舐めてやるのだ。奥さまも喜ぶ」

瀬谷も低い声で後押しする。

「だ、駄目っ」

志乃がまなじりをひきつらせた。

自らの下腹越しに見える勘助の顔が、開ききった股間の中心を食い入るように見つめているのを知って、おびえきった声をあげた。見られているだけでも気が遠くなるほどの羞恥と屈辱なのに、このうえ――。

（いや！　絶対にいや！）

志乃は胸の内で泣き叫び、青竹がしなるほど両脚をうねらせた。肉感的な腰も狂気したように悶えのたうつ。

「駄目よ、勘助。駄目ですっ！」

「ほれ、尻を振ってせがんでおる」

「フフフ、割れ目から、またおツユが溢れてきたではないか。口では綺麗ごとを言っておるが、本当はオマ×コを舐められたくて仕方がないのだ」

「舐めてやれ、勘助」

「存分に舐めて、気をやらせるのだ」

勘助の眼は憑かれたようになって、志乃の女陰だけを凝視していた。もう男たちの声も耳に入ってはいない。

奥さま——ああ、奥さま——。

うわごとを口走りながら、入れ歯の口を開き、志乃の女陰にむしゃぶりついた。

「ひいっ!!　ひいっ!!」

すさまじい衝撃に、志乃の腰が跳ねる。若い女体の弾力に、老体を弾き飛ばされそうになった勘助は、無我夢中で志乃の双臀にしがみつき、尖らせた唇を吸盤のように女芯にふるいつかせた。

「い、いやっ……」

強く吸い上げられ、志乃は半狂乱になった。

「ううっ……か、勘助……ああ、正気に……正気に返って……こんな……い、いやああっ！」

泣きながら、天井を向いた双臀をガクガクと弾けさせるが、蛭のように吸いついた使用人の口は離れない。それどころか、ザラついた舌を伸ばして、ベロベロと肉溝を舐めあげてくるのだ。

「あっ、勘助……そんな……やめて……お、お願いよっ」

ピチャピチャ――。

ピチャピチャ――。

卑猥な淫音を立てて舌がひらめくたび、志乃の細眉が懊悩にたわみ、色づいた裸身がビクン、ビクンと発作のように痙攣した。白くなめらかな絹肌は早くも官能の色に妖しく染まり、じっとりと脂汗を滲ませはじめる。

「いや……堪忍……堪忍してっ」

甘い吐息まじりに志乃は抗いの言葉を口にするが、グラグラとかぶりを振る動きもどこか諦めきった風情で弱々しい。

「ああっ、勘助……んんっ……あああっ！」

根元まで露呈した肉芽を強く吸われて、志乃はブルブルと腰をわななかせた。恥ずかしい声をあげそうになり、あわてて奥歯を噛みしばるが、すぐにまた快感に負けて唇を開いてしまう。蟇目と瀬谷にかわるがわる犯され、くるめくような絶頂を味わわされた人妻の肉体はいかにも脆かった。もう性感が皮膚の表面に露出しているようなものだ。

「んんっ……いやっ……いやっ……はああっ」

「奥さま……奥さま」

勘助は無我夢中だ。

開ききった肉の花弁。妖美な女の構造の奥からジクジクと滲み出てくる甘い官能の花蜜。ヒクヒクと羞ずかしげに蠢いては、キュウッと桜色をすぼめる小さな肛門。

自分のような卑しい男の舌技に、奥さまが美しい身体を開き、腰を震わせて悦んでいる。鷲づかみした白い臀肉もしとどの汗に濡れまみれ、今にも気をやらんばかりに痙攣しているではないか。

もう勘助の頭の中には善も悪もない。忠義の二文字ですら、どこかへ雲散霧消していた。志乃の尻、志乃の女陰、志乃の汗と匂いだけが、彼の狭い頭蓋を占めている。

勘助は夢中になって女芯を吸い、甘蜜に濡れた花びらを舐め、尻穴の襞の一枚一枚

ていた。
呑まれ、枕に乗った双臀をさらにせり上げて、あられもない喜悦の表情をのけぞらせ
我れを忘れているのは勘助ばかりではない。志乃もまたどっぷりと官能のうねりに
に至るまで、めくるように舌先で愛撫した。

「いいっ……いい……あわわ、あわわわ」

ヨガり泣きが止まらない。

勘助の舌がひらめくたびに、強烈すぎる快感が背筋を走り、頭の芯がうつろになった。最奥が熱くたぎって溶けただれ、意志とは関係なく腰が動いた。勘助の顔に女の茂みを押しつけ、のけぞって歓喜の声を噴きこぼす。

「か、勘助……もう……もう」

「フフフ、もう、どうだというのだ？　志乃殿」

蟇目が笑った。

「舌だけでは物足りぬか？　この爺いの魔羅を濡れぼぼに咥え込んで、先刻のように腰を振りたくなったか。ん？　どうなのだ、志乃殿」

「ああっ」

志乃は上気した美貌を横にねじった。

泣き濡れた瞳が絶望の色を滲ませているのは、蟇目の残酷な企みに気づいたからだ。使用人の勘助に志乃を犯させ、主従に肉の関係を持たせようというのだ。

「やめて……そんな恐ろしいこと……んん……ああ……あううっ」

「フフフ、まだ牝になりきれぬと見える」

蟇目は勘助の白髪髷をつかみ、後ろへ引いた。

夢中になって舌を使っていた勘助は、突然引き剝がされ、血走った眼を剝いて獣のように唸った。口の端から白い涎を垂らしている。欲情に狂って、もはや人の心すら失くしているかに見えた。

「フフフ」

「へへへ」

勘助の舌に代わって、再び蟇目と瀬谷の愛撫が始まった。耳穴に熱い息を吹きかけつつ、やんわりと左右の乳房を揉みしだく。無防備に晒された双臀をいやらしく撫でまわし、開ききった媚肉に指を伸ばした。

「い、いや……いやですっ！　ああっ、け、けだものっ！」

志乃は黒髪を振り、カチカチと歯を嚙み鳴らす。

男たちはじっくりと志乃の身体を責め苛んだ。固く尖った乳首をつまみあげ、グリグリと揉みしだいた。充血した肉芽を弾きながら、尻穴の中心をくすぐるように揉み込んだ。だが志乃が快感に負けて我れを忘れそうになるやいなや、意地悪く愛撫の手をゆるめる。

「そんな……いや、いやよ」

志乃は狼狽し、泣き声をあげた。

火柱と化した人妻の身体には、とろ火にかけるような愛撫がもどかしい。より強い刺激を求めてクナクナと腰をよじりたてるが、次の瞬間にはそんな己れのあさましさを自覚し、

「あぁっ」

消え入らんばかりの羞恥に襲われて、気品ある美貌を火に染める。

「フフフ、さすがは人妻。この濡らしようはどうだ。指がふやけてしまったわい」

「不満げに腰を振っておるところをみると、どうやら拙者らの指では不足とみえるな。ならば——そらもう一度舐めてやれ、勘助」

いっせいに指を引くと、蟇目は再び勘助の顔を志乃の股間に押しつけた。

もう勘助に逡巡はない。赤い舌を伸ばし、獣めいた低い唸り声をあげながら、開ききった志乃の割れ目を憑かれたように舐めねぶる。

「いやっ、勘助。やめてっ」

志乃は悲鳴をあげて腰を悶えさせるが、たちまち快美のうねりに呑まれて、

「ああっ……い、いや……いやぁァ」

悲鳴はあえぎに、抗いの動きはせつなげな身悶えに変わってしまう。

「あっ、あっ、勘助……はああっ……あう……あうっ……勘助っ……はううっ！」

堰を切った熱い息づかい。あえぎ声にも甘い響きが入り混じる。志乃は身をよじりたて、焦れたように双臀を揺すりたてた。女体に再び火がついたのだ。

「い、いい……いいっ」

こうなると恥も外聞もない。勘助の舌に惜しげもなく熱い情感を注ぎかけながら、志乃の女体は官能の頂点めがけて一気に駆け上がっていく。

「イク……志乃、イキますっ」

逐情の瞬間が近いことを告げ知らせ、口惜しさも羞ずかしさも忘れて、せわしなく腰を蠢かせた。

「ああっ！　イク……あああっ！　イクっ！」

あられもなく嬌声を噴きあげ、弓なりに背中を反らせる仇討ち妻。

だが男たちはどこまでも意地が悪い。志乃が悦びに全身を突っ張らせる寸前を見計

らって、また勘助の髷を引いた。

「そんな……いや、いやよ、勘助っ」

官能の大波に見捨てられた志乃は、うろたえ、かぶりを振って身も世もなげにすすり泣いた。骨の髄までとろけるような肉の快感を、逐情の寸前に奪われる。成熟した女体にとって、それは生き地獄にも等しい仕打ちだった。

「フフフ、使用人相手に、えらく気分を出したものだな。志乃殿」

「夜具がグショ濡れではないか。フフフ、貞女が聞いてあきれるわ。自分の妻がこんな好きものだと知ったら、死んだ亭主もあの世で面子が丸つぶれじゃろうて」

しゃくりあげる未亡人の美貌を、瀬谷と蟇目は意地悪く覗きこむ。

上気した頰にほつれ髪のかかった泣き顔は、美しい瞳が涙に潤み、わずかに紅唇を開いて、胴震いがくるほど色っぽい。

「ほれほれ、こうして欲しいのか」

「ここか？　ここが感じるのか」

男たちの卑猥ないたぶりが再開された。

絶頂の瀬戸際にある女体を悶えのたうちまわらせるのに、特別な技巧など必要ない。軽く乳首をつまんでやっただけで、志乃は、

「ああぁっ」

甲高い悲鳴をあげて大きくのけぞる。尻たぶを手のひらで数回撫でさすってやると、ヒイヒイと泣きながら腰を振った。

「フフフ、いい尻だ、志乃殿」

「ひいっ、いやっ！　いやよっ！　あああァ」

「この肉づき、フフフ、たまらんよ」

燃え上がった女体に追い討ちをかけるいやらしい愛撫。それでいて、肝心な部分に男たちの指は触れてこない。蛇の生殺しにも似た陰湿な責めに、火照った尻は焦れたように蠢いた。

「あううっ……ひいっ、ひえぇっ」

志乃は半狂乱になって泣き悶えた。美しい裸身は汗にまみれ、油でも塗ったようにヌラヌラと濡れ光っている。

「そんな……お、お許しをっ」

血を噴かんばかりに尖り勃った肉芽の縁を、蟇目の指がスッ、スッと軽くなぞれば、引きすぼめた肛門の周辺を瀬谷の指がくすぐる。

「ひっ、ひっ！　いやああっ」

志乃はもう言葉も発せないほど昂りきって、全身をブルブルと痙攣させた。

「ひいっ……あわわ……ひっ、ひっ……あわわっ」

眉間に深く縦ジワを刻んだ美貌には、快美と苦悶が交錯している。いつ果てるとも知れぬ陰惨な肉地獄に、疼ききった女体はとろ火で焙られる白蛇のようにのたうった。

「ああっ、もう……もう、狂うわっ」

後ろ手の裸身を弓なりにのけぞらせ、志乃は本当に発狂したかのように泣き叫んだ。こんなふうにネチネチと責め嬲られるくらいなら、いっそひと思いに――。

「あァ……もう……もうっ」

蟇目の逞しい肉棒で味わわされた絶頂の、この世のものとも思えぬ凄まじい快楽を思い返すと、頭の芯がジーンと痺れる。子壺がヒクヒクと収縮し、カアーッと全身が灼けただれる気がした。そんな志乃の心を見透かすように、

「欲しいか、志乃殿。ならばこの勘助に、尻を振って頼んでみよ」

淫らな愛撫を続けながら、蟇目が耳元に囁いた。同時に勘助に向かっても、

「惚れた女子なれば、犯すが道理。忠義を隠れ蓑にして己れを誤魔化すでない」

とそそのかす。

女主人への邪欲に狂った勘助は、白内障気味の両眼に淫らな光をランランと光らせ

ている。蟇目に促されると、待ってましたとばかりに褌をはずし、粗末な着物の前をはだけた。

「ほほう」

瀬谷がニヤニヤして、顎をしゃくる。

「くたばりぞこないの爺いにしては、なかなかの珍宝を持っておるではないか」

「そら、見るがいい」

蟇目が志乃の髪をつかむと、涙に濡れた顔を無理やり勘助の怒張に向けさせた。

志乃は瞠目した。

「い、いやっ」

悲鳴をあげ、目をそむける。

黒ずんでシワを刻んでいるものの、魔羅本体はまだ現役であった。節くれだった太い肉幹は、年輪を重ねた硬い古木を連想させる。想いのたけを遂げようと、赤紫色の肉笠を一杯に怒張させていた。

「フフフ、いやだと言うても、お前さんのオマ×コは——ほれ、太い肉魔羅で犯されとうて、こんなにヨダレを垂らしておろうが」

クチュクチュと音を立てて、瀬谷の指は志乃の蜜壷を搔きまわす。掬うようにして指を抜くと、水飴のようにねっとり粘り気のある糸を引いた。それを意地悪く志乃の鼻先に突きつけてやる。

「相手は誰でもかまわぬのであろう。夫の仇であれ、卑しい使用人であれ、濡れぼぼを存分に突きえぐってさえもらえればの、フフフ」

侮蔑の言葉に、志乃は眉をたわめ、ああっと絶望の声を洩らす。

「挿れてやれ、勘助」

蟇目が命じた。

「お前の主人、鵜飼新右衛門の妻を犯し、その子壺にたっぷりとマラ汁を注いでやるがよい」

「お、奥さまっ」

もう待ちきれぬとばかり、勘助は猛然と志乃に襲いかかった。

「奥さまっ」

「勘助、駄目っ」

「奥さま、奥さまァ」

「い、いやあァ！」

古木の先端をあてがわれ、志乃は泣き叫ぶ。逃れようと狂ったように腰を振った。

まいそうだ。

蓑目に犯され、今度は従者の勘助にまで――信じがたい悪夢の連続に、気がふれてし

「いやっ、勘助、いやっ」

「おおっ、た、たまんねえ」

熱い媚肉のひろがりに触れ、勘助は感激の声をあげた。女房を亡くして以来の房事だが、志乃の花園がたっぷりと濡れ潤っているため、老いた古木の先端は、迷うことなく秘苑の入口を探り当てることができた。

「いやあああっ！」

おびえきった志乃の悲鳴は、かえって勘助を猛り狂わせた。ドクドクと脈を打って血液が海綿体へ流れこみ、老木が石のように硬くなった。頼もしく硬化した分身を、勘助は一気に志乃に――恋しい女主人の肉穴に沈めていく。

あああああっ――。

火のようなもので深くえぐり抜かれ、志乃はのけぞって烈しく喘いだ。還暦過ぎの老人のものとは思えぬ逞しい灼熱が、熱くたぎった肉壺をえぐり、子宮を圧しあげた。恐ろしいはずなのに、女肉全体が喜悦に震え、押し入ってきたものにまとわりつく。快感が背筋を走った。こらえきれずに唇が開いた。

「か、勘助……」

「奥さまっ」

熱くたぎり、貝類のように絡みついてくる複雑な肉の構造。これがあの清楚な志乃様の媚肉なのだと思うとたまらない。主君の美しい未亡人を犯す禁断と背徳の興奮が、老いた勘助の腰を衝き動かし、若者のように躍動させている。

「フフフ、まだまだ腰はしゃっきりしておるではないか、爺い」

「その調子だ、勘助。ガンガン突いて、新右衛門の奥方を泣きヨガらせてやれ」

青竹の端をつかんで瀬谷がからかえば、蟇目も薄笑いを浮かべつつ、青竹を大きく揺する。勘助の腰の動きに合わせ、大股開きに緊縛された志乃の身体を前後に揺すりたてるのだ。

「ああっ、あっ、あっ」

志乃はたまらず喜悦の声をあげる。腰骨がとろけそうな快美に、犯されていることすら忘れ、汗みどろの総身を絞りたてた。

「い……いい……勘助……あああァ」

歔き声が昂ぶる。青竹がしなり、天井を向いた白足袋の爪先が折れ曲がった。玉の汗を噴いた裸の双臀が、ブルブルと痙攣しはじめた。

「ああ……もうっ」

堪えかねたように歯ぎしりし、凄艶な表情をのけぞらせたかと思うや、

「イ、イキますっ」

喘ぎとともに口走り、ガクガクと腰を弾けさせた。

「ああ、イク……イクっ」

だが志乃が総身に痙攣を走らせ、今にも気をやらんばかりにイキみはじめると、

「止めろ」

蟇目が勘助を押しとどめた。

志乃は泣いた。白い内腿を割り開いたまま、腰を揺すって身も世もなく悶え泣いた。

「い、いやァ！」

もう恥も外聞もない。武士の妻女としての慎みも忘れていた。絶頂を極めようという刹那に、またもやお預けを食わされ、燃え上がった女肉が悲鳴をあげる。

「勘助、勘助ェ」

後ろ手に縛られていなかったら、勘助の痩せさらばえた身体にしがみついたことであろう。これが先刻中庭に面した座敷で、清楚な白装束姿を凜として端座させていた仇討ち妻だとは信じられないほどの狂乱ぶりである。

「お、奥さま……うむっ」

勘助もいきりたち、傷ついた獣のような呻き声をあげた。

深く咥え込もうとして、志乃の女肉がヒクヒク収縮している。差し迫った射精衝動をこらえたまま動かずにいることは、勘助にとっても堪えがたい苦痛であった。

「今度は後ろからハメてやれ。志乃殿は犬のように犯されるのが好きなのだ」

青竹に括られた志乃の裸身を、瀬谷と二人がかりで転がす。目を白黒させる勘助の前に、志乃のムッチリした双臀がもたげられた。

「どうだ、勘助。すごい尻だとは思わぬか」

白桃に似た丸い双臀を、蟇目が満足げにピタピタと叩けば、

「打ってやれ」

と瀬谷が促す。

「この女はの、尻を打たれると燃えるのじゃ。根っからの淫乱女じゃからの。ほれ、奥方だからといって遠慮はいらぬ」

いやああっ――。

志乃は哀しげな声をあげ、首をもたげて弱々しくかぶりを振った。官能に火照った双臀を、従者である勘助に打擲されると思うとたまらない。

「どうした、勘助？　早く打たぬか」

「………」

勘助はためらった。

犯しておきながら今さら、と言われるかもしれないが、さすがに女主人の尻を打つことに老中間は躊躇した。だが目の前に掲げられた白尻の、剝き玉子にも似た臀丘の妖しい谷間を凝視するうち、倒錯した欲望がこみあげてくる。美しい志乃を折檻し、ヒイヒイと泣きわめかせてみたい。

「お、奥さま、申し訳ございません！」

謝りつつ、勘助はシワだらけの手を振り上げる。

パーン！

軽く打っただけなのに、成熟した女の尻は小気味良い音を響かせた。その破裂音に勢いづいたのか、今度は強く、続けざまに打った。

パーン！　パーン！

まろやかな白い尻に、くっきりと手形が残る。

「ヒイッ、ヒイイッ!!」

尻肉の痛みよりも屈辱感のほうが大きい、一糸まとわぬ裸身を後ろ手に緊縛され、剝き出しの双臀をもたげて罪人のように打擲されている。しかも相手は長年召し使った使用人だ。志乃は悲鳴をあげ、かぶりを振って泣き叫んだ。

「そら、悦んでおるわ」

「もっと強く打て、勘助。打てば肉が締まる。それだけ味もよくなるぞ」

蓁目の言葉に勘助は深くうなずき、さらに強く打った。

パーン！

パーン！

馬を鞭打つように、容赦のない平手打ちを浴びせかける。

ヒーッ、ヒーッ——。

打たれるたびに、甲高い悲鳴をあげて志乃はのけぞる。豊満な臀丘が汗をしぶかせ、紅潮した裸身が苦悶にのたうった。濡れひろがった女陰も卑猥に形を変える。

実直な老中間は、老いて初めて知る倒錯の行為にのめりこんだ。シワだらけの顔を泣き笑いのように崩して、

「奥さま……奥さまあっ」

叫びながら打ち、打ちながら叫ぶ。

どうせ老い先の短いこの身。もう何がどうなろうと構わぬ。忠義が何だ。仇討ちが

何だ——惚れぬいた志乃を打ちすえ、辱しめ、歔き狂わせて、子壺の奥に欲情の汁をしぶかせる。それができれば——それさえできたなら——ええい、後は野となれ山となれだ。

「もうよい、勘助」

「それぐらいにしておけ」

狂気したように打ちつづける老人に、そそのかした二人の悪党も苦笑いする。

打擲を終えた勘助は、血走った眼を大きく見開いて、瘦せさらばえた肩を上下させながら、ゼイゼイと荒い息を吐いている。

志乃もまた、突っ伏したまま、乱れ髪の中にハァハァと熱い呼吸をはずませていた。散々に打ちすえられた双臀が、血の色を滲ませて痛々しく腫れあがっている。

「フフフ、食べ頃だぞ、勘助」

「挿れやすいよう、儂らがひろげておいてやる。存分に犯してやれ」

尻肉が割られ、肛門もろとも志乃の羞恥が剝き出しに晒された。

打たれたことでますます情感を昂らせたのか、肌と媚肉の境が判別しがたいほど、ドロドロに溶けただれている。小さくすぼまった尻穴の下、いっぱいに開いた薄桃色の果肉がネットリと濡れ光り、火に焙られる活け鮑のように妖しく蠢いていた。屹立しきった女のつぼみの先端から、甘い香を放つ花蜜のしずくがしたたっている。

勘助はもう我慢できない。

「奥さまあっ！」

叫ぶが早いか、志乃の丸い尻を抱えこみ、ギンギンに勃起した肉棒を突き立てた。

グヂュッ――。

熟柿を握りつぶしたような音とともに、

「あああっ」

「おおおっ」

志乃の背中が激しく弓なりにのけぞって、勘助は感嘆の呻きを洩らす。

「か、勘助っ……」

「ううっ、奥さま」

よほど心地良いと見え、勘助は胴震いしている。擦れ合って火を発するのではと思えるほど強く下腹を密着させると、

「おお、締まる……奥様のぼぼが、おらの魔羅を締めつけてきよる……たまんねえ、こいつはたまんねえだァ」

昂奮のあまり、田舎言葉が丸出しになった。シワを刻んだ相好をだらしなく崩し、

老斑だらけの薄汚い尻をせわしなく振りたてる。ぶざまな取り乱しようを、男たちが腹を抱えて笑っているのも気にならない。

「たまんねえ。ハフッ、ハフッ……奥さまの濡れぼぼが……おらの……おらの魔羅を……ハフッ、ハフッ……ああ、おら……おら、もう……た、たまんねえだようっ」

腰をせわしなく動かしつつ、無遠慮に志乃の裸身を愛撫する。手のひらに余る豊麗な双乳をタプタプと根元から揉み絞り、ふくらんだ乳首をつまんでひねりまわした。くびれた細腰から双臀に至る女っぽい曲線を、何度も手のひらで撫でさすりまわしては、悩ましい肉の温かみを存分に味わった。完全に我れを忘れている。

「ええだか？　ええんじゃろ、奥さま。ヨガってくだせえ、奥さま」

「いや、いやよ、勘助……抜いて、抜いてっ」

「抜こうにも、こうきつく締められましては——おおっ、締めよる締めよる！　蛸壺じゃ、巾着じゃ、ミミズ千匹じゃあ」

「や、やめて……勘助……あァ……はああっ」

志乃は畳に擦りつけた美貌をイヤイヤと振りたくった。使用人に裸の双臀を打ちすえられたあげく、犬のように背後から犯されている。被虐感が逐情寸前まで追い上げられた女体にさらなる昂奮をもたらすのだろうか。すでに形ばかりとなってしまった抗いの声に、甘美な音色が響きわたり、打擲に赤らんだ双臀がブルブルとわななき震えた。

「そ、そんな……う、うむっ」

肉棒が最奥に深く沈み込むと、重く呻いてうなじをそらすが、

「ああっ、いやあァ」

腰を引かれると、か細い声を震わせ、せつなげにかぶりを振りたてた。

「いや……もう……もういやァ」

何が嫌なのか、もはや志乃自身にも分からない。妖しい情感とくるめくような肉悦に背筋が痺れ、脳が熱く灼けただれる。

「はああっ……いやあァ……」

むせび泣きはますます官能味を増し、ときおりヒッ、ヒッとしゃくりあげるような声さえ洩らしはじめた。黒髪がジットリと生汗に湿って、妖艶とも言うべき悩ましさである。双臀の震えも一段と激越なものになった。

「ああ、もう……もうっ」

志乃はひきつった声をあげ、ワナワナと全身を震わせた。強烈すぎる快感が電流のように脊髄を走り抜け、頭の中がうつろになった。

「いいっ、いいわっ」

こみ上げる情感。抗いがたい肉の悦びに、全身の血が沸騰し、肉も骨もドロドロにとろけていく。志乃は羞恥も慎みも忘れ、勘助の腰の動きに合わせてあさましく双臀を蠢かせた。

「もう……もう……」

「フフフ、尻を振っておるわ。激しいのう」

「イキたいのか、志乃殿」

志乃は答えるかわりに、すすり泣きを昂らせた。後ろ手に縛られている白い手が、こらえきれぬようにギュウッと握られる。優美な背中も、豊麗な双臀も、もう脂汗でぐっしょりだ。

「イキたくば誓え」

勘助を押しとどめて、志乃に迫る。

「拙者の——この蟇目寅之助の妻になり、終生真心を持って仕えると誓うのだ」

「い、いやっ」

志乃は絶叫した。

「誰が……誰があなたの妻になど……たとえ身は汚されようとも、私は……私の心は新右衛門さまの——」

官能に紅潮した美貌。気息奄々の喘ぎの中から、絞り出すように言う。

「突いてやれ、勘助」

再開を命じる。

「あむむ……ヒッ、ヒッ……い、いいっ」

たちまち惑乱していく志乃。口惜しいと思う気持ちも、肉壺をえぐる律動の前には無力だった。一突きされるたびに足指の先まで快美に痺れ、肉層をめくりあげられる感覚に気が遠くなる。

「あわわ……死ぬ……死ぬうっ」

歔かずにはいられない。狂おしく双臀を振らずにはいられない。凄艶に抗ったのが嘘のように、志乃はあられもない嬌声を張りあげ、絶頂が近いことを告げ知らせた。

「いい……いいわっ……もう……もう、あわわ、あわわわっ……イ、イキそうっ」

「止めろ」

蟇目が再び勘助を制した。

「いや……いやあっ」

志乃は哀しげに泣いた。

「やめないで……やめないで、勘助」

唇を震わせ、身をよじってすすり泣く。もう身も世もない。気をやる寸前で中断を繰り返される性の地獄に、全身の毛穴から肉欲が蒸気となって噴き出しそうだ。

「奥さまあっ」

勘助も腰を震わせて泣いている。臨界に達した熱い欲望の猛り。今すぐ志乃の子壺に積年の情欲を放出したい。

だが蟇目はどこまでも冷酷だ。

犯れ——止めろ——犯れ——止めろ——。

際限なく上げ下げを繰り返しながら、武家妻の心と身体を乱れ狂わせていく。いつ果てるとも知れぬ絶頂寸止めの生き地獄に、
アーッ——。

アーッ——。

志乃は幾度も絶叫をかすれさせ、白眼を剝いて全身を痙攣させた。

「ひ、蟇目さま……後生……ですから」

志乃は涙を流しながら哀願した。

「イカせて……もうイカせて……くださいまし」

濡れた瞳は焦点が合っていない。神経が擦り切れて、理性は完全に麻痺していた。女の最奥が強い収縮を繰り返すたびに、双臀と下肢が瘧にでもかかったかのように、ピクン、ピクンと震える。

「犯れ」

蟇目に言われ、また勘助が腰を動かしはじめた。こちらも正気ではない。入れ歯ののぞく口の端から、ダラダラとヨダレを垂らした。

「おおっ、勘助っ。おおおっ！」

志乃は獣じみた声を張りあげ、汗みどろの尻を振って肉悦を貪る。生々しい痙攣が始まった。今度止められたら、本当に気がふれてしまう。襲いかかってくる恐ろしいまでの快感のうねりに、志乃はそう思った。イキたい……イキたいっ……頭の中にはもうそれしかない。

「あァ、イク……」

のけぞった美貌が快美にまみれている。

「イグううっ……」

もうまともに声も出ないのだろう。汗の玉を光らせたうなじをもちあげ、パクパクと唇を喘がせた。

「誓うか？」

覗きこみながら、蟇目が迫る。

「このまま気をやりたくば、拙者の妻になると誓うのだ。どうだ、志乃殿」

「ああっ……ち、誓います。ですから――」

「この蟇目の妻になると言うのだな。この白い乳房、ムチムチの熟れ尻、濡れぼぼに尻の穴。ひとつ残らず拙者に捧げるのだぞ」

志乃はガクガクと首を縦に振った。今にも昇りつめそうなのだ。

「あァ、もう……」

「よし、勘助。イカせてやれ」

「奥さまあっ」

勘助は歓喜の声をあげ、激しく突きはじめた。余命のすべてを肉棒に注いで、志乃を悦ばせようと奮闘する。あまりの激しさに、畳についた膝の皮膚がすりむけて血を流しているが、そんなことはお構いなしだ。

「奥さま、奥さまっ」

「あぐ……あぐっ」

志乃は唾液の白い泡を噛んで悶え泣いた。絶頂間際にまで昇りつめた女体は、突きえぐられるごとに悶絶する。

「ヒッ、ヒッ……ヒイイッ!!」

その瞬間、志乃は総身をひきつらせ、あらん限りの力で勘助の肉棒を締めつけた。

ヒーッ!!――。

かすれた悦びの絶叫とともに、二重三重の収縮が勘助を襲う。幾度も堰かれた末の逐情はすさまじかった。志乃の裸身は弓なりに反りかえって顎を浮かせ、火と化した双臀は瘧にかかったようにブルブルと慄える。

「おおおおおっ」

甘美すぎる美肉の収縮に、老中間はひとたまりもなかった。腰を震わせ、頓狂な声をあげて志乃の体内に欲情を爆発させた。

アヒイイイィッ――。

熱い情欲を子壺に注がれ、志乃の身体はさらなる絶頂の大波に襲われる。

「ヒイッ、ヒイッ」

もうまともに呼吸すらできない。

禁断の喜悦にヨガり狂う主従の背後で、蟇目がゆっくりと刀を抜いた。

「この不忠者め――」

行灯の光を映す長い刀。その銀色の刃を赤い舌でペロリと舐める蟇目の口元には、志乃の夫を斬殺した時と同じ冷酷な笑みが浮かんでいる。

「亡き主君の妻女を犯し、今は拙者の妻となった女の貞操を奪うとは。不埒な奴、この蟇目寅之助が天に代わって誅戮してくれようぞ」

切っ先を背中に当てられたことにも、勘助は気づいていない。この世のものとも思えぬ自失の快感に恍惚となって酔い痴れていた。

刀の柄に両手を添えると、蟇目は体重をかけ一気に刺し貫いた。

グハッ!!――。

刀は歓喜に拍動する心臓を貫通し、切っ先が胸から突き出た。ドッと赤い血が噴き出して、勘助の老いた身体は断末魔のひきつけを示しながら、志乃の背中にのしかかった。

肉棒はピクンピクンと痙攣を続けながら、志乃の子壺の奥に熱い肉汁を噴きつづける。何も知らぬ志乃は、次第に冷たくなっていく勘助の陰茎を締めつけたまま、四つん這いの裸身を官能の炎に焼きつくしていく。

「まさか、そんな……」

美冬は絶句した。

「ええ、私も耳を疑いました。いや、これはきっと何かのまちがいでしょう。あの勘助さんに限って、まさか……」

3

道場の裏手にある美冬の家の庭先で、勝之進は腕組みして考えこんでいる。

「どうした、美冬」

奥から美冬の父、早乙女又八郎が出てきた。珍しく羽織袴で正装している。今日は亡妻の命日なので道場を休み、娘を連れて菩提寺へ法要に出かけるところだった。

「勝之進ではないか。どうした？　二人して難しい顔をして」

道場では厳しい又八郎の眼は、好々爺のそれになっていた。

娘と勝之進が遅くまで二人きりで稽古に励んでいるのは知っている。二人が想い合っていることも薄々察していた。娘の美冬に、剣客ではなく女としての幸せをつかんでもらいたい又八郎は、このまま二人の仲が自然に深まっていってくれればと願っている。

美冬の天才には遠く及ばぬとしても、勝之進もまた早乙女道場の高弟の一人。あと十年も熱心に修行を積めば、道場の後を継がせても恥ずかしくないくらいの技量には達しよう。それに何といっても、同輩らに堅物と揶揄されるほどの彼の生真面目さが又八郎には好ましい。

「先生、実は――」

「何っ!?」

勝之進の話を聞き、又八郎も太眉を顰めた。

昨夜、とうとう志乃母子は戻らなかった。心配になった美冬の依頼で、勝之進が家老瀬谷兵左衛門の屋敷に赴いたところ、応対に出た年配の近習から信じがたい話を聞かされた。

志乃は夕餐を供され、瀬谷の勧めを容れて息子ともども奥座敷に泊まっていたのだが、ふるまい酒に酔って別室で寝ていた中間の勘助が、あろうことか深夜、褌ひとつという恰好で志乃の部屋に忍びこんだというのだ。

「夜這い――ということか」

「……はい」

チラと美冬の方を見てから、勝之進は遠慮がちに答えた。清純な女剣士の前で性的な言葉を使うのはためらわれた。

「志乃殿が目を覚まして大声をあげたため、駆けつけた夜番の侍が制止にかかったのですが、泥酔した勘助さんが懐刀を抜いて歯向かってきたので、やむを得ず斬り捨てたと言うのです」

「死んだというのか」

又八郎の問いに、勝之進は黙ってうなずいた。

「志乃殿に会わせてくれるよう頼みこんだのですが、事の仔細を詮議中のため、当分面会させることは相成らぬの一点張りで、埒があかぬのです」

「ふうむ……」

太眉を顰めたまま、又八郎は眼を閉じた。

「有り得ません、父上」

美冬が詰め寄る。

「何かのまちがいです。勘助さんは、決してそんな恐ろしいことをする人ではありません」

この十日間、志乃母子に剣術を指南してきた美冬は、祖父と孫といってよいくらい歳の開きがある勘助とも身分の分け隔てなく親しんできた。勘助は美冬に東北の方言や珍しい風習を教え、津軽地方の民謡を飄々とした節回しで唄って聞かせた。実直で気のいいあの老中間が、そんな恐ろしいことをしでかすとは、とても信じられない。

「うむ、うむ」

うなずきつつ、又八郎は瞑目したままだ。

若く純粋な二人が一途に勘助の潔白を信じる気持ちは十分理解できる。だが人間という生き物はそう単純なものではない。どんな善人でも魔が差すということはある。愛欲がからめば尚更だ。泥酔した好々爺が性獣と化し、仕えている若く美しい人妻に牙を剝く――有り得ないことではない。人生経験を重ねた又八郎はそんなことも考えてしまう。

「で、遺骸はどうした？」

「それも納得いかぬのです、先生」

勝之進がここぞとばかり力を込める。

家老邸でかかる不祥事があったことが公になれば、政情にも差し障りがある。よってこの件は貴殿におかれても是非ご内密に願いたい。遺骸は当方ですでにしかるべく処置している――応対した近習は眉ひとつ動かさず、そう言ったのだ。

「揉み消すということか……確かに解せぬ……な」

「とにかく志乃殿に会って、真偽のほどを確かめてみなければなりますまい。明日、もう一度瀬谷様の御屋敷を訪ねてみます。それでも埒が明かなければ――」

「埒が明かなければ？」

「あのお方に……」

「あのお方？　青蓮尼さまのことか？」

青蓮尼の名を聞くと、又八郎は閉じていた瞳をカッと見開いた。

第三章　千姫の巻　美貌が招く悲劇

1

天井板に穿った小さな穴から、桔梗は燈明に照らしだされた寝所の内部を覗きおろしている。

香を焚いているわけでもないのに、部屋の内部には馥郁とした甘い匂いが満ち満ちていた。くノ一の桔梗《ききょう》は可愛い小鼻をうごめかせ、フンフンと匂いを嗅いだ。

（ああ……）

嘆息し、まだ幼さの残る顔をうっとりとほころばせた。男を知らぬ身体がジーンと官能に痺れ、頭がボーッとなってしまう。

「Hoc Passionis tempore　Piis adauge gratiam……」

紫の法衣をまとった尼僧は、十字架を据えた祭壇の前に跪き、両手を組んで厳かに祈りの言葉を唱えている。やがてすっくと立ち上がると、法衣の帯紐を解いた。

絹の法衣が舞うようにフワリと床に落ち、尼僧の足元に花弁をひろげた。衣の下に下穿きはつけていない。大理石のようになめらかな白肌。彫刻のように均整のとれた長身。紫色の美しい花弁の中心に、あたかも白い花芯のように尼僧の清らかな裸体が佇立している。

翳りの深い神秘的な美貌は言わずもがな、ツンと上向いた乳房、高く吊り上がって引き締まった双臀、そして惚れ惚れするほど長く美しい下肢。どれひとつとっても、到底日本人のものとは思えない。

(ああ、素敵……青蓮尼さま)

美しい大人の女性への憧憬が、青い性の欲情と入り混じって少女忍者の頬を赤らめさせ、目許を潤ませる。いけないとは思いながら、つい忍び装束の襟元に手を入れ、鎖帷子の上から柔らかい胸のふくらみに指を触れた。

ハアアッ……。

唇を開き、熱い吐息を震わせる。

青蓮尼と身体を合わせ、優しく乳房を愛撫されている——そんな恥ずかしい妄想に、

稚い乳首が硬く尖って、鍛えあげているはずの胆力もろとも四肢の力が抜けてしまう。鎖帷子から先端をはみ出させてしまった桃色の乳首をつまみあげると、桔梗はグリグリと強く揉みこんだ。

(ああっ――)

電流が背筋を走る。心地良さに、あやうく声が洩れかかった。かろうじてこらえたものの、代わりに少量のゆばりを漏らした。

(やだ……あたしったら、また……)

粗相を恥じ、闇の中で頬を赤らめる。

肉体が未熟なためか、あるいは元来そういう体質なのか、性的快感を得ると、必ずといってよいほどゆばりを漏らし、はしたなく股間を濡らしてしまう桔梗である。

(青蓮尼さま……いけません。ああ、そんなことをなさっては……)

白い股布を捲りあげると、小水にそぼ濡れた股間へ手を伸ばした。まだ十分に生え揃わぬ恥毛を掻きあげるようにして、固く閉じ合わさった割れ目を指先でなぞる。

(あァ、青蓮尼さま……青蓮尼さま……桔梗は……桔梗はお慕い申しあげております。あァ、青蓮尼さまァ)

どれほど熱く恋い焦がれようとも、相手は藩主有坂義直公の娘。この世のものとも思えぬ美しく高貴な姫君に、くノ一風情のそんな無礼な告白が許されるはずもない。だが気持ちは募る一方で、いきおい自分で自分を穢すしかなかった。

ハッ、ハッ——。ハッ、ハッ——。

息が乱れた。呼吸の乱れは忍びとしてあってはならぬこと。だがこらえきれない。桔梗は成熟前の割れ目をまさぐり、硬いつぼみをつまんだ。

（あーっ！）

ゆばりが迸った。腰がピクピクと痙攣する。

青い肉体はまだ男を受け入れたことがなく、したがって真の女の悦びは知らない。だがすでに手淫の習慣を通じて官能の芽はほころびつつある。一つ年下の妹・麻耶《まや》はもちろん、二つ年上の姉・霞《かすみ》と較べても劣るところはない。一度男の味を知ったら、もう病みつきになることだろう。

（ヒッ！）

冷たい手でいきなり尻を触られ、桔梗の心臓は凍りついた。わっと叫びそうになった口を、小さな手で塞がれた瞬間、それが妹・麻耶のものだと分かって安堵した。

（麻耶——脅かさないでよ）

（油断してちゃ駄目じゃないの、お姉ちゃん。私が敵方の忍びだったら、どうなっていたと思うの？）

麻耶のつぶらな黒瞳が、非難するように覗きこんできた。

末娘の麻耶は、まだ初潮も迎えていないネンネだが、忍びの才にかけては三姉妹の中でも抜きん出ている。そうでなければ、いかに手淫に没頭していたとはいえ、狭い屋根裏で桔梗の背後をとるなど不可能だ。

（お姉ちゃん、またアレしてたんでしょう）

甘酸っぱいゆばりの匂いに鼻をうごめかせて、麻耶は眼で姉を叱った。次女の特異体質は姉妹の間で了解ずみなので、特に驚いたふうではない。ただその迂闊さを責めているのだ。

（だって……）

桔梗は顔を赤らめ、抗弁するようにプウーッと頬をふくらませた。あなたも覗いてごらんなさいよと、指で天井板の穴を指し示す。

麻耶はこっくりとうなずき、針の先ほどの穴に眼をつけた。

（まあ！）

途端に麻耶の視線は釘付けになった。

高貴な紫の法衣を脱ぎ捨てた尼僧は、生まれたままの裸身に桃色の薄絹をまとい、清潔な夜具の上に静かに身をよこたえていた。半透明の薄絹を透かして、官能的な女体の曲線、成熟した肉体の凹凸がはっきりと見てとれる。

（ああ、何て……何て美しい……）

同性愛の趣味など持ち合わせない麻耶でさえ、その美しさには息を呑む。仰向けになっても少しも形の崩れない張りつめた乳房。信じがたいほど細くくびれた腰部から、むっちりとした太腿に至る悩ましい女体曲線。真っ直ぐに伸びた両脚はスラリと長く、神々しいまでの官能美だ。白くなめらかな下腹に、髪の毛と同じ栗色の草叢が上品に萌えて、綺麗な逆三角形を成している。

見ているうちにムズムズしてきた。姉の桔梗の手が伸びて、忍び装束の裾を割り、太腿と小さな尻をまさぐってくる。いつもなら、

「やめてよっ」

と払いのけ、大きな黒瞳で姉を睨みつけるのだが、今はなぜかそのままにしておく。尼僧の妖しい美しさが、末娘の麻耶まで妙な気分にしてしまうのだ。

（ウフフッ、可愛いわ、麻耶）

桔梗の瞳は淫靡に輝いている。

うつ伏せになって覗いている妹の太腿を割りひろげ、付け根のあたりをまさぐる。

まだ産毛すら萌えていない青白い恥丘を指先でなぞった。

割れ目はいかにも固い感じで、貝のようにぴっちりと入口を閉ざしている。桔梗は自分でも不思議なぐらい昂奮して、指先で妹の青い果肉をくつろげた。

(何してんのよ!? あんたたちっ)

突然、声ではない怒気が飛んできた。

長姉の霞だ。桔梗と麻耶の淫らな気分はいっぺんに吹き飛んでしまった。自分にも他人にも厳しい姉の霞を、女同士の乳繰り合いに誘うことは到底無理と分かっている。

二人は慌てて股布を引き、乱れた装束を整えた。

寝所の隅の天井板をずらすと、霞は音も立てずに床に飛びおりた。妹二人もそれにならう。まるで黒い蝶が三つ舞い降りたかのようだ。

「青蓮尼さま——」

霞が小声で囁くと、眠っていた尼僧は静かに眼を開いた。

「霞……か」

「御意」

くノ一三姉妹は、片膝を立てた姿勢でかしこまっている。桔梗と麻耶の視線は相変わらず、薄絹に透ける尼僧のまばゆい裸身に釘付けだ。馥郁とした甘い香りに眩暈がしそうだった。

「夜更けなれば——畏れながら、そのままで」

身を起こそうとする尼僧を、霞が押しとどめた。

青蓮尼はうなずき、

「例の件、いかがでした?」

「はっ。家老・瀬谷兵左衛門が近習、高山主膳なる者、昨日通辞を伴い、異人と密談する現場、確認できましてございます」

「場所は?」

「大村の湊。船宿にて」

「相手は南蛮人に相違ないのですね」

「我ら三名、しかとこの目で見届けますれば——」

霞の言葉に、妹たちが大きくうなずいた。気配を消して見守る彼女らの前で頭巾をとった大男は、髪の毛も眼も火のように赤く、鼻は高く尖って鷲のくちばしのように曲がっていた。通辞に向かって、聞き苦しい意味不明の言葉を喋っていた。

「やはり密貿易か。兵左め」

青蓮尼はひとりごとのように言い、青い瞳に怒りをにじませた、が、すぐに観世音

菩薩のように柔和な顔に戻り、

「大儀であったな」

優しい声で少女らの労をねぎらうと、

「実はお前たちにもうひとつ頼みたいことができたのです」

と、今度は霞が押しとどめるのもきかず、上体を起こした。

柔らかい栗色の髪が、薄絹を盛り上げる双の乳房にハラリと垂れかかる。故あって尼寺の住持に納まっているが、仏門に帰依しているわけではない。他の尼僧らと異なり、剃髪はしていなかった。

(ああっ、青蓮尼さまあっ)

憧れの尼僧と差し向かいになり、次女の桔梗は卒倒せんばかりだ。彫りの深い神秘的な顔立ちは鼻筋がスッと通り、柔らかい唇は匂い立つ芙蓉の花弁を想わせた。青みがかった深い双眸で見つめられ、桔梗はあやうくまたゆばりを迸らせてしまうところであった。末娘の麻耶も魅入られたようになって、かすかに膝を震わせている。

「何なりと——」

震えの止まらぬ妹らの隣で、霞は床に手をついて頭を下げた。彼女らくノ一三姉妹は、青蓮尼の父親である藩公有坂義直が、熱心なキリシタンであると同時に藩政にも関心を示す娘の動静を危惧して、監視のため送りこんだ間諜なのである。その三人が青蓮尼の美貌と人柄に惚れこんで、いつのまにか彼女に仕えるようになっていた。

恭順の姿勢でかしこまる霞と二人の妹たちに、青蓮尼は仇討ちをめぐる例の醜聞を話して聞かせ、家老邸に潜入して真相を究明して欲しいと告げた。

2

「そんなにお綺麗な方なのですか……」

青蓮尼の美貌について口を極めて褒めそやす勝之進の横顔を、美冬は心もち眉を顰めて眺めている。

目付代理として、青蓮尼こと千姫が住持を務める法妙寺へ日参することになった勝之進の口から、法妙寺が勝之進のように城から派遣された目付け役、あるいは下働きに従事する数人の老人を除けば、男子絶対禁制の比丘尼《びくに》寺であること、また、青蓮尼に仕えて寺内に居住している尼僧たちは、全員二十歳から三十代半ばまでの選りすぐられた美しい女たちばかりであることなどを聞かされた上に、住持である青蓮尼の並外れた美貌について滔々と弁じたてられては、美冬が心安かろうはずもない。

「いや、『綺麗』などという言葉で言いつくせるものではございません。輝くばかりの美貌は言うに及ばず、立ち居振る舞いの優美さといい、お声の霊妙な響きといい、実際あの方ほど素晴らしい女性は日本中探しても、またとありますまい。お側にお仕えできる私は本当に果報――ん？　いかがなされた美冬どの。お加減でも悪いのですか？」

美冬が唇を噛みしめ、泣きそうな顔になったのを見て、勝之進は訝しげな顔をした。底抜けの善人であるが、やや鈍感なところのある勝之進には、十八の乙女心を察してやることができない。

「いえ……何でもありません。お続けください」

そう言われて、無邪気に青蓮尼の美貌と人柄を褒め称えつづけた。

が、急に声をひそめ、

「青蓮尼さまは殿の本当のお子ではない、との噂があります」

言ってしまってから、はばかるように周囲に視線を走らせた。

「え？　まことですか？」

「ええ、私も最初は根も葉もない話だと思っていました。ですが、こたび目付代理として初めてあの方にお目にかかり、得心いたしました」

青蓮尼の瞳は宝玉のように青く、髪は艶やかな栗色、とても日本人のものとは思えない。明らかに異人の血が混じっているというのだ。

驚く美冬に、勝之進は青蓮尼の出生にまつわる噂を話してきかせた。

藩主義直公の正室お藤の方が長崎を訪れた際、商人を装って密かに当地で布教活動を続けていた阿蘭陀《オランダ》人宣教師と出遭った。二人は道ならぬ恋におちたが、やがてその破倫は義直公の知るところとなり、宣教師は追放、奥に軟禁されたお藤の方は徐々に衰弱し、手をつくした治療もむなしく半年後に帰らぬ人となってしまった。彼女が亡くなる少し前に産み落とした女の子が千姫である。

「では、青蓮尼さまの父親は、転び伴天連……」

「裏切られたとはいえ、殿のお藤の方さまへの御寵愛は並々ならぬものであらせられたので、菩提をねんごろに弔うとともに、その遺児を手元において大切に育てられたというのです。しかし……」

成長するにつれ、まわりの人々と自分の身体的な差異を自覚しはじめた千姫は、薄々とおのれの出生の秘密を理解するようになった。

罪の子——他人と違う容姿、それをもたらした出生の由来に煩悶する少女が、顔も知らぬ父親の祖国の思想に精神的支柱を求め、やがて深く耶蘇教へと傾倒していったのは、無理からぬことであったかもしれぬ。

だが禁教の時代である。小藩とはいえ外様大名の娘が切支丹であるなどということが公になれば、幕府も手をこまねいてはいまい。いや仮に公儀が見逃したにしても、領内の人心が乱れ、政道に差し障りがある。

悩みぬいた末、義直は家老・瀬谷兵左衛門の進言を受け入れ、十四になったばかりの千姫を隣接する鍋島藩の上士へ嫁がせることにした。

これは差し当たり成功した。異教を奉ずる姫君ということで二の足を踏んだ相手方も、千姫を一目見るなり、その夢幻的な美しさの虜になり、縁組は滞りなく運んだ。

子宝にこそ恵まれなかったが、夫婦生活は幸福なものだった。夫の立場を慮って、千姫も表向き信仰を隠していた。だが千姫はどこまでも不幸の星の下にある。嫁いで六年後、二十歳になった彼女は、最愛の夫を、はやり病で失ってしまう。

未亡人となって出戻った千姫に、義直は尼寺への入山を命じた。切支丹の千姫は、むろん仏門への帰依を肯じない。仕方なく義直は、新たに人里離れた山奥に比丘尼寺を建立し、千姫を住持の名目で住まわせ、身のまわりの世話をさせるために、美しく教養の高い若い尼僧を二十人ばかり選んで与えた。それが法妙寺なのである。

勝之進の話が一段落ついた時、美冬の胸に芽生えた嫉妬は雲散霧消していた。

「気の毒なお方……」

絵巻物を見るような数奇なる運命に、美冬は深く同情して大きくため息をついた。この後、青蓮尼と彼女自身の身に、それを遥かに凌ぐ運命の荒波が襲いかかってくるものとは想像だにしていない。

「志乃殿の一件、青蓮尼さまに奏上申し上げたところ、ここ数年、御家老とその周辺に不穏な動きが見受けられ、青蓮尼さまも藩政への累を憂慮しておられたとのこと。そのことと合わせ、志乃殿の件も調べておこうとの仰せでした」

「不穏な動き？ 何なのです、それは？」

「そこまでは青蓮尼さまもはっきりとはおっしゃいません。が、察するに——」

継嗣問題ではないか、と勝之進は低い声をさらに低くし、用心深く言った。

義直には義尚という嫡男がおり、病中の義直にもしものことがあった場合、義尚が藩主の座に座るのが政道というものである。それを家老の瀬谷は、自分の孫・菊千代を次の藩主に据えようと、密かに策をめぐらせているというのだ。

「家老の孫が藩主……そんな理不尽が通るのですか？」

「菊千代さまは、瀬谷さまの御長子に嫁がれた殿の娘、お万さまが産んだ子です。つまり青蓮尼さまとお万さまは、異父姉妹ということになるのですね。城中の噂では、幼い頃からお二人は犬猿の仲だった、というより、容貌の醜いお万さまが千姫さまの美貌をそねみ、陰湿に苛めぬいたのです。出戻りの異父妹を、人里離れた山寺に幽閉するよう殿に進言したのもお万さまだと聞いております。あくまで噂ですが」

「ですが御嫡男をさしおいて……そう簡単にはいきますまい」

「それがそうでもないのです。瀬谷さまは常日頃から、重臣をはじめ藩の主だった者たちに金子《きんす》をバラまき、御用商人らとも懇ろにしている。殿に近侍する者たちの中にさえ頻繁に瀬谷様のお屋敷に出入りする者がいると聞きます。さてその潤沢な資金がいったいどこから出ておるのか……」

「…………」

御用金横領——不穏な五文字が、美冬の頭に浮かぶ。が、さすがに口にはできなかった。

「それに何といっても、義直公には弱みがある」

「あ」

美冬が声をあげた。

家老の瀬谷、そして娘のお万が自らの孫・子を藩主に据え、藩政を牛耳ろうとするなら、青蓮尼の異教信仰こそ、義直にとって最大の泣き所になる。幼少より青蓮尼をそねんでいたというお万が、その弱点を狙ってこないはずがない。そして彼らの企みが成功した暁には、青蓮尼の運命は、尼寺への幽閉どころではすまないことも容易に想像できた。

「青蓮尼さまに会わせてください！」

美冬の朱唇は固い決意で引き結ばれている。

「法妙寺へ——勝之進さま、今すぐ法妙寺へ」

正義感の強い天才女剣士・早乙女美冬は、美しい悲運の姫のため一肌脱ごうと勇みたった。が、まさかそのために一肌どころか、秘めやかな女の羞恥まで剝き身にされ、まだ固さを残す花のつぼみを、野獣たちの牙で無惨に食い荒らされることになろうとは、この時まだ知る由もなかった。

3

「お人払いを——」

御簾の前に平伏した勝之進が、うやうやしく奏上した。隣では青袴に小袖姿の美冬が、若衆髷の頭を床にこすりつけている。

目付代理の勝之進に同行し、法妙寺の住持である青蓮尼こと千姫に面会を求めたのであった。

「恐れながら、藩政にかかわる大事なれば……」

御簾の左右には三名ずつ、計六名の墨染姿の女が、すっくと背を伸ばして端座している。いずれも若く美しい尼僧たちだが、その中に瀬谷方の間諜が紛れこんでいないという保証はない。

「心配には及びません」

御簾の内から声が響いた。

「この者たちは皆、わたくしが心から信頼している者ばかり。ここで話されたことが外部に洩れることは、万に一つもありません」

よく通る声は、母性を匂わせて限りなく優しい。平伏したままの美冬は意外の感を持った。勝之進の話から、知性の勝った男まさりの人物を想像していたのだ。

「美冬さん——とおっしゃいましたね」

「は、はっ」

名を呼ばれ、美冬は思わず身を縮めた。

僧院の荘重な雰囲気、濃く焚きしめられた薫香と居並んだ尼僧たちの見慣れぬ墨染姿のせいもあるが、何よりも御簾のあちら側から漂ってくる高貴な雰囲気に呑まれて緊張している。父と帰宅中、橋のたもとで五人の凶漢らに斬りかかられた際も平時と変わらぬ拍動を保っていた心の臓が、今は早鐘のように動悸していた。

「簾を――」

青蓮尼の言葉で、左右にひかえた尼僧が立ち上がり、おもむろに紐を引く。

スルスルと御簾が持ち上がった。

「そう固くなることはありません。顔をお上げ」

言われて美冬は、恐る恐る顔を上げた。ハッとして瞠目する。

青蓮尼の青い瞳に魅入られた。彫りの深い神秘的な顔は抜けるように白い。美冬自身も肌は白く、雪のようだ白餅のようだと世辞を言われるが、青蓮尼のそれはまるで質が違う。紫の法衣に包まれたしなやかな肢体は、立ち上がれば美冬より一尺は高いと思われた。豊かな栗色の髪が波のようにうねって、法衣の肩に柔らかく渦を巻いている。この世のものとも思えぬ尼僧の美しさに、さすがの女剣士も圧倒され、しばし言葉を失った。

「どうしました？　わたくしの顔が、そんなに珍しいのですか？」

責める口調ではなかった。他人と異なる容貌に悩みぬいた少女時代はいざ知らず、今は初対面の相手に凝視されることに慣れていて、むしろそれを楽しんでいるふうであった。

美冬はうろたえ、

「い、いえ……そのような……決して」

あまりにお美しいので——と言いかけて、言葉を呑みこんだ。たとえ賞賛であれ、下々の者が姫君の容貌を軽々しく論評することなどあってはならない。窮した挙句、再び平伏してしまう女剣士の美冬。清楚な青袴の尻が愛らしくもっこり持ち上がっているのを見て、

「わたくしの顔も人目を引くようですが、そなたの袴姿もずいぶん目立ちますよ」

女の美冬が剣士姿をしているのが面白かったのだろう。青蓮尼は声をたてて笑った。

六人の尼僧たちもつられて、おのおの僧衣の袖で口元を押さえている。

美冬はますます狼狽した。緊張にこわばった美貌を朱に染めると、

「も、申し訳ございませんっ」

若衆髷を床にこすりつけるようにして意味不明の謝罪を口走ったので、座は笑いの渦に包まれた。

「良い許婚を得ましたね、勝之進」

「はっ……え？　あ、え？」

　勝之進の眼が泳いでいる。半年ほど仕えて、青蓮尼の歯に衣着せない物言いぶりは知っているが、まさかいきなり美冬のことを許婚だなどと……。

「隠さずともよい。お前がこの娘――女剣士のことを話してくれた時、わたくしにはすぐに分かったのです。お前が娘を好いていることが。そしてあなたも――そうでしょう？　美冬さん」

「…………」

　美冬は逡巡したが、やがて蚊の鳴くような声で返事をした。

「……は、はい」

　羞恥で頬が燃え、みるみる首筋まで真っ赤になった。隣にいる勝之進の熱い視線を感じ、顔を上げることができなかった。無理もない。本人がいる前で、愛情の告白をしてしまったのだ。しかも女である自分のほうから――。

「勝之進、お前もちゃんと言いなさい」

「え？　あ、あ……」

「男らしくなさい！　女子に恥をかかせる積りですか!?」

「ははっ！　せ、拙者も――」

青蓮尼に寄り切られた恰好で、勝之進は胸の内を絞り出した。

「拙者も美冬殿を、す、好いておりまするっ」

こちらも、平伏した顔面を火にしている。

青蓮尼は静かにうなずいた。

「ならば早く一緒になるがよい。わたくしが媒酌して進ぜる」

狼狽する二人を青蓮尼は笑みのまじった美貌で見つめている。天才女剣士とキリシタン尼僧の初対決は、かくして女剣士の完敗だった。面と胴と小手を同時に取られたようなものである。

「ところで勝之進——」

青蓮尼の慈顔がひきしまった。眉間に憂いの縦ジワが寄る。

「先日頼まれた仇討ちの一件、調べた結果、分かったことがある。よくない話だが、お前たち二人には伝えずにおくわけにもいくまい」

青蓮尼が二度手のひらを打ち鳴らすと、スッと格子天井の隅板が開き、小さな黒い影が続けざまに三つ落下してきた。

気配に驚き、美冬が身を跳ねあげた。先刻の初々しい羞じらいはどこへやら、瞬時に刀柄をつかんで鯉口を切ったのは、さすがに剣客の本能である。

「早まるな」

青蓮尼の鋭い声が女剣士を制した。

「わたくしの手の者。瀬谷の屋敷を探らせておるくノ一たちじゃ。斬ってはなりませぬぞ」

「くノ一？」

美冬は刀の柄に手をかけたまま驚きに黒瞳をみはっている。見れば、黒装束の胸元から鎖帷子をのぞかせ、床に片手をついている三人は、自分より歳若い少女たちではないか。

「女忍……」

話に聞くことはあっても、本物のくノ一を見るのは初めてだ。

「霞と申します」

「桔梗です」

「麻耶」

立ちすくんで凝固している美冬を見上げて、少女くノ一らは名乗りをあげた。三人とも小柄で身の丈は五尺ほどしかないが、童顔に浮かぶ笑みはさすがに不敵で女忍にふさわしい。

尼僧たちはすでに彼女らを見知っているのか、端座の姿勢を崩さず平然としている。一番仰天したのが勝之進で、彼は糊のきいた裃姿を後ろへのけぞらせ、青い顔をしたまま一言も発し得なかった。

4

「志乃殿が……」

「仇の手で手籠めに……」

青蓮尼の指示で家老邸へ潜入していた女忍者らの口から、事の真相を聞いた勝之進と美冬は、衝撃のあまり絶句した。

にわかには信じがたかった。

藩の最重職にある者が、人殺しと結託し、命懸けで夫の仇を討とうとする貞淑な人妻を辱しめた上、罪を人妻の従者に被せて抹殺したというのである。事実だとすれば許されることではない。

「で、志乃殿は？」

「離れの座敷牢に——全裸で」

霞が答えた。

「全裸って……は、裸なのですか!?」

美冬は黒瞳をみはった。驚きと憤りでワナワナと唇が慄える。

「蟇目という男は朝晩二度牢を訪れ、女とまぐわっております。息子を人質にとられているので、女は拒絶できないのです」

霞は感情を交えず、冷徹に事実のみを伝えたが、いかな女忍者といえども、まだ歳若い乙女。生々しすぎる男女の痴態を天井裏から覗きつつ、決して平静でいたわけではない。殊に、初めは屈辱に顔を歪めてむせび泣いていた若後家が、男の巧妙な愛撫を甘受するうちに息をはずませ、妖しく身体をくねらせはじめたかと思うや、相手の逞しい背中にしがみつき、自ら積極的に腰を振りながらヨガり歔くさまを見せつけられると、成熟した女の性というものが恐ろしくもあり、また哀れにも思われる。だがそのことは、ここにいる男女の侍にはもちろん、青蓮尼にも伝えはしない。

「よしっ」

憤然として美冬が腰をあげた。

「美冬殿、いかがなされた」

清々しい青袴姿を、勝之進が見上げる。

「知れたこと。家老邸に乗りこみ、志乃殿をお助け申す」
男まさりで直情型の美冬は、まだるっこしいことが苦手である。いまこの瞬間にも
その蟇目という下衆侍が、あの美しくけなげな人妻の貞操を弄んでいるかもしれない。
そう思うと、じっと手をこまねいているわけにはいかなかった。無外流の遣い手だか
何だか知らないが、場合によっては一刀両断に斬り捨ててしまう覚悟である。
「お待ちください」
勝之進が諫めた。
「今乗りこんだところで、どうなるものでもありますまい。知らぬ存ぜぬを決めこま
れ、門前払いを食わされるのがオチです。無茶をすれば乱心者扱いされ、逆にこちら
が役人に捕縛されてしまいますぞ」
さすがに城勤めしているだけのことはある。勇ましいばかりで世間知らずの女剣士
と違って、その辺は現実的だ。
「ならば……ならばどうすればよいのです⁉」
勝之進の言葉に一同がうなずくのを見て、美冬は地団太を踏んだ。
「どうすれば志乃殿を救いだし、卑劣漢どもに天誅を加えてやることが——そうだ
わ！　奉行所に！　まず奉行所に訴え出るのですね⁉」

勢いこんだ美冬の言葉に、勝之進は唇をゆがめて首を横に振った。

「残念ながら証拠がありません。家老邸で理不尽な人殺しが行われ、人妻とその息子が監禁されている。そんなことを申し出ても、確たる証拠がないかぎり奉行所は動きますまい」

「でも、この者たちが――」

「くノ一の言葉など、何の証拠にもなりませぬ」

視線を床に落としたまま、女忍者の霞が皮肉まじりに言う。

「それに奉行の山之内帯刀は御家老の遠縁にあたり、差しで酒を酌み交わすほど昵懇の間柄。庇いだてできぬほどの明白な証拠を突きつけなければ、重い腰を上げたりは致しません」

「では、どうしようもないと言われるのですか⁉」

美冬は叫ぶように言った。

「正面からでは難しいというだけです」

ひとまわり歳の離れた女剣士に、青蓮尼が諭すように言う。

「搦め手から――兵法にもあるのではないですか、女剣士さん」

美冬はハッとして青蓮尼を見た。

　引きこまれるような青い双眸が、憂いを湛えながらも薄く笑っている。きっと策があるのだ。美冬はパッと顔を輝かせた。

「瀬谷は南蛮国、それも西班牙《イスパニア》との取引に手を出している。あの男の潤沢な資金の出所は、御禁制の密貿易なのです」

「何と……西班牙……」

　勝之進は絶句した。

　鎖国政策のもと、異国との国交は朝鮮のみ。商取引も阿蘭陀と中国に限定され、長崎において幕府が占有している。西班牙は耶蘇教の布教に熱心なこともあって、一六二四年に早くも商船の来航を禁じられていた。西国の外様藩が南蛮諸国と関わりを持つなどもってのほか、ましてや西班牙との密貿易――事が公になれば瀬谷の首が飛ぶだけでは済まない。

「霞たちが調べてくれたところによると、大村の湊で積荷の受け渡しが行われるらしい。期日は定かではないが」

「ではそこを押さえれば――」

「瀬谷とあやつにつながる悪党どもを、一網打尽にできます。そうすれば、志乃という女性を救いだすことも……ただ……」

「ただ？」

「わたくしが瀬谷に探りを入れていると同様、あやつの側でも、わたくしの動きを怪しんでいるらしいのです」

「といいますと……」

勝之進は眉を顰め、

「間諜が……この寺に、家老方の間諜が紛れ込んでいるとおっしゃるのですか？」

左右に居並んだ美しい尼僧たちの顔を、一つずつ疑わしげに見る。

「いや、この者たちなら大丈夫。怪しいのは新参の尼僧たちです。ともかく瀬谷は、わたくしを危険人物とみて、排除しようと腹をくったらしい」

「排除……？　殿の娘であられる青蓮尼さまを排除とは、穏やかでありませんな」

「ええ、本当に」

青蓮尼は、彫りの深い美貌に一瞬皮肉な笑みを浮かべた。しかしその顔は、すぐに真剣な色を帯びる。

「勝之進」

「はっ」

「この寺は焼き討ちされます」

「ええっ⁉」

「期日はまだ分かりません。ただ、どこの誰とも知れぬ暴徒どもが、二十人ほど押し寄せてくる。本堂は焼かれ、尼たちは殺され、住持であるわたくしは、行方知れずとなるのです」

「な、何を仰せられます！」

「きゃつらの筋書きではそうなるということです。表向きは暴徒による金品目当ての凶行。だが裏で糸を引くのは瀬谷の配下の者。無頼の輩の仕業に見せかけ、目障りなこの青蓮尼を、寺ごと葬り去る積もりなのです」

「ま、まさか」

「まさかではない。この者たちが直接聞き及んだこと。そうですね？」

「御意」

三人のくノ一が首肯する。

「そのようなこと、この本多勝之進、殿より仰せつかった目付の職責にかけて許しませぬ」

勝之進は眉をいからせた。

「ならばどうする？」

青蓮尼の深い瞳が真っ直ぐに勝之進を見た。他の尼僧たちも、期待半分、不安半分で、この実直な若侍の顔を注視している。

「殿に申し上げ、警護をお付け申す」

勝之進は羽織の胸を張った。

「なに、たかが無頼漢の二十人やそこら、腕の立つ侍が五人ほどいれば、何ほどのことが御座いましょうぞ。苦もなく蹴散らして御覧にいれまする」

その答を予期していたごとく、青蓮尼はすぐに首を横に振った。

「その警護の侍どもに、瀬谷の息がかかっておらぬという保証はありますか？」

「……そ、それは……」

勝之進は言いよどんだ。

なるほど、町奉行の山之内帯刀は言うに及ばず、病床に伏せる藩主義直に近侍する側用人から、組頭、小姓頭に至るまで、藩の隅々に瀬谷の黒い人脈と金力が及んでいるとすれば、たとえ五人ほどの少人数でも、信頼のおける警護の侍だけを選りすぐるのは容易な業ではない。もし五人の中に一人でも裏切り者が混じっていれば——それを考えると、勝之進は何やら巨大な蜘蛛の巣に絡めとられてしまったような暗澹たる不安に陥り、ううむと唸ってしまった。

「わたくしの身はどうなろうと構わぬ」

勝之進が答に窮している間、青蓮尼はしばし瞑目していたが、やがて独り言のように言った。

罪の子としてこの世に生を受けた自分が、創造主デウスの無限の慈悲により今日まで生きながらえてきたことこそ奇跡と言うべきであり、定めであればいつ命を断たれようと悔いはない。

「だが、ここにいる若い尼たち——宗門を異にするこの青蓮尼に、これまで誠心誠意尽くしてくれたこの者たちを、巻き添えにすることはできぬ」

いっそ我れと我が身を滅ぼしてしまいたい——そんなことさえ考える青蓮尼である。が、耶蘇の教えで自害は固く禁じられている。だとすれば、残る手だてはただ一つ。軟禁のために建立された、しかし今は安住の地ともなっているこの法妙寺を去るしかない。だがいずこへ？　それは彼女自身にも見当がつかなかった。

「いいえ、私はどこまでも姫様について参ります。御仏もきっとお許しくださるはず」

尼僧の一人が口火を切ると、
私も——私も——。

篤い信仰に支えられた人徳のなせる業か、それとも暗い出生の秘密と悲運な経歴に彩られた、妖しいまでの美しさへの憧憬ゆえか、尼僧たちは全員身を乗り出すようにして、口々に青蓮尼への変わらぬ忠誠を誓いはじめたのだ。女たちの興奮し昂った声が、尼衣の下に押し隠した若い肉体の醸し出す熱気と匂いに入り混じって、部屋中に充満した。

その時、

「御案じ召さるな」

しばらく沈黙していた美冬が、まなじりを決して口を開いた。

「理は我れに、非は彼にある。この早乙女美冬、命に代えても必ず姫君をお守り致します。もちろん他の方々も——金で雇われた外道どもが何十人群らがりこようが、この寺の山門に刀傷一つ付けさせせは致しませせぬ」

「——そなたが?」

青蓮尼が美冬を見て、不審げに睫毛をしばたたかせたその瞬間である。目にも止まらぬ速さで抜かれた美冬の刀が、銀色の閃光を壁に弾いた。

壁に刺さったのはマキビシ——忍者の飛び道具である。鉄棘のついた武器をいきなり女剣士めがけて放ったのは、誰あろう、くノ一三姉妹の長女・霞であった。

「お見事」

片膝を立てた女忍者は、居住まいを正し、

「感服致しました。御無礼の段、平に御容赦を――」

と、忍び装束を平伏させる。

大言壮語した女侍の、剣の力量を試したのだ。

致命傷を負わせる積もりはないとはいえ、唐突の、しかも至近距離から放たれた忍びの攻撃を刀身ではね返すとは――予想だにしなかった女剣士の技の冴えに、桔梗と麻耶も驚きの顔を見合わせ、姉にならって頭を床にこすりつけた。

「ほほほ」

青蓮尼が笑った。

法衣の袖で口を覆うこともせず、さも嬉しそうに笑いころげる。子供のように無邪気な笑い声は、一同が驚いたことに、感涙のむせび泣きで締めくくられた。

「そうか――そうであったか」

瞳から大粒の涙が溢れている。透明な涙が不思議に思えるほど、双眸は深い青だ。

「主はまだわたくしを天に召すお積りではないと見える。そうか、そなたが――」

感動に声をつまらせ、紫の法衣の胸に感謝の十字を切ると、

「美冬。近う寄りや」

親しげに女剣士を呼び捨てにした。

刀を置き、美冬が膝立ちのままにじり寄ると、

「天の栄光をあらわし、地の義を守らんがため、主が我らに遣わしたる美しき牧者、猛き女剣士に祝福を――」

呟きながら、美冬の頬を掌で優しく包みこんだ。いったい何が起こるのかと、皆が注視する中、青蓮尼は美しい顔を寄せ、男装の麗しい女剣士の唇に、自分の柔らかい朱唇を重ねた。

（あーっ）

くノ一三姉妹の次女・桔梗が胸の内で叫んだ。

（青蓮尼さまと、口吸いっ！）

羨望と昂奮で、また尿をちびりそうになった。

驚いたのは桔梗ばかりではない。美冬もまた、唇を重ねたまま大きく黒瞳を見開き、衝撃に青袴姿をしゃちこばらせている。

驚きはしたが不快ではなかった。それどころか、濡れた朱唇のとろけるような感触に幻惑され、甘美な芳香に酔って、うつつの中で得も言われぬ法悦の境地を味わった。

それは剣一筋に生きてきた十八歳の美冬にとって、生まれて初めて知る官能的体験で

あった。

すり合わされた女同士の唇が離れると、尼たちの間から溜め息が洩れた。彼女らは全員、それがどんなに甘美な効果をもたらすかを熟知している。異人の血が混じっているせいか、青蓮尼は折に触れ、祝福の儀式としてこともなげに口づけを与えたが、尼僧らにとってそれは至福の瞬間なのである。

眼を潤ませ、やっとの思いで身体を支えている美冬に向かって青蓮尼は、

「本音を申せば――」

悪戯っぽい余裕の笑みを浮かべ、

「わたくしもこの寺を捨てとうはない。我が身はいつ天に召されようとも構わぬが、きゃつら悪党共の魂胆が、やすやすと成就することだけは我慢がならぬ」

烈しい気性をのぞかせた。

美冬殿と似ている――女同士の口吸いに度肝を抜かれながらも、勝之進はふとそう思った。

第四章　淫闘の巻　狙われた尼寺

1

異様と言えば、これほど異様な光景はない。

黒衣の裾を短く切りつめ、スラリと長い脛ばかりか、白く妖しい太腿を中ほどまで剝きだしにした十八人の若く美しい尼僧たちが、手に手に薙刀や槍を抱えて、深夜の境内に円陣を組んでいる。

円陣の中心にいるのは無論、小袖に青袴姿も凜々しい女剣士・早乙女美冬である。

現代になぞらえれば、ミニスカートとも言うべき尼たちの恰好は、裾を引きずったままでは戦えないという美冬の主張を入れたもので、進取の気性に富んだ青蓮尼さえ驚くほど大胆なものであったが、若い尼僧たちには気に入られた。ただ一人、純情な勝之進だけが目のやり場に困って難儀していた。

「おそらくは明朝——」

美冬が告げると、尼僧らの間に小さなどよめきが生じた。恐怖からではない。どの顔も、篝火の光を受け、興奮に火照っている。ほどなく血なまぐさい命のやりとりが始まろうというのに、彼女たちが怖れるどころか、むしろ嬉々としているようにさえ見えるのは、青蓮尼への絶対的帰依、そして美貌の女剣士・美冬に対する絶大な信頼のためである。男と女の戦いは、善と悪の戦いであり、法妙寺は正義の牙城であった。

白い太腿を晒して、尼僧たちははしゃいでいる。

寺には二十人の尼僧がいた。

数が合わないのは、新参の二人の尼が数刻前に逃走したためである。この二人が家老方の間諜であったことは間違いない。彼女らが姿を消したことで、襲撃が間近に迫っていることが知れた。

美冬は尼たちに、急遽作戦の変更を告げた。深い林に囲まれ、小高い丘の上にある法妙寺の境内を、囲むように武装した尼僧らを分散配置するとこれまで告げ知らせていたのは、敵の間諜にニセの情報をつかませるためである。

急勾配の斜面を登るのは難儀だ。相手が分散していると思えば、何を好きこのんで淮木や繁茂した雑草を掻きわけながら、這いつくばるようにして進む必要があろう。情報によれば寺側に侍は二人だけで、しかも一人は女。かなりの遣い手と聞かされてはいるが、なあに多勢に無勢では何ほどのことがあろう。構うものか。正面の石段を駆け上り、山門を叩き破ってなだれ込めばよい。たやすいことだ——軍師を欠いた無頼の群れなら、十中八九そう考える。そこがつけめだ。美冬は石段の左右に並んだ杉木立の中に、尼僧たちの槍部隊、薙刀部隊を潜ませることにした。

付け焼刃の槍技、薙刀技がどれほどの役に立つのかは疑問で、むしろ足手まといでさえあると美冬は危惧しているのだが、青蓮尼のために命懸けで戦いたいとする尼僧たちの想いも勘案せざるを得なかったのだ。

青蓮尼のため——と言ったが、実のところ、若い尼僧たちの中には男装の女剣士に熱い恋情を抱きはじめる者もいた。彼女らは食事や寝る間も惜しむ武術訓練と仮眠の合間に、青蓮尼と美冬のどちらが魅力的かを熱心に議論した。

女としての成熟味と美貌では、むろん青蓮尼に軍配が上がる。だが若く凛々しい青袴の美剣士にも捨てがたい魅力がある。男子禁制の女の花園は、今や美冬派と青蓮尼派に分裂していたが、それが彼女らの結束を乱すことはなかった。やがて襲いかかってくる野卑な獣たちから、寺と青蓮尼を守るべく、全員が一丸となっていた。

「獣狩りです」

美冬はそう断じた。

「尼寺を侵そうとする者は、もはや人にあらず。人の心を失った獣たちです」

うなずく尼僧らをさらに鼓舞するため、美冬は愛刀を抜いてみせた。玲瓏な月の光を浴びた天才女剣士の白い腕の先で、銀色の刃がギラリと光る。その凄艶な美しさに、取り囲んだ尼僧たちばかりか、勝之進までもが総毛立つ。全員が武者震いした。

「薄汚い獣ども。一匹たりと生かしてはおかぬ」

オーッ――。

オーッ――。

女の城に、尼たちの鬨の声が響きわたった。

2

まさに獣の集団、いや「群れ」だ。

月代《さかやき》を剃った者は誰一人おらず、総髪か、さもなくばツルツルの禿頭。着ているものは泥と垢にまみれて、傍に寄ると形容しがたいほどの悪臭を放っているが、互いに慣れっこになっているのか、顔を顰める者もいない。

そんな身なりのくせに、全員が刀や脇差、分銅のついた鎖鎌など、もっともらしい武具を携えているのは、名も名乗らぬ男から前金と一緒に渡されたからである。

決められた時間にどこからともなく町外れの四つ辻に集まった異様な風体の男たちが、その名乗らぬ男とヒソヒソ何か囁き合った後、「群れ」となってゆっくり街道を西へ進んでいく。目指すは、女が女を守る城――法妙寺。

「女ばかりだそうじゃねえか」

「尼さんだぜ。若え尼さん。へへへ」

「いいのかねェ、へへへ、仏さまのバチが当たるぜ」

男たちは臭い息を吐き、ヨダレを垂らしていた。

寺に侵入したら、盗むなり犯すなり、好き放題していいと言われている。金もあればあるに越したことはないが、彼らの目的はやはり女だ。目指す寺には、とびっきりの美しい尼僧が大勢いると聞かされて、一も二もなく話に乗った。

不犯の戒律を守っている若い尼僧の肉体ほど、男の淫欲をそそるものがあろうか。

墨染めの法衣を無理やりに引き剝がし、経を唱える柔らかい唇に勃起した硬い肉棒を咥えさせる。パックリと大股開きに脚を開かせ、女の茂みをたっぷりといじりまわし、慎ましく閉じ合わさった肉貝に、薄汚れた魔羅を無理やりねじ込んでやる。三浅一深で抜き差しして、ヒイヒイヨガり泣かせ、恥ずかしい汁が尻穴を濡らすまで徹底的に男の味を教えこむ。

「強え女の侍がいるって聞いたぜ」

「武家女か、へへへ、こいつは楽しみだ」

「すぐには斬るなよ。まず裸にして、俺の肉の刀でたっぷりと可愛がってやる。殺るのはそれからだ」

「ああ、何発やれるかな、へへへ」

寺で待ちうけていることを想い描くだけで、痛いほどに魔羅が猛った。我慢できず歩きながら手淫に耽る者がいる。獣たちの足どりは早かった。

早暁——。

東の空が白みはじめた頃、薄汚れた獣の集団は法妙寺の石段の下に到着した。

「やけに静かだな」

三百段ほどある石段を見上げて誰かが言ったが、気にする者はいない。

「ああ、もう我慢できねえ」

「へへへ、犯って犯って、犯りまくろうぜ」

「最後は火をつけて、寺ごとパアだ」

飢えた獣たちは赤い舌を出し、ハアハアと息を荒げている。一人が石段に足をかけると、全員が先を争うようにして登りはじめた。

百段ほど登ったときだ。

山門の扉が音もなく開いたかと思うと、内側から闇をふくらませたような黒いかたまりが押し出されてきた。

「ん?」

「ありゃ、何だい?」

「わ、わ、わ……」

その黒いかたまりが直径六尺はあろうかという巨大な岩塊であることを認識した男たちは、それが地響きを立てて石段を転げ落ちはじめるや、肝をつぶしてパニックに陥った。

ひいっ——。

わああっ——。

悲鳴と怒号が渦を巻く。

石段の縁をつぶしながら、怪物のような岩塊は獣たちに向かってきた。

幸運にも石段の端にいた者は、杉木立に飛びこんで辛うじて難を逃れた。他の者は慌てて下へ逃げようとして、登ってくる仲間と衝突し、もつれ合うようにして転んだ。その上を千貫（現在の度量衡で言えば四トン弱）の硬い巨岩が、肉をつぶし骨を砕いて通過した。

轟音がやんであたりが静まりかえったとき、男たちのうち七、八人が死んでいた。いや、死んでいたなどという生易しいものではない。彼らは人間の原型すらとどめていなかった。飛び散った脳漿やひしゃげた赤い肉塊の端に、腕や足の先がひっかかって見えるので、それがさっきまで人であったと分かるというだけである。

そのような大量殺戮兵器が寺側に準備されているなどと、男たちの誰が想像できただろう。間諜尼僧の目をくらますため、御影石の丸い巨岩は仏像建立のためと称してあらかじめ山門の脇にすえられていたのだが、侵入者が石段を登ってくると同時に、担当の尼たちが五人がかりで梃子を使い、門の外へ押し出したのだ。

「ふ、ふざけやがって」

生き残った男たちは血相を変え、手にまがまがしい武具を握りしめたまま、怒りに慄えて再び石段を駆けた。

と、開いたままの山門に、女の顔が五つ、そしてよく熟れた白い太腿が十本並んだ。

黒い僧衣は闇に溶けて判別できないが、それが若い尼僧らであることは、怒りに我れを忘れた男たちにも分かった。

「ぐへへえっ」

情欲が怒りを呑み込んだ。

男たちは生唾を呑み、縮みあがったばかりの股間のイチモツを再び勢いづかせる。が、次の瞬間、ギャッと声をあげて一人がのけぞった。今しがたまで目玉が収まっていたはずの眼窩に、矢の先が深く食い込んでいる。

続けざまに四人が悲鳴をあげた。首に、肩に、腹に、太腿に——尼僧たちの弓から放たれた矢は、ひょう、ひょうと唸りをあげ、あやまたず獣たちの肉に突き刺さっていく。

高い歓声をあげて、尼たちが姿を消した。

「野郎っ、ただじゃおかねえ」

「ぶ、ぶった斬ってやる」

半ば恐怖に駆られながらも、生き残った男たちは山門めがけ殺到する。あと五十段ほどで登りきろうというとき、今まさに山の端から輝きはじめた曙光が、山門の柱を明るく照らしだした。金色の眩い光の中に男たちが見たものは——。

「女剣士？」

男たちは蒼ざめた顔を見合わせた。

色を取り戻しつつある朝の大気に、小袖の白が清らかだ。血糊の生臭い匂いを石段の下へと吹き降ろしてくる透明な朝風が、女武芸者の青袴を爽やかに翻している。

「へへへ」

「うへへへ」

男たちは余裕を取り戻した。

この距離ならば、弓に矢をつがえる暇も、岩を押し出している時間もない。相手は二本差しの女侍ただ一人。多くの犠牲を出したとはいえ、こちらはまだ十人近くいる。いよいよ待ちに待った性宴の開始と信じて露ほども疑わなかった。まずは手始めに、この若い女剣士を裸にし、山門にくくりつけて凌辱しよう。

間を詰めてきたのは美冬の方だった。刀の柄に手をかけたまま慎重に石段を降りてくるが、美しい顔にはかすかに笑みを浮かべている。

「おう、こいつはすげえ」

「別嬪じゃねえか、へへへ」

前の男の肩越しに、後ろの男が背伸びして覗きあげる。ひと目見て、男装の女剣士の美貌と凜々しさにぞっこん惚れ込んだ。

「へへへ、ネエちゃん、刀使えるのかい」

あなどりも露わに、鎖鎌を手にした髭面の男が一気に石段を二段上がった。

「悪いことは言わねえ。ぶっそうなものはしまって俺たちと楽し――」

一陣の風が男の言葉を途切れさせた。

男の顔から中心の突起が消し飛んで、鼻腔のなごりである二つの穴だけが残った。

痛みすら知覚しなかった男は、そのまま喋りつづけようとして、異変に気づいた。

「――はのひもふひゃへへは……」

ボタボタと血がこぼれた。

「あは？」

阿呆のように立ち尽くす鼻無し男の左右で、血しぶきがあがった。

「ぎゃあっ！」

「ぐええっ！」

剣戟の音さえしなかった。斬られた男たちは、まだ二十歳に達しない女剣士を前に、刀を構える暇すらなかったのだ。

「ふがああっ」

間の抜けた悲鳴をあげ、石段の脇によろめいた鼻無し男に、三本の薙刀が突きつけられた。杉木立に身を潜めていた尼僧たちが現われたのだ。

短く切られた尼衣の裾——朝日に輝く女たちの白い魅惑的な下肢——それが、男がこの世で目にした最後の光景となった。

「美冬さま、やりましたわ！」

若い尼僧が歓声をあげた。仏門には不殺生戒がありはするが、相手は獣、一匹たりとも生かしておくなと「美冬さま」から命じられている。この尼僧は、法妙寺を二分する二派の中で最も熱烈な美冬支持者。仏の教えも大切だが、「愛する美冬さま」の言葉こそが絶対なのである。

「ひいっ」

「わああっ」

血刀を下げたまま鬼神のごとく石段を降りてくる美冬に、残りの男たちは怯えた。慌てて左右の杉木立へ逃れようとし、三日前の大雨にぬかるんだ土に足をすべらせる。あわを食ったところを、わらわらと集まってきた尼僧たちの太腿、そして槍と薙刀に囲まれた。

「たあっ！」

裂帛の気合いとともに、美冬の青袴が華麗にひるがえる。朝日に開いた大輪の花、その周囲で鮮血が散り、三匹の獣の体が弾けとんだ。

3

「むう……」

蟇目は唸った。

目の前で起こった出来事が信じられない。瀬谷の命を受け、彼自身で徴集した二十人の荒くれ男たちが、女だけの寺の、文字通り山門にすら手をかけることができずに全員討ち死にしてしまったのである。

男たちの群れから少し遅れ、懐手のまま石段を登っていた蟇目寅之助は、恐ろしい巨大岩の直撃もまぬかれ、弓矢の嵐も受けずにすんだ。彼が同行したのは、無頼漢らの狼藉の最中、千姫こと青蓮尼を捕縛、街道に待たせてある駕籠に押しこめて瀬谷の屋敷へ連れていくためである。

蟇目は美冬から二間ほど間をおいて、用心深く立ちどまった。

「娘、名は何と言う？」

不敵に笑って顎をしゃくるが、いつでも抜けるように左手の指で刀の鯉口は切ってある。

「おぬしが首魁か」

血刀を下げたまま美冬が訊きかえした。

「人に名を尋ねるのなら、まず自分から名乗ったらよかろう」

剣尖から、まだ生暖かい獣らの血がしたたっている。返り血で白い小袖が真っ赤に染まって凄艶だ。

小娘がっ――。

蟇目は苦々しげに唇を歪め、胸中に罵倒したが、その小娘の超人的な戦いぶりは目の前で見せつけられたばかりだ。すっかり明るくなった石段の上には累々と男たちの屍が折り重なっている。

「蟇目寅之助――流派は無外流」

憮然として答えた。

「無外流……蟇目……」

美冬の眉が吊りあがった。

そうか、この男が……。

唇が怒りに震えた。

「拙者は早乙女美冬。流派は――」

「美冬流っ！」

例の若い尼僧が黄色い声を張りあげた。薙刀の柄を握りしめたまま、ウサギのようにピョンピョンと杉木立の間を飛び跳ねる。大好きな「美冬さま」の勝利を信じて疑わない。

「美冬さま、頑張ってっ！」

美冬さま、美冬さま――。

早朝の大合唱。槍隊、薙刀隊だけでなく、山門にいた岩石隊、弓矢隊の尼らも駆け下りてきて、声を嗄らして黄色い声援を送る。

蟇目はペッと唾を吐き、刀を抜いた。白足袋も眩しい女剣士の足元を狙う。美冬は青眼をやや低めに構え、相手の出方を窺った。互いに数歩間合いをつめた後、同時に殺到した。剣戟の火花が激しく散った後、あっと叫んで退いたのは蟇目のほうだ。片手で押さえた目許から、みるみる鮮血が溢れだした。剣尖で、つぶれた片目の上を斬られたのだ。

蟇目は苦痛と屈辱に顔面を真っ赤にしたかと思うと、いきなり美冬に向かって刀を投げつけ、脱兎のごとく石段を駆け下りた。

「待てっ」

美冬も後を追って、街道まで走り下ったが、蟇目の姿はもうどこにもない。

美冬さまあっ！

尼たちがいっせいに駆け下りてきた。飛びつく者、ひれ伏す者、跪いて拝みたおす者、さらには感動のあまり、あたりはばからず大声で泣きだす者もいる。

朝日にきらめく法妙寺の石段下は、猛烈な騒ぎだ。弥勒菩薩のような細い身体で、金剛力士のごとき働きを成し遂げた女剣士は、尼僧たちからすればまさしく、現代の言葉で言うところの「正義のヒロイン」に他ならない。青蓮尼派を公言していた尼たちまでもが、今この瞬間、美冬派に「改宗」していた。

狂喜する尼僧たちに囲まれて境内へ戻った美冬を、青蓮尼と勝之進が出迎えた。

自らも薙刀をとって戦おうとする青蓮尼に、お願いですから本堂にお隠れになっていてくださいと懇願したのは美冬自身だ。危険だからということもあったが、何よりも、修羅と化して人を斬る自分の姿を見られたくなかった。青蓮尼さまのお傍にいてあげてくださいと勝之進に頼んだのも、同じ理由からである。

「美冬……」

青蓮尼の青い眼に涙が光っている。

「あ、御衣が──」

駆け寄ろうとする青蓮尼の清らかな紫衣が、小袖を染めた獣の返り血で汚れるのを懸念して、美冬は思わず退こうとした。

「構わぬ……美冬……抱かしてたも」

柔らかな薄絹にフワリと包まれたかと思うと、女剣士の身体は、それより柔らかい女体にきつく抱きしめられていた。

「美冬……」

「青蓮尼……さま」

全身に漲っていた闘気のなごりが、暖かい春の日差しを浴びた淡雪のように心地良く溶けていく。美冬は身分の差を忘れ、思わず青蓮尼の柔らかい腰に手をまわした。匂い立つ肌。成熟した肉の量感。美冬は軽い眩暈を覚えつつ、母に抱かれた幼子のような安らぎと幸福感に包まれていく。

女同士の熱い抱擁に魅了され、見守る尼僧たちの間から、ほーっと感嘆の溜め息が洩れた。

第五章　くノ一の巻　肉牢の拷問

1

「くそっ、放せ。放せえっ」

「汚い手で触るなっ」

「いやっ、あっちへ行って！」

瀬谷邸の奥まった位置にある納屋の中に、いたいけな少女らの悲鳴が響きわたる。

「フフフ、捕えそこねた青蓮尼の代わりにゃならねえが、憂さ晴らしには恰好の女狐ども、いや女狐というより、牝猿だな、お前らは」

蟇目寅之助は折檻用の木刀を手に、獲物の周囲を大股に歩きまわった。法妙寺での屈辱的敗戦から半月以上経っているが、美冬につけられた顔の傷はまだ生々しい。

忍び装束と鎖帷子を脱がされ、両手足を荒縄に括られて、まるで捕えられた動物のように全裸の四肢を天井の梁から吊り下げられているのは、霞、桔梗、麻耶のくノ一三姉妹である。

離れの座敷牢に監禁され、連日蟇目に辱しめられている志乃と息子の新之丞を救い出そうと無理をし、見張りに気取られてしまったのだ。

いったんは救出を断念し逃走を図ったが、黒マントを羽織った得体の知れぬ異人に行く手を阻まれ、妖しげな術で金縛りのように動けなくなったところを、蟇目と彼の手下どもに捕縛されてしまったのだ。

「お前ら、千姫に飼われている牝猿だろう」

「知らぬっ」

霞は吊られたまま天井を睨み、かぶりを振った。

「ふん、まあ、どっちでもいいんだよ」

「くっ……や、やめろ……」

開ききった股間をぞろりと撫でられて、霞は真っ赤になった顔を振り、腰をよじりたてた。

蒸し暑い納屋の中に半裸の男たちがひしめいている。褌一枚で酒を飲んでいる姿は一見日雇い人足と見まがうが、髷を結っているのは彼らが侍であるからだ。

侍といっても、全員がその日暮らしの極貧の浪人ども——月代も剃らず、大方が腰の大小さえ質に入れてしまっている彼らは、武士の誇りを捨て去った武士、法妙寺で刀の露と消えたあの無頼漢どもと何ら変わりはない。

口入れ屋を通じ、半月以上かけて食いつめ浪人を、それも多少は腕の立つ浪人どもを蟇目が集めたのは、さすがに前回の失敗に懲りたからだ。二度の失敗は許さぬ——家老の瀬谷からもきつく叱責されていた。

「この牝猿どもを、好きにしていいぞ」

蟇目は浪人たちに言った。

襲撃の日が決まるまで、かき集めた三十人ほどの浪人たちを狭い納屋に押しこめて、食事と安酒をあてがっていたが、彼らにもちょうどよい気晴らしになる。

「ありがてえ、へへへ」

蟇目の許しを得るまでもなく、さっきから十人ほどが霞らに卑猥な悪戯をしかけていた。

「ただ、ガキとはいってもくノ一だ。何があっても縄だけは解くんじゃねえぞ」

「へへへ、合点承知」

「喧嘩はするな。味見するときは年長の者から順番にやるんだ」

そう釘を刺して、蓁目は納屋から出て行く。法妙寺再襲撃のために、まだまだやるべきことがたくさんあるのだ。

「フフフ」

「へへへ」

それまで座って酒をかっくらっていた浪人たちも、ニヤニヤと笑って立ち上がった。全員が褌の下の汚れた肉棒をふくらませている。

「おめえ、どれにする？」

「俺はこっちだ。三人の中じゃあ、こいつが一番脂が乗って、美味そうだもんなァ」

「ちげえねえ。じゃ俺も」

「俺もだ」

数人が次女の桔梗に手を伸ばせば、

「俺はこっちだ。へへへ、まだあそこの毛も生えてやしねえ。割れ目も小せえし、まちげえなくおぼこ――へへへ、いけねえ、ヨダレが出てきやがった」

一人が、吊られて割りひろがった麻耶の股間を覗きこみ、しきりにヨダレをすすりあげる。手を伸ばし、無毛の頂きの下端に刻まれた稚い肉の亀裂をくつろげた。

「見てみねえ、綺麗えな桃色じゃねえか」

「おお」

「おおっ」

「もっとひろげろ」

「奥までひろげろっ」

男たちの顔が麻耶の股間にひしめき合う。清らかで新鮮な処女の果実が、限界まで剝きひろげられた。

「いやああっ！」

くノ一と言っても、麻耶はまだ子供。とてもそんないたぶりには堪えられない。

「やめて。ああっ、あっ。ひいいっ！」

節くれだった指が代わるがわる押し入って、未通の膣穴を容赦なくえぐりたてた。悲鳴とともに麻耶の肢体が宙にのけぞり、男たちの指が赤い血にまみれていく。初潮もすませていないのに、いきなり処女膜を破られてしまったのだ。

「へへへ、やっぱりおぼこだったな」

「指の次は魔羅だ。魔羅をブチ込んで、ちゃあんと女にしてやろうぜ」

「やめてっ！　妹に何をするの」

長女の霞が歯噛みをし、狂ったように裸身を揺すりたてた。

「へえ、お前たち、姉妹なのか」

「牝猿姉妹だ。こいつぁ面白え」

「じゃあ、おめえが一番上だな。細身だが、なかなか美人じゃねえか」

憎悪を露わにして睨みつける霞の顔を、髭面の浪人が顎をつかんで上向かせた。

「色白の美人だぜ。見ろよ、この目つき。俺はこういう気の強え女を犯るのが好きなんだ」

「ちっ、こいつ気絶しちまいやがった」

麻耶を責め嬲っていた男が、出血した秘裂から指を抜いて残念そうに言った。気を失った少女を弄んでもつまらない。

「俺もそっちを使わせてもらうぜ」

血のついた指をしゃぶりながら、霞に近づく。

「なあるほど、なかなかの上玉だ。くノ一にしとくにゃあ勿体ねえ。たっぷりハメてやった後、遊郭にでも売りとばすか」

「たわけが。楽しんだ後はバラすんだよ」

白砂糖にたかる黒蟻のように、男たちは霞の白い肉体に群がってきた。

「気をつけろよぉ。くノ一は房術に長けてるって言うからなァ」

「そうともよ。迂闊にハメて『筒涸らし』とか食らわされたんじゃかなわねえ」

「『筒涸らし』？　何だいそりゃあ？」

「知らねえのか。まぐわった男の精を一滴残らず絞り抜くんだ。こいつを食らったが最後、枯木みてえに体が萎えしなびてあの世行きさ。くノ一の得意技だぜ」

「おー、おっかねえ」

「だが一度やられてみてえ気もするな」

男たちはゲラゲラと笑った。

「忍法なら、俺だって使えるぜ」

髭面が舌なめずりして言った。

「それ、忍法『乳揉み』の術」

言うなり、霞の双乳を両手で鷲づかみし、根元から絞るように揉みはじめた。

「どうだ、拙者の忍法は。それ、それそれ、フフフ」

「や、やめ――」

顔をゆがめた霞の抗いの言葉は、男たちの哄笑にかき消された。

「ヒャヒャヒャ。なら俺は、忍法『尻撫で』」

別の一人が、下からすくいあげるように霞の尻を撫でまわしはじめた。乳を溶かしこんだような白い臀丘を、脂ぎった手のひらでユルユルと愛撫し、まだ青い固さを残す臀肉に節くれだった指を食い込ませて揉みしだく。

忍法乳首つまみ——乳首引き——乳首転がし。さらに忍法サネ剝き——尻穴ほじりと、くノ一姉妹に対して繰り出される男たちの卑猥な「淫術」には際限がない。

「やめろ……やめ……ああっ」

「いや……いやああっ！」

桔梗は悲鳴をあげ、霞は狂ったようにかぶりを振りたてるが、両手両足を縄で縛られ、あお向けに吊られていては為す術がない。女陰はもちろんのこと、乳房、太腿、双臀、果ては尻穴に至るまで、身体中いたるところをまさぐられた。つままれ、揉まれ、執拗に撫でまわされる。

「やめろ……もうやめてくれっ」

「ううっ……あああっ」

サネを剝かれ、露呈した木の芽を指で愛撫されて悶絶する。先に音をあげたのは、やはり次女の桔梗だった。

「ああ……んんんっ」

泣き声に微妙な変化が表れた。

桔梗は姉妹の中で一番早熟で、肉づきも二つ年上の姉を上回る。まだ男は知らないが、自慰が習慣化しているため、性感が発達しているのだ。

「おい、こいつ感じてやがるぜ」

割り裂かれた太腿の間にしゃがみこんで、しきりに指を使っている男が、興奮した声をあげた。

「濡れてきやがった。ほれ、もうこんなだぜ」

かきまぜておいて指を持ち上げると、甘酸っぱい匂いを放つ花蜜がねっとりと糸をひいた。男はもう一度かきまわすと、舌を出してペロペロと指を舐めねぶる。

「牝猿め、発情してやがる。フフフ、どうせ死ぬんだ。この世の名残にもっと喜ばせてやる」

「姉のほうはどうだ?」

「ああ、こっちもいい感じだぜ。顔をしかめて嫌がるフリをしちゃあいるが、乳首はコリコリにおっ勃ってるし、尻の穴もとろけてきやがった」

「フフフ、そろそろ味見といくか」

「待て待て。いきなりハメて、末娘のように失神されてはつまらぬ。魔羅を挿れる前に充分燃え上がらせ、オマ×コをとろけさせることだ。ヨガらせて一度気をやらせてみるのがよい」

年嵩の浪人が分別臭く言えば、

「へへへ、妹のほうは、もうすっかり出来上がっちまってるみてえだがねェ」

稚いながらもはっきりと女の屹立を示した乳首をユルユルと揉み込みながら、髷の曲がった浪人が皮肉に笑う。

「ガキのくせに、すげえ燃えようだ。どうでえ、この色っぽい腰の動きは——フフフ、ひょっとしてこいつ、男を知ってんじゃねえか」

男の言葉通り、次女の桔梗は数人がかりの愛撫を受けて我れを忘れ、半狂乱の痴態を見せていた。

「ああっ、もう……もうっ……んんっ、ああっ、か、堪忍……堪忍してっ！」

吊られた身体をよじりたて、男好きのする顔をのけぞらせる。激しすぎる悶えようは、とても少女とは思えなかった。

「ほうれ、こうやって乳首を揉んでやると——」

「あンンっ……はああっ」

「ビンビンじゃねえかよ。へへへ、ほおれ、こうされるとたまんねえだろう。ほれ、ほれほれ」

「あっ……ヒッ、ヒイッ！」

あられもない嬌声をあげ、男たちの指技にガクガクと腰を振って応える。いまにも気をやらんばかりだ。

「駄目っ。駄目よ、桔梗！」

荒い息の中から、霞が叫んだ。

「こんな下衆侍どもに辱しめられて喜んじゃ駄目。私たちは真田忍者の末裔なのよ。何があっても、くノ一としての誇りを忘れないでっ」

美しいまなじりが吊り上がっている。額にはじっとりと生汗が滲み出て、こめかみがワナワナと震えていた。

「お、お姉ちゃんっ」

霞の叱咤に、桔梗もふと我れに返った。官能の渦に呑まれまいと何度も首を振り、キリキリと奥歯を嚙みしばる。

「負けないわっ、こんな奴らに……こんなクズみたいな連中に負けるもんですかっ」

「何？　クズだとおっ？」

「おうおう。くノ一風情が、生意気言ってくれるじゃねえか。フフフ、こうなりゃ、武士の意地と面目にかけて、お前らをイカせてやるぜ」

　女忍の誇りを守ろうとする姉妹のけなげさが、浪人たちの嗜虐心を猛らせた。欲望の炎に油を注がれた彼らは、指と手のひらによる愛撫を、口唇責めに切り替える。

「へへへ。忍法『乳首舐め』──どうだ、舌でおっぱいの先っぽを舐められて、気持ちいいか、真田の女忍者さん」

「おめえ、桔梗って言うのかい。桔梗ちゃんはお豆をこんなに尖らせちまって、へへへ、姉ちゃんと違って大人だねェ。おっとと、またおツユが溢れてきたぜ。よっぽど好きなんだな、おめえは」

　男たちの熱い舌と唇が、無数の蛭と化して少女の肌を這いまわる。首筋、腋窩、耳の穴──乳首、脇腹、臍のまわり──桃色に濡れ光る処女肉は言うに及ばず、太腿からふくらはぎ、足の指股に至るまで男たちの舌がなぞりあげぬ部位はない。霞と桔梗の無垢な裸身は、もう男たちの唾液でヌルヌルだ。

「くううっ……」

　死に物狂いの抗いを示す姉の隣で、桔梗の肉体はもう崩壊の予兆を示している。

「いや……ああっ……んんっ、ああ、もう……もう駄目っ……」

　声が切羽つまっているのは、絶頂が迫っている証拠だ。そうと知って、男たちの舌の動きはいっそう活発になっていく。

「フフフ、痙攣が始まったぜ」

「へへへ、本気汁だ。こいつガキのくせに、本気汁を流してやがる」

ああああっ、あああっ——もう堪えきれぬとばかりに大声を張りあげた桔梗は、白い下腹をせり上げるようにして、ガクガクと腰を揺すりたてた。自慰によって芽吹いていた官能のつぼみが、男たちに与えられる強烈な快感によって、鮮やかな大輪の花を咲かせようとしている。

「お、お姉ちゃん……」

ワナワナと唇が震えた。

「き、桔梗っ」

「ご、ごめん……あたい、もう……もうっ」

そう言う間にも大波が押し寄せたのか、桔梗は若鮎のような肢体をいきむように硬直させた。

あああッ——。

吊られた肢体が激しくのけぞり、硬直した四肢がちぎらんばかりに縄を引く。群がって責めたてる浪人たちの唇と舌にも、少女忍者を襲っている絶頂感が生々しいまでに伝わってきた。次の瞬間、開ききった果肉の中心から、ビューッと音を立てて熱い液体がほとばしり、しゃがんで双臀を舐めねぶっていた男の顔を直撃した。

「ひゃあ、こいつ、小便！」

熱いゆばりで顔面を水浸しにしたまま、男は歓声をあげた。わざとらしく顔をしかめつつも、口元はうれしそうに笑っている。

ゆばりはいったん途切れたが、再び白い湯気をたてて大量に噴出した。まるで女として開花した証しだと言わんばかりに、後から後から泉のように湧きだしてくる。

男たちの哄笑の中、半ば気死したようになってしまった桔梗の肢体は、弛緩することなく、そのまま生々しい絶頂の痙攣を維持している。

「ほれほれ、妹は、あんなに気持ちよさそうにしているじゃねえか。小便まで漏らしてよ」

「おめえも無理しなくていいんだぜ。痩せ我慢せずに腰を振れよ。真田の女忍者さんよォ」

「あ、ああっ」

チュウーッと左右の乳首を同時に吸われて、霞はせつなげに喘いだ。別の男が舌で女芯をまさぐり、唇で青い木の芽をついばむようにすると、

「ハアアッ……」

あまりの快感に腰が勝手によじれ、開いた唇から恥ずかしい声を洩らしてしまう。

それを耳ざとく聞きつけた浪人たちは、

「おっ、何だ、今の声は」

「やけに色っぽい声だったが、フフフ、気のせいかな、フフフ」

「気のせいに決まってるぜ。誇り高い真田家のくノ一さまだ。俺たちみてえな下衆侍にあそこを舐められて、感じたりはしねえよ」

「そうだろ、女忍者さん、へへへ」

からかいつつ、嵩にかかって責めたてた。今までは各々好き勝手に嬲っていたのが、霞の反応を窺いながら呼吸を合わせだす。そんな巧妙で卑劣な愛撫に、さすがの霞も女の情感をとろけさせはじめた。

「あああっ……うっ」

「へへへ、これが好きか。それとも――」

「ひっ……ひっ……い、いやっ」

どんなにかぶりを振りたてようと、妖しい官能の昂りから逃れることはできない。

乳首、尻穴、女芯の芽――全身の性感帯を、触れるか触れないかの微妙さで、無数の刷毛となった男たちの舌でなぞられるのは、頭がうつろになるほどの快感だ。

「へへへ、もうメロメロじゃねえかよ」

「くっ……」

「さっきは妹に偉そうな説教を垂れてたが、本当はおめえのほうがずーっと好きもんなんじゃねえのか？　どうなんだ。あン？」

「そんなこと……ない……」

「嘘をついても、下の口は正直だぜェ。へへへ、尻の穴まで濡らしやがって」

「ほれほれ、この音が何の音だか言ってみな？　え？　言えねえのか。助平な真田の女忍者さんよォ」

濡れそぼった恥裂に指をあてがい、クチュクチュと淫らな音をたててみせる。

「ううっ……く、口惜しい……あっ、そんな……あむむっ……ヒイッ!!」

濡れ光る女芯の肉芽を指でつぶされ、グイと斜め上に引き伸ばされる。男を知らぬ女体には酷すぎる責めだ。

「へへへ、小便臭えや。こいつもおぼこだな」

嘲笑しながら、男は引き伸ばされた若芽の裏側にヌルリヌルリと舌を這わせた。

「ヒッ、ヒッ、アワワ……」

身がすくむおぞましさ。だが同時に気が遠くなるほどの快感が、戦慄のように若い女忍者の背中を走り抜けた。

「あっ……んんっ、あむむっ」

こらえようとしても腰が蠢く。あまりの心地良さに総毛立ち、足指が反りかえって開ききった。汗みどろの背中が何度も宙にのけぞる。

「ああっ、イ、イクっ」

噛みしばった唇を開き、霞はついに屈服の言葉を口走った。総身を瘧病みのように慄わせ、誰に教わったのでもないその言葉を、狂気したように繰りかえす。

「イク……霞、イク……ああ、もう……もうイッちゃう……駄目、駄目っ。ああイクううっ!!」

桔梗にも負けぬほどの激しさで、キリキリと数回背を反らせると、汗に光る裸身をぐったりと縄にあずけた。悦びを極めてハァハァと熱く喘ぐ女忍者の美貌に、ツーと玉の汗が流れている。汗に湿った髪は激しかった逐情の余韻にけだるく垂れて、柔らかい房の先が床に届きそうだ。

桔梗と違い、長女の霞は修行一筋だった。男を知らぬことはもちろんだが、今日に至るまで自瀆の経験すらない。それがいきなり男たちの慰みものにされて、青く固い蕾を強引に開花させられた上に、悦びの絶頂まで極めさせられたのだから、その衝撃は大きかった。

だが、くノ一姉妹の受難はこれで終わったわけではない。

「ほれ、起きねえか、ネンネちゃん」

馬面の浪人が、三女である麻耶の頬を張った。

「う……うう」

麻耶は呻いて、うっすらと眼を開いた。

むさ苦しい浪人の馬面を見ると、ハッと全身をこわばらせ、

「お姉ちゃんっ」

救いを求めて姉たちのほうを見たが、

「!!………」

驚きのあまり、咄嗟には声も出ない。

二人の姉に何が起こったのか——桔梗だけならまだしも、不屈の意志を持っているはずの霞までもが、もう何もかも放擲してしまったと言わんばかりに力なく首を垂れ、とり囲む褌姿の浪人らの手がいやらしく肌を嬲るにまかせている。

次女の桔梗は薄く唇を開いて、肉感的な双臀の狭間から、ポタポタと尿のしずくを

したたらせていた。長女の霞は腑抜けのようになった眼差しを虚空へ遊ばせている。ヌラヌラと光る裸身についた無数の歯型や唇の痕を見れば、初潮すら知らぬ麻耶にも、自分が気を失っている間に何が行われたか、嫌でも想像はできた。

「霞姉ちゃん……桔梗姉ちゃん……」

麻耶の唇が震える。愛らしい童顔がゆがみ、いまにも泣きださんばかりだ。

「女にしてやるぜ、お嬢ちゃん」

褌の紐を解くと、馬面は鼻の下をいやらしく伸ばし、いっそう顔を長くして言った。

「侍の魔羅で女になれるんだ。有り難く思いな」

馬面男は、イチモツも馬並みだった。自慢の巨根を麻耶の顔に突きつけ、揺すってみせる。

「い、いやっ」

麻耶は目をそむけて懸命に腰をよじりたてる。だが縛られて大股開きで吊るされている身では、如何せん虚しい抗いだ。無防備に晒された無毛の丘に巨根の先端をあてがわれ、ヒーッと甲高い悲鳴を噴きあげた。

霞と桔梗の太腿の間にも、褌をはずして魔羅を天井へ向けた男がそれぞれ陣取っていた。

「けっ。唾をつける必要がねえぐれえ、ヌルヌルにしてやがる。こいつら本当に処女なのかねェ」

男が嘲るように言うと、

「犯ってみりゃあ、わかるじゃねえか」

「後がつかえてんだ。早く挿れな」

順番待ちの浪人たちが早くしろとせかす。全員待ちきれずに、褌の紐を緩めはじめた。ブルンと音をたてて、汚れた肉棒が次々と顔を出す。

「よしよし、姉妹仲良く女にしてやるぜ」

腰が引き寄せられた。毛むくじゃらの指が少女らの新鮮な果肉をまさぐり、未通の肉壺の入口に太い肉竿の先端が押し当てられた。

「へへへ、せーので同時に入れるぜ」

「よしきた、フフフ」

「や、やめて」

「いやあっ」

「ひいいっ」

少女らの哀願が通じる相手ではない。

かけ声とともに、三つの割れ目に三本の太幹が同時に分け入り、未通の隘路にズブズブと沈み込んでいく。

「ひーっ！」

「ひいいっ」

「きいいっ！」

破瓜の悲鳴も三色だ。激痛に顔をゆがめて、くノ一姉妹は若鮎の肢体を宙空にのたうたせた。

「痛いっ、痛いっ」

「ひいいっ！」

「おう、まちげえねえ。こいつは初物だぜ」

「こっちもだ。この穴の狭さときたら……うう、たまんねえよ、ネエちゃん」

「抜いて、抜いてっ！　い、痛いいいっ！」

「痛えか、お嬢ちゃん。そんなに痛えのか。へへへ、だが今によくなるぜェ」

男たちは残忍に眼をギラつかせ、情け容赦なく突きえぐる。三姉妹の悲鳴とともにギシギシと縄がきしんだ。窓のない納屋の中に、浪人どもの強烈な腋臭、肉棒の放つ淫猥な匂いに混じって、新鮮な処女の血の香が漂いはじめた。

2

七日が経過した。

納屋に監禁された三姉妹は、三十人の食い詰め浪人たちに、寝る間もなく凌辱されつづけている。

明かりとりの窓ひとつ無いため、昼か夜かすらも分からない。いや、際限なく続く男たちの責めと、いやおうなく強制される連続絶頂の中で、彼女たちには時間の感覚そのものが失われていた。食べ物は米一粒与えられず、無理やり咥え込まされた男根が放出する牡汁だけが、唯一の生きるよすがだった。

「へへへ、三人とも、ずいぶん素直になったじゃねえか」

黄ばんだ手ぬぐいを桶の水ですすぎながら、髭面の浪人がニンマリと笑った。前の男が放った牡汁を指で掻き出し、冷たい手ぬぐいで霞の割れ目をぬぐってやる。

「特におめえだ、霞。妹に偉そうなことを言ってたわりにゃあ、へへへ、何のこたぁねえ。おめえが一番ド助平じゃねえか」

丁寧に果肉をぬぐいながら、女芯の肉芽を指でつまみあげた。血を噴かんばかりに充血したそれはもう、一日中硬く反りかえりっぱなしで、包皮の内側に隠れることを忘れてしまったかのようだ。

「ううっ、く、口惜しいっ」

羞恥の蕾をグリグリと揉みこまれて、霞が屈辱の呻きを洩らす。だがそれも一瞬のことで、頭がうつろになるほどの快感に、たちまち我れを忘れて腰を動かしてしまう。

「へへへ、挿れてやるぜ」

「ああっ――」

花びらをひろげられ、灼熱の先端をあてがわれただけで、快感に全身がうち震えた。隣に妹たちがいるというのに、はしたない嬌声をあげてしまう。

「お、お侍さまあっ」

荒淫に灼けただれた粘膜をえぐって、逞しい男根が杭のように押し入ってくると、待ちかねたように肉襞がざわめく。

「ああぁっ……」

「フフフ、どうだ、霞」

「す、凄い……凄いわっ」

嘘でもお世辞でもない。あまりのもの凄さに、頭髪が逆立つほどだ。犯される快感に足の爪先まで痺れきってしまった霞は、唇を開き、縛られた裸身をよじりたてた。

もし両手両足が自由だったなら、男の体にむしゃぶりついて、あさましく腰を振っていたにちがいない。

「ああ、深く……」

霞はのけぞったまま、息も絶えだえに喘いだ。少しでも深く男根を咥え込もうと、もどかしげに腰を揺する。

「もっと深く突いてっ……霞を……霞を滅茶苦茶にしてえっ！」

「あたいも……あたいも辱しめてえっ」

姉の狂態に煽られたかのように、次女の桔梗が縄を引いて泣き叫ぶ。破瓜の苦痛に泣いて以来七日間、昼夜を分かたぬ浪人たちの責めで、とことん女の悦びを教え込まれてしまった霞たちであった。

「ぎゃあぎゃあと、やかましい牝猿どもだ」

厠から戻ってきた男が、相好を崩した。

「仕方ねえ。武士の情けだ。小便ついでに、一発お見舞いしてやるぜ」

恩着せがましい言い草に、車座になり花札賭博に興じていた男たちがドッと笑った。

法妙寺襲撃の日まで外出を許されぬ彼らは、酒を飲み、飯をかっくらい、博打をして寝るほかは、三姉妹の若い肉を貪る以外することがない。

締めたばかりの紐を解くのが面倒だったのか、男は六尺褌を横にずらすと、小便をすませたばかりの肉棒をとりだした。

もの欲しげな桔梗の眼が淫猥に光って、男の男根に吸いつく。そうと知りながら、男はわざと三女の麻耶のほうへ近づいた。

「お侍さまァ」

童顔には不釣合いな妖しい笑みを浮かべて、麻耶は吊られた両脚を精一杯開こうと努めた。まだ幼い秘裂から、新鮮な桃色の陰唇がはみ出している。それを内側へ巻き込むようにして、男の肉杭がズブズブと沈んだ。

「お、大きいっ」

喘ぎながら腰を使う麻耶。驚くなかれ、初潮も迎えぬ前に破瓜の痛みに泣かされた美少女が、今はくるめくような肉の快感に、腰を振って応えることを覚えたのだ。

「いやっ、誰か……誰かあたいを……桔梗を犯してえっ！」

見捨てられた桔梗が泣き喚く。常に肉棒に貫かれていないと、子宮が疼いて仕方がない。もともと淫乱の気があったのか、桔梗は半狂乱だ。行き場を失くした情欲が、開ききった肉の花びらから甘蜜となって溢れ出て、床板に汁溜りをつくっていた。

「へへへ、なら俺さまがいただくぜ」

馬面の浪人が立ち上がった。

麻耶を「女」にした男で、浪人たちの中で一番長い肉竿の持ち主であった。精力も桁外れで、何回自失しても萎えることがない。

「ほれ、牝猿。こいつが欲しいか」

「ああ、欲しい……桔梗、それが欲しいわっ」

長大なイチモツでピタピタと頬を打たれて、桔梗は喘ぎ声を昂らせた。口の端からダラダラとヨダレを垂らしている。言われもせぬのに自分から唇を開いて男根を含み、舌と口腔全体を駆使して猛烈な魔羅吸いを開始した。

「むぐふううっ……むぐ……むぐ……ふぐぐっ」

「上手いぜ、桔梗。魔羅吸いはお前が最高だ。さすがはくノ一。まさに『筒涸らし』だぜ」

「むぐううっ」

男の精をすべて吸い尽くさんと言わんばかり、せつなげに眉をたわめ、無我夢中で顔を前後に動かしていた桔梗であるが、ついに一刻も我慢できなくなったのか、

「挿れてっ、早く挿れてえっ」

肉塊を吐き出し、鬼気迫る表情で男に迫る。

「挿れてやるとも。たっぷりとお前の中に出してやる」

「ああっ、嬉しいっ……あああっ！」

ただれきった肉層を深々とえぐられ、熱い悦びの声をあげてのけぞる桔梗。

「お侍さまァ」

「いいっ、お侍さまっ」

「あああっ……」

すでに痙攣をはじめた長女の霞、八合目まで達した三女の麻耶、二人の姉妹を追いあげるようにして、火柱と化した桔梗が一気に昇りつめる。

「よしよし、三匹同時にイカせてやろうぜ」

「いいとも、中出しつきでな」

「いいか、じゃいくぜ」

男たちは顔を見合わせ、猛烈に突きはじめた。

三姉妹はひとたまりもない。

「もう……もうっ」

「ああ、イクっ」

「イクううっ！」

姉妹の声がせっぱつまり、裸身に生々しい痙攣が走る。

「おおっ、出る」

「お、俺もだっ」

「よし、いくぜっ」

いっせいに姉妹の肉芽をつまみあげるのと同時に、男たちは魔羅の先端からドッと白濁を噴出させた。

あーっ——。

子壺に欲情の熱湯を浴びせられた三姉妹は、快美の表情をのけぞらせ、汗まみれの裸身を屈辱の絶頂にうち震えさせた。

3

「ただで酒が飲めて、女が抱ける。悪くねえ待遇だが、さすがに体がなまってきた。そろそろひと暴れしたくなってきたな」

「まったくだぜ。あの片目野郎、いつまで俺たちを飼い殺しにしておくつもりなんだろう」

たっぷりと三姉妹を楽しんだ浪人たちは、褌姿のまま床にあぐらをかき、五、六人ずつの円座に分かれて冷酒を酌みかわしている。

「そう長くはねえ。じきだぜ」

髷の歪んだ浪人が、したり顔で言った。

「おとといの晩だ。俺ァ久しぶりに外の空気が吸いたくなって、裏から出てこっそり屋敷の中庭に忍びこんだのよ」

「おいおい、そいつはまずいぜ」

「ちっ、とんでもねえことしやがる。バレたら面倒なことになるぜ」

全員が眉をひそめ、耳をそばだてた。

自分たちのような食いつめ浪人を大勢かき集め、目的も告げずに一週間以上納屋に閉じこめておくからには、雇い主側にそれなりの事情があるはずである。押し込みか、はたまた要人の暗殺か。いずれにせよ、世間をはばかる、そしておそらく危険な仕事に違いないのだ。

「で、どうした?」

「屋敷に灯りがついていて、障子に人影が二つ映ってやがった。幸いあたりにゃ誰もいねえ。俺はこっそり近づいて聞き耳を立てたんだ」

「盗み聞きじゃねえか。ますますもって剣呑だな。何を話していた？」

「なんでも晦日の夜、亥の刻、大村の湊に南蛮船が入るとか」

「南蛮船⁉」

驚いて数人が大声を出した。

「しっ、声がでかい」

年嵩の浪人が叱責した。だが南蛮船と聞いてたまげたのは彼とて同じだ。

「南蛮船……密貿易ってことか」

「密貿易は公儀の御法度、野郎、俺たちに何をやらせる気だ」

男たちの顔を曇り、声は低くなる。

「どっちにせよ今は逃げられねえな。誰か一人いなくなっただけで、後の者が口封じに殺られちまうかもしれねえ」

「冗談じゃねえ、俺ァ御免だぜ。カミさんと五人の子がいるんだ。殺られてたまるか」

「あわてるな。とにかく今は知らぬふりをしていよう。仕事がすむまで殺される気遣いはない。前金は戴いているし、隙を見てトンズラするんだ。なあにいざとなりゃあ、こっちだって侍。連中を刀の錆にしてやる」

浪人たちの会話を絶頂の余韻の中で霞は聞いていたが、「晦日の夜」というところでカッと眼を瞠った。死にもまさる辱しめを受けながら、今まで生きながらえていたのは、まさにこの時を待っていたからにほかならない。霞は、忍びと蝙蝠にしか聴きとれぬ高い音域の口笛で、ヒューッと桔梗と麻耶に合図を送った。

二人がかすかにうなずいた。

ヒュー ッ――。

ヒュー ッ――。

姉妹の間に、無音のやりとりが交わされる。

(やるわ、多死一活の術)

(活は誰?)

(桔梗、あんたよ)

(やだよ、お姉ちゃん。どうせなら麻耶を――)

(言うとおりになさい。今の話、しっかり青蓮尼さまにお伝えするのよ)

そう伝えると、突然、

「やい、よく聞け。下衆侍どもっ」

霞は今までの鬱憤を晴らすかのように、唾を飛ばして喚きだした。見開いた黒瞳は激情に駆られているように見えるが、実は冷静な計算があってのことだ。

「おつむの足りない瘦せ浪人ども。貴様らみたいな甲斐性なしの下衆侍の慰みものにされたのは、真田忍者の末裔として一生の不覚。ご先祖さまに申し訳が立たぬ。その恥を雪ぐため、三人そろってこの場で舌を噛んでみせるから、よおく見ておけ」

「なにっ⁉」

「言わせておけば、この牝猿め」

浪人たちはいきりたち、数人が刀をつかんだ。

無理もない。すでに肉人形になり果てたと思っていたくノ一が、いきなり反抗心を剝きだしにして、罵声を浴びせてきたのだ。殊に「甲斐性なし」の一言は、食いつめ浪人たちの鬱屈した自尊心にグサリと氷の刃を突き刺した。

「このアマあっ」

だが男たちが殺到した時、すでに霞はこときれていた。熱い憤激の言葉を吐いた唇の端から赤い血が流れ出て、ボタボタと床に落ちる。

「こいつ……本当にやりやがった」

「あっ、こっちもだ」

「こっちも……」

自害した三姉妹は、汚されつくした白い肢体をぐったりと縄にあずけている。薄く瞳を開いた霞の美貌は不敵に笑っているように見えた。若いくノ一らの凄絶な気概に、浪人たちは呆然自失となって、誰ひとり口を開く者はいなかった。

4

深夜——。

無縁仏を葬る草深い墓地の一角にしとしとと降る小糠雨が、三体の白い骸をくるんだボロ筵と、それを担ぐ男たちの粗末な着物の肩を冷たく濡らしている。

「若えのに、はァ、勿体ねえこったなァ」

墓掘り人足の権三は、ボロ筵から突き出ている霞の細い足の先を撫でながら、二人の仲間に向かって溜め息まじりに語りかける。

「どういう事情か知んねえが、舌を噛んだんだとよォ。ナムアミダブ、ナムアミダブ……ああ、死ぬ前にオラに抱かせてもらえりゃあなァ。死のうなんて気は——おおっ、見ねえ」

あらかじめ掘りかえしておいた土穴の脇に筵をひろげ、権三は感嘆の声をあげた。

「別嬪だぜ……人形みてえに笑ってやがる。齢はいくつぐれえだろう？　綺麗な身体してやがるなァ」

「こっちはまだガキだ。あそこの毛も生えてねえわさ。ツルツルだで」

仲間の一人も麻耶の遺骸を凝視しているが、その瞳には権三と同様に、淫猥な光が宿っている。

「少しくれえなら、いじってもバチは当たるめえ。な？　な？」

舌なめずりすると、冷たくなった稚い乳房を揉み、太腿をひろげさせた。小高く盛り上がった無毛の丘に指を押し当て、死者の性器を冒瀆しはじめる。

「パッコン、それ、パッコン」

ひょうきんに口ずさみつつ、割れ目を開いたり閉じたりする。つられて権三も笑いだし、霞の女肉を弄びだした。

「パッコン、そら、パッコン」

「パッコン、ほれ、パッコン」

哀れ、誇り高き女忍者らの秘所は、卑しい墓掘り人足の手慰みの玩具と化した。薄桃色の肉唇、さらに奥の膣肉までが、夜気に冷やされた霧雨に晒されていく。

「おいおい、二人ともいい加減にしねえか」

もうひとりが権三らをたしなめた。が、口先だけなのは、ご当人も、雨に濡れ光る桔梗の裸身を撫でまわしていることから分かる。

女陰の開閉に飽きると、権三はしどけなく開いた霞の下肢をさらに大きく割り裂き、蛙のようにみじめな恰好をとらせた。そうしておいて、本格的に割れ目の内部を蹂躙しはじめる。

「ほんにまあ柔らけえぼぼだ。指がとろけちまう。うちのカカアのしなびたぼぼとはえれえ違いだで」

蜜穴に指を入れ、幾重にも折り重なった肉襞を執拗になぞるかと思えば、感受性を喪失した蕾を指でつまみあげ、グリグリと揉み込んだ。むろん反応はない。それでも権三は猛烈に興奮した。まわりの粘膜よりも幾分硬い若蕾の、コリコリとした感触がたまらない。

「ああ、死ぬ前にオラにやらしてくれりゃあなァ」

未練がましく、もう一度愚痴る。

「へへへ、死ぬ前でなくてもいいでねえか」

見透かしたように、もう一人が笑った。

「死人に口なし。だが下の口はまだ使えるだで」

「使えるもんを使わねえで、土ん中さ埋められちまっては、この娘らだって成仏できねえぞ」

「んだな」

合意が成立した。少女らの遺骸を前に、三人は汚れ褌を外しはじめる。

「へへへ、もうこんなだで」

「オラもビンビンだでやァ」

「ひゃあ、雨がしみるだ。魔羅が火みてえに熱くなってるだでなァ」

ああ何というバチあたりどもか、三人の墓掘り人足は、人目がないのをよいことに、深夜の墓地でホトケの女体を辱しめようというのだ。

権三が霞に後背位をとらせようとしたが、白く美しい裸身はグニャグニャ曲がって膝が立たない。仕方なく正常位で挿入し、屈曲位に持ちこんでおいて荒々しく肉杭を打ち込みはじめた。

「ああ、たまんねえ。たまんねえよっ」

興奮のあまり、霞の唇に唇を重ね、血の味のする口腔を舐めねぶった。モコモコと動く薄汚い尻に、冷たい霧雨が降り注ぐ。

「へへへ、役得、役得」

もう一人は麻耶の骸を膝に乗せあげ、背面座位で挿入する。根元まで刺し貫くと、稚い乳房を手のひらに包み、ヤワヤワと揉みながら腰を揺すった。

「あったけえ、こいつの身体、まだあったけえぞ」

桔梗を正常位で犯している男が、興奮に声をうわずらせた。

「ぼぼがあったけえ。おまけにまるで生きてるみてえに締めつけて——わっ!!」

心臓が止まりそうになった。

無理もない。思いがけぬ女肉の収縮に我れを忘れ、口吸いしようと顔を寄せた途端、死んでいるはずの少女の眼がカッと見開かれたのだ。

「ぎゃっ」

驚きの絶叫に、断末魔の悲鳴が続いた。桔梗が石ころをつかみ、すばやく男の眼の脇を突いたからだ。先の尖った石はこめかみに深く食い込み、絶命した男の体を弾きとばした女忍者は次の瞬間、麻耶を抱きしめている男の背後にいた。

「くはっ」

男は悲鳴をあげる暇もなかった。首の骨がねじれて白眼を剥いていた。

「わあっ！」

権三は腰を抜かした。

「わ、悪かった。あ、あやまる……あやまるだで、ま、迷わず成仏してくだせえっ」

小糠雨の中、白い裸身をすっくと立ち上がらせた少女の姿は人とは思えない。自分らの非道な振舞いを罰すべく、死者が地獄から舞い戻ったに相違ない。縮みあがった権三の陰茎の先から黄色い液体が噴いた。恐怖のあまり失禁したのだ。

桔梗の手には墓掘り用の鍬が握られている。

「貴様ら、よくも……」

「ひいっ！　か、堪忍っ——ぐわっ!!」

抱えこんだ両手ごと頭部を粉砕された権三は、血まみれになって冷たく濡れた土の上に横たわった。

（麻耶……霞姉ちゃん……）

ヘタヘタと座りこんだ桔梗は、姉と妹の冷たい骸にうつろな視線を向ける。即死しない程度に噛みちぎった舌からは、まだ熱い血が止まらない。多死一活——窮地に追いやられた忍びが用いる最後の秘策。仲間とともに絶命したとみせかけ、ひとりだけが生き残って味方側に情報を伝える。大仰に見栄を切って派手に自害してみせれば、相手側は場の効果に惑わされて、よく確かめもせずに全員が死んだと思いこむのだ。むろん危険は大きい。見破られる場合もあるし、仮死状態になった当人が意識を回復せぬまま埋葬されてしまう可能性もある。まさに「イチかバチか」の賭けなのだ。

桔梗は口の端から血を流しながら、しばらくその場に蹲ってすすり泣いていたが、やがてヨロヨロと裸身を立ち上がらせた。

少女とはいえ、くノ一である以上、いつまでも哀しみに浸っていることは許されぬ。「活」に選ばれた桔梗には、姉妹の命とひきかえに得た情報を、主君である青蓮尼に伝える使命があるのだ。

5

「何と!?　桔梗が——」

あわただしく駆けこんできた若い尼僧から、桔梗が山門の前で倒れていると知らされ、青蓮尼は仰天した。しかも虫の息で、動かすことすらままならぬ状態だという。

久しく霞らのおとないがないため、何かあったのではと気にしていた矢先だ。部屋を走り出た青蓮尼を追って、女剣士の美冬も刀を手に山門へ駆けつけた。

「桔梗っ」

高い美声に、山門を囲んだ尼僧たちの黒い輪がサッと崩れ、青蓮尼と美冬のために道を開けた。

尼衣の中心に、墓掘り人足の着物を着た少女があお向けに倒れている。顔は蒼白で着物は血にまみれ、ひと目で死にかけていることが分かった。瀕死の状態で山門まで辿り着いたところを、見張りの尼僧に発見されたのである。

「これは……いかがいたしたのじゃ、桔梗っ」

小さな身体を紫の法衣で、血の気を失った頬を白い手で包みこむ。

「申し訳ございません……不覚を……」

「霞は？　麻耶は？　ああ、こんな……」

「晦日……亥の刻……大村の湊にて……」

「もうよい。もうよいのじゃ、桔梗。いま医者を呼ぶからの」

「…………」

桔梗がかぶりを振ろうとするのが、一同の目には分かった。が、もはやそれだけの力も残っていないと見え、唇を震わせて何か告げようとする。気が遠くなりかかっているらしい。

「どうした？　何が言いたい？　ああ、こんなに幼い子が――」

青蓮尼の青い瞳は、涙で溶けんばかりだ。身分や境遇は違っても、彼女らくノ一もまた、自分と同様過酷な運命に翻弄される女たちなのだと思うと、涙が止まらない。

「美冬どの……異人……妖術使い……」

「異人？　妖術？」

「妖しげな術を……使いまする……」

「分かった。もう口をきくな。血が流れる」

「美冬どの……青蓮尼さまのこと、なにとぞ……」

「必ずお守りする。案ずるな」

美冬は桔梗の手をとって、しっかりと握りしめた。朝露に濡れたその手は、すでに氷のように冷たい。

「青蓮尼さま……」

「桔梗、しっかり致せ」

「……お願いが……畏れながら……」

「何じゃ、申せ。申せ、桔梗」

「……口吸いを……」

驚いたことに、その言葉を絞りだした瞬間、まさにそれは一瞬であったが、真っ青だった女忍者の頬に、奇跡のように赤味が差したのである。かなわぬことと思いつつ、いまわの際に女忍者は可憐な少女に立ち戻り、女神と崇め奉る尼僧に向かって最後の願い、いや祈りを呟いたのだ。

「桔梗……」

全員が見守る中、青蓮尼の甘美な紅唇が、血に濡れた少女の唇にそっと押しつけられた。

唇が離れたとき、すでに桔梗は息をしていなかった。哀れな少女の魂が天国に召されたことを、青蓮尼以下、全員が信じて疑わなかった。少女の死に顔が至福に満ち、瞑目したまぶたから、真珠のような涙がこぼれ落ちるのを確かに見たからである。

第六章　性宴の巻　輪姦された尼僧たち

1

石灯籠に寄りかかり、美冬はもうすっかり暗くなった西の空をながめている。

ぼんやり考えごとをしていたかと思えば、落ち着かぬ様子でそわそわと境内を歩きまわり、深い溜め息をついた後、再びぐったりと石灯籠に白小袖の背をもたせかけるのだ。

青袴をひるがえし、凛として破邪の剣をふるった女武芸者が、これはまた何としたことであろうか。綺麗に揃った睫毛をせつなげにしばたたかせ、やるせない溜め息をつくその姿は、恋に悩む町娘のそれと何ら変わらない。物思いにふけるあまり、暮れの勤行を終えた青蓮尼が近づいてくるのにさえ気づかなかった。

「美冬」

「あ、これは青蓮尼さま」

背後から声をかけられ、美冬はあわてて膝をついた。

「いかがした。元気がないようだが」

「いえ。決してそのようなことは——」

膝をついたまま、美冬は強くかぶりを振った。

「…………」

青蓮尼はしばらく無言のまま、若衆髷に結った美冬の美しい黒髪を見おろしていたが、やがて、

「美冬、そなた、剣に生きるのか」

「は？」

唐突に尋ねられて、訝しげに顔をあげた女剣士の眼を、青蓮尼の深い瞳が推し量るように覗きこむ。

「女は恋に生きるもの。好いた男に尽くすことこそ女子の幸せ。そうは思いませぬか、美冬」

美冬はみるみる頰を赤く染め、うつむいた。

ああ、このお方には何も隠せない——。

今日は晦日。くノ一三姉妹の命とひきかえに得た情報によれば、大村の湊に異国船が入る筈の日なのだ。密貿易の現場を取り押さえるべく、目付代理の勝之進は評定所の役人数名を引き連れ、湊にある藩の蔵屋敷をひそかに見張っている。

美冬の憂いはそれゆえだ。

『なあに、私ひとりで充分。連れていく役人も、皆信頼のおける者たちばかりです。必ず連中をひっとらえて、瀬谷の尻尾をおさえてみせます。美冬どのは青蓮尼さまについていてあげてください』

勝之進は自信たっぷりにそう言ったのだが、美冬は胸さわぎがしてならない。相手方の手勢が思いがけず多いかもしれないし、もし、同行する評定所の役人の中に一人でも内通者がいたとしたら……。

くノ一三姉妹を失った今、法妙寺側にはそうしたことを探る手段もない。いわば今回の捕り物は「出たとこ勝負」なのだ。

「行っておあげなさい。勝之進のところへ」

「し、しかし……」

「この寺なら大丈夫。主がきっとお守りになってくださいます。連中もこのあいだで懲りたでしょうし、それにそなたの指導のおかげで、尼たちもずいぶんと腕を上げていますからね」

ためらう心を、青蓮尼の言葉が押した。

「街道を西へ十町ほど行った四つ辻に、茅葺の百姓家があります。そこで馬をお借りなさい。私の名を出せば貸してくれるはずです」

「かたじけない。お言葉に甘えて。夜明けまでには必ず戻ります」

深々と下げた頭を上げると、美冬は決然として駆けだした。

青袴の裾をひるがえし、恋のために駆け去る女剣士の後ろ姿を、青蓮尼の慈しみに満ちた青い瞳がじっと見守っている。

2

月明かりをたよりに、美冬は暗い街道に奔馬を駆った。近道をするために野を走り、沢を横切り、切通しを駆け抜けた。鞭が鳴り、馬蹄が砂塵を蹴る間にも、美冬の想いはただひとつ。勝之進さま、ご無事で、どうかご無事で——。

大村の湊に到着したのはちょうど亥の刻。漁火が点々と光る沖合に、異国船らしき船影が黒々とそびえて、蔵屋敷はしんと静まりかえっていた。捕り物はもう終わったのだろうか？　勝之進さまは？　美冬の胸は立ち騒ぐ。

馬立に馬を繋ぐと、美冬は細く開け放たれた入口から中を覗いた。使われていないはずの蔵屋敷内部に無数の燈明が灯され、中は昼間のように明るく輝いている。

息をころし、そっと内側へすべりこんだところで、背後の扉がバタンと閉じられた。

美冬はハッとして刀の柄に手をかけた。

「ハハハ、待っていたぞ、女剣士」

笑い声がして、男が姿を現した。

額から頬にかけて、美冬に斬られた傷痕も生々しい隻眼の男——蟇目寅之助だ。だが奇妙なのはそのいでたちだった。何の積もりか、蟇目は素っ裸に六尺褌ひとつという恰好で、抜き身の刀を手にしたまま、仁王立ちになって笑っている。いかにも侮った風情だった。

「貴様、蟇目……」

蟇目が現れたということは——美冬の悪い予感は当たったのか。

「勝之進さまをどうしたっ？」

「勝之進？　ああ、あのへボ侍か。フフフ、言うまでもない。斬って捨てたわ」

「な!?」

美冬は息を呑んだ。

目の前が暗くなり、膝が崩れそうになった。

「と、言いたいところだが、実は縛りあげて奥の牢に閉じ込めてある。なんだ、あのへボ侍、おぬしの情夫だったのか」

「げ、下劣なことを申すな」

深く安堵した美冬の心を、続く蟇目の言葉が凍りつかせた。

「情夫の身を案じて、のこのこ出てきおったか。フフフ、生憎だったな。今頃、寺は大騒ぎだろう」

「なにっ」

「浪人どもは女の肌に飢えておるからな。少し前までは牝猿を三匹与えておったが、そいつらが死んでからというもの、皆ビンビンの魔羅をもてあましている。美人の尼たちも、あやつらの相手をするのはさぞかし骨が折れることだろう」

美冬の美貌は蒼白になっている。

勝之進は敵の手中におち、寺は凶漢らに襲われている。万事休す——もはや活路は剣に見いだすしかなかった。勝之進を救出し、馬を駆って寺へ引き返すのだ。

美冬は刀を抜き、八双に構えた。女剣士の華奢な身体を青白い闘気のオーラが包みこんだ。

「フフフ、口惜しいが、この刀では到底おぬしには勝てんよ」

蟇目はあっさり刀を投げ捨てた。降参するのかと思いきや、ガニ股を開き、スルスルと白い六尺褌をはずしはじめる。

「おぬしとは別の刀で勝負がしてみたい。フフフ、この肉刀ではどうかな」

「何をするっ？　か、刀を拾えっ」

美冬は美しいまなじりをひきつらせ、甲高い声をあげた。

真の剣客であればこそ、丸腰の相手を斬るのはためらわれる。だが美冬が狼狽したのはそのせいばかりではなかった。

「フフフ、これが拙者の愛刀よ。名づけて、名刀『魔羅宗』。どうだ、気に入ったか、女剣士」

「うぬっ、侮辱するかっ」

美冬は刀を構えたまま、懸命に切れ長の眼をそらしている。目許が憤怒と羞恥で赤らんでいた。無双の剣士といえども美冬は女、花も羞じらう十八の乙女である。初めて目にする男根、しかも勃起した極太の肉棒を見せつけられて、平然としていられるはずもなかった。

「そおれ、拙者の名刀が、おぬしのマ×コを田楽刺しにしたいと猛り狂っておるぞ。見ろ、この反り、この雁首。目をそらさずに見ろ。よおく見るのだ」

蟇目はいやらしく腰を揺すりながら、怒張をヒクヒクと動かしてみせた。

「おぬしも袴を脱げ。フフフ、寺で剣を交えて以来ずっと気になっておったのだが、女剣士どのの青袴の下は腰巻きか、それとも褌か。褌ならば、さぞかしきつく割れ目に食い込んでおろうの。フフフ、ぜひ一度拝見つかまつりたいものだ」

「お、おのれっ」

美冬はカアッと頭が灼けた。

「許さぬ」

間合いをつめ、斬りかかった。

「おっと」

ひらりと体をかわしてよける。

「どうした、女剣士。先日とは剣の鋭さがまるで違うぞ。さては拙者の魔羅があまりに見事なので、斬るのが惜しくなったか。フフフ、そうなのだな」

嘲るように肉棒を揺すりたてると、蟇目は汚い尻をこちらへ向けて逃げ出した。

「待てっ——あっ」

追いかけようとする美冬の前に、黒い影が立ちふさがった。

「何者!?」

見上げるような長身の男は、黒のマントで全身を覆っていて、美冬に巨大な蝙蝠を連想させた。頭もすっぽり頭巾で覆われているが、その高い鷲鼻からひと目で異人と知れた。

(妖術師!?——)

とっさに桔梗の言葉が想い出された。不思議な術を使う異人に気をつけるようにと、女忍者はいまわの際に美冬に警告したのだ。

「そこをどけっ」

美冬は苛立たしげに叫んだ。

今ごろ法妙寺では、尼僧らが青蓮尼を守って奮戦しているにちがいない。だが、にわか仕込みの武芸が、したたかな浪人どもを相手にどこまで通用するか。それを思うと一刻の猶予もない。

「邪魔立てするなら——斬るっ」

美冬の言葉に、黒マントの男は含み笑いをした。それから訛りのある日本語で、

「倭国ノ女剣士、オ前ハ強イノカ？」

不敵に尋ね、頭部をすっぽり覆った黒頭巾の顔をあげた。

赤い縮れ髪が額に垂れ、落ち窪んだ眼窩の底にはやはり赤い二つの眼がランランと輝いている。白眼の部分がない眼球は不気味としか形容できなかった。ただものではない。全身から禍々しい気を発している。

「女忍者ドモハ期待ハズレダッタ。オ前ハ少シハ楽シマセテクレソウダ」

「ならば楽しむがよい。ただしあの世でだ」

やっ、と美冬が斬りかかった。男はよけようとしない。美冬の剣は宙空を裂いて、異人の姿は跡かたも無くかき消えていた。

「うぬっ、面妖な──」

美冬は刀を構えなおし、用心深くあたりに目を配った。こめかみにじっとりと汗がにじむ。刀柄を握る手がこわばって、自分のものではない気がした。異人の姿は見えぬのに、恐ろしいほどの威圧感が迫ってくる。

「ココダ、女剣士」

空気が淀み、それが凝縮して黒ずむと、たちまち人型になった。ゆっくりと両手を

上げていく様は、まさに翼をひろげた大蝙蝠だ。開いた手のひらから金粉が舞い散りはじめ、螺旋状に渦を描いた。

Reisque dele crimna Reisque dele crimna

異人が怪しい呪文を唱えると、金粉の渦は宙空に巨大なとぐろを巻きつつ、美冬の身体にまとわりついていく。まるで獲物を狙う大蛇だった。怪しい黄金の大蛇に囲繞されながら、美冬は距離をつめようと摺り足で異人に近づいた。

その時、

「い、いやっ」

いきなり背後から胸のふくらみをつかまれ、美冬は金切り声をあげた。

（!?………）

振り向いたが誰もいない。

狐につままれたというのは、こういう気持ちを言うのだろう。だが錯覚ではない。はっきりと双の乳房を、それも小袖とその下に巻いたサラシの上からではなく、直にぎゅっと鷲づかみされたのだ。

「あっ」

まただ。こんどはつかむだけでなく、いやらしく揉み込んできた。

「や、やめてっ」

すぐに終わったからよかったものの、さもなくば刀を落とすところだった。美冬はハァハァと息を荒げ、乳房を守ろうと片手で小袖の胸を押さえた。ドキドキと動悸が激しい。

（術？　術にかかっているのだわ）

と思ったとたん、

「ヒッ」

悲鳴をあげ、全身をすくみあがらせた。

幻の手がソロリと尻を撫であげてきた。今度も衣服の上からではない。

「くっ……くうっ」

「ドウシタ、女剣士、顔ガ赤イゾ」

妖術師は嗄れ声で笑った。

「術とは卑怯……じ、尋常に勝負いた──あっ、あっ、いやっ！」

美冬は総毛立ち、今度こそ刀を落とした。

目には見えぬ男の手が、乳房と双臀を同時に撫でまわしてくる。まだ固さを残した胸のふくらみをやわやわと揉みほぐし、形と量感を確かめるようにいやらしく尻肉を撫でさすってきた。

執拗で熱っぽい愛撫は、脂ぎった手のひらの感触まではっきりと身体に伝えてくる。

「や、やめてえっ」

美冬がガックリと膝をつくまで、幻の愛撫は続いた。しゃがみこんだ美冬は、ワナワナと唇を震わせ、両手で懸命に小袖の胸を押さえている。立ち上がろうにも、膝が震えて力が入らない。動悸も呼吸もさらに激しくなっていた。

「フフフ、訳ガ分カラヌ、トイウ顔ヲシテイルナ」

異人が笑いながら近づいてきた。蝙蝠の翼を想わせる左右の手の先から、相変わらず不思議な金粉が噴き出しつづけている。

「説明シテヤロウ。我ガ術ノ奥義、ソレハ、人ノ心底ニ潜ム淫欲ヲバ察知シ、ソレヲ肉ニ具現化スルコトニアル」

「……………」

美冬は歯ぎしりし、口惜しげに異人を見上げた。ハアハアと荒い息を吐きながら、床に落ちた刀へゆっくりと手を伸ばす。

「女剣士ヨ。オ前ノ身ニ起コッテイルコト、ソレハ、オ前ガ心ノ奥底デ、サレタイト願ッテイルコトナノダ」

黒マントの異人は、燃えるような赤い眼で足元の美冬を見おろしている。

「ナルホド、オ前ハ強イ。ダガ強イガユエニ、オ前ノ心底ニハ、女トシテ、否、牝トシテノ肉欲ガ生ジル。自分ヨリ強イ牡ニ組ミ敷カレテ、完膚ナキマデニ犯サレタイトイウ淫ラナ欲望ガナ」

「へえ、そいつはいいや。へへへ」

蟇目の声がした。

「さすがに南蛮の国は、武芸も学問も進んでいやがる。どうだ女剣士、恐れ入ったか」

今までどこに潜み隠れていたのか、そびえるような異人の黒マントの後ろから顔をのぞかせた蟇目は、膝をついた美冬を見おろして、勝ち誇ったようにせせら笑った。

相変わらず素っ裸で、毛深い股間にニョッキリと肉棒をそそり立てている。

「先程コノ男ノ魔羅ヲ目ニシタトキ、オ前ハ滑稽ナホドニウロタエテイタ。ソノ様ヲ見テ私ニハハッキリ分カッタ。オ前ガ生娘デアルコト、ソシテ強イ男ニ純潔ヲ奪ワレタガッテイルコトヲ」

「ば、馬鹿な……」

美冬は首を横に振った。

そんな淫らなことは考えてみたこともない。まやかしだ。まやかしに決まっている。

そんなまやかしでこちらの心を撹乱し、戦いを有利にしようという兵法の類にちがいない。だが――。

「息ガ荒イゾ、女剣士。フフフ、生娘ノクセニ、少シバカリ尻ヲ撫デラレタクライデ、モウ腰クダケニナルホド感ジテシマッタノカ」

「へへへ、もう感じちまったのかい」

訛りの強い異人の言葉を、蟇目が復唱した。

「感じてなど……うむっ……い、いるものかっ」

刀をつかむと、美冬は刀身を杖がわりにして、ようやく立ち上がった。

そのとき初めて知ったのだ。蟇目が両腕に赤ん坊を――いや赤ん坊大の傀儡《くぐつ》人形を抱いているのを。

傀儡は女体をかたどったものらしく、胸の部分が大きくふくらんで、その先端には乳首を表す小突起までついていた。蟇目はその突起を指先でつまみあげると、

「この傀儡は、ゴムとかいう南洋産の樹の汁で出来ているらしいぜ。へへへ、面白い手触りだ」

美冬の様子をうかがいながら、グリグリといやらしく揉み込む。

「あ……うぐっ」

乳房の尖端に鮮烈な感覚を覚えて、美冬は思わず呻いた。右の乳首、左の乳首——蟇目の指は、ゴムで出来た人形の乳首を交互につまんでは引き伸ばし、指の腹で軽く揉み込む。そのたびに美冬の乳首は熱く疼き、背筋に甘い痺れが走った。

「や、やめろ……」

美冬の顔は苦しげに眉をたわめ、端正な頬がみるみる朱に染まっていく。信じられない。蟇目が傀儡に施す淫らな指戯が、そのまま美冬の性感を刺激してくるのだ。

「変な真似をするのは……あ、あむむっ」

「おや、どうかしたかい、女剣士どの。やけに顔が赤いじゃねえか」

傀儡の乳首を嬲りながら、蟇目はその著しい効果に驚いていた。異人から傀儡人形を手渡され、術の説明を受けたときには、正直言って半信半疑、眉唾な話だと思っていた。だがこうして目の前で術の不可思議な作用を見せつけられると、いやでも信じざるをえない。

「へへへ、それにしてもよく出来ていやがる」

蟇目は傀儡を裏返し、美冬に見せつけた。

人形の臀部はやはり女性の尻に似せて造られ、誇張された尻肉の左右には尻えくぼ、中心には妖しい尻割れまで備わっていた。

「股ぐらにゃあ、オマ×コ、それに尻の穴まで付いているんだぜ。どうだ、すごいと思わねえか」

蟇目はクックッと愉快そうに笑うと、盛りあがったゴム製の双臀を左右にくつろげ、谷間の底まで晒してみせた。それからユルユルと臀丘の表面を愛撫しはじめる。

「く……くううっ！」

美冬の瞳がひきつる。

術とはいえ、尻を撫でられていると思うとたまらない。全身が総毛立ち、また腰が砕けそうになった。このままでは相手の思うつぼだ。だが幻覚と見定めれば恐るるに足りぬはず。淫らな幻の知覚にたぶらかされぬよう、精神を集中させねば——美冬はそう自分に言い聞かせた。

「さあ行……あっ！」

慄える膝を励まして刀を構えた途端、今度は股間をゾロリと撫であげられた。蟇目が傀儡の下肢を割り裂き、その間に指を挿し入れたのだ。

「あああっ！」

たまらず昂った声をあげ、美冬はキュッと太腿を引き締めた。へっぴり腰になったため、青袴の尻が後ろへ突き出され、丸みを帯びた乙女の美臀をほのめかす。そこをまた、ゾロリと撫であげられた。

（ううっ、ま、負けるものかっ）

美しい瞳を吊りあげ、美冬は歯ぎしりした。

異人にも蔑目にも、そして自分の内なる女の性にも負けるわけにはいかない。

女の性？　いや違う。異人が言ったことは根も葉もない虚言、たわごとだ。自分はそんな女ではない。断じて違う。だがそれならば、どうして傀儡に加えられる卑猥な愛撫が、自分の身体に淫らな刺激をもたらすのか。

（そうだ、この金粉……きっとこれにからくりがあるのだわ）

身内に芽生えはじめた得体の知れない疼きを振り払うように、美冬は周囲に渦巻く金色の大蛇を斬りはじめた。

「やあっ！　とおっ！　やあっ！」

空気が重くよどんで、振りまわす刀に粘っこくまとわりつく。斬っても斬っても、大蛇は金色の鱗片を散らすのみ。燈明に照らされた蔵屋敷の内部に、煙幕のとぐろを巻いて不気味にたなびきつづける。その間も目に見えぬ淫らな愛撫は、孤軍奮闘する女剣士の肌を執拗にまさぐりつづけた。

「あっ」

美冬は再び刀を落とした。

「いやっ、もう……もういやっ」

袴の上から双臀を押さえて、勝気な女剣士が半ベソをかいている。撫でさすられる尻たぶが火のようになっていた。恥ずかしい女の羞恥も、相変わらず指の腹で執拗になぞられつづけている。ぴっちり閉じ合わせた処女肉の合わせ目を、揉みほぐすかのようにねちっこく愛撫してくるのだ。

「く、くうっ」

喉を絞り、たまりかねたように身をよじったのは、蟇目の指がまたもや傀儡の乳首をつまみ、いやらしく揉みはじめたからだ。

「やめろ……、蟇目、やめろおっ」

狂ったように身をよじりながら、美冬の頬は羞恥と屈辱で火になっていた。

「あむむっ……はああっ」

乳首が驚くほどに屹立し、熱く疼いているのが自分でも分かった。つままれ、グリグリと揉みしだかれているうちに頭の中がうつろになってくる。膝小僧がガクガクと慄えて、美冬はもう立っていられなかった。

3

青袴姿を四つん這いに這わせた美冬の前に、醜怪なイチモツをそそり立たせ、蟇目寅之助が仁王立ちになっている。片手に傀儡を抱え、片手には奪いとった美冬の愛刀を握っていた。

「へへへ、ざまあねえな」

刀を放り投げると、美冬の若衆髷をつかみ、美貌を上向かせる。

「天才女剣士も刀がなきゃあ、ただの小娘だ。やい娘、先日の礼、たっぷりとさせてもらうぜ」

屈辱にゆがむ美冬の頬を、長大な肉刀でピタピタと叩いた。

「どうだ、口惜しいか。フフフ、なんとか言ったらどうだ。あン？」

「お、おのれっ……卑怯者」

美冬は顔をしかめ、キリキリと音を立てて奥歯を噛みしばった。がすぐに、

「あっ……そんな……い、いやっ！」

狼狽し、眉間に懊悩の縦ジワを寄せたまま、狂おしくかぶりを振った。見せつけるように蟇目が傀儡の両肢を裂いて、その奥に刻まれた媚肉の合わせ目をくつろげ開き

はじめたからだ。

「駄目っ、開かないで……そこを開いては……ああっ、駄目、駄目っ」

自分で見たこともなければ、しかと触れたこともない恥ずかしい女の花園。いつの日か夫となった勝之進だけに許すはずであった女の生命を剝き身に晒される。実体のない指とはいえ、その羞恥はすさまじかった。

「駄目っ……ああ、もう……もうっ」

媚肉に分け入った指が花びらをまさぐりだすと、美冬は青袴の下でブルブルと腰をわななかせた。目に見えぬ淫指に花びらを嬲られ、包皮に包まれた女芯を刺激される。

「気が……気が変になるっ」

四つん這いのまま、美冬はあえいだ。

媚肉だけではない。不可視の指で臀丘をなぞられ、乳房をつかんで絞りあげられる。乳首をつままれ、尻穴を揉みほぐされた。

「指だけでは不足か？　では何がいい、女剣士。おう、そうだ。拙者としたことが、迂闊であったわ。フフフ」

蟇目はいま思いついたと言わんばかりに狡猾に笑うと、傀儡を両手に捧げ持って、ペロリ、ペロリと赤い舌をのぞかせた。にやけきった唇の端からダラダラと涎を垂らしている。

「ま、まさか……」

美冬がおびえきった声をあげた。

「へへへ、舐めてやる。足の指股から尻穴の皺まで、おっぱいもオマ×コも、どこもかしこも、まんべんなくなァ」

「そんな……い、いやっ」

美冬はひきつった美貌を振りたてた。

「いやっ……ヒッ、ヒッ」

蟇目は赤い舌をひらめかせ、言葉どおり傀儡の足の指股を舐めはじめた。一本一本左右に開き、丁寧にチロチロと舌先でなぞりあげる。なぞりながら上目遣いに美冬の様子をうかがった。

「うっ……ううっ……あああっ！」

むず痒い感覚に蝕まれ、美冬はカチカチと歯を噛み鳴らした。足の指股からふくらはぎ、太腿へと痺れが走る。ヌルヌルした不気味な感触が脇腹から腋窩へと移動していくのは、むろん蟇目の舌が傀儡の胴部を舐めねぶっているためだ。

ベロリッ――。

異様な感触が背中の下部から首筋まで走った。

「いやあぁっ！」

つんざくような悲鳴とともに、四つん這いの肢体が弓なりにのけぞる。

「ヘッヘッヘッ」

蟇目は人形の顔面をペロリと舐めあげると、ゴムの乳首を口に含み、舌先で転がしてはガキガキと甘噛みした。

「あ……あンンッ……」

ジーンと脳天まで染みわたる甘い感覚に、美冬は惑乱し、狼狽した。弓なりに反った身体に痙攣が走る。痺れきった手足もブルブルと震えた。

「そ、そんな……あっ、あううっ！」

股間の割れ目を後ろから舐めあげてくる舌の動きは、もちろん現実ではない。だがそれがもたらす効果は現実と同じだ。

「ヒッ、ヒッ、ヒイイッ」

美冬はのけぞって泣き声をあげた。ありとある性感帯を揉みぬかれ、舐めねぶられている。あまりの衝撃に言葉も出なかった。おぞましさの底に兆す官能性の甘い痺れをはっきり快感と認めるには、如何せん十八の処女。まだ経験が浅すぎた。

ためだ。

「へへへ、お遊びはここまでだ」

蟇目は唾液でヌルヌルになった傀儡を放り投げた。むろん、生身の女体をしゃぶる

「素っ裸にしてやる」

美冬の頭髪を鷲づかみにし、泣き叫ぶ美貌を床にこすりつけると、蟇目は女剣士の

白い小袖を襟元からグイとはだけさせた。

甘酸っぱい処女香とともに、雪のように白い肌が晒される。肩脱ぎにされた胸部に

は、白いサラシが二重三重にしっかりと巻きつけてあった。

「さあ、脱ぎ脱ぎしようねェ」

蟇目はあざけるように言うと、柔肌をきつく緊めあげた白いサラシに刀を差しこん

だ。「やっ」と声を出して一気に切り裂く。

「あっ」

押さえられていた胸のふくらみが、美しい乳首もろともプルンと露呈した。

「ふふん、男装していても、やはり女だな。出るべきところは、ちゃんと出てやがる。

へへへ、プリンプリンじゃねえか」

雪白の乳房をつかんで、やわやわと揉みしだきはじめた。

「や、やめろ。汚い手でさわるなっ」

美冬がわめき、にわかに暴れだした。

現実の愛撫によって、幻影が剝がれたのだ。

「貴様、それでも侍かあっ。はなせ！　はなせええっ！」

「いいおっぱいだ。乳首は可愛いし、へへへ、俺好みだねェ」

蟇目はヨダレを垂らしながら揉みつづけた。

志乃と較べると小ぶりだが、若いだけに瑞々しさが違う。揉みしだく指を弾きかえす弾力がたまらない。初々しい桜色の乳首をつまんでしごきあげると、はだけられた肩がピクピクッと弾んだ。

「感度も良さそうだ。よしよし、次はケツを拝見させてもらうぞ」

抗いのたうつ美冬の身体を強引に押さえつけ、引き剝がした小袖を縄代わりにして後ろ手に縛りあげた。あたりを見回すと、気をきかせたのだろうか、いつのまにか異人は姿を消している。蟇目はニンマリと笑った。

「女剣客の尻――フフフ、鍛えあげられて、さぞかし引き締まっておろうの」

袴の裾に手がかかった。

はやる気持ちを抑えて、蟇目はゆっくりとたくしあげた。青い布地の奥から、形のいいふくらはぎ、そして二本の太腿がのぞきはじめる。意外にも肉づきが良く、眩いほどの白さだ。

「フフフ、腰巻きか。それとも褌か」

蟇目は生唾を呑む。

「やめてえっ!」

ついに女言葉で悲鳴があがった。

乳房を弄ばれているだけでも死にたいほどの羞恥なのだ。袴を捲りあげられて裸の双臀を晒す——娘としても、女武芸者としても到底堪えられることではない。

「やめて!　い、いやあ!」

「おお、褌」

蟇目がうわずった声をあげた。

白桃を想わせる双臀の谷間に、清潔な六尺褌が深く食い入っている。褌をきびしく食い込ませたことで、尻たぶのふくらみが一段と強調されていた。

「フフフ、見事に食い込んでござるな」

濁った隻眼に淫らな光を浮かべると、蟇目は振りたくる美冬の頭を押さえ、

「さすがは天下無双の女剣士どのじゃ。青袴の下に腰布すらつけず、男物の六尺褌で

股ぐらを容赦なく緊めあげておられるとは、いやはやあっぱれ至極。この蟇目寅之助、感服仕った」

と嘲る。

「ひどい……ひどいわっ」

ナヨナヨと尻を揺すりたて、美冬はすすり泣いた。知られてはならぬ秘密を知られ、美しい頬が真っ赤に染まっている。狼藉に若衆髷が崩れ、汗に濡れた額に前髪が垂れかかってへばりついた。

「それにしても見事な尻じゃ。さぞかし匂いも絶品でござろうな」

尻割れに顔を近づけ、フンフンと鼻を鳴らす。志乃がそうだったように、自尊心の高い女ほど、匂いを嗅がれることに抵抗感がある。女が恥ずかしがることをするのが嗜虐の喜びなのだ。

「いい匂いだ。フフフ、剣士どのの尻を嗅がせていただく光栄に浴したのは、拙者が初めてというわけではあるまい。勝之進とかいう、あのヘボ侍にも尻の匂いを嗅がせたのであろう」

「くっ……」

「どうなのだ、褌姿の女剣士どの」

慇懃な武家言葉に嘲罵を織り交ぜ、蟇目は陰湿に美冬を嬲る。志乃を犯したときと同じ手口であった。

「答えぬか」

恋しい男の名を口にされ、歯噛みして口惜しがる美冬の双臀を、蟇目の手のひらがいやらしく撫でまわす。乳房と同様、肉の厚みと量感では志乃に及ばない。だが鍛えあげられたしなやかな筋肉を、柔らかい脂肪でまろやかに包み込んだ美臀の手触りは、女遊びに慣れた蟇目をさえ胴震いさせるに足るものだった。

「いい尻だ。美臀女剣士ってとこだな。フフフ」

「触るなっ！　や、やめろっ」

美冬は、もう堪えられぬといわんばかりに美臀を揺すりたてた。

「許さぬ。貴様、許さぬぞっ」

袴を捲りあげられ、褌を食い込ませた裸の双臀を虫唾の走るような男の手で撫でまわされている。誇り高い女剣士にとって、息も止まるほどの羞恥、憤死せんばかりの屈辱だ。美冬は切れ長の美しい瞳に口惜し涙を浮かべながら、それでも男などに屈服するものかと、白い双臀を悶えさせた。

「答えろと言っておるのだ」

いかに暴れようが、相手は十八の小娘。刀さえ奪ってしまえばこっちのものだ。蟇目は脂ぎった顔に余裕の薄笑いを浮かべ、穢れを知らぬ乙女の尻肉をユルユルと愛撫しては、フンフンと鼻を蠢かせて臀裂の匂いを嗅ぐ。白桃に似た美しい形と馥郁たる若肌の香り、柔媚な手触りを存分に味わうと、一転荒々しい打擲を始めた。

ピシッ、ピシッ――。

悪戯をした子供を叱るように、突き出たまろやかな尻を平手で打つ。小気味良い音とともに、美冬の白い臀丘が赤く腫れあがっていく。

「おのれっ……おのれえっ……ううっ」

晒された裸の尻を、なす術もなく打ちすえられる惨めさ。こみあげる屈辱感に堪えきれず、美冬はとうとう嗚咽しはじめた。

「ほほう、泣きおったか。女剣士が」

勝気な女剣士の泣き顔を見ようと、蟇目が若衆髷をつかむ。

「顔を見せろ、女剣士。フフフ、拙者は女の泣く顔を見るのが三度の飯より好きなのだ。ことに、おぬしのように生意気な女の泣き顔を見るのがなァ」

「な、泣いてなどおらぬ……」

美冬はキリキリと歯噛みするが、上気した頬には涙が幾筋も流れている。

「下衆野郎っ」

泣き濡れた眼差しで、凄艶に睨んだ。引き絞った小袖で高手小手に括りあげられた両手が、口惜しげに宙をつかむ。

「フフフ、じゃじゃ馬め。いつまでそうやって強がっておれるかな」

蟇目は打擲を中断し、美冬の六尺褌をほどきはじめた。

「な、何を……何をする⁉」

「知れたことを。股ぐらを拝ましてもらうのよ。女剣士どののオマ×コ、それと尻の穴をなァ」

「や、やめろ……やめろ……ああ、いやあっ」

「女は皆、最初はそう言って騒ぎたてる。やめてェだの、いやァだのとな。だがサネを剝き、少しばかりぽぽ穴をほじってやれば——フフフ、剣士どのにも今に分かる。それとも、もう存じておられるか。男にいじられる心地よさを」

「やめてえええっ！」

腰の部分がゆるめられ、残すは股間に通された布だけになった。高々と突き出した美冬の双臀が瘧にかかったように慄える。

「ああっ、ゆ、許してっ」

「フフフ、御開帳でござるよ」

「ひっ!!」

スルリと抜かれる感触に、美冬は小さく悲鳴をあげ、全身を硬直させた。覆うものをなくした股間をなぞる冷ややかな冷気は、幻覚ではなくまぎれもない現実だ。そう思い知った時、美冬は衝撃に打ちのめされ、意識を失った。

4

法妙寺の戦いは決していた。

尼僧らは青蓮尼を守るべく奮戦したが、美冬を欠いた寺側に勝機があるはずもない。浪人側に死者はなく、負傷者が数名出たのみ。一方の尼側には、三名の死者、五名のケガ人が出た。浪人たちに同行してきた三人の正装の侍らによって、青蓮尼はいずこかへ連れ去られ、重傷を負った五人の尼は、浪人らの手でとどめを刺された。残った尼僧らは本堂へ集められ、刀を持った三十人の野卑な浪人たちに取り囲まれた。

「女どもが。手こずらせやがってェ」

「だが甲斐はあったぜ。見ろよ、この尼さんたち。粒揃いの別嬪ばかりじゃねえか」

「まったくだ。へへへ、たまんねえぜ」

おびえきって身を固め合う尼僧らの、短く切り詰められた黒衣の裾に、浪人たちの血走った視線が絡みつく。

「ひい、ふう、みい……十人だ。十人いる」

「穴が十で、竿が三十か。フフフ、こいつはえらいこった」

「なあに、口にも咥えさせられるし、尻の穴だって使えるぜ」

「だよなァ。へへへ」

全員を殺し、即座に寺を焼きはらって戻るよう命じられていた。だがそんな命令に従うような男たちではない。若く美しい十人の尼僧たち。戦利品である極上の美肉を味わわずして、撤退などあり得なかった。

「脱ぎな、尼さん」

馬面の浪人が顎をしゃくって言った。家老屋敷の納屋で、くノ一姉妹の三女、麻耶の処女を奪った巨根男だ。

「抹香臭え服を脱いで、全員素っ裸になれ。俺たちが男の味を思い出させてやる」

「腰が抜けるまで可愛がって、大往生を遂げさせてやるぜ」

「尼どもがマン汁を流してヨガり泣くさまを、阿弥陀さまも御照覧あれだ」

口々に下品な言葉をまき散らしつつ、浪人たちは袴を脱ぎはじめた。金色に光り輝く大きな阿弥陀如来像が見守る前で、浪人たちは畏れはばかることなく薄汚れた褌を外し、灼熱の怒張を取り出した。

「へへへ、どの女からにするか」

そそり立つ肉棒に取り囲まれ、眼を伏せている尼僧たち。そのひとりひとりの顎をつかんで無理やり顔を上向かせると、浪人たちは自分好みの女を物色しはじめた。

「この女……たまんねえ」

「いやいや、こっちの年増も捨てがたいぞ」

「へへへ、色っぽい顔しやがって」

藩主の娘に侍従しているだけあって、尼たちは全員家柄が良く、容姿も端麗だ。男たちにとってはまさに選り取り見取りだった。

「へへへ、決めたぜ」

「俺はこいつだ」

「拙者はこっちから頂戴する。フフフ」

浪人たちは待ちきれず、そそり立った怒張を脈動させている。今にも襲いかかって尼僧らの衣を引き剝がさんばかりだ。

「ようし、全員そこへ並べ」

「聞こえねえのか。並べと言うんだ」

抜き身の刀を突きつけ、怒鳴り散らした。

尼たちは生きた心地もない。ガタガタと慄えつつ、阿弥陀如来像の前に押しやられ、横一列に並ばされた。恐ろしさに堪えきれず、顔をおおってすすり泣く尼もいる。

「尻をこちらへ向けて、四つん這いになれ」

「死にてえのか、こら。早くしろっ」

切っ先で尻を小突かれ、全員が這った。言われるがまま、剃髪した青白い頭を床にこすりつける。尼衣の臀部を高々と突き出していることを除けば、勤行の際、仏前にぬかづく恰好と同じだ。

「裾を捲れ。肌襦袢ごと捲りあげて、ケツを丸出しにするんだ」

「愚図愚図している奴は、あの世へ送ってやるぜ」

白刃をびゅんびゅんと振ってみせる。

尼たちの口から、ああっと絶望の声があがった。

男たちの非情さは、目の前で見せつけられている。深手を負い、懸命に命乞いする五人の尼に、冷酷な薄笑いを浮かべた浪人どもは、互いの剣の技量を競い合うように次々と太刀を浴びせかけ、嬲り殺しにしたのだ。
逆らえば殺される——尼たちは一人、また一人と墨染めの裾を捲りあげて、ついに全員が裸の双臀を晒しきった。

5

恐怖におののく十個の女尻。

天を衝かんばかりに怒張した三十本の肉棒。

男子禁制の尼寺は、今まさに始まろうとする肉地獄の舞台であった。

浪人たちは全員素っ裸。尼たちは泣き顔を床につけ、墨染めの尼衣をあられもなく捲りあげて、真っ白い下半身を露出している。掲げられた悩ましい双臀は、いずれも恐ろしさのあまりブルブルと尻肉を慄わせていた。

「その昔、尾張の信長公は——」

はやりたつ浪人どもを前に、年嵩の男が一席ぶちはじめた。家老屋敷のボロ納屋で浪人たちの管理役を務めた男は、今回の襲撃でも統率役を任せられていた。

「長篠の地にて無敵の武田騎馬軍団を打ち果たすべく鉄砲隊を三列に配置。号令一下、嵐のような一斉射撃を騎馬隊に向かって――」

「講釈はいいから、早く犯らせろい」

「こちとら、もう魔羅汁が噴き出そうだぜ」

ズラリと並んだ白い女尻を前に、男たちは猛り狂う。全員が発情した牡馬のように肉竿をいきり立たせ、先端から先走りの汁を噴いていた。退屈な故事など聞いている場合ではない。

「まあまあ」

年嵩の浪人は薄く笑い、

「何せ竿の数が、ぼぼの三倍なのだ。誰かが采配を振らねば必ず喧嘩が起こる。喧嘩するのは構わぬとしても、興奮して斬り合いなんぞになってはつまらん。おぬしらも美味しい御馳走を前にして、同士討ちなどしたくはあるまい。ここはひとつ、拙者にまかせてはくれぬか」

言われてみれば、そのとおりだ。現に好みの尼を奪い合って、言い争っている者がいる。刀を持ったままつかみ合いになれば、斬り合いに発展するのは必定だった。

「まかせるぜ。だが講釈は御免だ。どうするのかだけ、てっとり早く言ってくんねえ」

「承知した。ぼぼが十しかないのだから、竿も三分割するしかあるまい。そこで長篠式よ。三十の竿を横三列に並べ、交替で一斉射撃する。フフフ」

集団凌辱を合戦に見たてた年嵩の男は、揉め事にならぬよう、年長者や腕っぷしの強い者を前列へ配置した。

「貴公はここ——貴殿はこっちだ」

年下や気の弱そうな者は、後列へと誘導された。

黒衣の裾を背中までたくしあげて、ぬかづく恰好でもたげられた尼たちの艶やかな双臀。壮観と言うべきか、異様と言うべきか、わななき慄える十個の白桃の後ろに、いっぱいに笠を開ききった松茸が三十本、横三列にズラリと並んでいる。

「いざ、出陣！」

年嵩浪人の号令一下、一列目の浪人たちが中腰になり、尼僧らの腰を抱えこんだ。

「かかれっ」の合図とともに、破裂せんばかりになった怒張を白い双臀の狭間に沈めていく。

「ああっ」

「あああっ」

「あーっ、あーっ」

長く不犯戒を保ってきた蜜穴を、浪人たちの太い肉棒がえぐり犯していく。誦経の声以外響いたことのない堂内に、尼たちの悲痛な声が反響した。

ひいいいいっ――。

ああああっ――。

「おおっ、こ、これはたまらん」

「締まるっ、尼のマ×コが締まるぞっ」

「くーっ、絡みついてきやがる。このツルツルの頭がたまんねえぜ」

凌辱の興奮に、清らかな尼僧を穢しているのだという禁忌の感情が加わって、浪人たちの欲情はいやがうえにも昂る。男の味を思い出させてやるぞとばかり深くえぐり抜き、むごたらしいまでに女の最奥を責めたてた。剃髪した青い頭に手をかけ、荒々しく揺すぶる。

「無駄撃ちはならぬぞ。この音に合わせ、三浅一深で攻めるのだ」

自ら最後列に並んだ年嵩の浪人は、手にした木魚を撥で打ちはじめた。

ポク、ポク、ポク、ポク――。

ポク、ポク、ポク、ポク――。

興奮のあまり闇雲に腰を動かす男たち。だが魔羅と女肉が馴染みだし、ヌプッ、ヌプッと淫らな肉擦れの音を立てはじめるころになると、少し余裕も出てきたのだろう。

ヘラヘラと下品に笑いながら、木魚の音に合わせて三浅一深で突きはじめた。

「へへへ、こいつ気分出してやがるぜ」

「こっちもだ。へへへ、濡れてきやがった。ああ、このぼぼ、ねっとりして、たまんねえや」

「やい、女。呻いてばかりいねえで、お前も隣みてえに腰を振らねえか」

尼たちの中には生娘もいたが、全員死んでしまって、生き残ったのは若後家ばかり。夫を亡くし、菩提を弔うべく出家した者たちである。その美貌ゆえ深く夫に愛され、男女の交接の悦びも決して知らぬではない。深く浅く、撞木で鐘を叩くように強弱に変化をつけて肉杭を打ち込まれては、熟れた肉体に火がつかぬ筈もなかった。

「ああぁっ」

「あむむっ」

「ひいっ、ひいっ」

甲高い悲鳴と苦悶の喘ぎに、甘い啼泣が混じりはじめた。火のように突きあげられて激しくのけぞれば、平素は柔和な阿弥陀如来の慈顔が、いつになく峻厳な眼差しで尼僧たちを見おろしてくる。

ああ、駄目、感じては駄目っ——そう思って青く剃りあげた頭を懸命に振りたてるが、ジーンと腰骨まで痺れる快感に、たちまち我れを忘れて腰を揺すり、恥ずかしい嬌声をあげてしまう。

「ああ、もう」

「もう駄目っ」

「く、狂っちゃうっ」

尼僧たちの喘ぎが切迫の度を増す。感じやすい体質なのか、早くも気を遣ろうと、小刻みに下肢を震わせる者もいた。

ポクポクポクポク――。

ポクポクポクポク――。

木魚の音が次第に速くなる。それに合わせ、男たちの抽送も速くなった。ヌプッ、ヌプッという肉擦れの音にかわって、ヂュボッ、ヂュボッという果汁の音が高まった。堂内はムンムンと男女の熱気が立て籠もり、汗と甘蜜の匂いで充満する。

「おおっ、拙者はもういかん」

「拙者もだ。で、出るっ」

心地良さのあまり、自失の切迫を訴える声が洩れはじめた。頃合良しと見計らった年嵩浪人は、木魚を激しく乱打し、

「おのおのがた、一斉射撃でござる。準備はよろしいか」

オーッ――。

淫らな鬨の声があがった。

「いざ、発射っ！」

うおおっ、という野獣の雄叫びに、尼たちの恥ずかしい嬌声が入り混じって、閉ざされた堂内に一種異様な音声を木霊させた。男たちが一斉に放った大量の熱い樹液は、ドクドクと脈打ちながら、尼僧らの開ききった子宮口に注入されていく。

「ううっ、こんな……あ、あんまりです……」

「ひどい……ひどすぎます……ううっ」

「お釈迦様あっ……」

上気した頰を床にこすりつけ、尼僧たちはむせび泣く。いやしくも仏法を奉ずる身が、御本尊であらせられる阿弥陀如来の見守る前、獣じみた恰好で男たちと交接し、その子種を女の最奥に注ぎ込まれてしまったのだ。しゃくりあげるたびに、太い男根を咥えこんだままの子宮口が、ヒクヒクと口惜しげに痙攣する。

「孕むのが怖いか」

ひとりの浪人が、精を注ぎ込んだばかりの尼の泣き顔を意地悪く覗きこみ、耳もとで囁いた。

「フフフ、案ずるな。明け方には寺に火を放つ。お前たちも寺と一緒に灰になるのだ。どうせ死ぬのだから、今のうちに、せいぜい腰を振って楽しむことだな」

「いや……殺さないで」

囁かれた尼はガタガタと慄え、か細い声で哀訴した。聞きつけた隣の尼が、

「いやっ、死ぬのはいや、いやですっ」

と、泣き声をあげた。

「何でもします……何でも言うことをききますから、どうか命……命ばかりは」

床に這ったまま、青い頭を振って泣きじゃくる。それに煽られたかのように、他の尼僧たちも、

「どうか命ばかりはお助けを」

「お助けください、お侍さま」

「何でもします。どんな恥ずかしいことでも致しますから。ああ、お侍さま」

「お侍さまあっ」

墨染の衣を背中まで捲りあげ、突き出した真っ白い双臀をブルブルと震わせつつ、全員が命乞いを始めた。

「へへへ、そうさなァ」

男たちは顔を見合わせ、ニヤニヤと笑った。

「金を貰って引き受けた仕事だからな。全員助けろというのは出来ねえ相談だ。だがまあ、二、三人ぐれえなら考えてやらねえでもねえ」

「いい女だけ、三人だ。いい女というのは、上つきぼぼで、ちぎれるぐれえに魔羅を締めつける女ってことだぜ」

「俺はいやらしくケツを振る女がいいな」

「いや、何といっても、いい声で歔く女だ」

「いやいや、イキ顔が色っぽいのが一番だぜ」

口々に勝手なことを言う。助けてやる積もりなどは毛頭ない。助命を条件に競争を煽りたて、貞淑な尼僧たちを破廉恥極まりない肉の饗宴に巻きこもうという魂胆だ。

「ともかくは、やってみなければ話にならぬ」

年嵩の浪人が、もっともらしく言った。

「二列目、前へ」

号令とともに、次の十人が尼たちの腰を抱える。

「かかれっ」

ポク、ポク、ポク、ポク――。

ポク、ポク、ポク、ポク――。

ゆっくりとしたテンポで、三浅一深の突き上げが再開された。

「おうおう、この締まり。フフフ、たまんねえや」

「へへへ、まったくだ。おっぱいといい、ケツの張りといい、どこもかしこもムチムチだぜ、へへへ」

木魚に合わせて突きあげながら、尼衣の襟に手を差し入れ、やわやわと乳房を揉みしだいた。ピタピタと尻肉を叩く者もいる。

「尼さんよ。あんた本当にいい女だなァ。俺はあんたみてえな美人を斬りたくはねえ。あんただって死にたくはねえだろ」

耳もとで囁かれた尼は、唇を噛みしばったまま、泣き顔でウンウンとうなずく。

「なら、我慢しねえで声を出しな。恥ずかしがらずに大声を出すんだ。男ってのは、あの時に声を出す女が好きなんだぜ」

言われた尼は、しばらく躊躇していたが、やがて震える唇を開くと、

「ああ……あっ……あっ」

と、絹を震わせるような、か細い声を洩らしはじめた。犯されながら声を出す羞恥

で、上品な美貌が真っ赤に染まっていく。

「ハアアッ……」

「アウ……アウウ……アウウッ」

あちこちで声があがりはじめる。嘆息めいた遠慮がちな声が、熱っぽい喘ぎまじりの嬌声に変化するのに、さほど時間はかからなかった。

「アン、アン、アアンッ」

「ハアアッ……ハアッ、ハアッ、ハアアアッ」

「アオオッ、アオオオッ」

全員が声をはなち、一斉にヨガりはじめた。

「もっと腰を使え。尻を振って、ひらがなの『ふ』を書く要領だ」

「ぼぼを締めろ。なに？　やりかたを知らねえ？　ケツの穴をキュッと締めるんだ。そうすりゃ自然とあそこも締まる」

男を喜ばせる性技のコツを伝授する者がいれば、

「『又七郎さま、いいっ』と言え」

「『源太夫さま、もっと突いてっ』と言え」

と、自分の名を呼ばせようとする者がいる。

「いいっ！」

「ああっ、か、感じる……」

「凄い……凄いわっ」

「もっと……ああ、もっと突いてえっ！」

尼僧たちは泣き叫びながら、あられもなく双臀を振り、懸命に媚肉を絞りたてた。又七郎さまっ、源太夫さまっ、茂兵衛さまっ、彦四郎さまっ――自分を犯す浪人の名を愛おしげに呼び、堰を切ったような激しさで腰を使う尼僧たち。悶え狂う尼の痴態に、男たちの興奮もいや増すばかり。

「女っ、名は何と申す!?」

「……じ、寂光尼……」

「法名ではない。本当の名だっ」

成熟した女体に、男は虜になっている。三浅一深を命じる木魚の拍子がもどかしいほどだ。

「小夜……小夜です。あああっ」

「小夜か。ああ、小夜っ」

興奮した男は、背中まで捲れあがった薄い尼衣をむしりとり、四つん這いの尼僧を

全裸に剝いた。羞恥にくねる雪白の裸身。背中から双臀に至る女体曲線の悩ましさに骨の髄まで痺れきると、

「小夜っ、小夜っ！」

声をうわずらせ、無我夢中で腰を振った。

「源太夫さまあっ」

その激しさに巻きこまれるように、尼の側も情感を昂らせる。

「お絹、お絹っ」

「半四郎さまっ」

「里美いっ」

「与五郎さまあ」

互いの名を呼び交わす尼と浪人たち。尼たちはいつの間にか全員素っ裸に剝かれていた。男も女も、もう肉の臨界に達している。

「皆の衆、発射のご準備はよろしいか」

肉の饗宴の中、年嵩の浪人ひとりが冷静を保っていた。

「見せろ、小夜っ。お前のイキ顔を！」

「お前もだ、里美。顔をこっちへ向けろ！」

尼たちは青い頭をねじり、ギラつく浪人たちの眼に泣き顔を晒した。

せつなげに眉を八の字にたわめて、薄く開いた唇から絶え間なく熱い喘ぎを洩らす火照った顔、顔、顔――。いずれももはや六根清浄なる仏道修行者のそれではなく、どっぷりと官能の渦に呑みこまれ、肉の悦びに溺れきった淫らな牝の顔である。

「発射あっ」

年嵩浪人の号令は、浪人どもの歓喜の雄叫びと、絶頂を告げ知らせる尼僧らの生々しい呻き声によってかき消された。

「イクっ」

「イ、イッちゃう!」

「ああ、イクううっ!」

大量の樹液を子壺の奥に注がれながら、尼たちはガクガクと腰をゆすりたて、一糸まとわぬ裸身を硬直させて果てた。

「ああ、お許しを……」

「もう……もう駄目っ」

気息奄々の尼たちは、穢された股間から白い精汁を流しながら床に横倒しになる。封印してきた肉の悦びを久々に味わわされて、全身が重く痺れきっていた。頭の中は霞がかかったようで、ものを考えるのも大儀だ。

「へへへ。許せだァ？　なにを甘ったれたことを抜かしやがる」

「へばった奴は生き残れねえぜ。おらおら、しゃんとしねえか。四つん這いになって尻を突き出せ」

　待ちかねた三列目の十人が襲いかかる。甘美な逐情の余韻に浸る暇もなく、双臀を突き出す姿勢をとらされ、いきり立つ肉棒を挿入された。

「ああっ、もう……もういや」

「へへへ、いやなもんか。尼のくせに、こんなムチムチの尻しやがって。腰が抜けるまで可愛がってやるぜ」

「あむむっ……ヒーッ、ヒイイッ！」

「ヘッヘッヘッ、もう腰を振ってやがる。尼僧が聞いてあきれらあ。ほれ、これか。これがいいのか」

　三列目が放出を終えると、乱交が始まった。

「ムグフウウッ……」

　後ろから刺し貫かれたまま、口腔を蹂躙されている尼が呻く。あお向けになった男に騎乗位でまたがり、喘ぎながらさかんに腰を振っている者。抱きあげられ尻の穴を犯されて泣き叫ぶ者。中でも一番魅力のある若い尼は、口と媚肉と尻穴に同時に男を咥えこまされ、白眼を剝いて狂乱している。

東の空が白みはじめる頃、ようやく浪人たちは満足したようだった。

負傷して体力のない数人をのぞき、どの男も十人の尼の女体を心ゆくまで味わった。

尼たちのほうは悲惨だ。入れかわり立ちかわり押し入ってくる太い肉棒で、何十回となく気を遣らされて、しまいには快感すら感じなくなった。子宮、喉奥、腸腔が灼けただれ、注がれた大量の白濁が、嘔吐感とともに喉から溢れ出る。

「さあて」

馬並みの巨根に白布をあてがうと、キリリと強く褌を締めあげ、馬面の浪人が言う。

どっかとあぐらをかいて大あくびをしたのは、さすがの絶倫男も疲労の色を隠せないらしい。何せ計二十回以上精を放ったのだ。

「締めは尼さんの裸踊りと洒落こむか」

「いいねェ」

荒淫にトロンと濁った眼をして、他の浪人たちが同意した。すでに褌を締めた者、まだフリチンのままの者、皆思い思いの恰好で、あぐらをかいたり床に寝そべったりしている。

「立ちな、女ども」

「早くしろ。死にたくねえんならな」

気を失ったようになっていた尼たちも、愈々これが最後だと知らされ、鉛のようになった裸身を立ち上がらせた。助けてもらえるのは三人だけと聞かされている。何としてもその中に入りたかった。

「ケツをこっちに向けて、そこへ並べや」

馬面が顎をしゃくった。

金色の阿弥陀如来像を前に、均整のとれた裸体が背中と尻をこちらへ向け、横一列に並んだ。肌理が細かくなめらかな尼の柔肌は、男たちの不潔な唾液に濡れまみれてヌラヌラと妖しく光っている。婀娜っぽい双臀のふくらみに残った無数の歯型が、凌辱のすさまじさを物語っていた。全員立っているのがやっとといった有様だ。

「尻を振って踊るんだ」

含み笑いをして言うと、馬面の浪人は小唄を口ずさみはじめた。

高い山から　谷底見れば

瓜や茄子の花盛り

「ギッチョンチョン、ギッチョンチョン」

笑いながら、数人が合いの手を入れる。

お山がどっこい、どっこいどっこい
「ヨーイヤナ」

と、合いの手が入る。

「ギッチョンチョン、ギッチョンチョン」

笑いながら、さらに男たちが盛りあげる。

「早く踊れ」

馬面が刀を抜いた。

「下手な奴から斬っていく」

尼たちはおびえ、腰を振りはじめた。生死の境目である。恥も外聞もない。言われるがまま両手を青頭の後ろに組み、裸の双臀を横に振る。

お前一人と定めて置いて
浮気や　その日の出来心
ギッチョンチョン、ギッチョンチョン

「右から、三番目。あれは下手くそだな」

「たしか恵香尼とかいったな」

「あいつから始末するか」

聞こえよがしに言う。

名指しされた尼僧は、あっと声をあげて震えあがり、狂乱したように尻を振りたくった。豊満な臀肉が、タプタプと音を立てんばかりに揺れ弾む。

「左端はどうだ」

「うむ、ちと色気が足りん」

「バッサリ斬り捨てるか」

自分のことを言われたのだと気づいた若い尼僧はヒッと息を吸い、死にもの狂いになって腰をくねらせはじめた。尼といえども女。男を喜ばせる仕草は本能的に心得ているらしく、悩ましいばかりの媚態を示して裸の尻を突き出し、上体ごとクナクナとうねり舞わせる。


「ギッチョンチョン、ギッチョンチョン」

「ヨーイヤナ」


正面を向き、腰を前へ突き出すよう強制される。

眉を除けば、唯一体毛の残っている女の丘を晒しきった尼僧たちは、男たちの唄声と手拍子に合わせて腰を振り、乳房を揺すった。散々揉まれた乳房には青痣のように指の痕が残り、吸いつくされた乳首は鬱血して紫色に腫れあがっている。

「お前らも唄え」

尼僧たちが泣いているのを見て、髷の曲がった浪人が命じた。

「不景気なツラは面白くねえ。女は愛嬌だぜ」

「唄いながら、俺たちの周りをまわるんだ。尻とおっぱいを振るのを忘れるな」

尼僧たちは必死だ。涙に濡れた頬にひきつった笑いを無理につくって、ツルツルの頭を震える両手で抱えこんだまま、尻を振り、乳房を揺らして堂内をめぐった。

ギッチョンチョン、ギッチョンチョン
ギッチョンチョン、ギッチョンチョン

「ヒャヒャヒャ、たまんねえぜ」

「もっとケツを振れ。それ、ギッチョンチョン」

「ヨーイヤナ。おっぱいも揺らせよ」


酒はなくとも、男たちは酩酊している。掛け声とともに木魚を叩き、鉦《かね》を打ち鳴らし、チーン、チーンとりんの音色を響かせた。野卑な笑いが渦巻く堂内の淫ら宴を、金色に輝く如来像だけが悟りすましたように見おろしている。

第七章　処女剣士の巻

脱がされた白褌

1

美冬はうなされていた。

夢の中で彼女は道場にいた。

名札とともに十数本の竹刀や木刀が掛かった壁際には、顔見知りの門弟たちがずらりと端座して並び、格子のはまった窓からは、大勢の見物人たちの好奇の眼が覗いている。

川沿いで暴漢を斬り捨てて以来、美しい女剣士をひと目見ようと方々から見物人が集まってくるのは、歌川春露という浮世絵画家が、斬り合いの場面を多色版画にして売り出したせいだ。

修練に集中したい美冬にとっては、はなはだ迷惑な話だが、それだけならいつもと変わらぬ稽古光景であった。違うのは、剣術では道場の誰にもひけをとらないはずの彼女が、対手に散々打ちすえられたあげく、惨めに床に這いつくばっていることだ。目の前に男の毛脛がある。見上げると隻眼がニヤリと笑った。蟇目寅之助である。素っ裸に褌一枚という奇妙な恰好だ。

「どうだ、女剣士。拙者にはかなうまい」

竹刀を美冬の眉間に突きつけ、

「これに懲りたら、女だてらに剣をふるうことなどやめることだな」

周囲を見まわして、カッカカッと笑う。

「何をっ」

歯ぎしりして立ち上がろうとするが、腰が痺れて動けない。ハッとして視線を移し、心の臓が止まるほど驚いた。美冬は小袖を着けておらず、清々しい青袴も穿いていない。いや、小袖や袴どころではなかった。ふくらみの目立ちはじめた乳房を押さえる麻のサラシ、股間を引き締めるための六尺褌さえも身につけていない。衆人環視の中、美冬は生まれたままの姿で四つん這いになっていたのだ。

「あぁっ、いやっ！」

悲鳴をあげ、思わず肌を隠そうとするが、金縛りにあったように動けない。気がつくと、道場内に薄く金色の靄がたちこめている。

そうだ、妖術――。

湊の蔵屋敷で得体の知れない異人と対決し、妖しげな術で動けなくなったことを思い出した。蓁目に小袖と袴を脱がされ、褌を奪われたことも――だがなぜ道場にいるのか。

「フフフ、こうされるのが望みか？　そうであろう」

四つん這いになって突き出した裸の尻を、蓁目の竹刀で小突かれた。

「や、やめろ……」

「うりゃあ！」

バシッ！

竹刀がしなるほど、尻たぶを強く打たれた。

「うっ！」

「這えっ。皆の前を、裸のケツを振って這いずりまわるのだ。犬のようにな」

白い臀肉に、打擲の痕が赤くついている。その上を、蓁目は竹刀の先で何度も小突いた。あまりの屈辱に、誇り高い女剣士の美貌は真っ赤に染まる。逃れようとして前方へと這った。

「うりゃあ！」

再び竹刀が炸裂した。

「ああっ！」

「おらおら、進め、女剣士」

美冬がまた前へ這うと、見物人たちがゲラゲラと笑った。端座していた門弟たちもいつの間にか膝を崩し、腹を抱えて笑っている。その中に本多勝之進の姿もあった。哀しげな表情で、美冬のぶざまな這行を眺めている。

（勝之進さま、どうして？）

どうして助けてくれないのか——すがるような瞳を恋しい男に向けるが、勝之進は気まずそうに目をそらし、そっぽをむいた。

「フフフ、気の毒に。どうやら好いた男にも見放されたようだな」

竹刀をふるいながら、蟇目が嘲る。

「無理もない。神聖な道場を素っ裸で、いやらしく尻を振って這いまわっておるのだ。そんなはしたない女を嫁にはできんとさ。ウハハ、ウハハハハ」

蟇目の哄笑に合わせるかのように、格子窓の向こうの見物人たちもドッと笑った。

「ううっ、く、口惜しい」

羞恥と屈辱感が胸に迫る。美冬はキリキリと奥歯を噛みしばったが、ついにこらえきれなくなり、鼻腔を震わせて嗚咽しはじめた。

「うう……ううっ」

「ほほう、男まさりのジャジャ馬剣士どのが、メソメソ泣きだしおったわ。こいつは傑作だ。どうかな皆の衆。痛快ではござらぬか」

蟇目が周囲を見まわして言うと、

「ざまあみやがれ」

「もっと尻を打て」

「ヒイヒイ言わせろっ」

あちこちから野次が飛ぶ。

「フフフ、ご所望とあらば——」

蟇目は竹刀を振りあげた。

バシッ！

バシッ！

容赦なく裸の双臀を打たれつつ、美冬は門弟らの前で尻を振り振り、四つん這いのまま一周させられた。

「牝犬め。望みどおり、皆の前で犯してやる」

蟇目が褌を解いた。野太い肉棒が、天を衝かんばかりにそそり立っている。

「ああっ」

美冬は恐ろしさにまなじりをひきつらせ、救いを求めて壁際へ視線を走らせるが、勝之進の姿はどこにもない。

「やめて……それだけはやめてっ」

後ろから覆いかぶさられ、がっしりと双臀をつかまれる。

「いやあっ」

逃れようとして腰をよじりたてた。灼熱の先端が双臀の谷間をなぞったかと思うや、いきなり稲妻のように貫かれた。

あーっ――。

のけぞった美冬の背中に火が走った。蟇目の男根は処女膜を裂き、子宮をつぶし、灼熱の長大な鉄棒と化して体腔を貫通した。断末魔の絶叫を迸らせる美冬の口から、鮮血とともに巨大な肉の亀頭が飛び出す。

＊

あああっ――!!

大声をあげて目が覚めた。

（……ゆ、夢？……）

鳥肌立ち、全身の筋肉がこわばっていた。腋の下がグッショリと冷たい汗に濡れている。心臓は凍てついたようになっていた。

ぼんやり霞んだ眼に何本もの柱が見えた。牢だ。牢に閉じこめられている。

あわてて身を起こそうとして、美冬は縛られていることに気づいた。花も羞じらう十八の全裸姿をかっちりと高手小手に緊縛され、白い乳房の上下にもきつく縄が食い入っている。

それればかりではない。乙女の最も秘め隠しておきたい部分、人目に晒してはならない下腹部の中心にも、真紅の細縄が真一文字に通されて、恥ずかしい女の割れ目と双臀の谷間に深々と食い込んでいるではないか。しかも――。

「ううっ、こんな……」

堪えがたい汚辱に美冬は呻いた。こらえようと固く閉じ合わせた瞼の縁にみるみる口惜し涙がふくれあがり、真珠大の粒となってハラハラと頬にこぼれ落ちた。慟哭が喉を衝いて溢れる。

中心に赤縄を食い入らせた女の丘には、あるべきはずの翳りがなく、食い込んだ細い縄の左右に、青白い肉土手が童女のそれを想わせる風情でぷっくりと盛り上がっていた。気を失っている間に、何者かに秘毛を剃りとられたのだ。

「お、おのれっ……」

歯嚙みして、もう一度身を起こそうともがいて、

「うっ」

股間の激痛に、美冬は思わず声を発し、緊縛された白い裸身をのたうたせた。

鋭い痛みはすぐに去ったが、疼痛がズキズキと後を引いた。美冬は顔を火照らせ、

「ああっ、はああっ……」

ハァハァと熱く喘いだ。横倒しのまま、もじもじと裸の腰をもじつかせる。灼かれるような熱と疼きが、男を知らない乙女の媚肉を苛んでいた。

（こ、これは……これはいったい？）

得体の知れない感覚に美冬は狼狽し、何度もかぶりを振った。若衆髷をほどかれていることに気づいたのもその時だ。艶やかな黒髪はすべて後ろへ流され、元結で括ら

れて背中へと垂れていた。いわゆる根結い垂れ髪である。

「へへへ、辛えかい、お嬢さん」

男の声がした。

木柱の隙間から顔がのぞく。

歳の頃は二十四、五だろうか。黒半纏を着た若い痩せぎすの牢番は、美冬の裸身にねっとりとした視線を注ぎ、いやらしく笑っている。斜視のひどい眼が、ただでさえ見苦しいあばた面を一段と不快なものにしていた。

「その股縄には『姫泣かせ』って秘薬がたっぷり塗りこんである。お嬢さんのような若い娘には、ちと刺激が強すぎるかもしれねえが、まあそれも修行のうちだ」

「ここは……ここはどこだっ!?」

いやらしい男の視線から、少しでも肌を隠そうと悶えながら、美冬は叫んだ。

「ここか？　ここは八幡町の角屋って女郎屋だ」

「八幡町……女郎屋？」

八幡町は城の北西四里ほどに位置する、多くの遊女屋が軒を連ねた色街であった。

堕落した男女がふしだらな遊びに興ずる不潔な場所なので、美冬は一度たりとも足を踏み入れたことがない。

異人の不可思議な術に翻弄され、蓦目の手で裸にされた自分を、何者かがそんな所へ運びこんだとみえるが、いったいどういうことなのか。いや何よりも気になるのは法妙寺と尼たちのこと、そして青蓮尼さまの安否だ。

「寺は？　寺はどうなった？」

「寺？　ああ、法妙寺の火事のことかい」

「火事……」

ああ、ではやはり法妙寺は襲撃されたのだ。美冬は目の前が暗くなる。

「町火消が総出で気張っちゃいるが、まだ消えねえらしいぜ。なんでも火付けだったらしい。どこのどいつか知らねえが、尼寺に放火するなんざ、罰当たりな野郎もいたもんだ。なんだ、お嬢さん。あの寺に知り合いでもいるのかい」

男は女郎屋のただの牢番で、今回の件について何も知らないらしい。それでも、

「尼たちは？　尼僧の方々は御無事なのか？」

まなじりをひきつらせ、畳みかけるように詰問する美冬に、ははあ、何やら訳ありだな、と小悪党の直感を働かせ、

「ふん、タダじゃあ教えられねえよ」

藪睨みの眼をギョロつかせてふてぶてしく言うと、半纏の懐から鍵を取り出して、

ガチャガチャと牢の錠を外しにかかった。

「よ、寄るなっ」

頭をかがめて入ってきた男に、美冬は金切り声を昂らせた。

「寄るなと言うにっ。あ、あっちへ行け」

にやけた男の眼つきに、処女の本能が危急を告げる。高手小手の白い裸身をうねりくねらせ、美冬はジリジリと後ずさりした。身体をよじるたびに、股間の細縄がキリキリと媚肉の割れ目に食い込み、秘薬に蝕まれた柔肉を焙りたてる。

「うっ……」

鋭利な快感が背筋を走った。

美冬はせつなげに眉をたわめた。一瞬頭の中が真っ白になり、意識が飛びかけた。美冬はあわててかぶりを振る。早くも「姫泣かせ」の薬効が現れてきたのか、清純な処女剣士の額には、じっとりと脂汗が滲んでいる。

「へへへ、魚心あれば水心だ」

男はしゃがみこみ、懸命にそむける美冬の顔を覗きこんだ。根結い垂れ髪を鷲づかみすると、乳房に手を伸ばす。まだ青い固さを残すふくらみをすくいあげるようにし、手のひらで握った。

「無礼者っ!!」

美冬はまなじりを吊り上げ、つかまれた頭を振りたてた。スラリと長い美脚で男を蹴りとばし、逃れようと猛烈に暴れる。だが哀しいかな高手小手の後ろ手縛り。男の手を払いのけるどころか、もがけばもがくほど荒縄はきつく手首に食い込んで、白い乳房を上下から締めあげて息を詰まらせる。股間の細縄も痛いほど媚肉に食い入った。

「ああっ……うむ」

たまらず美冬の抵抗が弱まる。火に染まった美貌を横にそむけて、ハァハァと荒い息をはずませた。

「ぶ、無礼は許さぬっ」

「無礼とは恐れいったぜ。なるほど気品があるとは思っていたが、さてはお嬢さん、武家の娘さんかい」

相手が武家娘と知って、牢番の男はますます欲情を昂らせたようだ。

「フフフ、武家娘がこんな岡場所にねェ。気の毒にオマ×コの毛まで綺麗さっぱりと剃りあげられちまってよォ」

口では憐れむようなことを言いながら、ねっとりした視線を処女の太腿の付け根に注ぐ。興奮に汗ばんだ手で、初々しい乳房の感触を楽しんだ。女郎屋の下働きとして、商品の女体に手をつけることは固く禁じられていた。だが目も覚めるほど美しい全裸の武家娘。こんな僥倖は一生に一度有るか無いかだ。牢番は眼をギラつかせ、鼻息を荒げた。

「小ぶりの、いいおっぱいしてるじゃねえか。桜色の乳首が何とも言えねえな。生娘なんだろ？　え、そうなんだろ、お嬢さん？　へへへ、この手触りがたまんねえぜ」

「や、やめろ、下衆野郎っ」

「可愛い乳首だ。いいから全部おいらにまかせときな。男と女のする気持ちいいことを、いろいろと教えてやるぜ。ほれ、これなんかどうだ。ほれ、ほれほれ、へへへ」

「お、おのれ……くっ、くううっ！」

桜色の乳頭を指でつままれ、コリコリと揉みしだかれた。無骨だが、まぎれもない愛撫だ。荒縄に上下を締めあげられた乳房はいびつにふくらみ、刺激に敏感になっている。こよりを撚るように先端をコリコリと揉まれて、嫌でも乳首が屹立した。

「へへへ、乳首がおっ勃ってきやがった。生娘のくせして、感じやすいんだな、お嬢さんは」

「ううっ、許さぬっ、許さぬぞっ」

美冬は歯嚙みしながら叫んだが、愛撫を受ける恥ずかしさに、相手と目を合わせることができない。屈辱に火照った美貌を懸命に横にそむけ、せつなげに太腿をよじり合わせるばかりだ。

「許さぬか？　ならばどうする？　お手打ちにでもするかい。ああ、おおいに結構、結構毛だらけ猫灰だらけ、お尻のまわりは——フフフ、お嬢さん、たまんねえ尻してやがるな」

仕事柄、女の裸は毎日目にするが、これほどそそる尻を見たのは初めてだ。普段は清楚な青袴に隠されて、六尺褌に中心を割られている双臀は、優美で柔らかい丸みの下に、剣術修行で鍛えあげたしなやかな筋肉を感じさせる。胴震いがくるほどの美臀だった。

「それ、武家娘の尻を触ってやる。四つん這いになりな」

「あっ、そんな……ひいいっ！」

後ろから股縄をつかまれ、グイッと引きあげられた。高手小手に後ろ手縛りされているため、前方へとつんのめる。両肩で上体を支えて背中を反らし、裸の双臀を思いっきり後ろへ突き出した惨めな恰好だ。張りつめた白い臀丘の谷間には、赤い細縄が褌代わりとなってきわどく肉に食い入っていた。牢番は面白がってそれを引く。

「それ、食い込むぞ」

「やめろ……うっ！　ああ、もう……もうこれ以上の辱しめは……うっ！　うっ！　ああっ……」

「さすがは武家の娘、土臭え百姓女どものケツとちがって、気品があるじゃねえか。この手触り……匂い……うう、絶品だぜ、お嬢さんの尻は」

ジーンと胸を痺れさせながら、牢番はフンフンと鼻をうごめかせ、美冬の柔らかい尻たぶを愛撫する。最初は暇つぶしにからかう積もりだったが、今は憑かれたようになっていた。すれっからしの年増女郎や百姓家から売られてきたおぼこ娘らとは次元の異なる美冬の気品と美しさに魅了され、我れを忘れていた。

「お嬢さん、名は何という？」

「ううっ……やめ……やめろ……」

美冬はうわごとのように口走るばかりだ。愛撫を避けようと尻を振ると、股間に食い込んだ縄目が女の敏感な部分をこすりあげ、悪寒に似た戦慄が背筋を走る。おぞましさに灼かれると同時に、じっとしていられないほど強烈な疼きに襲われ、ジーンと腰骨まで痺れきってしまう。そこをユルユルと撫でまわされるのだからたまらない。

「あっ、ああっ……」

「名を訊いてるんだぜ、お嬢さん」

「ううっ……うぬのごとき下郎に名乗る名など、持ち合わせてはおらぬっ……あっ、痛っ！」

根結い垂れ髪をいきなりグイッと後ろへ引かれ、美冬は悲鳴をあげた。のけぞった優美な背中が激痛にのたうつ。

「そうそう、寺の尼さんたちのことだったな」

髪と股縄を交互に引いて、武家娘の裸身を自在に操りながら、牢番の男は狡賢く言った。

「知りたきゃ教えてもいい。ただし、お嬢さんが名前を教えてくれればだ」

「ううっ」

「どうなんだい」

グイグイと髪を引き、股縄を引く。

「み、美冬……」

「お武家さんなら苗字があるだろ」

「……早乙女……早乙女美冬……ううっ」

絞りだすように口にすると、美冬は嗚咽を嚙み殺して、ううっと呻いた。

名乗ったことで恥辱感が増した。勝之進にさえ触れさせたことのない無垢な処女肌を、女郎屋の牢番ごときに好き勝手に弄ばれている。そればかりではない。脂ぎった男の手のひらが双臀を撫でさするごとに、名状しがたい甘い愉悦が、官能のさざ波となって全身にひろがり、乙女の繊細な神経をかき乱してくるのだ。

（ううっ、そ、そんな……そんなはずは……）

美冬は苦しげに眉をたわめ、かぶりを振った。

下賤な男の卑劣な愛撫に、剣士たる自分が快感を感じるなどありえない。あってはならなかった。だが昂る一方の熱い疼きは——気もそぞろになるこの甘い痺れは——。

「早乙女美冬か。へへへ、美冬。早乙女美冬……」

男はうわずった声で、何度も美冬の名を口にした。身分違いの美しい武家娘の尻を思う存分に弄ぶ征服感に酔い痴れ、有頂天になっていた。

「尼たちは逃げ遅れて、寺ごと全員焼け死んじまったらしいぜ。まったく、神も仏もあったもんじゃねえなァ」

「ううっ……」

床に押しつけられた美冬の頬が絶望に歪んだ。

慣れ親しんだ尼僧たちひとりひとりの笑顔が脳裏をよぎる。自分が大村の湊に駆けつけている間に、男子禁制の尼寺でどのような乱暴狼藉が行われたのか。それを思うと胸が掻きむしられる。

「せ、青蓮尼さまは……」

尋ねるのが恐ろしかった。

「青蓮尼？　ああ、寺の女住持のことかい」

男はそれについて何も聞いていなかった。が、そしらぬ顔で、

「教えてもらいたきゃ、もっと尻を突き出せ。フフフ、ケツの穴を舐めてやる」

「な、何ですって!?」

美冬は耳を疑う。男は「尻」を舐めると言ったのではない。「尻の穴」を舐めると言ったのだ。

「聞こえなかったのか。ケツの穴だ。早乙女美冬の肛門を舐めてやると言ったんだよ。へへへ、マ×コに『姫泣かせ』を塗られたまま、ケツの穴を舐められるのは効くぜェ。海千山千の年増女郎でさえ、本気汁を出してヒイヒイヨガるんだ」

「い、いやああっ!!」

美冬は総毛立った。男の言葉が信じられない。おぞましい尻の穴を舌で——十八歳の女剣士には、そんな恐ろしい性技があるなどと想像することさえできなかった。

「いや、いやですっ。そんなことはいやあっ！」

「最初はみんなそう言って嫌がるんだ。だがそのうち――へへへ、いいから何もかも見せてみな――おおっ、何て綺麗なケツの穴してやがる！」

細縄をズラして覗きこんだ牢番は、感嘆の声をあげた。

引き締まった白い臀肉の谷間に秘められた美冬の肛門は、整った美しい菊の形状を恥ずかしげにのぞかせ、いかにも秀麗な女剣士にふさわしい。男の熱い視線を浴びて、薄桃色の可憐な襞をキュウッとすぼめている。

「すぼめてやがる。へへへ、たまんねえや」

見ているだけで、牢番の股間は熱く疼き、いきり立った。

「尻穴がひろがるまで、たっぷり舐めてやるぜ」

生唾を呑みくだし、赤い舌を出した。あわや女剣士の美肛に男の唇がふるいつかんとした時、

「おい」

低いがドスのきいた声が、牢の外から響いた。牢番はあわてて身を引く。

「気になって覗いてみたら、案の定だ。この娘にゃあ三百両で引きがかかってんだ。てめえみてえなサンピンの出る幕じゃねえ。すっこんでな」

「へ、へえ……申し訳ござんせん」

突然現れた紬姿の男に、牢番はすっかり恐縮している。あわてて牢の外へ出ると、ペコペコ頭を下げ、いそいそとどこかへ姿を消した。

「ちっ、油断も隙もあったもんじゃねえ」

紬の男は、吐き捨てるように言って苦々しげに口元をゆがめたが、後ろ手縛りの武家娘が半身を起こし、鋭い眼光でこちらを睨んでいるのに気づくと、急にニンマリと相好を崩した。

「お嬢さん、危ねえとこだったたな。あの男は女のケツの穴に目がねえ変態野郎でね。おまけにあのご面相だから、女郎たちからも気味悪がられているんだ」

「き、貴様は誰だ。私をどうしようというのだ」

美冬は自分を励まし、噛みつくように言った。今しがた、下郎に恥ずかしい尻穴を見られた衝撃が冷めやらぬ。恥ずかしさと口惜しさで、まだ全身が慄えていた。

「へへへ、なるほど気の強そうな女だ。おまけに別嬪でおぼことくりゃあ、伊勢屋が大枚をはたこうって気持ちも分からねえじゃねえ」

「これ以上無礼をはたらくと、タダでは済まさぬ。出せ、私をすぐにここから出せ。痴れ者がっ」

「痴れ者たァ、随分なご挨拶だな」

男は顎をしゃくった。

「俺はこの角屋の主人で、喜助ってんだ。気絶していたんで知るめえが、大村の蔵屋敷で手籠めにされかかったあんたを助け出し、駕籠に乗せてここまで運んできてやったのはこの俺だぜ。片目の侍にゃ百両ふっかけられるし、駕籠代だって馬鹿にゃあならねえ。礼を言われてもいいぐれえだ」

恩着せがましく言いながら、美冬のまだ固さを残した白い乳房、それとは対照的に十分な成熟味を匂わせる腰の曲線に、値踏みするような視線を投げかけた。

「それだけじゃねえぜ。お嬢さんのあそこの毛を綺麗さっぱり剃りあげてやったのも何を隠そう、この喜助さまだ。目を覚まされると厄介だから、大急ぎでな」

「な……」

美冬は絶句した。

「いい生えっぷりだったんで、少し勿体ねえ気もしたが、うちの店じゃあ新入りは皆ぼぼの毛を剃るしきたりになってんだ。おっと、もちろんお道具の方も、ちゃあんと調べさせてもらったぜ。へへへ」

喜助は指の股をひろげ、いやらしい仕草をしてみせた。気を失っている美冬の股をひろげて、女の生命を隅々まで指でしっかりまさぐったということを示す。

「本来なら俺がまず味見するところだが、お嬢さんは特別だ。へへへ、何せれっきとした二本差しの女武芸者さまだからな」

「あ、あ……」

美冬はもう生きた心地もない。誇り高い女剣士にとって、見知らぬ男の指で臓物の内側までまさぐられたことは、死にもまさる屈辱だ。

「う、ううっ……」

涙で牢の木柱がぼやけた。いっそ舌を噛み切って自害したい。だが青蓮尼の安否を突きとめるまでは、死ぬに死ねない美冬である。

「明後日からは客をとってもらうぜ。そん時までにゃあ、ほれ、その『姫泣かせ』を塗りこんだ股縄で、お嬢さんも男なしではいられねえ身体になってるだろうよ」

喜助は不気味な予言をした。

2

「ああっ、もう……もう」

高手小手の後ろ手縛りのまま、美冬は気息奄々のていで牢の床をのたうちまわっている。白い裸身は汗にまみれ、油を塗ったようにヌラヌラと光っていた。

「こんな……こんなことって……」

とろ火で焙られるように双臀が火照る。細縄の食い入った媚肉は四六時中疼きっぱなしで、子宮が溶けただれたかと錯覚するほど、豊潤な処女蜜を溢れさせていた。

ここへ連れこまれて丸二日、見張りの男に付き添われて厠へ行くとき以外、ずっと恥ずかしい股縄をほどこされている。新しい見張りの男も、主人の目を盗んで美しい武家娘の裸身に悪戯をした。前の見張りが仕置きされたのを知っているので、さすがに股縄をズラしはしないものの、隙を見ては双臀を撫でまわし、初々しい桜色の乳首をつまんで弄んだ。

今もまた、周期的に訪れる性感の発作に美冬が襲われていると知るや、薄笑いを浮かべて牢の中へ入ってくる。

「や、やめろっ」

美冬は苦しげに眉根を寄せ、涙の滲んだ眼で男の顔を睨みつけた。官能の汗に濡れた額に、ほつれ毛がへばりついて凄艶だ。

「へへへ、何がやめろだ。本当は触って欲しいくせによォ」

黒半纏を脱ぐと、褌ひとつになり、美冬の裸身に手を伸ばす。

「『姫泣かせ』の効き目はたいしたもんだ。お嬢さんみてえに純情な娘を、こんなにメロメロにしちまうんだからな」

「いや……もう……う、ううっ」

乳首に軽く指が触れただけで、ツーンと全身が痺れる。どんなに我慢しようとしても駄目だった。グリグリと揉みしだかれると、

「ああっ、いや……いやああんっ」

じっとしていられないほどの快感が背筋を走って、思わず恥ずかしい声が洩れた。たまらず腰を動かすと、股間に食い入った縄が濡れそぼった女肉をこすりあげる。

「ひっ！　ひっ！」

悦びの混じった悲鳴をあげて背中をそらすと、ぞろりと尻を撫でられた。

「んあああっ！」

のけぞったまま、狂ったようにかぶりを振った。

「ああ、もう……もう」

痙攣する唇から、ハァハァという熱い喘ぎとともに哀願の声が出る。

「もう、どうなんだ？　客がとりてえか？　客に濡れぼぼをいじられて、ズボズボとオマ×コされたくなったのか？」

触ることは出来ても、それ以上は許されぬ。堰かれた欲望が男の心を残虐にする。

「聞いたぜ、お嬢さん。あんた、巷で有名な女剣士さんだそうじゃねえか」

この二日間でムッチリとひときわ成熟美を増した感じの太腿を撫でさすりながら、男は意地悪く語りかける。

「あんたが道場破りを斬った錦絵、俺も二百文奮発して買ったぜ。ありゃ最高にイカしてた。そのあんたがどうだ。場末の女郎屋で素っ裸にされ、ぼぼの毛をツルツルに剃られた挙句、俺なんかにケツを触られて悦んでる。へへへ」

「よ、悦んでなど……だ、誰が……」

「よく言うぜ。こんなにグッショリ濡らしてよォ。へへへ、腰が震えてるじゃねえか。可愛いお臍に汗がたまってるぜ。そんなに嬉しいのかい、早乙女道場の女剣士さん。何なら刀の代わりに、俺さまの珍棒を握ってみるか」

「ううっ、侮辱は許さぬ……許さぬっ」

「ハハハ、まだ侍の気でいやがる。いい加減気持ちを入れ替えねえと、この先が思いやられるぜ。客をとるとなりゃあ、ケツを触られるぐれえじゃ済まないんだからな。分かってんのか、おい」

根元で結った垂れ髪をつかみ、グイグイと乱暴に揺すりたてた。高貴で勝気な美貌が官能に火照り、屈辱に歪むのが愉快でならない。武士に対する階級的怨恨が、若い女体への淫欲と入り混じって男を昂らせる。

「おっといけねえ。そろそろ時間だぜ」

男が牢の外へ出るのと前後して、主人の喜助が、二人の黒半纏の男を連れて入ってきた。いよいよ美冬に客をとらせる時が来たのだ。

「たっぷり稼いでくれよ、お武家さん」

主人は皮肉たっぷりに言った。

「ふざけるな。私は武士だ。客などとらぬ」

暴れる美冬のすらりと美しい足を、黒半纏の男たちが押さえつけ、無理やりに袴を着せた。清らかな浅葱色の袴は、大村の蔵屋敷で蟇目に剝ぎとられたものだ。

袴一枚の緊縛姿で牢から出され、罪人のように引きたてられていく。饐えた匂いの漂う薄汚れた廊下を引きずられながら進む美冬の耳に、破れ障子で仕切られた左右の部屋から、男女の秘め事の音が聞こえてくる。淫靡な衣擦れの音、やるせなげな深い吐息、男の低い唸り声と女の重い呻き。中にはすでに感極まって、あたりはばからず「イクうっ、イクうっ」と絶叫している者もいる。

（ああ……）

美冬はきつく眉根を寄せる。恐怖と嫌悪感にガクガクと膝小僧が慄えた。後ろ手にかっちり縛られているため、耳を覆うことすらできない。

「さあ、ここだ」

ドンと背中を突かれて美冬がよろめき入ったのは、十畳ほどの畳敷きの座敷だった。客なのであろう。武士の身なりをした三人の男たちが、座布団に腰をおろし、大根の煮つけを肴に酒を飲んでいた。

「おお、なるほど、こいつはそっくりだ」

「本当に瓜二つでござるな」

「これなら一両出しても高くない。フフフ、女郎でなく、美冬どのを拝んでいるのだと思えばな」

男たちの言葉に、美冬はハッとして顔をあげた。

「あ、青田どの……」

驚愕に後の言葉が続かない。

青田に梶原、そして檜山。三人の侍は、早乙女道場の門弟たちだ。門弟といってもあまり稽古熱心ではなく、道場に顔を出すのは稀だった。そのくせ自分たちで勝手に「早乙女道場の三羽烏」などと称して威張り散らしていた。

中でも青田はタチが悪い。父親が組頭を務めているこの男は、美冬が「剣で自分に勝った男を夫に」と発言したと聞き、真っ先に五本勝負を挑んできた。むろん一本もとれず、居並ぶ門弟たちの前で赤恥をかいたのは言うまでもない。

「い、いやっ」

美冬は悲鳴をあげ、身体をすくませた。

顔見知りの男たちの前に乳房を晒している。袴で隠しているものの、秘部は茂みを剃られ、盛り上がった恥肉の中心に細縄を食い入らせたままだ。男まさりの女剣士とはいえ、十八の乙女に堪えられることではない。まして青田は、美冬にとって虫唾が走るほど嫌いな男なのだ。

「いやああっ」

逃げようとして黒半纏の男たちに取り押さえられ、後ろ向きにされた。

「へへへ、お侍さんがた。お目当てはこいつでげしょう」

「たっぷり見てやっておくんなせェ」

黒半纏の男たちの手が、袴の裾にかかる。ゆっくりと捲りあげはじめた。

「やめろ、やめないか……い、いやああっ！」

裸の双臀を晒す恥ずかしさに美冬は喉を絞った。白い太腿が現われ、豊満な尻たぶがのぞいた。

「おっ」

「おおっ」

「おおおっ」

感嘆の三重奏。ついに秘密のヴェールを脱いだ女剣士の美しい尻に、青田らは腰を浮かせる。徳利が倒れて酒がこぼれたが、それどころではない。

道場でこっそりと盗み見ていた美冬の双臀。位置が高く、張りつめた魅惑の隆起が竹刀を振るたび、キュッキュッと引き締まっているのが青袴の上から感じとれた。

秘められた乙女の美臀を想像しながら、いったい何度床の中で手淫に耽ったことか。

三人で酒を酌み交わすたびに、

「あの浅葱色の袴の下は、何もつけぬスッポンポンにちがいない」

「いやいや、男まさりの美冬どののことだ。きっと真っ白い六尺褌にて、股ぐらをばキリキリと緊めあげていなさるだろう」

「へへえ、それなら俺は、その褌になってみたいものだ」

などと、猥雑な議論に花を咲かせたものだ。

その憧れの双臀が、今まさに目の前にある。

「尻だ」

「おお、尻」

「うう、たまらん」

檜山が鼻を押さえた。興奮のあまり、鼻血が噴き出たのだ。

「み、見るな。見てはならぬっ」

美冬はたまらず、クナクナと尻を振った。

細縄を食い込ませた双臀の亀裂に、青田ら三人の視線が突き刺さる。狂わんばかりの恥ずかしさと口惜しさ。その羞恥と屈辱感に、媚薬に苛まれた肉の疼きが加わって、膝がガクガクと慄える。美冬はもう、ほとんど立っていられない有様だ。

「フフフ、これほどとは思わなかったぜ」

「スケベな尻をしてやがる」

「ムチムチじゃねえか。くそ、鼻血が止まらねえ」

想像以上に成熟した女剣士の美しい尻に、男たちは淫情を疼かせた。

「前もじっくり見てやる。こっちを向かせろ」

「へへへ、割れ目だ。割れ目を見せろ」

声をうわずらせ、身を乗り出した。四つん這いになって眼をギラつかせるさまは、武士の威厳も何もあったものではない。

「いやっ、いやです」

抗いもむなしく、美冬は袴を捲りあげられたまま男たちの前に正面裸像を晒した。無毛の蒼白い恥丘に食い込む細縄を見て、三人は身を乗り出したまま、「おおっ」と声を昂らせた。

「お、お前が剃ったのか？　親父」

青田が吃った。

「へえ、左様で」

主人の喜助が平然と答えると、

「で、では、美冬どの——いや、美冬どのに似たこの女郎の……オ、オマ×コを見たのだな」

檜山もつっかえつっかえ、畳みかけるように尋ねる。まだ鼻血が止まらない。

「へえ、左様で。あっしの仕事ですからね」

「う、うむ……」

青田は生唾を呑むと、

「いくらだ？」

呻くように尋ねた。

「いくら払えば、美冬どの——美冬どのに似たこの女郎のオマ×コを拝めるのだ」

用心深い男たちである。万が一のことを考えて、あくまでも美冬ではなく、美冬に似た別人ということにしておきたいらしい。

「左様ですな」

喜助は少し思案して、

「十両でいかがです？」

ニヤリと笑った。

「じゅ、十両だと⁉」

梶原が眼を剝き、喜助を睨んだ。

「オマ×コを拝むだけで十両⁉」

「嫌ならやめておくことですな」

喜助はニヤニヤしている。

「そこいらの百姓娘とは訳が違う。れっきとしたお侍の娘で、しかもこの器量だ。ご覧なせえ、このおっぱいの張り——」

美冬の乳房を鷲づかみすると、商品を自慢するように揉んでみせた。

「これほどの女は、そうザラにゃあいませんぜ。おっぱいだけじゃねえ。尻といい、脚といい、臍といい、玄人のあっしが、見ているだけでゾクゾクしちまうんですから。もちろんあそこも絶品ですぜ。見事な上つきぼぼで、色も綺麗だ。匂いも――フフフ」

「に、匂い……」

匂いと聞いて、青田が瞠目した。飛び出しそうな眼球が血走っている。大きくふくらんだ鼻の穴から棒のような息を吹き出した。

「最高ですぜ、旦那。あ、言い忘れましたが、この娘にゃ、ある大店《おおだな》の隠居から引きがかかってますんで、いつまで店にいるかは保証出来ませんぜ」

「だ、出すっ。十両出す」

青田は降参した。

「だが、今は手元不如意なのだ。ツケにしてはもらえぬか」

拝み倒さんばかりだ。

「うちは現金払い。ツケはきかねえ」

「ちょっとだけ、ちょっとだけでよいのだ。オマ×コを見るのが駄目ならば、せめて尻に触らせてくれ」

檜山の懇願は悲鳴に近かった。袴を捲りあげた美冬の下半身を前に、指を咥えて見ているだけでは、まるで蛇の生殺しだ。

「ここに二両ある。これで、これで――」

「俺も」

「俺も二両ならある」

三人は懐から小判を出した。

「フフフ、仕方ありませんな。六両ぽっちのはした金で、この生娘の大切なところをお見せするわけにはいかないが、まあ瀬谷さまのお口添えもあることですし、法妙寺でのお働きに免じて、特別に趣向をこらしてさしあげましょう」

喜助の言葉に、

「法妙寺……」

懸命に横にねじった美冬の美貌が、ハッとして前を向く。こわばった瞳で青田らを睨んだ。

「法妙寺とはどういうことだ!?　さては……さては貴公ら、瀬谷と……うぬっ」

早乙女道場の門弟にまで家老の息がかかっていたと知って、歯噛みする美冬。だが浪人たちの襲撃に紛れて青蓮尼を襲い、尼衣のまま縛りあげて瀬谷の屋敷へ拉致したのが彼らであるとは、さすがに思いもよらない。

「フフフ、知らぬ知らぬ」

「御政道のことなど、我々下々の武士には関わりのないこと。ましてや、女郎風情の知ったことではないわ」

三人は顔を見合わせ、狡猾に笑う。

「して主人。その特別な趣向とは?」

「『相撲』ではいかがですかな」

「おお、『相撲』! か、かたじけない」

青田が満面に喜色を滲ませた。

『相撲』というのは角屋のお座敷遊びの一つで、文字通り客と女郎が裸で相撲をとるのである。いい女だと思って同衾してみたら、意外に身体つきが好みでなかったり、匂いが気にいらなかったりする。そこで小額の金を払い、取り組みにかこつけて肌を触れ合わせてみる。いわば客と女郎の見合い、あるいは擬似性交と言ってもよい。

「美冬どのと相撲遊びができるとは――」

「これ、口を慎め。美冬どのではない。美冬どのに似た見習い女郎だ。フフフ」

「そうであった。あの美冬どのが、おっぱいとケツを丸出しにし、ツルツルに剃った股ぐらに真っ赤な褌を緊めているなど、有り得ぬことだからのう。ハハハハ」

三人は立ち上がると、美冬のひきつった美貌を見ながら、いそいそと袴の紐を解きはじめた。

3

座敷の真ん中に、黒半纏らが墨で円陣を描いた。

すでに青田ら三人は着衣を脱ぎ捨て、白褌姿になっている。美冬も青袴を剝ぎとられているが、こちらは相変わらず高手小手の後ろ手縛り。腰の縄に結わえた赤い股縄を褌代わりに、無毛の股間をしっかりと緊めあげられている。

「放せっ、ば、馬鹿な真似はやめろっ」

土俵に見立てた円陣の中に引きずりこまれた美冬は、黒半纏らに背中を押さえられ、無理やりに中腰の姿勢をとらされた。

目の前で青田が四股を踏む。両手を前について立ち合いの姿勢をとった。上目遣いに美冬を見る眼が情欲に濁っている。

「はっけよい――のこった！」

行司役の掛け声とともに、黒半纏らがいっせいに身を離す。

「ウオーッ!!」

雄叫びをあげ、青田は美冬の裸身に組みついた。いやむしゃぶりついたと言うほうが適切かもしれない。片手で美冬の股縄をつかみ、グイグイと上へ引く。もう片方の手で、せわしなく裸の双臀を撫でまわした。

「へへへ、へへへへへ」

口元から、涎とともに淫らな笑いがこぼれる。美冬の髪の香り、甘い体臭が鼻腔をくすぐる。しなやかな肉、柔らかい肌の感触はこの世のものとも思えぬ。夢ではない。肌を合わせているのだ。あの早乙女美冬と。

「や、やめろ。やめないか、青田っ」

美冬は声を絞り、かぶりを振った。青田にとっての極楽は、美冬にとっては生き地獄。近づくだけで虫唾の走る男に、裸の身体をひしと抱きしめられ、好き放題に双臀を撫でられている。

「やめろと言うのが分からぬか。ああ、いやっ、いやだっ」

まなじりをひきつらせて必死に身をよじるが、いかな天才剣士といえども所詮は女、刀がなければ男の体力にはかなわない。まして高手小手の後ろ手縛りだ。悶える腰をぴたりと引き寄せられると、屈辱に染まった顔を振りたてて叫ぶ以外、なす術もなかった。

「へへへ、尻だ。この尻だ」

ハアハアと息を荒げながら、青田は汗ばんだ手のひらで憑かれたように美冬の尻を揉んだ。とろけそうなほど柔らかい尻肉の下で、しなやかな筋肉がヒクヒクと攣っているのが感じられる。青田の嗜虐の血は沸騰した。

「この尻を触りたかったのだ」

ここ数年で目を瞠るほど美しく成長した道場主の娘――男装の小袖姿に匂うような色香をにじませ、青袴の腰つきに優美な女の曲線を示しはじめた処女剣士の美冬を、好色漢の青田は何としてでもモノにしたかった。

天才などと騒がれていても、たかが女、何ほどのことがあろうかと皆の前で勝負を挑んだ。自分より強い男に嫁ぐという言質を盾に強引に婚姻を迫り、おのが妻とした暁には初夜の床で、青袴を着せたまま「女」にしてやるつもりであった。それがどうだろう――。

タカをくくって臨んだ木剣勝負は散々な結果に終わった。防具などいらぬとうそぶいたことが、結果をさらに悲惨なものにした。恥の上塗りだったのは、例の道場破りの件に続き、同じ絵師がこの木剣勝負をも多色版画に仕立て、それが世間に流布したことである。

「フフフ、どうだ、美冬どの」

他の者に聞こえぬよう、耳元で囁いた。言わずにはおれなかった。

「そなたが拙者を嫌うておるのは百も承知。その嫌いな男と肌を合わせ、こうやって尻を触られておるのだ。フフフ、さぞ口惜しかろうな」

可愛さあまって憎さ百倍、恥をかかされた恨みに加え、本多勝之進と美冬が急速に親しくなっていく様を見せつけられて、青田は腸が煮えくりかえっていた。

「勝之進のことが気にならぬか？　ならぬはずはなかろう。フフフ」

桜貝を想わせる可憐な耳にむしゃぶりつき、ベロベロと舐めねぶる。舌先をすぼめ、耳穴の奥に挿しこんだ。

「ううっ」

嫌悪とおぞましさに細眉をたわめ、キリキリと歯ぎしりする美冬。

「フフフ、奴のことを知りたくば口吸いをさせろ。拙者の舌を噛んだりしたら、後で後悔するぞ」

「ひ、卑怯な……うむっ……あぐぐっ！」

噛みしばった唇に、蟇蛙のような唇を押しつけられた。垂れ髪を引かれて上向かせられ、親指と中指で頬を強く圧迫される。強引に歯茎を割られ、太い舌が押し入ってきた。

「むぐう……むぐううっ！」

軟体動物を想わせるヌメヌメした舌で、口腔内を蹂躙される、舌をねっとりと絡めとられ、美冬は絶息せんばかりに呻いた。死にたくなるほどの汚辱感に、眉根に深い縦ジワが刻まれる。

甘い唇と柔らかい舌。処女の口腔を堪能しながら、青田は張りのある桃尻を存分に揉んだ。股縄をつかんでグイグイと引き、細縄が新鮮な女肉に食い込む感触を楽しむ。

「むふううっ！」

美冬がせつなげに眉をたわめ、喉を絞って裸身をのけぞらせた。弓なりに後ろへ反った背中を青田はひしがんばかりに抱きしめ、猛烈な口吸い——現代で言うところのディープ・キスを続ける。

「よっ、熱いね、御両人」

「見せつけてくれるじゃねえか。へへへ、妬けるぜ」

梶原と檜山が冷やかす。

「……ハアアッ……」

ようやく口吸いが終わった。

「ハアッ、ハアッ……」

抱きすくめられたまま、美冬の白い腹が大きく波打っている。たっぷりと男の唾液を飲まされた女剣士は、猛烈な口吸いに圧倒されてしまったのか、切れ長の瞳は霞がかかったようにうつろになり、頬は火のように上気していた。汗の光る額にベットリとほつれ髪がへばりついている。

「か、勝之進さまは……」

喘ぎ喘ぎしながら尋ねた。

「正式の沙汰が下るまで、閉門蟄居を命じられておる。奉行所の許しを得ず、手勢を連れて藩の蔵屋敷に乗りこんだのだ。厳罰は免れまいぞ」

たわけが——。

青田は嘲るように言うと、美冬の形の良い鼻をペロリと舐めた。股縄をグイグイと引きながら、むっちりした双臀を愛撫しつづける。

「奴には尻を触らせたか。ん、どうだ？　まさか濡れ蛤までいじらせたのではあるまいな」

「げ、下衆野郎っ」

美冬は吐き捨てるように言い、何度もかぶりを振った。撫でまわされる双臀が火になっていた。媚薬にただれた恥肉を細縄が苛み、じわじわと女の官能を焙りたてる。背中と腰が痺れ、ガクガクと膝が震えた。もう青田に抱き支えられていなければ立っていられない。

「どうなのだ、尻を触らせたのかと訊いておる」

青田はしつこい。全員の稽古がひけた後も、美冬と勝之進だけが道場に残り、暗くなるまで稽古を続けていたのを知っている。二人の間に何やらあったのではと疑い、気が気ではなかった。

「言え、言わぬとこうだぞ」

美冬の腹側と尻側の股縄をつかむと、のこぎりでも引くように前後へ動かした。

アヒイイーッ!!

繊細な媚肉をしごき抜かれ、美冬は甲高い悲鳴をあげてのけぞった。

「やめて……アアッ、アアアッ」

荒々しい責めに、腰骨の芯まで痺れきる。肉を灼く恥ずかしい疼きとともに、最奥から熱いものが溢れ出るのが分かった。大嫌いな男に抱きすくめられたまま、美冬はふっと気が遠くなった。抗う気持ちさえ萎え果ててしまいそうだ。

「言え。どこを触らせた？　尻か、蛤か。それともこの白い乳房か。よもやハメたり、口に咥えたりしてはおるまいな」

「勝之進さまは……き、貴様とは違う」

「そうか。そうか。ウハハハハ」

青田は勝ち誇ったように笑った。

本多勝之進との間に何もないとすれば、美冬はまだ生娘のはず。素っ裸に剝かれて股縄をほどこされても、その高貴な美しさに翳りを見せぬ処女剣士の初花を、じきに拝むことが出来る。いや見るだけではない。いじり、つまみ、指でほじり抜いてヒイヒイと泣かせてやる。

「奴は堅物だからな。さっさと押さえつけて犯ってしまえばよかったものを」

「まだか、青田。拙者もう、辛抱ならんぞ」

梶原が褌の前を押さえて言う。目の前で青田に揉まれる美冬の尻を見ているうちにどうにも我慢がならなくなり、今しがた厠へ行って抜いてきた。それでもまだ股間の収まりがつかない。

「せかすな。いま代わってやる」

そう言いながら青田はさらに美冬を強く抱きしめる。細腰を引き寄せ、ふくらんだおのれの褌の前部をピタリと美冬の下腹に押しつけた。

「ほれ、ほれほれ」

クイクイと腰を突きあげるようにして、性交の真似事を始めた。

「拙者を勝之進だと思え。勝之進にハメられているのだと思え。どうだ、気分が出るか？　出るであろう？　ほれ、ほれほれっ」

「い、いい加減にしろ……く、くっ、くうっ」

褌の布地越しに男の熱い猛りが感じられる。美冬はのけぞり、嫌悪と屈辱に呻いた。股縄に股間をえぐられ、くうっ、くうっと喉が鳴る。

「まだだ、美冬どの。いや美冬どのと瓜二つの女郎どの。勝負はまだついておらぬぞ。二両分たっぷり楽しませてもらわぬとな」

「ううっ……く、口惜しい……うっ、うっ」

「おやおや、泣いておられるのか。この程度で音をあげられたのでは、拙者の腹の虫がおさまらぬぞ。もちろん息子のほうもな。ハハハ、ハハハハ」

「青田」

「青田っ」

梶原と檜山が、怒気を含んで叫んだ。二人とも、もう我慢の限界に達していた。

「早く代われっ」

「代われと言うのだ」

「分かった、分かった」

青田が舌打ちし、未練がましく身を離す。

美冬は膝から崩れ落ちて、後ろ手縛りの裸身を畳に這いつくばらせた。泣くまいとして唇を噛み、固く瞼を閉じ合わせるが、長い睫毛の間からはとめどもなく熱い涙が溢れる。

「ううっ、うっ……ううっ」

嚙みしばった歯の間から、絹を震わせるような嗚咽が洩れこぼれた。赤褌に中心の亀裂を割られた桃尻が、生汗に光ってブルブルと痙攣している。

「おいおい、取り組みはまだ終わっちゃいねえぜ」

黒半纏の男たちが左右から手をかけ、再び立ち合いの姿勢をとらせる。

「はっけよい――」

行事の掛け声も待たず、梶原は飛びかかった。抱きすくめるなり、いきなり垂れ髪をつかんで、

「青い眼の尼のことを知りたいのだな。ならば拙者とも口吸いしろ」

言うなり唇を押しつけた。

甘い唇と舌をむさぼりながら、せわしなく胸のふくらみを揉みしだいた。成熟した腰部と違い、まだ芯に青い固さを残す乳房だが、媚薬を染みこませた股縄の効き目もあって、すでに先端の乳首を硬く尖らせている。淡い桜色の実を指の間に挟み、巧みに刺激してやると、

「んんんっ……んんっ」

梶原の口の中に甘い啼泣を洩らして、美冬がクナクナと腰をよじった。梶原の指の間で、乳首が驚くほどに反りかえる。

「んんっ、んんんっ……ハアアッ」

唇と唇が糸を引いて離れた。美冬の顔面は、もう昂奮で真っ赤になっている。薄く開いた朱唇から白い歯をのぞかせ、ハァハァと熱くあえいだ。

「寺からあの尼を連れ出したのは俺たちだ。いやもう、近づきがたいほどいい女だったぜ。今どこにいるかって？　さあ、そいつは言えねえな」

「くっ……」

小ぶりの乳房を揉みしだかれながら、美冬はキリキリと奥歯を嚙みしばった。

青蓮尼が生きて寺を出たことだけは分かったが、事態は最悪だった。家老側の手に落ちたのなら、すでに──いや、そんなことはない。そんなことがあってよいはずがない。

（青蓮尼さま……どうかご無事で）

一刻も早くこの淫魔の巣窟を脱出し、青蓮尼を探し出さねばならない。

（刀……刀が欲しい）

縛めを解かれた手に刀を握ることさえ出来れば、青田たちはもとより、ここにいる淫鬼どもを一瞬にして斬り伏せられる。青蓮尼を救出し、悪党の瀬谷に天誅を加えた暁には、どんな裁きでも甘んじて受けよう。いやそもそも武士たるもの、このような辱しめを受けた以上、おめおめと生きながらえることは出来ないのだ。

「へへへ、やっと俺の番だ」

「何を言う。拙者はまだ済んでおらぬ」

「拙者にも、もう一度やらせろ」

青田と檜山が同時に立ち上がる。檜山の褌は横にずれ、勃起した巨根が濃い陰毛とともにはみ出していた。

逃げようとする美冬を後ろから抱きすくめ、青田がやわやわと乳房を揉みしだけば、梶原は黒半纏らに手伝わせて美冬の脚を開かせ、しゃがみこんで白い内腿に舌を這わせる。檜山は他の二人にならって口吸いを始めた。

「わっ!!」

檜山が激痛に大声をあげてのけぞった。

口の中が血の味でいっぱいになったことで、噛まれたのだと気がついた。

「わああっ」

鼻血も止まっていない檜山は、口の端から赤い血を流し、悲惨な有様だ。血と痛みと憤りで、顔中が赤鬼のようになっている。

「このアマあ」

逆上してつかみかかるところに、間髪を入れず黒半纏らが割って入った。

「おっとと、お侍さん。そいつはいけねえな」

「じゃ、邪魔立てするかっ」

「大事な商品に、傷をつけられちゃあかなわねえ。お侍でも容赦はしませんぜ」

三人の黒半纏がいっせいに匕首を抜いた。ニヤリと笑う顔に凄みがある。いかにも喧嘩慣れしている面構えだ。

こうなると、たとえ武士といえども、どうしようもない。

「こ、事を荒立てるのは……本意ではない」

檜山はモゴモゴと言い、口元を押さえた。憎々しげに美冬の顔を睨む。美冬もまた傷ついた女豹のように檜山を睨みかえした。

腕組みして見ていた喜助が、口をはさんだ。

「おアシさえはずんでいただければ、好きなだけ仕返しが出来ますよ。縄で大股開きにふんじばって、生娘のマ×コをいじりまわしてみやせんか。フフフ、ひとりあたま二十両でいかがです?」

「二十両……」

「どうです?」

「ううむ」

檜山がうなった。

青蓮尼を拉致した報酬が近々三十両入ることになっている。その三分の二にあたる額を、いかに美人とはいえ、女の股ぐらをいじりまわすのに費やすのは馬鹿げているとも言えた。しかし——。

「檜山、ちょっと耳を貸せ」

何を思いついたのか、青田がニヤニヤして檜山の耳に囁いた。

「うむ、それはいい。それはいい考えだぞ、青田」

満足げにうなずく檜山の顔が、意味深な笑いにほころんだ。

第八章　肛虐の巻　蔵の中の青蓮尼

1

家老屋敷の新しい土蔵は、ひと月ほど前に普請が始められ、急ごしらえで完成したものだ。

窓はほとんど無く、壁は不自然に厚い。賓客の寝所かと疑うほどに贅を尽くし、粋を集めた内部の調度類と、それとはまるで不調和な入口の堅牢な三重扉には、瀬谷の我儘と気まぐれに馴れている御用大工たちでさえ、はていったいこの蔵に保管されるお宝は何なのかと首をかしげざるをえなかった。

その土蔵の入口に近習の女二人を待たせ、ずかずかと中へ入っていく太り肉の女がいる。金銀を光らせた華美な打掛を羽織り、長煙管を手にしたお万の顔は、痘瘡の痕を濃い化粧で塗り隠していて、いかにも増上慢が服を着て歩いているといった風情だ。一番内側の扉の左右を警護する筒袖の男二人が平伏するのには目もくれず、緋毛氈を隙間なく敷きつめた部屋の内側へと足を踏み入れた。

「久しぶりじゃの、千姫」

太り肉に似合わぬ甲高い声で言った。

「十二――いや十三年ぶりか」

さすがに感慨深いものがあるのだろう。しばし佇み、爪先立ちで天井から真っ直ぐに吊られた美しい尼僧の姿を眺めた。寝込みを襲われたのか、囚われの尼僧は薄襞を重ねた柔らかい紫衣の下に何も身につけてはおらず、非の打ち所のない完璧な裸身が透けて見える。

青蓮尼は、お万の声を聞いても格別の驚きを示さなかった。俯いていた顔をあげると、予期していたように静かな、しかし怒りと侮蔑に満ちた視線を胤違いの姉へ投げかけ、

「お姉さまも、ご健勝で何より」

それだけ言うと再び俯き、唇を噛んだ。

いま彼女の心を占めているのは、法妙寺のこと、尼僧らと若い女剣士の安否である。

瀬谷は悪党だが小物で、今回のように大胆なことを考えつく男ではない。裏にお万が潜んでいるのは、とっくに分かっていた。そのお万に、法妙寺のことを尋ねる気にはなれない。

「寺は焼けたぞ」

まるで魚でも焼いたように軽々しく言うと、お万は長煙管を口に咥えて、プカリとふかした。

青蓮尼の眼がきつく閉じられた。予想はしていても、胸がふたがれる想いである。

「尼たちも全員焼け死んだ。飢えた浪人どもの慰みものになったあげくにな。いずこの浪人どもか、わらわは知らぬ。知りたいとも思わぬ」

「天罰がくだりまする」

青蓮尼はこみあげる嗚咽をこらえて、吐き捨てるように言った。

おのれの欲得のために、罪もない女たちを殺戮して平然としている。悪魔の所業は主も見そなわすはず。天罰は必ずくだる。信仰篤い美貌の尼僧は、それだけは固く信じて疑わない。

「ホホホ、何を申す。天罰はわらわではなく、千姫、そなたにくだるのだ」

強く吸って煙草の火を赤く熾すと、残忍な笑みを浮かべて妹ににじり寄った。

「そなたが余計なことに首を突っ込みさえしなければ、尼たちは死なずに済んだ。そうであろうが。違うかの、千姫？」

手首を縛られ、高々と両腕を吊られているため、高貴な紫衣の袖が捲れさがって、雪をあざむく白い二の腕と、妖しいまでに美しい腋窩の窪みが剝きでている。お万がそこに煙管の赤い火を押しつけようとした時、

「なりませぬ」

力強い男の腕が、お万の手をつかんだ。裃《かみしも》を調えた警護の侍である。

「何をする、無礼な――」

お万は怒気鋭く叫ぶと、眉を吊りあげて身をふりほどこうとした。が、侍は容易に許さない。

「畏れながら。青蓮尼さまのお身体に、傷ひとつ付けてはならぬとの、御家老さまのお達しに御座りますれば」

「舅どのの？」

「左様」

「ふん」

そう言われては、引き下がるよりほかない。お万にとって、家老の瀬谷は夫の父。

表立って舅の意に叛くわけにはいかなかった。

ふとまわりを見回せば、いくつもの真新しい雪洞《ぼんぼり》に火が灯り、香ばしい薫香が焚きしめられている。青蓮尼を吊るした部屋の中心部分は、周囲より一寸ほど高くしつらえられ、四方に御簾を垂らして内側を覆い隠すことが出来るようになっていた。部屋全体がどことなく祭壇を想わせた。

（ふん、何を考えておられるのか）

舌打ちをした。

「身体に傷さえ付けなんだら、何をしても構わんのだな」

「御意」

侍は言葉少なに引き下がった。無表情な顔は木石のごとし。職責の遂行以外は頭にないのか、紫の薄絹に透けて見える悩ましい尼僧の肢体に目もくれようとはしない。もっとも、そんな侍だからこそ警護役に任ぜられたのだろうが。

「ふふ」

嗜虐の喜びに、お万の醜い顔が歪んだ。少女時代から、この三つ歳下の妹が大嫌いだった。整った美しい顔立ち。青みがかった大きな双眸と高い鼻梁は、まるで人形のようだった。成長するにつれ、胤違いの姉妹間の身体的差異が目立ってきた。お万のずんぐりした胴長体型をあざ笑うかのように、千姫の身体はスラリと伸びやかで女らしくなっていった。

誰もが二人を見比べている。比較して苦笑している。お万のひねこびた心にはそう思えた。繊細な妹が、他人と異なる自分の容貌に悩み苦しんでいるなどとは想像だにしない。

常に苛めた。苛めても気が晴れないのは、意地悪をされるたびに千姫が、法難に堪える僧侶のように寡黙を貫きながら、切れ長の青い瞳に侮蔑と憐れみを込めてじっとお万を見るからだ。

千姫が禁制の異教信仰にはまったのを幸い、すでに家老の息子に嫁いでいたお万は、婚儀の名目で彼女を追い出すことを父に勧めた。姉妹間の諍いと娘の耶蘇信心に頭を痛めていた藩主義直は、お万の強い勧めにしたがって、嫌がる千姫を無理やり他藩へ嫁がせた。千姫は十四歳で、初潮を迎えたばかりだった。

義父の瀬谷と画策し、出戻りの妹を寺に押しこめたのもお万の考えである。世話係の尼たちは、娘を不憫に思った義直が近侍させたのだ。

「尼寺で、大人しく念仏でも唱えておればよいものを――」

お歯黒を剥きだしにして迫ると、お万は手を伸ばして、妹の紫衣の襟をつかんだ。

二人の身長差は一尺以上あり、姉の頭は妹の肩にも届かない。憎しみをこめて「やっ」と叫ぶと、一気に胸元まで引き裂いた。

豊かで美しい双乳が、プルンと音を立てて露わになる。

「やっ、やっ」

ヒステリックな声を発しながら、お万は残りの布地をむしりとっていった。細かくちぎれた紫の布地が花びらのように足もとに舞い散る。哀れ青蓮尼は、吊られたまま全裸に剝かれてしまった。

「どうじゃ、少しはこたえたかっ」

ハアハアと息を荒げ、お万はグルグルと青蓮尼のまわりをめぐり歩く。

青蓮尼は無言だ。

頰を冷たくこわばらせ、固く睫毛を閉じ合わせたまま、お万の発作的な凶行を堪え忍んでいる。嚙みしばった唇が口惜しさをにじませ、ワナワナと震えていた。

「癪にさわる尻じゃ。やはり毛唐の血が混じっておるせいかの。いやらしい」

シミひとつない双臀を、憎々しげに睨みつけるお万。

惚れ惚れするほど美しい女体だった。殊に、くびれた腰部から太腿に至る柔らかい曲線は、同性のお万が嫉妬するほどの婀娜っぽさだ。玲瓏な双臀は、理想的な丸みを帯び、中心の亀裂に神秘性すら漂わせている。

「うっ」

柔らかい尻肉をお万につねられ、青蓮尼は顔をゆがめて呻いた。死角になっていて警護の侍からは見えない。木石かと疑われた侍も、真っ直ぐに伸びた妖しすぎる全裸女体を前にして、さすがに動揺の色を隠せないようだ。懸命に見まいと努めながら、額にねっとりと脂汗をにじませている。

足音を立てて瀬谷が入ってきた。

振り向いたお万の顔を見て、眉間にシワを寄せたが、すぐに平静を取り繕って、

「これはこれは千姫さま。お久しゅう御座います。名越《なごし》の峠以来ですな」

名越というのは、有坂と鍋島の藩境に位置する峠の地名である。十四で千姫が追い払われるように鍋島家に輿入れした際、家老の瀬谷はお万ともども県境まで見送りに出たのだ。

「いやはや、それにしても――」

お美しゅうなられたという言葉を、瀬谷は生唾とともに呑みこんだ。

赤い簪を挿した桃割れの頭を俯かせ、泣くまいとけなげに唇を噛んでいたあの美少女が、十三年の歳月を経て再び目の前にいる。少女は大人の女へと成長し、人妻とな

って今は歳若い未亡人。均整のとれた裸体の何と美しく悩ましいことか。なめらかで抜けるように白い真珠肌。息を呑むほど圧倒的な量感を湛え、それでいてツンと上を向いて張りつめた双の乳房。腰から臀部を経て太腿へ至る蠱惑的な肉の曲線——何という妖しさ。何という成熟美であろうか。

全裸女体に舐めるような視線を浴びせられ、さすがの青蓮尼も背筋が寒くなった。切れ長の青い瞳で悪人の顔を睨みすえつつも、爪先立ちの片脚をくの字に折り曲げ、細腰をよじりたてて懸命に太腿の付け根を隠そうとする。

だがそんな悩ましい仕草がますます牡の淫情をそそりたてるのだ。羞恥の身悶えとともに重たげに揺れる白い乳房、練り絹のようになめらかな腹の上で妖しくよじれる縦長の臍、よじり合わせる太腿の付け根にムウッと生暖かく盛り上がった栗色の茂みを凝視しながら、瀬谷はグツグツと欲情を煮えたぎらせていく。

「舅どの、なぜこの女を生かしておくのです」

お万が詰め寄った。

「尼たちもろとも、寺ごと灰にしてしまえばよいものを。わざわざこんな蔵まで普請させて。事が露見したら、いかがなさるお積り——」

そこまで一気にまくしたてて、お万はハッと気づいた。いや決して今初めて気づいたというのではない。幼少の頃、お万が瀬谷家に嫁ぐ以前から漠然と感じていたことが、今さらながらにハッキリと形になったのだ。

謁見の場である御座之間で、居並ぶ家臣らを前に父の左右に座っていた時、あるいは中庭で蹴鞠をして遊んでいた時、いやそれ以外にもしばしば妹と二人でいる時に、筆頭家老の粘っこい眼差しが、千姫ひとりにじっと注がれていることがあった。子供だった当時は、日本人と異なる妹の容貌が珍しいのだろうくらいにしか思ってはいなかったが——。

(おお、何とおぞましい!)

お万は身震いした。

懸想していたのだ。五十を過ぎた男が、年端もゆかない主君の娘、破倫の子である混血の美少女に、淫らな想いを抱いていたのだ。その邪な想いを、藩政を掌握しつつある今、遂げようとしている。間違いない。間違いない。急普請で拵えられた豪奢なこの土蔵こそが、何よりの証拠ではないか。

「殺しなされ。いますぐ殺しなされっ」

義父の羽織の袖をつかむと、お万は狂気したように喚きたてた。千姫を生かしておけば、自分の地位が脅かされかねない。女の直感がそう告げていた。

「控えよ、お万」

瀬谷の声がいつになく厳しいのは、自身の手で千姫を裸に剝きあげるという無上の楽しみを奪われたためだ。

「千姫の処遇はこの儂の一存で決める。お前の出る幕ではない」

声を荒げ、いまいましげに舌打ちした。

同じ母から生まれたというのに、よくもまあこうも違ったものよ。姉妹を見るたびに何十回となく繰り返してきた独白を、十三年ぶりで胸の裡に呟いた。雪をあざむく千姫の絹肌と、浅黒いお万の鮫肌。見る者の心を桃源郷に誘う美麗な肢体と、華美な打ち掛けでも誤魔化しのきかぬダブついた脂肪体。疱瘡の痕を隠そうとして、漆喰のように白粉を塗りたくった暑苦しい容貌が、絶世の美女と並んだことでますますその醜悪さを際立たせる。

容姿だけではない。思慮深く忍耐強い千姫。感情的で我欲が異常に肥大化しているお万。胤違いの姉妹は内面にも雲泥の差があった。お万ではなく、千姫が息子の嫁であったなら——嫁の暑苦しい顔を見るたびに、ついそんなことを考えてしまう瀬谷であった。

「妹を妾にすることは相成りませぬぞ。このお万、命に代えてお諫め申す」

「そのようなことは考えておらぬ。儂にたてついた愚を思い知らせるため、少しの間いたぶってやるだけだ。よいから控えておれ」

業を煮やした瀬谷は、狂乱するお万の前に御簾を下ろした。四方の御簾をすべて下ろして邪魔者の視線を遮断すると、あらためて青蓮尼の裸身に向き直った。

「フフフ……」

こらえることが出来ず、口の端に笑みがこぼれた。

邪心が芽生えたのは、千姫がまだ十二歳の頃、意地の悪い姉に突き飛ばされて、雨上がりの汚泥に転んでしまった妹君の召し物を脱がせ、瀬谷手ずから風呂場で彼女の裸身を清めてやったことがある。

優美に膨らみはじめた愛らしい乳房、十二歳とは思えぬ腰のくびれ、理想的な半球を二つ並べた艶やかな尻――少女から女へと羽化しつつある裸身を羞恥にこわばらせながら、千姫は長い睫毛を伏せて、伸びやかで美しい肢体を瀬谷のなすがままにしていた。青白く盛り上がった恥丘の下端に、真一文字を刻んだ神秘の割れ目を目にした瞬間――信じられるだろうか、女遊びに飽いた五十過ぎの家老が、褌の下で精を漏らしたのだった。

年甲斐もなく恋焦がれた美少女が、今は熟しきった女体をあますことなく晒しきり、天井から真っ直ぐに吊られている。羞恥に慄える細腰をクナクナとよじりたてる悩ましい被虐美に魅せられて、この手で美女を裸に剝く楽しみを奪われた無念さえ忘れてしまった。

はやりたつ気持ちを抑えて羽織を脱ぎ、瀬谷は青蓮尼の背後にまわった。

「千姫、何と美しい……」

磨きあげた大理石のように白く優美な背に、栗色の髪が波打つように垂れかかっている。純血の日本人には決して見ることのできない見事な腰のくびれが、剝き玉子に似た双臀の盛り上がりを一段と際立たせていた。

女の尻は美しい。だがこれほどまでに妖美な双臀を、瀬谷はいまだかつて見たことがない。西洋の大胆と日本の繊細をひとつに融け合わせて止揚したこの眩いばかりの艶丘と較べれば、江戸は吉原の遊女の最高格である花魁の尻でさえも、ただの俗悪な肉塊にすぎなかった。

「素晴らしい……」

感嘆して呟き、思わず跪いた彼の鼻先に、圧倒的な量感の尻が迫る。匂やかな双丘の美しさは、手に触れるのも憚られる。瀬谷は少年のように震えた。興奮に汗ばんだ手を白い臀丘に押し当てると、ピチピチと肉が指をはじき返してきた。

「これが千姫……青蓮尼の尻か」

舌なめずりをし、声をうわずらせる。夢中になるあまり、御簾の向こう側にお万や警護の侍がいることも忘れてしまっていた。

「ヒッ……な、何を!?」

餅をこねるように尻肉を揉みほぐされ、さすがの青蓮尼もうろたえた。

不邪淫戒を持す尼僧である。亡き夫以外に男を知らないことは無論だが、その夫にすら、このような狼藉を許しはしなかった。瀬谷のような卑劣漢に裸を見られ、尻を揉まれる——堪えがたい屈辱だ。

「何を……ああっ、お、おやめなさい。やめろと申すにっ！」

青蓮尼は金切り声をあげて叫び、クリクリと腰をよじりたてた。嬲られる尻の肉が固くこわばる。端正な美貌は、憤りと羞恥でたちまち真っ赤に染めあがった。

「あっ！……け、けだものっ。いやっ、いやっ！」

驚愕にのけぞり喉を絞ったのは、臀肉を鷲づかみした瀬谷の手が、尻たぶを左右に割り裂いて亀裂の底を晒そうとしたからだ。

「いやあっ！」

「フフフ、見えてきましたぞ」

臀裂の奥を覗きこんで、瀬谷は声をうわずらせた。双臀の量感がたっぷりなだけに、桜色をした小さな菊蕾は少女のように可憐だ。

「どこを見られているか、お分かりか？　フフフ、尻の穴ですぞ、千姫さま。姫さまは儂に、恥ずかしい尻の穴を見られているのですぞ」

「な、ならぬ……そんなところを見てはならぬ。けだものっ！　あ、ああっ」

恥ずかしさのあまり、青蓮尼は気を失いかけている。やんぬるかな囚われの身となった以上、火責め水責めは覚悟していた。だがまさか卑劣漢の眼に、秘めやかな排泄器官を晒すことになろうとは――。

「綺麗な肛門をしておられる。桜色の襞が何とも――」

「い、言うな。下衆がっ」

「おやおや、窄まりましたな。色は桜色、形は可愛い菊の蕾だ。フフフ、下衆家老に尻の穴を見られるのが、そんなに恥ずかしいのですかな？」

「ううっ、は、恥ずかしくなど……恥ずかしいのは瀬谷、そなたのほうじゃっ」

口惜しさにかぶりを振る。じっとり汗ばんだ背中で栗色の髪が波を打った。

「女をこのように責めるのが、そなたの趣味か。いっそひと思いに殺せっ。それともそなた、他人の手をわずらわせねば、女一人屠れぬ臆病者かっ」

「フフフ、千姫さま。儂をお見くびりか。瀬谷兵左衛門、その手には乗りませぬぞ」

切支丹の掟に阻まれ、自ら舌を噛んで自害することが出来ぬ。いにしえ、細川忠興の正室・明智珠《たま》が、家老に槍で突かせて壮絶な最期を遂げたごとくに、青蓮尼も肉の辱しめを逃れるべく自死の道を選ぼうとしている。それぐらい読めぬ瀬谷ではない。

「耶蘇の教えとは、まことに有り難きものでございますな。お蔭で存分に、姫さま、あなたさまを楽しむことが出来ます」

「くっ……そなた、必ずや地獄に堕ちようぞ」

「地獄？　フフフ、結構。だがその前に、この世の極楽を味わわせていただく」

瀬谷の指が双臀の亀裂を這った。

「あっ、いやっ！」

「フフフ、この世の極楽は女子の股ぐらにあり。前の割れ目は随喜の苑、後の菊座は法悦の門。どちらもたっぷりと味わわせていただきますぞ」

「ヒッ……いやっ、ああ、そこはいやですっ」

肛門に指をあてがわれ、青蓮尼は全身を総毛立たせた。おぞましさに胴震いが止まらない。ユルユルと揉み込まれて、気死せんばかりだ。

「ああっ……う、うむ」

「どうです、姫さま。尻の穴をいじられる気分は？　まんざらでもないでしょう」

「うっ……むむっ！」

「気持ちよすぎて声も出ませんか。フフフ」

柔らかい肛肉が指先に心地よい。可憐なおちょぼ口が嫌がってヒクヒクと収縮するのがたまらなかった。円を描くように揉みこんでやりつつ、瀬谷は天にも昇る心地だ。夢ではない。青蓮尼の肛門に触れているのだ。

「フフフ、だいぶ柔らかくなってきましたな。成熟した女は尻の穴でも感じると聞いていたが、どうやら本当だったようだ」

「うう……卑劣な」

玩弄に堪える尼僧の顔は、羞恥と屈辱で真っ赤だ。おぞましい排泄器官を嬲られる異常さに、腰が熱く痺れている。全身が汗をにじませはじめた。

「犯したいのなら、早く犯せばよい。このような辱しめは……くうっ……くっ」

必死にすぼめた菊蕾を、ユルユルと揉みほぐされていく感覚がたまらない。おぞましさと入り混じったくすぐったさに、緊縮させた括約筋がいつの間にか緩んでしまう。いけない——慌ててすぼめるのだが、長くは続かなかった。

「あ、あァ……」

嚙みしばった唇が開き、喘ぎ声が洩れた。頭の芯が痺れていく。いっそ気を失ってしまいたいと願うのだが、血も凍る汚辱感がそれを許さない。

「いやっ、もういやっ」

狂乱したように叫び、

「どこまで嬲れば気がすむのじゃ。このような辱しめは、我慢がならぬっ」

激しく髪を揺すりたて、爪先立ちの長い下肢をきつく閉じ合わせた。

「犯せっ。犯して気がすんだら、すぐにわたくしを殺しなさいっ」

「言われずとも犯す。犯して殺す」

激昂した青蓮尼の言葉に、瀬谷も凶暴な衝動の衝き上げを感じて答えた。

「だがすぐには殺さぬ」

今度は声をひそめて耳元で囁く。御簾の外にいるお万には聞こえぬ小声で、

「千姫さま。儂がどんなにそなたに恋い焦がれておったか、ご存知であったか」

「ヒッ」

剝き出しの腋窩を指先でなぞられて、青蓮尼はピクッと総身を震わせた。男の熱い息が汗ばんだうなじにかかる。思いがけぬ瀬谷の告白に、悪寒が背筋を走り抜けた。

「口吸いをさせてもらえぬかの」

熱い息を吐きながら、分厚い唇が迫ってくる。青蓮尼は顔をそむけ、キッと瀬谷の顔を睨んだ。

「おお、その眼だ」

瀬谷は相好を崩した。

「忘れもせぬ。十三年前、嫁ぐそなたをお万と二人、名越の峠に見送ったとき、駕籠の中から、そなたはその青い眼で、儂とお万を睨みすえたのだ。憎しみと軽侮の入り混じったその眼でな」

口の端を歪めていやらしく笑うと、尼僧の唇を奪おうと顔を寄せた。

「お覚悟がおありなら、この口をお吸いなさい」

接吻を避けるかわりに、決然として青蓮尼は言い放った。

「そなたの邪な肉欲に、わたくしはそなたの舌を嚙みちぎることで報いましょうぞ。さすればそなたとて、即座にわたくしを殺さずにはいられますまい」

「…………」

瀬谷はさすがに驚きの色を見せた。

だがすぐに、

「そうであったな。千姫さまはそういう女子。美しく、勝気でいらっしゃる。だからこそ責め嬲り甲斐もあるというもの」

瀬谷はしゃがむと、爪先立ちの青蓮尼の足首に縄を巻きつけはじめた。

「な、何をする?」

「フフフ、口吸いは後。まずはたっぷりと前の玉門を楽しませていただこう」

足首を縛った縄の端を、天井の梁に掛けてぐいぐいと引いた。片足が床から離れたところで膝にも縄がけし、縄尻を梁に掛ける。

「あっ!」

その意図を察知し、青蓮尼の美貌がひきつる。

「い、いやっ」

縄を引かれ、激しく狼狽した。どんなに抗っても膝は横に開き、足首が高く上がっていく。

「いやっ、いやよっ。ああ、やめてっ」

「やっと女らしい泣き声が出ましたな。それ、もっとだ。もっと剝き晒せ」

容赦なく、ぐいぐいと引く。

「こんな……い、いやあぁっ」

悲鳴とともに膝が伸びきり、白い素足の裏が天井を向いた。臍の高さまで持ち上がった膝の先に、優美なふくらはぎが足首を括られて引き攣っている。

あまりといえばあまりであった。二十万石の大名の娘にして紫衣を許された高貴な尼僧が、女の茂みすら隠せぬ全裸に剝かれたばかりか、張ちきれんばかりに充実した右脚を高々と掲げ、股間に盛り上がる悩ましい女の丘を晒しきったのだ。

「フフフ、これはこれは——」

無上の絶景に瀬谷は言葉を失った。限界までの開脚で、蒼白い鼠蹊の筋が痛ましく攣ってはいるが、悩ましい恥丘の隆起を真一文字に割る肉の合わせ目は、いささかのほころびも見せていない。瑞々しい桃色を滲ませてぴっちりと貝割れを閉じ合わせたところが、いかにも高貴な尼僧に似つかわしかった。

「ううっ……殺して」

青蓮尼はかぶりを振り疲れ、美しい泣き顔を栗色の乱れ髪に埋めてガックリとうなだれている。衝撃が大きすぎたのか、気息奄々としてもう涙も出ない有様。それでも瀬谷が背後にまわり、腰に手をまわすと、いよいよ犯されると知って、最後の気力をふりしぼった。

「いやよっ。ああっ、けだもの、けだものおっ」

双臀を振って、死に物狂いの抵抗を再開する。だが背後から双臀の亀裂を侵犯してきたのは、またもや淫らな指使いであった。

「そう簡単には犯し申さぬ」

肛門を嬲りながら、瀬谷は笑った。

「尼僧の貞潔とやらが、どの程度のものか。以前から興味を持っておったのだ。折角の機会だ。試みてみようかの、フフフ」

「ち、血迷うたか、瀬谷」

「あられもないお姿を拝見すれば、血迷いもしましょうぞ。だが徳のお高い千姫さまのこと。儂の指ごときで感じるとは思えませぬがな」

「……あ、当たり前じゃ」

青蓮尼はカチカチと歯を噛み鳴らした。尻穴を嬲られるおぞましさに、ブルブルと背筋が震える。

「ならば試みて進ぜる」

せせら笑った瀬谷の指が、ゆっくりと前へ進んだ。

「ああっ……」

青蓮尼は哀しげな声をあげ、弱々しくかぶりを振った。爪先立ちの片脚吊りでは、あられもなく開ききった股間をなぞる指を避けるすべはない。

「あっ……あっ……ああっ」

恥ずかしい割れ目をいやらしくなぞりあげられ、なぞりおろされた。極限の羞恥に総毛立ち、悲鳴が途切れた。

「ひいっ……ひっ……ううっ」

泣くまいとして歯を噛みしばるのが精一杯。ピッチリ閉じ合わせた肉の合わせ目をくつろげ開いて、指が女の花園を侵犯してきた。女蕾、尿道口、秘腔の入口——女肉を知り尽くした太い指で、何もかもまさぐられる。

「フフフ、見事な上つきでございますな、千姫さま。いいオマ×コをしておいでだ」

蜜穴の位置を指で確認しながら、瀬谷は欲情の声をただれさせた。しっとりと柔らかい肉の花弁、指嬲りに反応し、たちまち硬化して頭をもたげはじめる女芯の肉芽。妖美な女の構造がたまらない。さすがにまだ濡れてはいないが、性感の豊かさはすぐに知れた。それが証拠に、

「くっ……ううむっ……」

硬く尖った肉芽をつまみ、軽く指の間でしごいてやると、青蓮尼は絶息せんばかりに呻き、片脚吊りの白い裸身を狂乱にのたうたせた。早くも全身に玉の汗を噴きはじめる。

「許さぬ……くおおっ、許さぬぞっ」

官能の兆しに抗おうと、上気した美貌を振りたて懸命に唇を噛みしばる青蓮尼。だがそれこそ瀬谷の思うツボなのだ。元は人妻なれば女の悦びも決して知らぬではない美しい尼僧を、おのが手管で陥落させ、性の泥沼へと引きずり込む。卑劣な好色漢にとって、これにまさる喜びはない。

「フフフ、いかがですかな、姫さま」

瀬谷の声には余裕がある。一気に攻め落とそうとはせず、肉芽を嬲っては花びらをいじり、ユルユルと尿道口をまさぐった。たっぷり時間をかけてお堅い尼僧の官能をとろけさせ、身も心も屈服させる腹なのだ。

「男の味を思い出されたか？　尻が熱く火照ってまいりましたぞ。ほれほれ、上つきマ×コも火のように熱い。儂の指がとろけるようじゃ。フフフ、だいぶ濡れてまいったの」

「ぬ、濡れるなどと……偽りを申すなっ」

「偽り？　ククク、これでも偽りと申されるか、千姫さま」

顔をそむける尼僧の高い鼻梁に、瀬谷はねっとりと光る指を突きつけた。指を開くと、甘く匂う蜜が糸を引く。屈従の証しを見せつけられ、ヒイッと青蓮尼は泣いた。

「濡れ蛤をこんなにヒクヒクとさせおって。どうじゃ、これか？　こうやってサネをいじられるのがいいのか？　どうなのじゃ」

「んんっ……あっ……あ……」

「よい声じゃ。腰が動いておるのは催促か？　そろそろ指を中に入れて掻きまわしてやろうかの」

「な、ならぬっ……ああっ、駄目っ！」

「女子の『駄目』は承諾と同じじゃ。嫌よ嫌よも好きのうち、フフフ、遠慮はいらぬぞ。存分に腰を振り、声をあげて歔かれるがよい」

「ああっ……堪忍……」

巧妙に玉門を愛撫され、青蓮尼は泣きながら腰を振った。瀬谷はすぐに挿れようとはせず、しばらく秘口を指でなぞり、存分に尼僧の尻悶えを楽しんでから、ゆっくりと指を挿入しはじめた。

「フフフ、熱い。熱い甘露でたっぷりと濡れておるわ」

「あ、ああっ」

片脚吊りのまま、青蓮尼は優美な背中をのけぞらせた。押し入ってくる一本の指で総身が灼きつくされていく。足の爪先まで痙攣が走り、いやでも声が洩れた。

「ヒッ……ヒッ」

汗ばんだ裸身がひきつって、のけぞった白い喉奥から、悲鳴とも嬌声ともつかぬ声が途切れ途切れに絞り出された。

「いかがですかな、フフフ」

根元まで指を挿れると、今度はゆっくりと引き出す。逃すまいとするかのように、熱い肉層がまとわりついてきた。甘蜜にグッショリと濡れた指を中ほどまで抜くと、再び根元まで貫き、最奥をユルユルとまさぐる。えぐってはまさぐり、まさぐっては抜く。それを何度も繰り返した。

「あ……んん……はあっ……はああっ」

執拗な指責めに、真っ赤に上気した青蓮尼の頬に、ひっきりなしに脂汗が流れる。悲鳴はいつしか熱い喘ぎに変わっていた。ときおりビクッ、ビクッと腰が震え、吊り上げられた片脚も堪えかねたようにうねり舞う。

「後から後からヨガリ汁が溢れてきよるわ。なかなかの好きものじゃの、千姫さま。それとも、縛られて燃えあがられたか」

「お、おのれ……侮辱は許さぬ」

「ほほう、下の口はヨガリ泣いても、上の口では憎まれ口をたたけると見える。だがその強気、フフフ、いつまでもちますかな」

瀬谷は自信たっぷりだった。高貴な尼僧といえども、所詮は女。美しい乳房は男に揉まれるためにあり、濡れそぼつ媚肉は肉棒で深く挿し貫かれるために存在するのだ。

「フフフ、いやらしい音がしてきましたぞ」

「あ、あァ……」

抽送に合わせてピチャピチャと音がはねる。身悶えが一段と生々しくなり、息遣いも荒くなった。昂る肉体を御しかねて、懸命にかぶりを振りたてる。

「あん……もう……あんっ……ああんっ」

泣き声も鼻にかかる。崩壊が近いとみて、瀬谷は指を抜き、女芯の肉芽を責めはじめた。最初の絶頂は指ではなく、おのが肉棒で極めさせたい。

「フフフ、こんなに肉豆を硬くして。指ではなく、もっと太いものを挿れて欲しいのでしょう」

「い、いやっ」

「抵抗しても、どのみち生き恥を晒すことになるのじゃ。素直におなりなされ」

溢れ出る熱い花蜜を、根元まで露呈した肉芽に塗りたくりつつ、瀬谷は片手で袴の紐を解いた。褌を外し、いきりたった肉刀をとりだす。

（おお）

我れながら感心した。

（これほど反りかえったのは、何年ぶりか――）

色は黒ずんでいるが、怒張して鎌首をもたげたさまは、若い日そのままの逞しさであった。陰茎だけではない。大きくふくらんだ睾丸も、熱く滾る精汁を内に蓄えて、ずしりと重く垂れ下がっている。体中に気力が充実し、嗜虐の欲情が漲っていた。

（千姫よ、腰が抜けるまで犯してやる。せいぜい腰を振ってヨガり狂うがよい）

瀬谷は武者震いしながら、石のようになった亀頭部で、開ききった青蓮尼の股間をなぞった。

（ああっ、主よ……）

とうとう貞操を奪われる。しかも藩政を私せんと企てる卑劣な悪党に。いや、犯されるだけならまだいい。何より恐ろしいのは……。

（お救いください。わたくしを試みに遭わせないでください。主よ、ああ）

嬲られる女芯が火のように疼いていた。最奥はドロドロに溶けただれ、熱い潤いがとめどなく湧き出てくる。腰を中心に全身の肉が灼け、骨の髄まで官能に痺れきっていた。できることなら腰を振りたて、身も世もなく大声をあげて歔きたかった。もしも今、逞しいものを挿れられたら――太い肉刀で最奥をえぐられたら――。

堪えきれる自信はなかった。貞淑な尼僧にできるのは、胸の内で祈ることだけだ。

「フフフ、挿れますぞ、千姫さま」

硬い先端で何度かまさぐってから、瀬谷はゆっくりと押し入った。

「むむうっ……」

じわじわと沈んでくる剛直に、青蓮尼は美貌をゆがめて重く呻いた。キリキリと歯噛みする頬に、大粒の汗がしたたり流れる。だが死なんばかりの口惜しさとは裏腹に濡れそぼった女肉は待ちかねたように絡みついた。

（ああ、こんな……こんなことって……）

えぐられる肉層が、信じられないほどの愉悦をもたらす。ズンッと最奥を衝かれ、灼熱の先端に子宮口を押し上げられた瞬間、戦慄が稲妻のように背筋を駆け抜けた。あーっと声をあげ、青蓮尼は弓なりに裸身を反らせた。目の前が真っ白になるほどの衝撃、そして快感だ。

「ああっ……はあっ……はああっ」

唇が震え、息が燃える、全身が悦びに痙攣していた。気が遠くなりそうだ。

瀬谷はゆっくりと揺すりあげた。

妖しく蠕動しつつ、雁のくびれに粘っこく絡みつく熱い肉襞、くい切らんばかりにキリキリと太幹を締めあげてくる秘口。千人斬りを豪語する瀬谷も、これほどの美肉は初めてだった。並の男ならひとたまりもないだろう。

「姫さまはお美しいうえ、類まれな名器の持ち主であられる。儂は果報者じゃ」

顔がだらしなく緩む。うっかり自失したりせぬよう、瀬谷は慎重に腰を動かした。まずは数回大腰で突き入れ、それから三浅一深の律動で責めはじめた。

「いかがかな、儂の太魔羅は」

「ううっ、堪忍……」

「フフフ、遠慮はいりませぬ。存分に気をやられるがよい」

吊られた片脚をがっしりとつかみ、ムッチリと張った美臀を後ろから抱えこんで、瀬谷は灼熱した肉棒を抽送していく。

「うっ……うっ……あああっ」

官能の源を突き破られ、太い抜き身で蜜壺を抜き差しされる心地よさ。身震いするほどの快感が背筋を走って、頭の中がうつろになる。肉という肉がとろけて、甘蜜となって割れ目から溢れ出すかと思われた。ズンズンと子宮口を打たれると、もう気が変になりそうだ。

「ううっ、なりませぬ……これ以上は……これ以上されては……」

喘ぎつつ哀願し、涙に濡れた睫毛をしばたたかせながら、弱々しくかぶりを振る。そんな儚げな仕草にも、犯された尼僧の哀しみが色濃く滲みでて、ぞっとするほどの色香を醸しだしていた。

むせ返るほど濃密な男女の痴態を、耳をそばだてて御簾の外から窺っていたお万であるが、どうにも我慢ができなくなったのであろう。垂れた御簾を掻きあげて入ってきた。

「これ。お万――」

下がれと言いかけた瀬谷であったが、強烈な緊縮に気をとられて、それどころではなくなった。ちょっとでも気を緩めると、とろけるような肉の味わいにたちまち自失してしまいそうなのだ。

「う、うむっ」

顔を真っ赤にして呻くと、息子の嫁を無視して突き上げを続ける。

「まあ、仲のおよろしいこと――」

お万は揶揄し、

「千姫は、ややこを産んだこともないくせに、すごいお乳の張りだわね」

揺れる乳房に眼を瞠った。

「それにこの乳首の尖りよう。犯されながら乳首を尖らせるなんて、いやらしいったらありゃしない。やっぱり転び伴天連の娘ね。こんなふしだらな女が身内かと思うと恥ずかしいわ」

片手に火のついた蠟燭を持ち、空いた手でしこり勃った妹の乳首をいじりまわす。爪の先でつまんで軽く揉み込んでやると、青蓮尼は「あっ、あっ」とせつなげな声をあげ、今にも気をやらんばかりに腰をうねらせた。

「おお、締まるっ。姫のマ×コが——マ×コが締まるぞっ！　イクのか、千姫。イクのじゃなっ」

妖美すぎる肉の緊縮に、さすがの瀬谷も我慢の限界。暴発の予兆に、膨張した剛棒がブルブルと痙攣を始めた。

お万はしゃがんで、結合箇所を覗きこむ。

「ホホホ、こんな恥ずかしいものまで剝き身に晒して——見られたザマではないのう、千姫」

肉杭を打ち込まれる秘口の上部に、女のつぼみが濡れ光って屹立している。

「手ぬるいですぞ、舅どの。この手の女は、もっと激しい責めを好むものです」

ニヤリと笑うと、ゆらめく蠟燭の炎を、官能の凝縮した肉芽の下に這わせた。

ヒーッ!!——。

絶叫とともに、青蓮尼の裸身が弓なりに反った。官能の凝縮を青い炎に舐められ、焙られる痛苦がさらなる緊縮を秘腔に強いる。

ヒーッ!!　ヒーッ!!

快美と痛苦に錯乱し、絶頂にのたうつ尼僧の裸身。妖しすぎる逐情の悶えと強烈な締めつけに、

「おおおっ」

瀬谷もまた頓狂な声をあげ、打ち抜いた子壺の奥深く、熱い欲情の汁をドッと噴きあげた。

2

所はかわって八幡町の角屋——。

「た、頼む……」

何度も逡巡したあげく、ついにたまりかねて声をあげた。

子宮内の胎児さながら、高手小手のまま冷たい牢床に裸身を縮めた美冬は、抜けるように白い肌にうっすらと生汗をかいて、さっきから落ち着きなく腰をもじつかせている。

男まさりの女武芸者ではあっても、花も恥じらう十八の生娘。言うに言えない恥ずかしい生理の欲求を、卑しい牢番の男に告げ知らさなければならないつらさに口ごもった。

「た、頼みが……」

「へへへ、えらく顔色が悪いじゃねえか」

黒半纏の若い男は、飽きもせず美冬の尻を撫でまわしつつ、嬉しそうに言う。

「どうした？　気分でも悪いのか。それとも『姫泣かせ』のせいで、あそこが疼くのかい。尻を撫でられるぐれえじゃ満足できねえか。なんならおっぱいもモミモミしてやろうか。え？　どうなんだ。美人女剣士さんよォ」

小刻みに震える尻たぶを、円を描くように撫でさすりながら、ヘラヘラといかにも軽薄に笑った。

日に二度、朝と晩、麦飯の食事を与える前に美冬を厠へ連れていき、股縄と後ろ手縛りの縄を解いて用を足させるが、その時は用心のため三人がかり。だがそれ以外の時は二人っきりだ。

相手が縛られて抵抗できないのをよいことに、牢の中へ入って美冬の尻を撫でたり、乳房に悪戯をしたりする。主人の喜助もその程度なら大目に見てくれるだろうとタカをくっていた。

抵抗しても無駄だと悟った女剣士の、唇を噛んで辱しめを堪え忍ぼうとする端正な頬に、次第に狼狽の色が滲む。その色がやがて官能の兆しを示す鮮やかな紅色に変わるころには、噛みしばった朱唇も薄く開いて、ハァハァという熱っぽい喘ぎ声を洩らし、婀娜っぽい女の曲線を見せる腰がもじもじと悩ましく動きはじめる。感じるかと尋ねると、秀眉をキッと吊り上げ、美しい根結い垂れ髪を狂ったようにゆすりたてて
「痴れ事を申すなっ」と声を昂らせる。

たやすく肉欲に身をゆだねる女郎たちとは異なる、初々しくも高貴な女の姿がそこにあった。

だが今日の様子は、いつもと少し違う。

「か、厠へ……頼む……」

美冬は蚊の鳴くような小声で哀願し、横になったまま恥ずかしげに太腿を擦り合わせた。

今朝はまだ用を足していない。よほど切迫しているとみえ、顔面は血の気を失って蒼ざめ、こめかみに冷たい汗を滲ませていた。それもそのはず、昨夜は手桶に汲んだ井戸水を、むせるのも構わず十数杯、無理やり喉奥へ流しこまれたのである。

「なんだ、ゆばりか。へへへ」

男はわざと無視し、そのまま淫らな双臀愛撫をつづけた。

「……うう っ」

美冬は重く呻き、しばらくはこらえたものの、ついに堪えきれなくなって、

「厠へ……」

再び懇願した。

だが牢番の男はせせら笑うばかりで相手にしない。それが幾度となく繰り返され、ついに美冬が、

「お、お願いよっ」

悲鳴に近い声をあげた時、

「どうだい、様子は?」

主人の喜助が顔をのぞかせた。

「ええ、かなりきてますぜ。もう辛抱たまらねえって感じで。へへへ、この様子だと

たっぷりとゆばりを出してくれるでしょう」

「そうかい。じゃあ連れてきな。客はもうお待ちかねだ」

差し迫る尿意は、もう一刻の猶予もない。失禁の不安におののく美冬は、黒半纏の男に抱き支えられるようにしながら廊下をよろめき進んだ。途中、肌襦袢を乱した厚化粧の女郎たちが数人たむろし、素っ裸で引きたてられていく美しい武家娘を小気味良さそうに眺めていたが、そのうちのひとりが擦れちがいざま、手にしていた煙管でいきなりピシッと美冬の双臀を打った。

「な、何をするっ⁉」

美冬が驚いて振り返ると、

「何をするだってェ？　それはこっちの台詞だよ」

「女剣士だか何だか知らないが、ここじゃ新米だろうが。先輩のあたいらにちゃんと挨拶しないか」

「ちっとばかし美人だと思って、つけあがると承知しないよ」

肌襦袢の肩をそびやかし、意地悪そうな眉を吊り上げて睨みつけた。

美しい武家娘が入ってきたことは、数日のうちに彼女らの間に知れ渡っていた。すでに大店の隠居から引きがかかっていること。そのためか、床入りはせず、毎日上得意の客と『相撲』ばかりとっていること。他の女郎たちが三日に一度しか入らぬ湯に毎晩入れられ、米糠で身体を磨きあげられているらしいこと。そういった噂を耳にし、実際に美冬の整った顔立ちや、まだ男に汚されていない雪白の美肌、均整のとれた瑞々しい肢体を見せつけられると、階級的憎悪に女としての嫉妬も絡んで、無性に苛めてやりたくなるのだ。

「くっ……」

美冬は唇を嚙んだが、たちまち痛烈な尿意の発作に襲われ、

「ああっ」

蒼白になった美貌に汗を滲ませる。女郎たちの嘲笑の声を優美な背中に浴びながらガクガクと膝を震わせ、一歩また一歩と廊下を進むのだ。

「そっちじゃねえ。今日はこっちだぜ」

美冬が連れていかれたのは、いつも相撲をとらされる座敷とは違う部屋であった。いったいどんな恥ずかしいことをさせられるのか。そんな不安さえも、差し迫る尿意の前では薄らいでしまう。

襖の前で股縄を外された。

「へへへ、濡れてるぜ」

縄を手にとると、黒半纏の男は股間に食い入っていた部分にねっとり付着した甘蜜を確かめ、鼻に近づけて匂いを嗅いだ。

「生娘でも濡らすんだなァ」

「い、言うなっ」

美冬は屈辱にわななく。

用を足す時と湯に入れられる時以外は、一日中恥ずかしい股縄をほどこされている。股縄には女を狂わせる秘薬が塗りこめてあり、その効果で一定の間隔をおいて猛烈な陰部の痒み、そして気も狂わんばかりの肉の疼きが襲ってくる。その状態で客と相撲をとらされ、それがすむと、今度は牢番の卑劣な愛撫を受けなければならないのだ。感じるなというほうが無理であった。

「これを付けるんだ」

黒半纏が、女の顔の上半分をかたどった能面を取り出した。美冬の顔に押しつけ、頭の後ろで紐を結わえると、薄い木彫りの能面は、美冬の鼻から上を覆ってしまう。口には猿轡を噛まされた。

襖が開く気配と同時に、視界を失った美冬はドンと部屋の中へ突きとばされた。あやうく転びそうになって踏みとどまった足裏の感触から、そこが座敷ではなく板敷きの間であると知れる。どっと歓声があがった。

「どうだ、似ておろう」

青田の声。

「面と猿轡でよく分からぬやもしれぬが、雰囲気が似ておろうが。この娘も女武芸者なのだぞ」

「あの垂れ髪を若衆髷に結えば、美冬どのとそっくりになる。そうは思わぬか」

檜山と梶原の声がした。二十両の金を用意して、三人で美冬を辱しめにきたのだ。もうひとり誰か男を連れてきているようだが、三人の言葉からすると、その男もまた美冬を見知っている人物らしい。だがそれが誰かを考える余裕は今の美冬にはない。面で視覚を奪われたことで、荒ぶる尿意が益々意識されるのだ。

後ろ手の縄を引かれた美冬は、床柱に立位で縛られた。

「青田さまがたには、毎度角屋をご贔屓にあずかり、まことに有難う御座います」

揉み手をする喜助の声。濡れ手に粟で六十両、いやもうひとりの客の分も合わせて八十両の大金を手に入れ、すこぶる上機嫌だ。

「ぼぼをお見せする前に、生娘の立ちゆばりをご覧にいれまする」

おおっと声があがった。

「美冬どのの、いや、美冬どのに似た娘の立ちゆばりか。それはぜひ拝見したい」

「美冬どのが小便しているのだと思って見れば、余計に興奮する。大枚を出した甲斐があるというものだ」

美冬の神経を逆撫でしようというのか、それとも何か他の意図があるのか、わざとらしく美冬の名を連呼する三人の卑怯侍たち。だが、もうひとりの男の声はまったく聞こえない。

「ムウウッ!」

（い、いやっ!）

美冬は面の下の美貌をひきつらせ、猿轡を噛みしばって呻いた。憎んであまりある青田の前で小便をする。そんな生き恥を晒すくらいなら死んだほうがましだ。

「そら、足を開きな」

「ムウッ、ムウウッ」

黒半纏の男らの手が足首にかかる。抗いもむなしく、無理やりに一尺ほど開かせられた。真下に木桶が置かれる。

「へへへ、こいつは――」

「こいつはたまんねえ」

男たちの舌なめずりする音。

固く閉じ合わせていた内腿に隙間が生じたことで、柔らかく盛り上がった恥丘を縦に裂く肉の合わせ目を、下端までしっかり見てとることが出来た。翳りを失った女の丘の官能的なふくらみが、ほんのりと薄赤く色づいて悩ましい。

「もっと開かせろっ」

青田が眼を血走らせて怒鳴った。グイッと足首に力が加えられ、さらに割りひろげられた。

「ムウウッ」

尿意に煽られ、痺れたようになっている股間が外気に晒される。同時に男たちの淫らな視線が、尿意に負けぬほどの強烈さで食い入ってきた。

「出ぬではないか」

「早く出せっ」

「早く出せっ」

男たちがせきたてる。

「まあまあ慌てずに。ここは腰をすえて待つことです。大丈夫。夕べうんと井戸水を飲ませておきましたから、じき我慢しきれなくなって漏らしますよ。たっぷりとね」

喜助がパンパンと手を打つと、下働きの女中たちが膳を運んできた。その帰りしな、立位で緊縛されている女剣士の裸身をチラッと見て、着物の袖で口を押さえて笑いをこらえる。

「ムム……ムムムッ！」

呻きながら、能面の顔を振りたくる美冬。限界を超えつつある排泄衝動にブルブルと両脚が震え、くびれた腰が妖しくうねった。火で焙られたように、白い裸身全体が玉の汗を噴いている。

ムーッ!!

絶望の呻きを洩らして顎を突きあげたかと思うと、腰部を小刻みに痙攣させた。

「おおっ」

「おおっ、始めおった」

「ハハハ、立ちゆばりか。こいつは傑作だ」

谷川の湧き水のようにチョロチョロと漏れはじめた透明な聖水は、女剣士の悲痛な呻き声とともにいったんは途切れたものの、再び堰を切ったように溢れだした。

「どうだ、勝之進」

「いかなおぬしでも、興奮するだろう」

「失踪した美冬どのも、ひょっとしてこの武家娘のように、どこぞの女郎屋に売られ、客の前で立ちゆばりをして泣いておるやも知れぬぞ」

「く、くだらぬことを申すなっ」

（!!――）

怒りを含んだ男の声に、美冬は雷に打たれたようになった。

目の前に本多勝之進がいる。勝之進さまの前に生まれたままの恥ずかしい姿を晒し、立ちゆばりをするところを見られている。そんな……そんな……ああ、そんな……。

「ムウウウッ!!」

猿轡で悲鳴がくぐもった。だが、どうあがいてもいったん堰を切った聖水は止まらない。それどころか驚くほどの奔流となって、はしたなく木桶の底を叩き、しぶきをあげた。

「ムオオッ、ムオオッ」

くぐもった号泣が、木桶に跳ねるゆばりの音に入り混じる。白い喉を震わせて美冬は泣いた。羞恥などという生易しいものではなかった。全身の毛穴が開ききり、悲憤が蒸気となって噴き出すかに思われた。双臀から太腿、ふくらはぎにかけて、瘧にかかったように震える。足首を押さえつけた男たちの手にも、痙攣が生々しく伝わってきた。

「へへへ、たっぷり出しやがった」

「武家娘が人前で立ちゆばり。恥ずかしくないのかねェ」

湯気のたつ木桶を揺らし、黒半纏らが嘲る。

尿意の拷問から解放された美冬は、能面の下にのぞく頬に血色を張らせ、猿轡の奥でハァハァと息をはずませる。汗にまみれた若い肢体は薄桃色に濡れ光って、まるで初産をすませた新妻のように妖しい色香を滲ませていた。

「今のはほんの余興です。フフフ、お楽しみはこれからですよ」

喜助が垂れ髪をつかんで揺すりたてても、気死したようにグラグラと首がすわらない。激しすぎる衝撃に肉体は脱力し、精神は空白になっていた。自分の身に何が起こったのかさえ分からないでいる。

「ささ、お侍さんがた。続きは座敷のほうで。すぐに支度をさせますんで」

喜助の合図で、黒半纏らは美冬を縛りつけた床柱の縄を手際よく解きはじめた。

3

角屋で一番上等の奥座敷は、上得意の客の饗応にだけ使われる。真新しい畳の敷き詰められたその座敷で、青田ら三人は正座した本多勝之進を取り囲んであぐらをかき、互いの杯に酒を注ぎ合っていた。勝之進以外は肩衣をつけず、羽織だけのくつろいだ恰好だ。

「そう仏頂面をするな」

青田が勝之進の肩を叩く。

「ご家老さまのお情けで、とりあえず閉門も解けたことだ。今日は俺たちの奢りなのだから、うんと飲め。飲んで楽しめ」

「ご厚意は誠にかたじけない。が、拙者、このような所はいささか……」

立ち上がろうとする勝之進を、梶原と檜山が押しとどめる。

「本多どの、それはなりませぬ」

「この遊びに、いったい幾らかかっていると思われる。ひとりあたま二十両ですぞ」

「二十両……」

「左様。貴公の分も二十両。恩に着せようというのではないが、その大金は、拙者ら三人が出しおうておるのでござる」

「…………」

驚く勝之進に、青田は、

「いやいや、金のことは気にするな」

もったいぶって言い、

「勝之進、おぬしの気持ちは分からんでもない。失態をしでかし、禄を削られた。おまけに恋しい美冬どのは行方知れず――」

「いや、拙者と美冬どのは、決してそのような――」

顔を赤らめ、あわてて否定する勝之進。梶原と檜山が狡猾な顔を見合わせ、薄笑いしていることにも気づいていない。どこまでもお人よしなのだ。

「隠さんでもよい。我々の仲ではないか。おぬしと美冬どのが想い合うておることは、拙者ら三人、とうに承知しておる」

「…………」

「とにかく、家に引き篭ってばかりではいかん。閉門蟄居ですんだのは不幸中の幸い。下手をすれば改易、いや切腹を申し渡されても仕方がないほどの不祥事をしでかしたのだからな」

「…………」

何か言い返そうとして、口をつぐんだ。声を嗄らして奉行所に訴えても、暖簾に腕押し、糠に釘。まったく取り合ってはもらえなかった。同じ話を青田らを相手に蒸し返しても詮無い事だ。

あの日、目付方の配下二名を引き連れ、藩の蔵屋敷を急襲した勝之進を待ち受けていたのは、隻眼の侍と十数名の武士たちであった。

しまった、謀られたかと思い、抜刀しようとする手を、背後から伸びてきた手に遮られた。勝之進が自ら選び、同行させた目付方の侍であった。気心が知れていると思っていた彼らでさえ、すでに家老一派であったのだ。

縛りあげられ、奉行所に引き立てられ、三日間牢に入れられた。閉門蟄居の沙汰が下り、出牢した彼を驚かせたのは、法妙寺が焼き打ちにあったという情報、そして美冬がどこかへ姿をくらましたという知らせであった。

藩内では、若い目付代理が功を焦るあまり、御政道に不正の儀ありとの妄念を逞しくして、独断で藩の蔵屋敷を調査しようと図り、警護の侍に取り押さえられた、と噂されている。何者かの手による法妙寺の放火焼失との関連を疑う者など誰もいない。

美冬の行方を捜そうにも、閉門蟄居の身ではなす術がなかった。

「聞けば、おぬし。閉門明けも早々、奉行所に出頭して、なにやら埒のあかぬことを申し立てたそうではないか。御家老があのように寛容な方だからよいようなものの、そうでなければ取り返しのつかぬことになるところだ。いい加減に目を覚ませ」

「………」

「まあ、飲め」

「そら、ぐっと一気にやれ」

梶原と檜山が矢継ぎ早に酒をつぎ足す。

飲めぬ酒を強要され、勝之進は眩暈がした。絶望の暗闇の中で、先刻の光景だけが鮮やかに瞼の裏に蘇る。せり出した無毛の丘の悩ましさ。可憐な薄桃色の肉割れから驚くほど大量に噴き出す透明な小水。生真面目な勝之進にとっては、あまりに刺激的な光景だった。

全裸の若い娘が、突き飛ばされるようにして部屋の中へ入ってきた瞬間、彼はハッと息を呑んだ。顔の上半分を面で覆っているが、青田らに言われるまでもなく、確かに美冬に似ていると思った。美冬の生まれたままの裸身を目にしているような錯覚にとらわれた。

生真面目な彼は、即座にそれを打ち消した。妄想だ。妄想なのだ。しっかりしろ、勝之進、と。

岡場所とは知らされずに、一杯やろうと無理に誘い出されてここへ来る道すがら、若い娘の姿を見るたびに、それが美冬ではないかと目を凝らした。美冬どのは生きているのか。生きているとすれば、どこでどうしているのか。なぜ自分に会いにきてはくれぬのか。寝ては美冬、起きても美冬。美冬、美冬、美冬どの――。

もう藩を侵す巨悪のことなど、どうでもよくなっていた。頭の中には恋しい恋しい美冬のことしかない。気が変になりそうだ、いや、卑しい女郎の身体を見て、美冬の裸を想像してしまうぐらいなのだから、本当はもう気が狂っているのかもしれない。

そんなことを考えながら、注がれる杯を自棄になってあおっていると、

「お待たせしましたな」

襖を開けて喜助が入ってきた。

後ろから、黒半纏の男らに担ぎ上げられて入ってきた女体を見て、勝之進は目を丸くした。あぐら縛りに足首を結わえられ、その縄尻を、頭を前方へ手繰り寄せる恰好で、根結い垂れ髪に括りつけられている。放尿したばかりの秘裂はおろか、尻割れの底まで無残に晒けだした股間の向こうに、苦悶に焙られた半能面の顔がのぞくのだ。

「おおっ、これは」

「これはすごい」

男たちの感嘆の声に迎えられて、生き恥を形にしたような緊縛裸体が、五枚重ねの大座布団の上に据えられた。能面をつけた女の顔は、死にもまさる屈辱でひきつっている。猿轡を外された唇が、噴きあがろうとする絶叫を懸命にこらえていた。

「青袴を穿かせたのか。これは粋な計らいを」

「こうすれば、いかにも女武芸者らしゅうございましょう。お客さまあっての角屋でございますから、気に入っていただければ、幸いにございます」

今日の日のために特別にあつらえたのですと、揉み手をしながら喜助は言う。だが無残に捲れあがった浅葱色の袴が美冬自身のものであるのは言うまでもない。

「どうだ、勝之進。こうして袴を穿かせてみると、ますます美冬どのに似てはおらぬか。わしらには知る由もないが、おぬしなら一度くらい、美冬どのの股ぐらを覗いたこともあろう」

青田の言葉に、女の喉から引き絞るような声が洩れた。

「ば、馬鹿なことを申すな」

勝之進は狼狽して言う。

「拙者と美冬どのは清い関係……決して……決してそのような淫らなことは……」

言いながら、視線は女のその部分に釘付けになってしまった。生真面目な顔が真っ赤に染まっている。青田の陰湿な嘲りに反発する余裕すらないのは、飲み慣れぬ酒の酔いのせいもあるが、美冬が着用していたのとそっくりの青袴が、彼の心を性的妄想で圧倒しさったためである。

「清い関係か。フフフ、おぬしらしい」

青田が大座布団ににじりよった。五枚重ねの大座布団の上には、あの勝気な美剣士が後ろ手に厳しく括られ、あぐら縛りの白い裸身を、なす術もなく仰向けに横たえている。

「拙者がおぬしの立場なら、とっくに美冬どのをこうしておるわ」

青田の手のひらが、無防備に開ききった美冬の鼠蹊部を這った。

「ムウッ」

ピクンと腰が震える。

美冬は呻き、胸をせりあげた。顔を振りたてるのもままならぬのは、あぐら縛りの縄が垂れ髪につながれているせいもあるが、顔の上半分を覆い隠した能面の紐が外れることを恐れたためでもある。悲鳴をあげることが出来ないのは、股を開かれ尻穴の窄まりまで晒している女が自分であると、勝之進に知られてはならぬからである。

死にたい——誇り高い武芸者ならずとも、無垢な処女ならそう願うのは当然だった。舌を嚙まないのは、命が惜しいからではない。ここへ運ばれる直前、猿轡を外され、もし舌を嚙むようなことがあれば、勝之進の前に死に顔を晒し、立ちゆばりの女郎はこの女だと教えてやると、主人の喜助に因果を含められていたからだ。

「そんなことにでもなりゃあ、あのお人よしの侍もさすがに黙っちゃいないだろう。斬り合いになれば、多勢に無勢。気の毒にあの侍、膾みてえに切り刻まれちまうぜ。へへへ」

それと同じ脅しを、青田が耳を舐めるフリをして美冬に囁きかける。

「抵抗しても構わぬぞ。そのほうが拙者は楽しいからな。ただし声は出すな。恋しい美冬どのだと勝之進に知れたら、いったいどうなる？　賢い師範代どのなら分かるであろう？　フフフ」

「ク、クウッ」

美冬は歯ぎしりして呻いた。鼠蹊部を這う不気味な愛撫に総身がゾクリと粟立つ。

（ああっ、や、やめろっ）

胸の内で悲鳴をあげた。

（そこは……そこはいやだっ）

尻肉がキュッと窪む。青田の指が羞恥の縦割れをなぞりはじめたのだ。

(ウムッ、許さぬ、許さぬぞっ……あああっ!!)

火のような感覚が剝き出しの股間を走った。媚肉を開かれるのは初めての体験だ。ましてや大嫌いな男の指で、しかも愛する男の眼前である。

あーっ!!

脳天まで突きあがる強烈な羞恥。声をあげる代わりに腰が躍った。

「フフフ、綺麗なもんだぜ」

「ムウウッ、ムウッ」

「どうだ、この色つや。拙者、いろんな女の恥部を見て参ったが、こんな綺麗なぼぼを拝見仕ったのは初めてでござるな。見ろ、勝之進。よおく見ろ。見事な上つきぼぼだ。美冬どののぼぼも、定めしこんな色かたちをしておろうぞ」

「い、言うな」

傷ついた獣のように、勝之進は低く唸った。顔をそむけようとしてそむけることが出来ない。清麗な青袴の中に開いた薄紅色の花びらに、どうしても目を吸い寄せられてしまうのだ。鼠蹊部の青みがかった白さも、いつか稽古の後に井戸端で見た、美冬の抜けるように白い胸元とダブってしまう。

「へへへ、どれどれ。拙者らも——」

「二十両も奮発したのでござる。フフフ、たっぷり楽しませてもらわねば」

檜山と梶原も腰をあげ、美冬の裸身に左右からまとわりついた。美冬の肌に触れるのは二度目なので、少しばかり余裕を見せる。優しく髪を撫で、白い胸のふくらみをまさぐった。小ぶりな乳房の先に頭をもたげた桜色の乳首を、指でつまんでコリコリしごいてやった。

「ムウウッ」

美冬はたまらず腰をよじりたてる。赤らんだ顔が今は火を噴かんばかりだ。

「フフフ、もっと開いてやる。勝之進にもよく見えるようにな」

青田は慣れた指遣いで、さらに美肉を剥き晒した。薄紅色の肉唇が横にひろがって花びらの内部が露呈した。まだ穢れを知らない綺麗な肉が、薄赤い襞の層を柔らかく重なり合わせている。全体がわずかに濡れ光っているのは、媚薬を塗った股縄で一日じゅう責め苛まれているせいだ。

「フフフ、こうパックリと開かれては、目のやり場に困るのう」

ぬけぬけと言いながらも、青田の指は容赦がない。肉層全体をまんべんなくなぞりつつ、徐々に蜜壺の入口へ迫っていく。

「ムアアアッ」

能面の下で、美冬の眉がよじれた。

「フフフ、ちょっといじってやっただけで、こんなにおっぱいの先を尖らせおって。おう、震えておる、震えておる。ずいぶんと感じやすいのだな、美冬どのは」

「これこれ、美冬どのではないというに。また本多どのに叱られるぞ」

「そうであった。フフフ、これは失敬」

ちらちらと勝之進のほうを盗み見しつつ、檜山と梶原は女剣士の神経を逆撫でする。乳首をつまんでグリグリと揉みしだき、硬く尖ったところを、指の腹であやすように転がした。爪の先で軽く弾いてやると、美冬が、

「うっ」

と、せつなげな声をあげて腰を躍らす。

打てば響くような敏感さ。気をよくした二人は、勝之進に見せつけながら、さらに陰湿な愛撫を加えていく。

「ところで御主人、この女の源氏名はもう決まっておるのか?」

「いえ、まだでございますが、何かよい名がございますかな」

青田の顔を見て喜助がニヤニヤと笑った。事情を知っている喜助にとって、青田ら

の腹を読むのはたやすいことだ。

「拙者らの知り合いに、早乙女美冬という女子がおってな。たいそうな美人なのだが、この女と同様に武芸者なのだ」

「存じあげております。逆恨みして闇討ちに及んだ道場破りを、一刀のもとに斬り捨てたとか——錦絵はうちの店でも販売してございますので」

「や、左様であったか」

青田は少し顔をゆがめた。だとすれば自分が試合を挑んで、こてんぱんにのされた錦絵も売られているやもしれぬ。

「ならば話は早い。この女の源氏名、『美冬』でどうであろう」

「よい名でございますな。承知いたしました」

喜助の快諾に、三人組はニンマリとほくそ笑む。これでもう、おおっぴらに美冬の名を口にすることが出来るのだ。

「美冬どの、おっぱいを吸って進ぜよう」

「美冬どの、いい臍の形をしておるの」

「美冬どの、感じたら声をあげてよいのだぞ」

美冬どの——美冬どの——。

「や、やめてくれ……」

耳をふさぐ勝之進。それでいて視線だけは、まるで膠で貼りついたように女の股間から離れない。青田の指の動きにつれ、薄紅色の花びらが妖しく形を変える。内側の粘膜は次第に赤味を増し、ヒクヒクと口惜しげに蠢動している。女を知らぬ勝之進の目にも、若い女体が官能に巻きこまれ、恥ずかしい反応を示しはじめたことがそれとなく分かる。だがなぜだろう。女は頑なに口を閉ざし、声を洩らすまいと必死だ。

「フフフ、おサネを剝いて進ぜる」

青田が嬉しそうに言い、ヒクヒクと蠢く肉の合わせ目の頂点に指を進めた。巧妙な指遣いで包皮を剝きあげ、愛らしい木の芽を露呈させた。

あーっ!!

こらえきれるものではなかった。未開発な官能を秘めた女の生命が、初めて外気に晒されたのだ。美冬は絶叫し、全身を硬直させた。ガクガクと腰が震える。

悲鳴を、勝之進は聞いていなかった。剝き晒しにされたいたいけな処女の肉の芽に彼の全神経は集中していた。ヒクヒク蠢く花園の頂点で、それはやがて訪れる崩壊を予感しているのか、フルフルと慄えおののいている。

「おぬしに女の扱い方を教えてやる。よおく見ておくのだ、勝之進」

青田の指が美冬の急所を嬲りはじめた。指先で触れるか触れぬくらい、スッスッと刷毛で刷くようになぞりあげる。檜山と梶原も、それに合わせるように美冬の乳首に舌を這わせた。ペロペロと舐めさすっては、唇に含み、チュッと軽く吸いあげた。

「あっ……あっ……ああっ」

途切れ途切れの悲鳴をあげて、美冬は泣き顔を振りたてた。いや、振りたてようとした。艶やかな垂れ髪を、あぐら縛りの縄につながれているため、頭をのけぞらせることも出来ない。菱形に折り曲げられた悩ましい美脚の間で、能面を被せられた顔を苦しげによじるばかりだ。

「んあああああっ!!」

女芯をつままれ、大声をあげた。クイクイと肉芽を引かれる。

「ひっ……ひえっ」

異様な感覚に背筋が痺れた。ドッと脂汗が噴き出て、全身が濡れる。濡れた裸身が大座布団の上でのたうった。繊細な木の芽を引き伸ばされては揉み込まれるつらさ。硬く尖った左右の乳首を舌先で優しく舐め転がされ、チュッ、チュッとついばまれるせつなさ。三人がかりの巧妙な責めに、身体の震えが止まらない。

「はあっ、はあっ」

熱い吐息に、

「うう……ううっ」

哀しげな、だがどこか艶めいた甘美なすすり泣きが入り混じる。

「フフフ、濡れてきたぜ」

青田の言葉通り、花園が妖しく潤いはじめた。膣穴の入口がヒクつき、甘い匂いの蜜をねっとりと吐きだす。

「へへへ、おっぱいもこんなだぜ」

甘酸っぱい固さを残していた乳首が、摘めばもぎとれそうなほどに勃起していた。男の唾液に濡れまみれて、ヒクヒクと震える。

まだ女を知らない勝之進を含めて、その場にいる全員に、美冬が美しい身体を開きはじめたこと、青い官能の芽をほころばせはじめたのが分かった。

「これをお使いなさい」

気をきかせて、喜助が脇に薬壺を置いた。

「『姫泣かせ』です。今までは縄に少量ずつ染みこませて使ってきましたが、今日は直接ぼぼに塗りこんでおあげなさい」

「こいつは面白そうだ。どうだ、勝之進。お前もこっちへ来て、一緒に『美冬どの』

を可愛がってやらぬか。遠慮はいらぬぞ」

「い、いや……拙者は……」

美冬の名が出るたび、勝之進はビクッとして拳を握りしめる。大股開きで嬲りものにされる遊女に、愛する美冬の姿を重ね合わせている自分自身が恥ずかしい。良心の疚しさに、握りしめた拳の内側がぐっしょりと汗に濡れた。

「青田どの。気の毒にその娘御、泣いておるではないか。もうそれぐらいにしてやっては如何か」

能面の下からとめどなく涙が溢れているのに気づいて、勝之進は遠慮がちに言う。

「なぁに、これはヨガり泣きというやつだ。それが証拠に、ほれ、下の口が涎を垂らしておる。この薬を女のつぼみに塗ってやれば、喜んで自分から腰を振るに相違ない。まあ拙者の手並みを見ておれ」

「…………」

「ささ、どうぞ、本多さま」

黙りこんだ勝之進に、喜助が徳利を持って酒を勧める。

後ろめたいのを紛らそうとしてか、勝之進は酔いで濁りはじめた眼を、初めて見る女の構造に凝らしたまま、無闇と杯を重ねた。

「さあ塗って進ぜる。気分を出すがよいぞ、美冬どの」

朱塗りの薬壺に指を入れると、青田はたっぷりと軟膏を掬いとって、すでに甘蜜にまみれた女剣士の秘所に塗りたくりはじめる。

「あううっ」

美冬の腰がガクガクと弾んだ。

塗りたくられる軟膏は、そのひんやりした感触は一瞬だけ、たちまち燃えるような熱と疼きで繊細な粘膜を蝕みはじめた。その強烈さときたら、股縄の比ではない。

「あうっ……あううぅっ!!」

能面の下で眉をたわめて、美冬は呻き声を絞りだした。秘薬が直接粘膜に染みこむものすごさに、悶絶する裸身が汗を噴いてよじれた。あぐら縛りに交叉した足の指が硬直して反りかえる。

「ああっ、あっ、あっ……あああっ!!」

「ほう、こいつは凄い。『姫泣かせ』と言うだけのことはある。あの男まさりの美冬どのが、淫らに尻を揺すってヨガり泣いておるわ」

酔いに濁った勝之進の眼を見つつ、青田は嘲るように言った。ギリギリの瀬戸際で虚実の駆け引きを大胆に楽しんでいる。

「フフフ、ここか？　ここが一番感じるのか？　どうなのだ、『早乙女美冬』どの」

すっかり露頭した女芯にも、たっぷり軟膏が塗りこまれた。屹立しきった木の芽を青田の指がつまんで何度も引き伸ばす。

「ヒイッ、ヒッ、ヒッ……ヒエエッ!!」

美冬は腰を揺すってヒイヒイ泣いた。もう恥ずかしい声を抑えることも、腰の動きを止めることも出来ない。青田の指が蠢くたびに、強烈な疼きに腰骨が溶けただれる。最初は嫌悪しか感じなかった檜山と梶原の乳首舐めも、媚肉の疼きともつれあって、甘美な官能で背筋を痺れさせた。

「面白いようにおツユが溢れてきよる。拙者の指が溶けてしまいそうだ。フフフ」

誇張ではなかった。

ねっとりした甘蜜が、開ききった秘唇とその内部をヌルヌルに濡れ光らせている。青田が指を離すたびに、トローリと水飴のように糸を引いて垂れた。ときおりドクッドクッと蜜穴から噴きでてくる。

「御主人、この青田源八、一生のお願いでござる。少しだけでよいから、美冬どののぼぼ穴に指を入れさせてはもらえまいか」

大店の隠居から引きがかかっているため、美冬を抱くことは出来ない。美冬を犯し、女剣士の初花を散らせることが出来るその金持ちが羨ましかった。せめて指で膣穴を貫き、たっぷり掻きまわして気をやらせてみたい。それが出来れば、ある意味早乙女美冬を「女」にしたのは自分であるということになる。商人の妾になる美剣士の心と身体に自分の痕跡を刻みつけることが出来る。青田源八が美冬にとって生涯忘れられない男になるのだ。

「どうだろう、御主人」

眼が真剣だ。

「構いませんよ。だがもしもの時は、即金で三百両払っていただくことになります。それでよろしければ、どうぞ」

もしもの時というのは、膜を傷つけたらという意味だ。美冬に三百両を出すという商人は、生娘でなければ決して納得しないという。処女でなくなった途端に、美冬の価値は暴落するのだ。

「う、うむっ」

青田は唇を嚙んだ。

三百両——。

父親が組頭を務めているとはいえ、青田本人はまだ平侍。逆立ちしても払える金額ではない。

「ならば――」

青田は、菱形に組まれた美冬の脚の付け根に顔を近づけた。

「なりませぬ」

喜助が有無を言わせぬ強い口調で言った。

「舐めるだけだ。それなら構わぬであろうが」

「それは出来ぬ相談で御座います。伊勢屋さまは三度の飯より生娘のぼぼを舐めるのが好きなお方。自分より先に他の男が舐めたと知ったら、ご機嫌を損じなさいます。他のところなら、どうぞご存分にお舐めなさい。股ぐらだけはなりませぬ」

(伊勢屋というのか、その男。くそっ、助平爺い、金持ちの色狂いが――)

自分の変質ぶりは棚にあげ、青田は顔も知らない隠居商人を胸の内で痛罵した。

「お前が黙っておれば分からぬ。見て見ぬフリをしてくれればよいのだ」

「私は商人でございます。商人には商人なりの仁義がございますからな」

喜助は頑固で譲らない。

では触るだけか。触るだけで、これっきり美冬を諦めなければならぬのか――。

新鮮な媚肉を指先でなぞりながら、青田は胸の内で歯ぎしりする。熱い甘蜜を溢れさせる秘口。妖しい収縮を示して指にまとわりつく柔肉。あの凛とした天才女剣士が清楚な青袴の下にこれほどの美肉を隠していたなどと、いったい誰が知ろう。諦めきれぬ。このままでは諦めきれぬ。

「あうーっ」

美冬が激しくのけぞり、くなくなと腰を悶えさせた。粘度を増した果汁が媚肉から溢れ、会陰をつたって尻割れへと流れこむ。可憐な菊蕾が露に濡れそぼち、キュウと放射状に収縮した。

（おお！）

青田の眼が喜びに輝く。

「尻だ」

大声をあげた。

「尻の穴ならよいであろう。尻穴に指を入れるだけだ。どうだ、御主人」

「ふむ……」

思いがけぬ申し出に、喜助は眉を寄せて考えるふうであったが、すぐにニッコリと笑い、

「いいでしょう。伊勢屋さまにそちらの趣味はないはず。ご存分におやりなさい。た

だし傷をつけてはなりませぬぞ」

「おお、恩に着るっ」

青田はだらしないまでに相好を崩した。女剣士の処女肉を愛撫しつつ、肛門を指で犯してやる。考えただけで胴震いがきた。透明な甘蜜を媚肉の下部へと導きながら、青田の指は美冬の美肛へ迫った。

あっ!!

相手の恐ろしい意図に気づき、美冬は戦慄した。瞬間、官能の波が引いたほどの驚愕である。剣一筋に生きてきた美冬には、おぞましい排泄器官を性の対象にする人間がいることなど、今日の今日まで思いもよらない。

(やめてっ)

抗いの声を、かろうじて喉奥で圧し殺した。汚辱の恥穴を嬲られると知った途端、官能の波に呑まれて薄らいでいた勝之進の視線が、にわかに強く意識された。

見られている。勝之進さまに。何もかも。お尻の穴まで。いやっ、いやっ。もういやあっ——。

すさまじい羞恥だった。美冬は傷ついた獣さながらに呻き、積みあげた座布団から転げ落ちんばかりに、あぐら縛りの裸身をよじりたてた。が、それこそ嗜虐者たちの思うツボだ。

「フフフ、恥ずかしいか、美冬どの」

「三人でたっぷりと尻の穴をほじってやる。勝之進に見せつけながらな」

「尻の穴で気をやってみせろ。うぶな勝之進のことだ。きっと腰を抜かすぞ」

菊蕾に青田の指が触れる。懸命にすぼめる粘膜をユルユルと揉みほぐしにかかった。

「フフフ、たまらんよ」

キュウッとすぼまる感触がたまらない。敏感そうで、嬲り甲斐のある尻穴だ。青田は薬瓶の軟膏を掬いとり、柔らかい襞に塗りつけた。円を描くように塗りつけたかと思うと、周辺から中心へ向かって、菊の花びらの一枚一枚を愛おしむように、入念に揉み込みはじめる。

「うむっ……うっ、うっ」

散々に喉を絞った美冬は、もう悲鳴も出せぬほどに打ちひしがれ、哀しげにすすり泣くばかりとなった。媚薬の効果で、肛門が火のように疼いた。引きすぼめようとしても力が入らず、可愛いおちょぼ口をヒクヒクと蠢かすばかり。まるで青田の愛撫に応えているかのようだ。

「フフフ、そろそろだな」

青田はほくそ笑むと、指先を侵入させはじめた。

(いやっ、それだけは……ああっ、やめてっ!!)

すぼめようとして、逆に青田の指を食い締める恰好になった。

(いやっ、いやよおっ!!)

括られた垂れ髪がちぎれるほどに美冬は狂おしくかぶりを振った。尻穴に指を――信じがたい汚辱感に息がつまる。

「根元まで入れてやる。どうだ嬉しいか。フフフ、締めつけおって。そんなに嬉しいのか」

柔らかくとろけたとはいえ、そこはさすがに排泄器官。異物の侵入を拒もうとしてきつく収縮する。引きすぼまる肉環の緊縮がたまらない。妖しい緊縮感を楽しみつつ青田は右に左にゆっくりと指を回転させた。回転させながら徐々に深く沈めていき、ついに根元まで貫いた。

ううむっ……。

美冬は重く呻いた。太い指で串刺しに貫かれ、身動きのとれない下肢をワナワナと慄わせる。薄赤く染まった双臀の肌を汗の玉がひっきりなしに流れた。もうまともに息も出来ない。

「どうだ、青田」

「どんな按配だ」

こわばった美冬の身体を揉みほぐそうと、乳房をつかみ、乳首をひねり、尻と太腿をいやらしく撫でさすりながら、檜山と梶原が尋ねる。

「へへへ、こいつは――」

青田はすぐには答えず、半分ほど指を引いた。それからもう一度、ゆっくりと指を進める。

「ううっ」

美冬が喘いだ。白い喉に汗の玉が光る。

「いいのかっ？」

「そんなにいいのか、青田っ」

檜山と梶原が声をうわずらせた。

「いいなんてもんじゃ――へへへ、吸いついてきやがる。たまらん、こいつはたまらんぞ」

肛門の環がキュウッ、キュウッと緊縮し、青田の指を心地よく締めつける。禁断の腸腔内は灼熱し、とろけるように柔らかい。

男など眼中にないとばかり、ツンととりすまして竹刀を振っていた青袴の美剣士・早乙女美冬。その処女肉をいじりまわして恥汁を流させ、禁断の尻穴にも指を挿れてやったのだ。それを思うと青田は感に堪えない。

「どうだ、美冬どの。女だてらに竹刀や木剣をふるうよりも、こうして拙者に尻穴をほじられるほうが何百倍もよろしかろう」

嘲りつつ、ゆっくりと抽送しはじめる。

「くうっ……くううっ」

美冬は顔を真っ赤に染めて泣き呻いた。女芯の肉芽を引き伸ばされながら、肛穴を穿たれる感覚は異様としか言いようがない。おぞましさと官能の疼きとがないまぜになって、じりじりと脳を灼いた。暗い愉悦に正常な神経を蝕まれていく。

「拙者にもやらせろ」

青田に代わって梶原の指が押し入ってきた。続いて檜山の指。そしてまた青田——入れ替り立ち替り男たちの指が肛門に押し入り、淫らな抽送を繰りかえす。その間も延々と媚肉をいじられ、乳房を揉まれ、耳の穴に舌を入れて舐めねぶられた。

三人がかりのそんな色責めに、若く健康な女体が堪えられるはずもない。

「あう、あううっ」

悩ましく開いた唇から、ハァハァとふいごのように熱い息を吐く。男の指の抽送に合わせて、狂喜したように双臀を揺すりたてた。木の芽を引かれるたびに、熱い汁が後から後から溢れだす。もう女の性が満開だ。

「あうーっ、あっ、あっ……あうーっ」

「フフフ、女剣士さまともあろうものが、そんなにケツを振りたくって、恥ずかしくはござらぬか」

「おツユの量も半端ではない。青袴がぐしょぐしょに濡れておるぞ。尻穴をほじられるのが、そんなに心地よいのか、美冬どの」

(い、いい……いいっ)

あの勝気な女剣士が、嘲られても反発の気配さえ示さない。噴きあがる悦びの声を喉奥に堰きとどめるので精一杯なのだ。

「我慢せずともよい。気をやられよ」

「尻の穴で気をやっても、決して美冬どのを笑ったりはせぬ。決して——いや、多分な。フフフ、フフフフ」

笑わぬと言いながら、もうこらえきれない様子である。その類稀な美貌と剣才で、話しかけることすら憚られた女剣士の早乙女美冬が、一糸まとわぬ素っ裸で、惨めなあぐら縛り。あさましく腰を振り、白い乳房を揺すり、無毛の恥丘をせりあげるようにして、あられもなくヨガり泣いているのだ。卑劣な男どもにとって、これほど愉快なことがあろうか。あとは美冬がどのような逐情の醜態を晒すのか、その痴態を見、その瞬間の声を聞いてやりたい。

「そら、気をやれ」

「あうっ、あううっ」

「ここがいいのか？　それともこっちか」

「あっ、あンっ……あンンっ」

「フフフ、これはどうだ」

「ヒッ、ヒッ……ヒイイッ」

乳首、肛門、女芯の肉芽——責める箇所を変えれば泣き声も違ってくる。男たちは交互に、あるいは同時に、美冬の敏感な箇所をまさぐった。もう美冬の肉は男たちの玩具だ。

「あひいっ！　あひいいっ!!」

声がかすれてきた。官能に染め抜かれた裸身は、油を塗ったように汗でヌルヌルだ。なまめかしく光りながら、あぐら縛りをのたうたせる。

気をやる——その言葉の意味を美冬はまだ知らない。だがこのくるめく肉悦の果てに、恐ろしい事態が待ちうけていることは予感出来た。

（このままでは……ううっ、このままではっ）

このまま責めつづけられれば、我れを忘れてしまう。我れを忘れて声をあげてしまう。もし自分であることが勝之進に知れたら。いや、勝之進に知られなくとも、恥ずかしい尻穴をほじられて、卑劣な男たちの眼前に女の脆さをさらけだす。そんなことは誇り高い女剣士に堪えられることではない。

（声が……ああ、声が出ちゃうっ）

せりあがる情感に、形のよい鼻腔がひろがる。愛らしい臍のくぼみを載せた白い腹が、汗にぬめ光りつつ波打った。限界が近い。

「猿轡か？」

美冬の心中を見透かして、青田が尋ねた。

猿轡代わりに白褌を嚙ませ、一度思う存分気をやらせてみよう。恥ずかしい絶頂の声は、その後で何度でも聞けばよい。

「猿轡をして欲しいのだな」

唇を嚙みしばって、美冬はウンウンとうなずく。その瞬間に噴きこぼれるであろうあられもない喜悦の声を、男たち、とくに勝之進には聞かれたくなかった。

「生憎と、手拭いがない。拙者の褌でよいな」

ウンウン——今にも剥がれ落ちそうな能面を、美冬はせわしなく縦に振る。恐ろしい、そして恥ずかしい瞬間が差し迫っていた。

青田は自分の袴を捲り、片手を入れて素早く褌を解いた。汚れ布をクルクル丸めて絞りあげると、美冬の口に噛ませる。

「あぐぐっ」

上半分を能面に覆われ、口には薄汚い褌の猿轡。根結い垂れ髪でもたげられて呻き泣く顔が、あの美貌の女剣士だとは、たとえ親兄弟でも気づくまい。

「そら、存分に泣きヨガるがよい」

肉芽が引かれ、菊座をえぐられた。

「ムアアッ、ムアアッ！」

青田の不潔な褌を噛みしばり、美冬は喉奥に泣き声まじりの嬌声を放った。

「オオッ、オオオッ!!」

総身をくねらせ、汗と呻きを絞り抜く。懸命に抑えていた女の官能が暴走を始め、美冬は一気に絶頂へと昇りつめていく。

ムウウオオッ!!

絶息するような呻きとともに、美冬の裸身が激しく突っぱった。あぐら縛りの縄もピーンと張りつめる。汗ばんだ柔肌がさざなみ立ち、総身に痙攣が走った。

「おお、すごい締めつけだ」

悦びの深さを伝えるように、肛門の肉環が青田の指を締めつける。

「見ろっ、勝之進」

勝ち誇ったように大声をあげた。

4

言われずとも、勝之進は食い入るように見つめていた。初めて見る女の裸、初めて見る女の恥肉、そして初めて見る女の絶頂。その生々しさと淫靡さに圧倒され、全身に猛烈な汗をかいていた。袴の下で陰茎が猛っている。

(すごい。何てすごいんだ……これが女か。女の性というものか)

女の絶頂について、耳学問で知ってはいたが、よもやこれほど凄まじいとは思わなかった。不潔なものとして軽蔑していた岡場所で、勝之進は四書五経が説く表の世界とは異なる世界——暗く淀んだ、しかし妖しい謎と魅力に満ち満ちた裏の世界の存在に目を開かれた気がした。

思えばあの時——稽古後、井戸端で美冬の汗ばんだ白い胸元を見た時、自分は漠然とそのことを予感していたのだ。

では美冬どのも——。

あの凛として清楚な美冬どのも、まぐわいの際には、このようにして果てるのであろうか？　あさましく腰を振り、獣じみた生々しい呻き声を発して女の悦びを極めるのであろうか。

ふと、そんな不謹慎な想像が酩酊した頭をよぎるのは、目の前で逐情の余韻に白い腹を喘がせている若い女が、清々しい青袴を腰にまとわりつかせているせいでもある。まさかその青袴が、美冬本人のものであるなどとは思いも寄らない。

「フフフ、満足しましたたって顔だな」

「いやはや。生娘のくせに尻の穴で気をやるとは」

「すごい濡らしようではないか、美冬どの。青袴がぐしょぐしょですぞ」

余韻の痙攣を示す白い裸身に、男たちは執拗な愛撫を続ける。なにせ二十両の大金を支払っているのだ。一度や二度気をやらせたくらいでは満足できない。一晩かけて美剣士の若い肉体を骨の髄までしゃぶりつくしてやる積もりだった。

猿轡代わりの褌を外されると、美冬の口から涎が溢れた。白い歯と桃色の舌をのぞかせ、ハァハァと熱く喘ぐ。初めての逐情に身も心も痺れきり、弛緩しきっていた。

「へへへ、男まさりの女剣士さまも、こうなっては唯の好きもの女、いや、女というより牝犬だな」

「いや、牝犬以下でござろう。牝犬は尻の穴をほじられて悦んだりはしないからな」

「フフフ、いかにも――どれ、もう一度気をやらせてみようか」

男たちは嘲笑い、美冬に再び生き恥を味わわせようと努める。乳房を揉み、媚肉を愛撫し、尻穴に入れた指をズポズポと抽送した。

（ううっ、く、口惜しいっ）

浴びせられる揶揄に、屈辱感がこみあげる。だが息も絶えんばかりの被虐感の中で、男たちの陰湿な愛撫に巻きこまれ、くるめくような性の法悦を味わわされたのは事実なのだ。そして今もまた――。

一度悦びを極めた女体はいかにも脆かった。再開された淫ら責めに、燃えつきた筈の官能が蘇り、淫虫のように蠢きはじめる。

「いやっ、もういいやっ」

ジーンと痺れる感じに美冬はうろたえ、抗いの声を昂らせた。自棄になったように杯を重ねる勝之進が泥酔に近い状態でなかったなら、悲鳴に近いその声を判別出来たであろうに。

「フフフ、これが好きか」

「舐められるのが好きなんだろ、フフフ」

乳首、うなじ、臍の窪み――脇腹、内腿、足指の股――熱く火照った柔肌の上を、男たちの舌が執拗に這いずりまわる。硬くなった木の芽を揉みほぐされて腰が躍った。指でほじられる尻穴が、溢れでる熱い恥汁に濡れそぼつ。

「また……ああ、またあっ」

絶頂が近いことを告げ知らせ、ガクガクと双臀を揺すりたてる美冬の姿に、あの凛とした美剣士の面影はない。快美に溺れ、半狂乱だ。甘蜜に湿った青袴を乱し、貪るように腰を蠢かせた。

「咥えろ」

中腰になって袴の裾をからげた青田が、いきり立った肉棒を美冬の唇に押しつけた。

「猿轡の代わりに拙者の魔羅をしゃぶらせてやろうというのだ。有り難く思えよ」

視界を塞がれている美冬であるが、淫臭と感触でそれが何であるかを悟った。

（い、いやっ）

噛みしばった歯の間からウウッと屈辱の呻きを洩らし、懸命にかぶりを振りたてる。春をひさぐ女はいざ知らず、武家娘である自分が、男の不潔なものを口に含むなど、考えも及ばない。

「咥えろ。咥えねえか——ちっ、強情な女郎だな。言うことをきかねえと、こいつをひっぺがして顔を晒すぜ」

青田が能面をつかんで引き剝がす素振りをした。狂乱に顔を振りたてていたせいで能面の紐はゆるんでいる。

「おら、顔を見せろ。それとも魔羅を咥えるか」

「あぁっ」

美冬は絶望の声を発した。

勝之進に顔を見られる。顔を晒したまま、三人の男の性技に屈服する。それはまさに生き恥だ。死にも勝る屈辱だ。堪えられることではない。

「ああ」

薄く開いた朱唇に、すかさず青田は怒張をねじ込んだ。中腰のまま腹をせり出し、根元まで深々と突き入れる。

「アググッ」

白眼を剝くほどの巨根に喉を塞がれて、美冬は息が出来ない。胃が裏返り、猛烈な嘔吐感がこみあげてきた。

「ガハッ……」

咳きこむ息も、巨根に押し返される。

「しゃぶれ。しゃぶらんと、こうだぞ!」

青田は美冬の頭をつかみ、ズンズンと喉奥を突きえぐる。

無表情な能面の下で、美冬は苦悶の形相をひきつらせていた。息を保とうと顔を引くと、唾液でヌルヌルになった剛直が、朱唇をめくりあげて太幹をのぞかせる。喉を突かれる苦しさに、美冬は命じられるがまま懸命に舌を動かした。

「ウウッ、ウウッ」

泣きながら男根を舐めしゃぶる女剣士。肉幹の下部を柔らかい舌でなぞりながら、不自由な頭部を必死に動かす。不器用な口唇奉仕に、端正な頰が凹凸を繰りかえした。

「よしよし、へへへ」

青田はゆっくりと腰を動かした。抽送を続けつつ、「鰓の縁をくすぐれ」だの、「先っぽを吸え」だのと、矢継ぎ早に要求を重ねていく。

「さすがは女武芸者。長物《ながもの》の扱いには長けておられるのう、美冬どの」

青田はどこまでも残酷だ。

自分を厳しく打ちすえた美しい女剣士が、目の前であられもない大股開き。女の割れ目を晒したまま泣きながら自分の珍棒をしゃぶっている。嗜虐の喜びに報復の快感が加わって、たちまち猛烈な射精感が迫ってきた。

「飲むのだ、美冬どの。よいなっ」

根結い垂れ髪を鷲づかみにし、荒々しく揺すりたてる。剛直を口に含まされている美冬は、意味もわからぬままウンウンと頷いた。

「うおおっ！」

青田が吠えるのと、

「ンンンッ!!」

美冬が呻いたのが同時であった。

熱い射精を喉奥に浴びせられ、美冬は驚愕と恐怖に白眼を剝いた。咽喉の筋肉が反射的に嚥下の動きを示すと同時に、生臭い匂いが脳髄をいっぱいに満たした。脈打つように何度も何度も浴びせられた。苦悶の形相をひきつらせながら、美冬は勢いよく噴きつづける熱蠟を、ゴクリゴクリと飲みくだす。全部飲みくだしてしまった後で、初めてそれが男の子種であることに気づいた。

ゲエッ――。

猛烈な嘔吐感。吐こうとした途端に、二本目の剛棒が押し入ってきた。薪のように太くて硬い棒は、檜山だった。

「ムグウウッ」

圧倒され、真っ白になっていく頭の中に、男たちの卑猥な揶揄が響く。熱い精汁が再び喉奥にしぶいて、三本目が入ってきた。梶原が呻きながら大量の欲情を放つと、再び青田の番だ。


いったい何度射精を浴び、どれだけの精汁を飲まされたことだろう。その間、美冬自身、数回の絶頂を味わわされた。

気がつくと、重ね座布団は取り払われ、美冬は相変わらずのあぐら縛り、ただし上下を逆向きにして畳の上に転がされていた。両膝と頭で体重を支え、裸の尻を後ろへ突き出した不様な恰好だ。

尻の穴に青田の指が入っていた。恥ずかしい疼きを含んだ肛門の拡張感に、美冬は甘えるようにすすり泣く。全身が熱い官能の余韻に痺れて、もう抗う気持ちさえ萎えはてていた。

「遠慮はいらぬぞ、勝之進」

青田がしつこく誘いをかけている。

「とろけるような尻の穴だ。お前も指を入れて搔きまわしてみろ」

何も知らない勝之進に肛門をほじられ、美冬がどんな反応をするか見てみたかった。羞恥のあまり狂ったように尻を振って抵抗するのか。それとも、恋しい男の指に慕いより、悦びの汁を溢れさせて絶頂に達するのか。

「どうした、勝之進」

「ひょっとして女が怖いのか」

「まさか男が好きなのではあるまいな」

三人がかり、あの手この手で誘いかける。

勝之進は酔っていた。

酔ってはいたが、縛られた女に卑猥な悪戯をしかけるのは、いかにも卑怯な気がしてためらわれた。根っからの善人な上に、幼少期から叩きこまれた四書五経の教えが身に染みついている。誘惑に駆られても、人の道に外れた行いはしたくなかった。

「もうそれぐらいにしてはどうだ。女郎とて人間だ。可哀相だとは思わぬのか」

酔いの果てに、沈鬱な面持ちになった。

　武家娘が苦界に身を投じた理由は知らぬ。駆け落ちして、相手の男に捨てられたか、困窮した父親に売られたか、あるいは旅の途中で雲助にかどわかされたのか。いずれにせよ可哀相な娘だ。顔は見えなくとも、美しいと分かるだけに尚更気の毒だった。

「気どるな、勝之進。本当はやりたいくせに」

「この女だって、あんなにヨガっていたではないか。女というのは元来淫らな生き物なのだ。あの美冬どのでも変わらぬ」

　檜山と梶原が小馬鹿にしたように言う。

「まあいい。遊ぶ気がないのならば、そこに座って見物しておれ。いま面白いものを見せてやる」

　青田はニヤリと笑うと、美冬の肛門を縫った指を曲げ、ググッと上へ持ちあげた。

「ううっ」

　美冬が呻き、汗ばんだ尻をもたげる。青田の指に導かれ、むっちりした裸の双臀が位置を変えた。本人は気づかないまま、尻文字で平仮名の「か」の字を描かされる。続いて「つ」の字。

　何度かそれを繰りかえすうちに、檜山が気づいて笑いだした。何のことか分からずにキョトンとしていた梶原も、やっと気づいて腹を抱える。黒半纏らの男たちが顔を見合わせてほくそ笑み、主人の喜助までが苦笑いした。

青田の指で操られる悩ましい双臀の動き。勝之進にも、ようやくそれが文字であることが了解できた。

（……つ……の……し……ん……さ……ま……）

勝之進さま——。

女の尻はそう動いていた。勝之進は眉をひそめて続きを待った。

（み……ふ……ゆ……の……お……し……り……に……ゆ……び……を……い……れ……て……）

シミひとつない臀丘が上気して汗ばみ、くなくなと悶える。悩ましすぎる尻文字は、「勝之進さま、美冬のお尻に指を入れて」と告げていた。

「どうだ、勝之進。美冬どのがこんなふうに尻を振って誘ってきたとすればどうだ？　そら、やってみろ。この女郎を美冬どのだと思って楽しむのだ」

青田が悪魔の誘惑を囁きかける。

「く、くだらぬっ」

勝之進は吐き捨てるように言って立ち上がった。

言葉とは裏腹に、袴の下で男根が痛いほど充血している。そんな自分に腹が立った。

「このような薄汚い淫売を、美冬どのになぞらえるなど言語道断っ。拙者は帰る」

勝之進は刀を差すと、憤然として出ていった。

(ううっ、勝之進さま……)

美冬の喉から堪えがたい嗚咽が洩れた。

「うう、ううっ」

勝之進から「薄汚い」と蔑まれた。「淫売」と罵られた。

淫売——そう、もう自分は汚れてしまった。汚され、辱しめられ、勝之進にはふさわしくない女に貶められてしまったのだ。

打ちひしがれた処女の心を、黒々とした絶望がおおっていく。

「フフフ、馬鹿な男よ」

「目の前の尻が、美冬どのの尻とも知らずに」

能面の紐が外された。

「おやおや、泣いておられるのか、美冬どの」

「尻の穴で気をやられて、すっかり女らしゅうなられたな」

「では我らで、気の毒な師範代どのを慰めて進ぜようではないか。フフフ」

泣きじゃくる美冬の顔を眺めて、男たちはニンマリと笑った。

5

白塗りもまぶしい土蔵に、青蓮尼が監禁されて半月がたつ。

「あおおっ……おおっ……ヒッ、ヒッ」

「フフフ、またイクのか。よしよし、何度でもイカせてやるぞ」

「あわわ……あわわわ……ヒッ、ヒッ、ヒイイッ」

あられもないヨガリ泣きとともに、青蓮尼は瀬谷の腕の中で成熟した尻をくねらせ、総身の汗を絞りぬいていた。生々しい痙攣を数回走らせた後、

「あぐっ……あ……あァ」

精も根も尽き果てたとばかり細首を垂れ、激しく昇りつめた敗残の肢体を天井吊りの縄にグッタリとあずける。

堪えに堪えたあげくに極める絶頂は、快感が強いぶん女体への負担も大きい。絞りぬいた脂汗にヌラヌラと光る柔肌が、ブルルッ、ブルルッと余韻の痙攣を示して妖しかった。立位に吊られたまま、青蓮尼は今日三度目の生き恥を晒したのだ。

「どうだ、千姫、良かったであろう」

汗に光るうなじに唇を押しあてながら、瀬谷は女体に走る余韻の痙攣を楽しんでいる。高貴な尼僧を今では千姫と呼び捨てにするのは、心はいざ知らず成熟した美肉はもう完全に己がものにしたという自信の表れであった。

「フフフ、今度はこれだ」

火照る女体から身を離すと、瀬谷は朱塗りの手文庫から長大な張形を取りだした。男の精を貪欲に絞りぬく名器には、さしもの絶倫男も太刀打ちできない。幾度か最奥に精を放った後は、張形を使わなければ身がもたないのだ。そのくせ政務の滞りも意に介さず日参するのは、抱けば抱くほどに味わい深い青蓮尼の肉の魅力に抗しきれぬからに他ならない。

「いや……そんなもの……使わないで」

張形の先で頬をつつかれた青蓮尼は、薄く瞳を閉ざしたままイヤイヤとかぶりを振った。眼を開かなくとも、それが男根を模した性具であることは分かっている。鼈甲細工の内側をくりぬき、中に熱湯に浸した綿を詰めて人肌に温めた淫らな玩具。御殿女中らが愛用するというおぞましい淫具で嬲られ、幾度となく極限の生き恥を晒したのだ。

「いや……使わないで」

「フフフ、こんなグッショリ濡らして、いやもへちまもないものだ」

前にしゃがんで花びらを開くと、山百合の濃密な匂いが溢れかえった。栗色の柔らかい茂みが、ねっとりと甘い果汁に濡れ光っている。

「挿れて欲しいくせに。意地をはるのもたいがいにして、素直に儂の妾になれ」

「だ、誰が……誰がそなたなどの……」

青蓮尼は唇を嚙みしばる。

肉体は完膚なきまでに穢されても、その一点だけは譲れない。心まで悪人に屈したのでは、死んだ三人のくノ一や、大勢の尼僧らに申しわけが立たない。あの凜として爽やかな武家娘、女剣士の早乙女美冬に対しても——。

ああ美冬。そなたは今どこでどうしているのか。私のためにひどい目に遭っているのでなければよいが……。

「強情な女だ。だがそこがいい。そおら、お待ちかねの太いものを挿れてやる。股をおっぴろげて腰を突き出せ」

縄を引き、膝を大きく横に開かせる。指でさらに奥まで剝きひろげると、幾重にも折り重なった襞の奥に薄桃色の小さな肉環が見えた。甘蜜にヌラヌラ濡れ光りながら子壺の入口がヒクヒクと蠢動している。

瀬谷はゴクリと唾を呑み、開ききった媚肉の中心に張形の先端を押しつけた。軽く力を加えただけで、ヌルッという感じで肉壺の底へ吸いこまれていく。

「ああっ……うっ……うむ……くううっ」

おぞましい性具を深く咥え込まされながら、青蓮尼は屈辱に呻いた。抗っても無駄とは知りながら、声を出すまいと懸命に唇を噛みしばる。ゆっくりと回転しつつ押し入ってくる逞しい太幹に、絶頂の余韻冷めやらぬ官能が焙られていく。ジーンと腰骨が痺れ、頭の中がうつろになった。

「あ……あ……」

「フフフ、じっくり味わうがいい」

足もとで囁く瀬谷の声さえも、どこか遠くに聞こえる。えぐられる肉層に全神経が集中した。

「フフフ……」

先端が子宮口に当たるまで深く埋め込むと、瀬谷は張形の根元を握りしめたまま、意地悪く下から覗きあげた。いきなり性具を操って責めたてるのではなく、青蓮尼の女体が自分から反応を示すのを待とうというのだ。

「あ、あァ……」

ほつれ髪も悩ましい尼僧の美貌が、右に左に振られた。せつなげに腰がよじれて、汗ばんだ双臀がブルブルとわななき震える。張形を握りしめる瀬谷の手にも、生々しい肉の蠢きと収縮がはっきりと伝わってきた。おあずけを食わされた柔肉が、張形の胴部にねっとりと絡みついてくる。

「い、いやァ」

すすり泣きが妖しい。双臀のわななきは痙攣に変じた。官能の炎がメラメラと燃え盛り、成熟した女体は暴走を始める。

「あっ……はあっ、はああっ」

火のような息を吐き、青蓮尼はもどかしげに腰を蠢かせた。吊られた片脚が焦れたようにうねり舞う。官能の暴走に抗おうとかぶりを振るが、その動きは弱々しい。のけぞった美貌が懊悩に歪む。それでも瀬谷は張形を動かさない。

（ああ、このままでは……）

ジリジリと脳が灼けた。このままでは気が変になってしまいそうだ。連日の責めと続けざまに強いられる絶頂で、身体、とくに乳房や腰まわりが異常なほど刺激に対し敏感になっていた。

（もう……ああ、たまらない。ど、どうにかしてっ）

泣き叫びたいのをこらえて俯くと、下から見上げる瀬谷と眼がかち合った。勝ち誇った薄笑いに、青蓮尼の美貌がひきつる。栗色の長い髪が、羞恥と屈辱にザワザワとうねった。

（負けない……こやつにだけは……ううっ、ま、負けてなるものかっ）

歯噛みしながらそう思うが——。

「あ、あんっ」

太幹を軽く引かれると、思わず唇が開いた。絡みついた濡れ襞を外側へめくり出される感触が、えも言われぬ快美をもたらす。たまらず甘い喘ぎを噴きこぼした。

「はああっ……うぐぐっ」

（いけない……駄目、駄目よっ）

気をしっかりもたなくては——こみあげる悦びの声を、青蓮尼は喉元で押し殺した。

瀬谷は意地悪くほくそ笑むと、青蓮尼の顔色を窺いながら再びゆっくりと挿入する。生身と異なる張形責めの楽しみは、女が官能に溺れて我れを忘れていく過程を、冷めた眼でじっくりと観察できることだ。相手がお堅い女であればあるほど、この楽しみは倍加する。美しく貞操の堅い青蓮尼こそ、まさに張形で責めなぶるのにうってつけの女だった。

「うう……うう……うぐぐうっ」

ゆっくりと、だが恐ろしいまでの逞しさで最奥を押しあげられ、青蓮尼の白い肌が匂うような桃色にくるまれていく。官能の昂りに抗って懸命に歯を噛みしばる美貌は、額の生え際にじっとりと生汗を滲ませて凄艶だ。

「いい顔だ、千姫。フフフ、たまらんな」

「ん……んんんっ」

「イキたいか？　ん？　どうなのじゃ」

「い、いやっ！」

「下の口はそうは言うておらん。『早う、早う』と儂にせがんで、いやらしくヨダレを垂らして泣いておるではないか。フフフ」

瀬谷は嘲り、徐々に張形の抽送を速めた。深く浅く、強く弱く――緩急自在に変化をつけて、陥落寸前の女体を追いつめていく。

「ほれ、遠慮はいらぬ。もう姫でもなければ尼でもない。そなたは儂の妾じゃ。声をあげて泣け。腰を振って悦べ。ほれ、ほれほれ」

「い、いやよっ……う、うむっ」

浅いところを掻くように刺激され、呻き声がくぐもった。深く貫かれて顎が上がる。そしてまた、焦らすようにゆっくりした抽送。次第に責めを強めていくが、昇りつめそうになると見るや、すっと逸らして顔色を窺う。

「ああっ、も、もう……」

唇が開き、泣き声があがった。いったん声をあげると、もうとめどがなかった。

「もう……あァ、もうっ！」

張形の動きがもどかしい。いっそひと思いにとどめを刺されたいと肉がざわめき、あさましいまでに双臀がうごめく。

「あうっ……こんな……い、いやァ」

背中が弓なりにのけぞって、せり出したなめらかな腹が波を打った。とろ火で焙るような陰湿な責めに、青蓮尼は我れを忘れて腰を振った。耐え抜くのだという決意は脆くも崩れ去り、秘められた女の性が満開に咲き誇る。

「い、いい……いやァ」

「フフフ、激しいのう。そんなにいやらしく腰を振って。いったいこの儂にどうして欲しいのだ？」

分かりきったことを訊く。

「ああ、言わせないで……」

「言うんじゃ、千姫」
二、三度強くえぐっては抽送を緩め、ああっと悶え泣くところをまた強くえぐる。
「ああ、もっと……もっと……」

「もっとどうなのじゃ。言わぬか、言わぬとこうじゃぞ」

瀬谷は抜け落ちそうなほどに張形を引く。媚肉の外に出た太幹は、熱い果汁に濡れまみれて湯気が立ちそうだ。

「いやっ、抜かないでっ。抜いてはいやっ」

青蓮尼の泣き声は悲鳴に近い。

「挿れてっ、深く。ああ、深く挿れてえっ！」

あられもない哀願の声は、熟れきった女体の叫びだった。吊られた裸身がよじれてのたうつ。縄をひきちぎらんばかりに腰がねじれた。

「よしよし、挿れてやる。儂の生身をな」

瀬谷は張形を放り投げると、背後から青蓮尼の尻を抱えこんだ。開ききった花園の中心に怒張の先端を押し当てると、あーっと青蓮尼が悦びの絶叫をほとばしらせた。濡れ肉を数回なぞりあげ、灼熱の剛棒を挿入する。ズブズブと沈め、ズシンと最奥を衝きあげた。

ヒーッ!!――。

青蓮尼はのけぞって喉を絞る。

待ちかねたように肉層が絡みついて、生身の肉棒をキリキリと締めあげた。強烈な緊縮に呻き声をあげて堪えた瀬谷は、仕返しとばかりに猛然と腰を揺すりはじめた。もう焦らすつもりはなく、一気に追いあげる。熱くただれた女の最奥めがけ、強烈な肉の快美を次々と送りこんだ。

「あううっ、いい……いいっ」

激しく子宮口を衝き上げられ、開いた口から悦びの声がほとばしる。

「あうう……いい……あううっ」

獣のように呻いたかと思うと、

「ヒッ、ヒッ、ヒイイッ」

と、火のような息をかすれさせた。

骨も肉も溶けただれるような快感に、我れを忘れて腰を揺すり、狂おしくかぶりを振りたてる。官能の波が一気に高まって頂点に達すると、反りかえった背中に火が走った。

「イ、イク……ああ、イクっ」

屈服を告げる凄艶な美貌はほつれ髪を噛み、苦悶に近い快美を晒してのけぞる。

「イク……あわわっ……イ、イキそうっ、あわわ……あわわわっ……ヒッ、ヒッ……ヒイイィィッ!!」

ガクガクと腰が跳ねた。激越な絶頂感に、吊りあげられた足の爪先が反りかえる。女の肉環が強烈に収縮し、ちぎらんばかりに男根を絞りたてた。瀬谷もたまらず、

「うおおっ」

低く呻くと、こらえにこらえた情欲を女壺の中へ解き放った。気もそぞろになる悦楽の中、驚くほど勢いよく射精した。

熱ロウのように熱い樹液をおびただしく最奥に浴びせられた青蓮尼は、のけぞった背中に歓喜の痙攣を走らせつつ、瀬谷の腕の中で数度キリキリと裸身を揉み絞ったが、やがてガックリと首を垂れ、脂汗でヌルヌルになった肢体を死んだように弛緩させてしまう。

6

「何でい、こんな夜中に」

木戸が開いて、目つきの悪い黒半纏の男が顔をのぞかせた。酒を飲んでいたのか、顔が赤い。

「もう店は仕舞いだぜ。何どきだと思ってやがる」

「すまぬ……美冬どの……いや、美冬という名の娘御はおられるか？」

頭巾で顔を隠したまま、本多勝之進は思いきって尋ねた。

青田らにそのかされ、初めて遊郭に足を踏み入れたのが七日前。迷いに迷った末、勝之進は再び八幡町の「角屋」を訪ねたのである。

懐には黄金色の小判が二十枚。そのうち十八枚はいつか美冬と夫婦になる日のために、微禄の中からこつこつと蓄えておいたものだ。不足分の二両は大小を質に入れて拵えた。

男は胡散臭そうに勝之進をじろじろ見ると、

「いるにゃあいるが、疲れきってもう寝てるぜ。なにせ客が引きも切らねえんでな。助平どもに朝から晩まで尻の穴をほじられるんだ。とてもじゃねえが、あれじゃ身がもたねえ。へへへ、おかげでこちとらは、がっぽり儲けさせてもらっているがよ」

「会わせてもらえないだろうか。あ、金ならある」

「ちょいと待ってな。訊いてくらァ」

男は引っこんだが、すぐに戻ると、

「四半刻だけだぜ」

と言って、勝之進を中へ導き入れた。

座敷に案内された勝之進が頭巾をとり、端座して待っていると、主人の喜助が入ってきた。前と同じ久留米紬を着ている。勝之進を見て、

「やはり本多さまでしたか」

心得顔にニヤリと笑った。

「うちの美冬にえらく御執心ですな。今日はもう店が仕舞いなので、お断りしようと思ったのですが、お侍と聞いて、もしや本多さまではと思い、特別に取り計らわせていただきました。先日はおあしだけ頂戴した形になりましたからな」

「かたじけない」

「今夜お越しいただいたのは大変よろしゅう御座いました。と申しますのも、美冬は明日この店を出るからです。ご存知でしょうが、伊勢屋という海産物問屋の隠居の妾

になるのですよ。ですから本多さまが最後のお客さまというわけです。ああ、準備が出来たようだ」

奥の襖が開いて、白い双臀がのぞいた。後ろ手に縛られた美冬は高々と尻をかかげ、顔を向こう側へ向けて突っ伏した恰好だ。脚を閉じられぬよう膝の後ろに青竹をあてがわれ、きっちりと緊縛されている。ムチッと張りつめた臀肉のそこかしこに、客につけられた唇の痕や歯型が青痣になって残っていた。袴は着けておらず素っ裸だ。

「今日だけで八人ですよ」

喜助は苦笑いした。

口づてで美冬の美肛は人気を呼び、客は増える一方だった。今日一日だけで八人もの客が、二十両の大金を持って美冬の肛門を指姦しに来た。中には百両出すから肛姦させろと言い出す金持ちもいた。

この調子ならば、美冬の尻だけで何千両と稼げる。たった三百両で伊勢屋の引きに応じたことを、今さらながらに悔やむ喜助であった。

「あらためて申しあげるまでもないと思いますが、美冬を疵ものにしてはなりません。尻穴に指を入れるのは構いませんが、ぼぼ穴はいけません。ぼぼや尻の穴を舐めてはなりません」

矢継ぎ早に禁止事項を述べ立てる。

「あなたさまを信用せぬわけではありませんが、美冬は大事な身体ゆえ、念のために見張りをつけさせていただきます」

喜助は黒半纏の男にうなずいて、出ていった。

「その女は明日が早い。身支度や化粧をさせねえといけねえんでな。早いとこ済ませてくんな」

黒半纏が居丈高に言った。懐に匕首を潜ませているのは、欲望に我れを忘れて暴走する客を脅し諫めるためだが、いざという時は刺殺することもためらわない。

勝之進は黒半纏にうなずくと、美冬の白い双臀に向き直って言った。

「本多勝之進と申す」

勝之進の声に、美冬はヒッと息を呑んだ。

昼の間ずっと客をとらされていた。客をとるといっても同衾するのではない。縛られたままで身体をまさぐられ、媚薬を塗った指で気をやるまで肛門をほじられるのである。身も心もボロボロになって死んだように眠りこんでいたところを、「客だぜ」と叩き起こされた。ああ、また死にもまさる辱しめを——だが青蓮尼さまを救い出すまでは、この生き地獄に堪えなければ——そう思ってキリキリと唇を噛みしめていた矢先だった。

（か、勝之進さま……なぜ？）

全身がこわばり、ガタガタと慄える。

面はつけていない。前にまわられて、伏せた顔を覗きこまれでもしたら――ああ、
その時は、もう生きてはいられない。

「先日はそなたに、まことに済まぬことを……」

「………」

「淫売」と蔑んだことを言っているのだ。岡場所まで来て、女郎への非礼を詫びる。

いかにも勝之進らしかった。

「訳あって……いや、そなたに話しても詮無きこととは思うが……」

ワナワナと慄える双臀を見つめたまま、勝之進は独りごちるように語りはじめた。

自分には想う女がいた。過日、その女が滞在していた寺が焼失し、女は行方知れずに
なった。周囲の人々からは「いい加減諦めろ」と言われるが、自分にはどうしても女
が焼け死んだとは信じられず、毎日が塗炭の苦しみである――。

「女の名は美冬……そなたの源氏名と同じだ」

「ううっ」

美冬が呻いた。

「先日、ここへ来て驚いた。そなたはあまりに美冬どのと似ている。いやむろん顔は分からぬ。髪形もまったく違う。拙者と美冬どのとは清い仲なので、その……つまりその……」

顔を赤らめて口ごもった。

「……は、裸も見たことはない」

そこまで言うと、膝でいざり寄り、高くもたげた美冬の双臀に触れた。震える手で遠慮がちに臀丘の丸みを撫ではじめる。

（ヒッ……）

美冬は危うく声を洩らすところだった。

裸の尻を勝之進に撫でられている。狼狽、そしてすさまじい羞恥にカアーッと脳が灼けた。撫でられる尻肉がブルブルと慄える。

「すまぬ……すまぬ……金で女の身体を自由にするなど、拙者とても本意ではない。しかし……」

勝之進は興奮し、ポロポロと涙を流しながら謝る。謝りながらも、

「だが似ている。この肌の白さ。甘い匂い。ああ、美冬どのっ！　どうか美冬どのと

呼ばせてくれ！　ああ、美冬どののおっ！」

　桃のように美しい形を両手で愛撫し、柔らかい尻たぶに男泣きの顔をうずめた。

「そなたを美冬どのになぞらえて、かようなことをするのは、そなたに対しても美冬どのに対してもすまぬこと――それは分かっている。分かっているのだ……」

　恋情の発作を抑えきれなくなった勝之進は、美冬の白い臀肉にむしゃぶりついて、熱い舌を這わせはじめた。

「美冬どの……美冬どの……」

　しなやかな筋肉を内に秘めた見事な半球。つきたての白餅のような柔らかさと甘い匂いがたまらない。勝之進はハアハアと呼吸を荒げ、存分に女尻を味わった。禁断の臀裂にまで舌を伸ばし、

「美冬どのの尻……美冬どのの尻……」

　熱に浮かされたように、何度も口走る。

　美冬はもう息も出来ない。ブルブルと慄え、今にも気絶しそうだ。

（あっ！）

　臀裂が割られ、肛門が晒された。

（いやっ、見ないでっ）

絶叫が喉まで出かかった。

（いやっ、いやですっ。勝之進さま！）

見られてはならぬ部分に、勝之進の熱い視線が注がれているのが分かる。次に何をされるのか、美冬には嫌というほど分かっていた。処女の美肛に魅せられ、どの客も同じことをするからだ。

ゴクリ――。

勝之進が生唾を呑む気配がした。

（やめて……やめて、勝之進さま。ああっ、は、恥ずかしいっ）

菊蕾に指が触れる。

美冬の腰がビクッと慄えた。

（いやあああっ!!）

噴きあがる悲鳴を噛み殺し、美冬はクリックリッと腰をよじった。やわやわと揉み込まれる菊座を中心に、双臀が、そして腰全体が火にくるまれた。頭の中は羞恥で灼けただれる。気が狂わないのが不思議だった。

「ほれ、こいつを使いな」

黒半纏が例の薬瓶を差し出した。

勝之進は憑かれた眼をしている。無言で薬瓶を受けとると、指先にたっぷり軟膏を掬いとり、美冬の肛門に塗りたくりはじめた。

「ううっ……うむ……くううっ」

畳に顔をこすりつけたまま、美冬は重く呻いた。軟膏を塗りこまれる異様な感触は何度経験しても慣れることが出来ない。最初のひんやりとした感じが、次第に熱をはらみ、やがて堪えがたいほどの疼きをもたらす。それはおぞましい排泄器官をとろけさせるだけでなく、男を知らぬ花芯までも淫らに刺激してくるのだ。

「あ、あうう……あううっ」

肛襞をなぞる優しい指に美冬はすすり泣き、かぶりを振った。女を狂わす淫ら薬を恋しい勝之進の手で肛門に塗られている。その異常さが女剣士の理性を掻き乱すのか、美冬の反応は早く、そして激しかった。

恥ずかしい——そう思えば思うほどに、官能を強く揺すぶられ、感じまいとすればするほど、逆に情感を煽られる。

(駄目、感じては駄目っ)

ジィーンと腰骨を痺れさせる甘い感覚に、美冬は激しくうろたえた。勝之進の前で痴態を晒したくはない。何とか堪えなければと強くかぶりを振りたてるが——。

（そんな！　勝之進さま。そこはいや、そこはいやですっ！）

勝之進の指が、前の縦割れをまさぐり、女のつぼみを揉み込んできた。肛門を揉みほぐしながら、同時に女芯をも責めたてようというのだ。

（あ……駄目……そんなにされたら、美冬は……美冬はもう……）

唇が開き、ハア、ハアッと悩ましい喘ぎがこぼれた。全身が火照って汗が滲みはじめる。女芯が燃え、肛門が疼いた。気もそぞろになる優しい愛撫に、頭の中がうつろになり、自然と尻がうごめく。子壺が入口を開いて、熱い潤いを溢れさせた。快感にドロドロと腰骨が溶けていく。

（い、いい……勝之進さま……あァ、感じるっ）

もう嫌悪感はなかった。勝之進の指で女芯の包皮を剝かれると、美冬はああっ、と期待の悲鳴を噴きこぼし、悦びに総身をうねらせた。揉みほぐされ、とろけるように柔らかくなった肛門。愛らしいおちょぼ口を縫うようにして指が侵入を開始しても、もう抗おうとはしない。

「ううむっ」

「痛くはござらぬか、美冬どの」

「……………」

美冬は無言でかぶりを振った。

勝之進にならば、もう何をされようと構わない。そう思えるほど、ドロドロに官能がとろけきっていた。明日になれば、どこの誰とも知らぬ男に処女を捧げる身。いっそ今ここで勝之進にすべてを奪われたい。熱くたぎる最奥を貫かれて、くるめくような情感の中で「女」にされたかった。

「ああン、ああン」

尻穴をほじられつつ、美冬は甘いすすり泣きを洩らし、女芯をなぶる男の指を潤沢な甘蜜にまみれさせた。

「美冬どの……こんなにオマ×コを濡らして……美冬どの……ああ、美冬、美冬っ」

柔らかい女芯の中心から硬い肉の蕾が盛りあがり、愛撫にこたえてフルフルと痙攣する。指の根元を締めつける肛門の肉環。驚くほどに溢れ出る官能の甘蜜――初めて知る女体の神秘に、勝之進は我れを忘れた。

「声が――」

匂いたつ裸身に酔いつつ、勝之進は言った。

「声が聞きたい。そなたの声が」

黒半纏の男が警戒し、懐に忍ばせた匕首に手をかけたのも気づかない。

「一度だけでよい。『お慕い申しあげております』と、拙者にそう言ってはもらえまいか。『勝之進さま、心よりお慕い申しあげております』と。恋しい美冬どのになりかわって——」

狂おしく指を抽送しながら、頼む、頼むと勝之進は懇願した。

青蓮尼の粋なはからいで、自分の気持ちを美冬に伝えることはできた。美冬もまた自分のことを憎からず想ってくれていたようだ。だが以来、寺に籠って尼たちに武術指導をする彼女とじっくり話す機会はなかった。たまに言葉を交わすことがあっても、生娘らしい羞恥心からか、あの男まさりな美冬がはにかんで眼をそらすようになり、自分と二人きりになるのをことさら避けるふうが見られた。

結局、二人だけで愛を囁き、互いの気持ちをはっきりと確かめあったことはない。確かめぬまま、美冬は死んでしまった。そう。認めたくはないが、認めなくてはならない、美冬は法妙寺で、尼たちとともに焼け死んでしまったのだ。

せめて一言、言いたかった。「一緒になってくれ」と。何としても聞きたかった。「お慕い申しあげております」と。

あの勝気な美冬が頰を赤らめてそう言い、自分がその身体を強く抱きしめる。そんな光景をいったい何度空想したことか。

「頼む、美冬どの」

その言葉さえ聞ければ諦めがつく。美冬への未練を断ち切ることができる。そうでなければ、もう自分は生きていけない気がするのだ、とまで勝之進は言い、涙ながらに訴えた。

美冬もすすり泣いた。

(お慕い申しております。心から――)

真情が胸に溢れ、言葉が喉元までせりあがった。だがそれを口にすれば――。

溢れ出ようとする言葉を喉奥で殺すせつなさに、美冬は嗚咽した。呻き泣きながら幾度もかぶりを振る。無骨な侍は、それを女の拒絶の仕草と読み誤った。

「すまぬ」

勝之進は恥じるように言い、涙をぬぐった。

「そなたにも想う男がいるのだな。形だけとはもうせ、嘘いつわりを強いようとした拙者が悪かった」

よし、拙者は客。女の身体が目当ての、ただの助平な客、いや飢えた獣だ。

自嘲的にそう言うと、獣になりきって哀しみを忘れようと、勝之進は女体を責めることに専念しはじめた。とろけきった果肉を指先でなぞり、ねっとり濡れ光る女芯の肉芽をつまんで弄んだ。肛門を縫った指をゆっくりと、右に左に回転させる。

「あう……あうっ……あううっ」

美冬の唇が開き、熱い喘ぎが噴きこぼれた。愛する男にほどこされる濃密な愛撫に、情感に昂った女体はひとたまりもない。

あーっ、あーっ!!

悦びに背筋が反り、足指が折れ曲がった。勝之進の指で貫かれた双臀が、玉の汗を震わせつつ、瘧にかかったように痙攣する。絶頂が近い。

(勝之進さま……お笑いにならないで……淫らな美冬を、どうかお笑いにならないでください……)

恥ずかしい声を封じようと、美冬は懸命に唇を噛みしばった。忘我の瞬間、どんなあさましい狂態を演じるのか。この七日間、客の男たちに繰り返し揶揄されて、身も縮む思いの美冬なのだ。

(見られたくない。勝之進さまにだけは、あさましい姿を……)

だがそんな乙女心さえも、荒々しい官能の波は容赦なく呑みこんでいく。

ヌプッ、ヌプッ……。

ヌプッ、ヌプッ……。

せわしない指の抽送に、とろけきった肛肉がはしたない音を立てた。溢れ出る官能の熱い蜜は、桃色の肉ビラを濡らし、太腿にまで垂れ流れた。

「ヒイッ、ヒッ……ヒイッ、ヒッ」

美冬はまともに声が出せない。しゃくりあげるように、ヒッ、ヒッと息を吸いあげ、もたげた丸い双臀をうねり舞わせるばかり。全身が痺れきり、骨が甘蜜となって溶けただれるかと思った。

(もう……もうっ)

火が背中を走る。何度も何度も走る。もうこらえきれない。ああ、もうっ……もう駄目っ——。

後ろ手に縛られた手の指を、ギュウッときつく握りしめた。

(イク……ああ、美冬、イッちゃううっ‼)

絶頂のうねりに持ち上げられ、我れを忘れようとした瞬間であった。

「時間ですよ、お侍さん」

黒半纏の男が勝之進の肩をつかんだ。

「あ……」

グイと後ろへ引かれて、勝之進は夢から醒めたように呆然としている。昇りつめる寸前できざはしを奪われて、美冬もああっと泣き声をあげた。

「いま少し……いま少し……頼む」

勝之進の懇願は、美冬の胸の内でもあった。火をつけられてしまった女体が勝之進の指を求めて燃えあがる。とどめを刺してと言わんばかり、白い双臀が身も世もなくうねり悶えた。

「きまりはきまりでやすからね」

黒半纏は冷たく言った。

四半刻が経ったことは事実であるが、二人の熱い痴態を見せつけられているうちにだんだん腹が立ってきて、やっかみ半分で意地悪がしたくなったのだ。

「誰ぞと似ているだの、声を聞かせろだのと、御託を並べるお客さんが悪いんですよ。さあ、もう諦めて、帰った、帰った」

頼む、いま少し、いま少し――。

未練がましく懇願しながら、それでも強くは抗えず、勝之進は黒半纏に背中を押されて廊下へ追いたてられる。その声が間遠になって、やがて聞こえなくなると、

「いやはや、とんだ愁嘆場だ」

襖が開いて主人の喜助が現れた。嘲るような笑みを浮かべているのは、細く開けた

襖の隙間から一部始終を覗いていたのである。

「まるで芝居だぜ。近松にでも書かせてみたら面白いだろう。フフフ」

「ううっ……許さぬ」

突っ伏した姿勢のまま、美冬は上気した顔をねじってキッと喜助を睨んだ。赤々と紅を塗られた唇を憤怒と屈辱に噛みしばり、官能に潤んだ瞳を憎悪に燃え立たせる。

「なんだ、その眼は――明日は伊勢屋の慰みものになろうってのに、さてはてめえ、まだ侍気分が抜けねえか」

怒気を含んだ眼で美冬を睨み返した喜助だが、思い直してほくそ笑んだ。

百姓あがりの新米女郎なら、最初は里恋しさにめそめそしていても、いったん肉の悦びを覚えたが最後、すっかり観念して外見にも自堕落な雰囲気を醸しはじめるものだが、さすがに武家娘は違う。変わらぬ凛とした容貌もさることながら、本格的に剣の修行を積んだというだけあって誇り高く、馴致するのが容易ではない。

そんな手のかかるジャジャ馬だからこそ、好きものの客たちが慰みものにしようと大挙して押しかけるのだ。伊勢屋が大枚をはたいて妾にしようというのだ。

「気をやるところだったんだろ」

意地悪く言うと、淫猥な視線を青竹に縛られた下肢に投げかけた。店に来ておよそ半月、性の快楽を知った若い女体は、見違えるほどの官能美を匂わせるようになっている。この道四十年の喜助だが、これほどの上玉に出会ったことはない。伊勢屋との約束さえなければ、自分の手で女にしてやりたいとさえ思う。

「はなむけに、この俺が最後の仕上げをしてやろう」

喜助は舌なめずりした。

「朝までこってりと可愛がってやる。フフフ、なにいざとなりゃあ、伊勢屋には何とでも——月のものが始まったとでも言って、引き伸ばすさ」

しゃがんだ喜助の手が、美冬の美臀に触れた。

円を描くようにゆっくり双丘を撫でまわす手のひらの動きには、一点の無駄も迷いもない。背中から白い脇腹、脇腹から丸い双臀、双臀から充実した太腿へと、無造作に見えていかにも玄人らしい愛撫が、信じられない的確さで、女剣士の性感のツボをまさぐってくる。

「や、やめろっ」

美冬は狼狽し、激しく身悶えた。

勝之進に極めさせられるはずだった女の悦びを、卑劣な女衒に横どりされてしまうのが堪らなく口惜しい。羞恥と屈辱にカチカチと歯を噛み鳴らした。

「やめろと言うに……い、いやあっ！」

尻穴を揉まれ、指を挿れられた。恥ずかしすぎる肛門の拡張感にカアッと脳が灼けただれる。深く縫われて回転を加えられた。

「あ……うんっ……んん……あああっ」

せつなすぎる快美感に、噛みしばった唇が開いた。情感が津波のようにせり上がっては引き、引いてはせり上がるうちに、口惜しさや恥ずかしさまでもが雲散霧消していく。九合目まで昇りつめていた若い女体が喜助の巧妙な指技の虜になるのに、そう時間はかからなかった。

「い、いい……」

たまらず喜悦の声が洩れ、貪るように腰を動かしはじめた。前をまさぐってやると、そこはもうしとどの甘蜜を溢れさせ、とろけるように熱い。

「いい……ううっ……いいっ」

「フフフ、これでまだ生娘なのだからな。よほど感じやすいとみえる」

「許して……あァ、もう」

美冬はハアッ、ハアッと喘ぎ、くなくなと腰を揺すりたてた。まさぐる喜助の指に惜しげもなく恥汁を浴びせかける処女の媚肉は、快美を貪ろうと貝類のように蠢いている。秘薬と股縄、そして連日繰り返される男たちの執拗な尻穴責めが、秘められた女剣士の豊かな官能性を満開に咲き誇らせたようだ。

「もう……あううっ、もう……」

「フフフ、もうイクのかい。ずいぶん敏感な尻の穴だな」

「ああ、もうっ……ううむっ――」

生々しい呻き声をあげて、美冬は後ろ手縛りの背中をのけぞらせ、高々と双臀をかかげた下半身を石のように硬直させた。汗の光る眉間に、苦悶とも快美ともつかぬ悩ましい縦ジワを寄せ、わななく唇にキリキリとほつれ髪を噛みしばる。望まぬ絶頂を極めさせられる憤辱に、せめて一矢報いんとするかのように、肛門の肉環が恐ろしいまでにすぼまって、喜助の中指をきつく締めつけた。

第九章　秘画の巻　女体四十八景

1

「いやァ、上玉ですなァ」

「だろう？　この凜とした青袴姿——こたえられないよ。これで五百両なのだから、安い買物だと思わないか」

「五百両？　たしか三百両のはずでは——」

「女が三百両。小袖と青袴が百両。大小の刀が百両で、しめて五百両なのさ」

「着物や刀のぶんが二百両！」

浮世絵師は驚きの声をあげ、小袖青袴姿の凜々しい女剣士、いや今は場末の女郎屋から五百両の大金で引かれ、海産物問屋の隠居・伊勢屋庄兵衛の妾となった美しい男装の麗人を見上げた。

「ええい、放せ。放せと言うに」

左右の肩を屈強な伊勢屋の手代二人につかまれた美冬は、清楚な小袖姿を右に左によじりたて、狂乱したように喚きたてている。念入りに化粧を施された眼の縁が腫れぼったいのは、明け方まで泣いていたせいだ。

昨夜は勝之進が去った後、喜助のいやらしい指と舌で責められた。老獪な技巧に心ならずも女の情感を燃え上がらせて、若い肉体に幾度となく絶頂の痙攣を走らせた。疲労の極にある身体を湯に浸し、泣き顔に薄化粧をして小袖と青袴を着せられる頃には、すでに東の空が白みかかっていた。結局一睡もできぬまま、緊縛猿轡で駕籠に押しこめられ、伊勢屋の別邸に連れてこられたのだ。

「刀はともかく、褌までとっておいて売りつけようというのだから、あこぎな男だよ、喜助は」

逃れようと虚しく身悶える美冬を前に、伊勢屋庄兵衛は悠然と端座して茶を啜っている。ゆるりと着こなした黒縮緬の紋付きが、いかにも大店《おおだな》の楽隠居といった風情を醸しだしていた。ほころんだ恵比寿顔には、とうとうあの早乙女美冬を手中にできた満足感が溢れている。

半年前、退屈しのぎにかの有名な美剣士でも見物してやろうかと早乙女道場へ出かけた。大勢の野次馬とともに格子窓から覗きこみ、ひと目見て美冬に惚れ込んだ。浅葱色の袴をひるがえし、門弟たちに厳しく稽古をつける若い女武芸者の颯爽たる姿に、道楽に飽いた楽隠居の心は疼いた。

あの清楚な青袴の下で、どんな形のいい尻が弾んでいるのか。双臀の谷間の奥に、どんな妖しい媚肉を秘め隠しているのか――。

屋敷に帰った後も、稽古に汗ばんだ美冬の美貌や、青袴を誇らしげに盛り上げる悩ましい腰つきが目蓋の裏に焼きついて離れなかった。

勝気そうなあの美剣士を無理やり押さえつけ、素っ裸にしてみたい。乳房を揉み、臍を舐め、股ぐらをぐいと押しひろげて、未通の新鮮な処女肉に、猛り立った剛直をねじ込んでやりたい。

伊勢屋は手代を連れ、早乙女道場を再訪した。あいにく美冬は留守だった。早乙女又八郎と面会した伊勢屋は、又八郎の面前で、持参した千両箱を開き、美冬を愛妾にしたい旨を申し出た。

又八郎は最初驚き、次には一笑に付そうとしたが、伊勢屋が本気であると知ると、烈火のごとく怒りだした。

「武士を愚弄なさるか。ご老人といえども許されませぬぞっ」

又八郎の剣幕に、伊勢屋は引き下がらざるを得なかった。だがなんとかして美冬をモノにしたい。たとえ拉致してでも……。

そんな折、筆頭家老の別邸で、次の南蛮船来航に関する申し合わせが行われた。伊勢屋は海産物取引の傍ら、家老・瀬谷兵左衛門のお声がかりで禁制の密貿易を一手にまかされている。それをとりしきっているのが、表向きは息子に店を譲り、隠居しているはずの庄兵衛であった。

「内密だが――」

ひと通り申し合わせを済ませた後、瀬谷が声をひそめて耳打ちしてきた。密貿易について勘づいている者がいる。それを始末せねばならぬ――。

法妙寺襲撃の一件と、それが失敗に終わったいきさつを話した。寺側には恐ろしく腕の立つ女剣士が味方についているらしい。それを聞いた時、伊勢屋にはピンときた。

「ご心配には及びませぬ、瀬谷さま。万事この庄兵衛にお任せくださいませ」

伊勢屋はほくそ笑んだ。二度目の法妙寺襲撃に紛れ、美しい獲物を捕獲することができる。そう考えたのだ。

商人らしい周到さで事を計画し、あらゆる場合を想定して幾重にも網を張りめぐらした。目付代理に加勢しようと美冬が寺を出ることも充分計算の内にあった。目論見は見事に当たり、蟇目に犯される寸前の美冬を手に入れることができた。

だがいかに家老の後ろ盾があるとはいえ、かどわかしは重罪である。まして相手は武家娘、さすがにそのまま自邸へ連れこむのは憚られた。どこまでも慎重な伊勢屋はほとぼりが冷めるまでしばらく美冬を八幡町の「角屋」へ預けおいて、女郎を身請けするという形をとったのだった。

「しかし聞きしに優る美人ですな。裸にする前に一枚描かせてもらえますか」

浮世絵師は炭のかけらを手にし、白い紙の上に素描を描きはじめた。想像を上回る女剣士の美しさにムラムラと創作意欲を掻きたてられる。羽交い絞めにされた美冬を見つめながら、炭を握る手が興奮に震えた。

男の名は歌川春露。例の道場破りを斬り捨てた一件を描いた売出し中の浮世絵師、正確には春画を専門に描く枕絵画家である。実物の早乙女美冬を描かないかと伊勢屋から招かれ、一も二もなく飛んできた。歴史に残るような枕絵の傑作を書く。それが彼の悲願——妄執であった。

「どうだい？　いい作品が描けそうかい」

覗きこみながら、伊勢屋が尋ねた。

「女剣士美冬・悩殺剣」――それが春露の前回描いた錦絵連作につけられた題だった――は、版木が擦り切れるほどの大当たりだったと聞いている。老いた道場主の父をかばい、覆面の襲撃者たちの前にすっくと立ちはだかる女剣士の艶姿。月光に冴える白刃が闇を斬り裂くや、卑劣な無頼漢どもは血しぶきをあげてのけぞり、折り重なるようにバタバタ斃れていく。目の覚めるような華麗な剣技、ひるがえる青袴の裾からのぞく乙女の白い太腿が、江戸や上方の町人たちを熱狂の渦に巻きこんだのだ。今回はその処女剣士が囚われの身となり、金持ちの好色隠居に辱しめを受けるというのだから、現代風に言うなら大ヒット間違いなしである。伊勢屋は自分が版元になってもよいと考えていた。

そんな商人の思惑をよそに、春露は描きかけの素描を掲げ、少し顔から離して眺めると、

「刀――」

とつぶやいた。紙の上の女剣士を実物と見比べながら、眉をひそめ、しきりと首をかしげる。

「刀？　刀がどうかしたかい？」

「どうも刀を差した感じが、いまひとつうまく出せないのです。前作もそうだったの

ですが……」

「そうかね。素人の私には、実に上手く描けているように思えるが。それに刀の差し方など、誰も気にとめやしないよ」

「いや、駄目です。これでは――全然駄目だ」

紙と炭を放り出すと、春露は頭をかかえて、ううと呻いた。

枕絵師とはいえ芸術家の端くれ。作品に向かう姿勢には一点の妥協もない。面長で病的に蒼白い春露の顔には、真剣な創作の苦悩が滲んでいる。

「ふむ……」

伊勢屋は少し考えるふうであったが、

「いいだろう。刀を差させてみよう」

ポンポンと手を打つと、障子を開けて番頭らしき男が手をついた。

「例の刀を持っておいで。それから若い衆を五人よこしなさい。あと『さすまた』を五本だ」

「承知いたしました」

番頭が下がると、すぐに五人の大柄な男たちが座敷へ入ってきた。全員、万が一に備えて、長い柄の先にU字型の金具をつけた大仰な捕物道具を携えている。

番頭が朱塗り鞘の大小を抱えてきて、伊勢屋に手渡した。

「業物《わざもの》だよ」

刀にも目が利くのか、伊勢屋は大刀を鞘から抜き、刀匠の銘を刻んだ白刃を、障子を透かして入ってくる日光にかざしながら言った。

「『政兼』だ。百両の値打ちはある」

（政兼？……ああ私の刀だわ）

まばゆい刀身を見て、美冬の眼が鋭く光った。

女として、剣士として、死にもまさる恥辱に堪えてきた甲斐があった。待ちに待った反撃の機会がついに到来したのだ。

「いいかい、お前たち。女だと思って侮ってはいけない。この娘の剣の技量は、半端ではないからね」

伊勢屋に釘を刺され、男たちはさすまたを構えなおした。

伊勢屋は大刀を鞘に収めると、もう一振りの小刀のほうを番頭に手渡した。主人に言われて、番頭はそれを美冬の腰帯に差す。

（そんな……）

美冬の顔が失望に曇った。

美冬の技量が剣聖宮本武蔵のそれに匹敵するものであったとしても、二尺に満たぬ小刀では、さすまたを構えた五人の男とわたり合うことは不可能だ。

「どうだい、春露さん」

「おお、これ、これですよ！」

小刀を腰に佩いた女剣士の凜々しい姿に、浮世絵画家の顔から憂いが晴れる。眼を輝かせて新たな紙を取り出し、しっかと炭を握った。

「真っ直ぐ立たせてもらえませんか。刀の柄に手をかけたところを描きたいのです」

「放しておやり。ゆっくりと。用心してな」

伊勢屋の指示で、美冬を羽交い絞めしている手代たちが力をゆるめた。

美冬は捕えられた女獣の眼をしていた。大きく息を吸って呼吸を整えると、小刀の柄に手をかけ、眼にも止まらぬ速さで抜き放った。

シャッ——。

冷たい鞘走りの音と同時に刀身が光る。男たちの顔がこわばり、戦慄が背筋を走った。一斉にさすまたの先を女剣士の首や腰に向け、ぐるりと周りを取り囲んだ。

絵師の春露は言わずもがな、伊勢屋までもが色を失っている。身の危険を感じたというより、抜刀した女剣士の凄まじい闘気に圧倒されたのだ。

「傷つけるな！」

「無傷で生け捕るのだ！」

誰かれとなくそう叫んだ。

小刀を握りしめた美冬は、ジリジリと壁際に追いつめられた。万事休す、万にひとつも勝ち目はない。そう悟った美冬は、小刀を逆手に持ちかえるや、切っ先を上向きにして己の白い喉に押し当てた。もはやこれまで——覚悟を決め、ぎゅうっと眼を閉じる。

「待てっ」

伊勢屋がうろたえた声をあげた。

「尼は――青蓮尼はまだ生きておるぞ。家老の屋敷に囚われて、お前に会いたがっている。会いたがっているのだ」

美冬の眼が開いた。

黒瞳の奥で逡巡がゆらめく。小刀の柄を握りしめた白い手をワナワナと震わせたかと思うと、美冬は突然刀を頭の後ろへまわし、艶やかに垂れさがった根結い髪を元結ごと――。

「あっ」

と全員が声をあげた。

惜しげもなくバッサリと切り離された垂れ髪の房をつかむと、美冬は小刀を捨て、崩れ落ちるように畳の上に跪いた。

「お願いが御座いますっ」

黒髪の房をささげるように持ち、哀願の顔を畳にこすりつける。

「これを勝之進さまに……天神町の本多勝之進さまにお届けくださいませ。この願いさえお聞き届けいただければ、我が身は……い、いかようになろうと……うっ」

言葉の結びは啼泣に呑まれた。

最初で最後の希望も露と消えた。下賎な商人の手で純潔を奪われる前に、清らかなままの自分の形見を、もはや逢うこともないであろう勝之進に残しておきたい。可憐でいじらしい女心であった。

「いいでしょう」

いそいそと番頭が拾いあげた小刀と、豊かでいい香りのする髪の房を受けとると、伊勢屋は含み笑いをして大きくうなずいた。

「何でも儂の言うことに従うと言うのだね」

「武士に二言はございませぬ」

「では顔をおあげ」

唇を噛んだ美貌が上がった。

閉じ合わせた長い睫毛が、しっとりと涙で濡れている。道場で門下生たちを厳しく叱咤し、流麗な剣技を披露していたあの凛々しい女剣士が、清楚な小袖青袴姿もそのままに、いま自分の前にひれ伏して、哀願の涙にむせんでいる。失われた髪はじきに伸びてこようし、ざんぎりになった頭も、これはこれでなかなか愛らしいではないか。

「クックックッ」

伊勢屋がこらえきれずに笑ったのは、手の中にある豊かな黒髪の房を、喜助から買いとった美冬の白褌に包んで本多勝之進とかいう男に送り届けてやろうと思いついたからだ。

「春露さん。絵のほうは、根結い垂れ髪のままでお願いしますぞ。そのほうが女剣士らしい」

「大丈夫。一度見たものは、ちゃあんと頭の中に刻みこんでおります」

春露は自分の坊主頭を指した。すでに素描を終え、水の入った皿に絵の具を溶いている。

「お前たち、御苦労だった。もう下がってよい」

手代の二人だけ残し、伊勢屋は他の使用人たちを下がらせると、

「さて、春露さん。次はどういう絵を描きますか。いきなり新鉢割り（破瓜のこと）といきますかな」

腰を浮かせながら尋ねた。

今年の正月で五十二歳になるが、朝夕すっぽんの生き血を飲んでいるせいか精力の衰えはまったくない。いよいよ女剣士の純潔を奪うのだと思うと、股間のイチモツがいきり立って仕方がなかった。

「次は尻がいいです」

春露が絵筆の先を舐めつつ言った。舌苔が青く染まっているのは、下書きの上から青袴の部分を着色しているからだ。

「後ろ向きで袴を捲らせてください。自分の手で捲りあげさせるのがいい。裸の尻を思いっきり突き出して、顔だけこちらへ振り返るのです」

「フフフ、よいですな」

伊勢屋に異存のあろうはずがない。道場で美冬を見た時、最初に目がいったのが、清楚な青袴の上からも瑞々しい弾力が感じられる頂きの高い臀部であったからだ。

「『見返り美臀図』というわけですね」

「そういうことです」

「聞こえたろう、美冬」

伊勢屋は美冬を呼び捨てにした。

「立って後ろを向きなさい。袴の裾を捲って尻を出すのです」

「…………」

「なぜ黙っている？　武士に二言はないはずでしょう。それともその者らに無理やり脱がされるほうがよいのですか？」

言葉遣いは丁寧だが、有無を言わさぬ響きがある。身請け代として角屋に五百両を払っている以上、美冬はすでに自分の妾——妾は主人の言うことに従うのが道理だ。

「さあ」

「さあ」

立ちあがらせようと、左右から手代たちの手が伸びてきた。

「さ、触るなっ！」

美冬は金切り声をあげ、身体を揺すった。

「じ、自分で出来ますっ」

震える膝を励まして立ちあがると、後ろを向き、中腰になって袴の裾に手をかけた。

ブルブルと総身を震わせながら、少しずつ捲りあげていく。

ふくらはぎ、膝の裏側と露出していき、目に染みるほど白い太腿を中ほどまでのぞかせた時、

「ああっ……」

美冬はたまらなくなって、泣き声をあげた。

袴の下には何も着けていないのだ。

武家娘の自分が自ら袴を捲りあげ、町人風情に裸の尻を晒す。女郎屋と違い、縛られていないことがかえって羞恥を増幅させた。

「こんな……ううっ」

カチカチと歯が噛み鳴った。中腰のまま下肢を露出し、ワナワナと震える女剣士。それを小気味よさそうに眺めながら、伊勢屋は、

「どうだい、春露さん。この脚の美しいこと。肌がスベスベして、見ているこっちは鳥肌が立ってくるじゃないか。やはり生娘は違うねえ」

「いや素晴らしい。実に素晴らしい。この瑞々しさを描けるのは、絵師冥利に尽きます。もう少しだけ脚を開かせていただけませんか」

「いいとも——そら美冬。脚を開いて、顔をこちらへお向け」

そうだ。

袴の裾をつまんだ白い指が小刻みに震えている。膝もガクガクと震えて、今にも崩れ

鳴咽を喉にくぐもらせつつ、美冬は脚を開き、中腰のまま泣き顔を後ろへねじった。

「くっ……くうっ」

「眼をお開け。ちゃんとこっちを見るんだ」

言われて眼を開くと、商人と枕絵画家のいやらしい視線に射すくめられた。美冬の頬はカーッと火の色に染まる。

「その顔だ。その羞じらう表情が実にいい」

真っ赤に火照った女剣士の美貌をすばやく写生すると、

「尻、次は尻です」

興が乗ってきた春露は、待ちきれぬように眼をギラつかせる。

「そのまま尻を丸出しにしなさい。『見返り美臀図』なのだからね」

伊勢屋が命じた。

（あ、あァ……）

眩暈がした。

目の前に薄桃色の靄がかかったみたいで、美冬は何も見えなくなった。崩れそうに

なる身体を気力で支えながら、震える手で少しずつ袴をたくしあげていく。柔らかい尻たぶに続いて、神秘的な臀裂がのぞく。ついに双臀全体が露呈された。

伊勢屋と春露が感嘆の声をあげているが、美冬にはもう何も聞こえていない。晒しきった双臀を中心に、全身が熱くなっていた。灼けただれるようで、もう立っているのがやっとだ。

「おい、聞いてるのか」

短くなった髪を手代の男に引っぱられ、その痛みでやっと我れに返った。

「尻を振れと、旦那様がおっしゃってるんだ」

「あ、あァ……」

美冬はナヨナヨとかぶりを振った。

「ど、どこまで拙者を愚弄すれば……」

「拙者？　フフフ、呆れたな。この女、まだ武士のつもりでいやがる」

「お前は旦那様の妾だ。女郎屋で客の慰みものになっていたのを、旦那様のありがたいお情けで請け出していただいたんじゃないか。手を擦り合わせて感謝こそすれ、『愚弄』とは何事だ。二度と『拙者』なんて生意気言うんじゃないぞ」

手代たちは髪をつかみ、荒々しくしごきあげて女剣士をあざ笑った。

「これこれ、乱暴はいけないよ」

ほころんだ恵比須顔で、伊勢屋は手代たちをたしなめるフリをする。調子に乗った手代たちは、

「そら、尻を振ってみせろ」

「女郎出身の妾らしく、色っぽく媚を売るんだ」

ひとりが美冬の腕をつかんでひねりあげると、もうひとりは、捲れあがった青袴の裾をつかんで背中までたくしあげ、すっかり剝きだしになった臀丘を手のひらで撫でまわす。

「ううっ……お、おのれっ」

「素直に尻を振らないと、こうだぞ」

男の指が双臀の亀裂をなぞり下りた。そのいやらしい動きが何を意味するものなのか、角屋で美冬はイヤというほど思い知らされている。

「い、いやっ」

たまらず双臀を振った。

よしよしと言うように、男の手が尻たぶを優しく愛撫する。だが美冬の尻が動きを止めると、すぐさま再び双臀の谷間に指を忍びこませてくるのだ。それを避けようと

すれば、美冬はいやでも尻を振りたてざるを得なかった。

「ううっ、こんな……は、恥ずかしいっ」

泣き顔を後ろへねじったまま、美冬は突き出した尻を振りつづけた。撫でさすられる双臀が火のように熱い。なぜだろう、口惜しくてたまらないはずなのに、身体の芯が疼いて仕方がなかった。自分の意思とは無関係に、自然と腰がよじれる。

「あ……あァ……はああっ」

唇が開いて声が洩れた。カーッと脳が灼けただれた。喘ぎ顔を後ろへ向けたまま、美冬は官能味あふれる双臀を振りたくる。もう自分が自分でない気がした。

「そんなところでいいだろう」

伊勢屋が止めなければ、畳の上にへたりこんでしまったに違いなかった。全身が火照ってけだるく、とても自力では立っていられない。

「前を向かせなさい」

妖しい昂奮に捉えられ、痺れきってしまった女体は無抵抗だ。簡単に正面を向かせられ、白小袖の前をはだけられた。決して大きくはない、だが見惚れるほどに美しい胸のふくらみを、美冬はあわてて隠そうとするが、手代たちによってたちまち羽交い絞めにされてしまう。捲れあがった青袴の裾を帯に挟みこまれ、むんむんと官能美を匂わせる下肢がすっかり丸出しになった。

「おお、これは——」

下腹と太腿が織りなす蠱惑のY字型。その中心に萌えたつはずの女の春草が、綺麗さっぱりと剃りあげられている。花も羞じらう乙女の剃毛された恥丘を見て、春露は息を呑んだ。

「角屋で剃られたのだ。儂もむさ苦しいのは嫌いでね。オマ×コはツルツルに限る。描く側だって、そのほうがいいだろう?」

「おっしゃる通りで」

春露は絵筆を手に大きくうなずく。

ふっくらとした隆起の下端に、真一文字に桃色の刻みを入れた女の丘。羽交い絞めされた女剣士はそれを少しでも隠そうと懸命に太腿をよじり合わせている。その色っぽい悶えようを、熟練した枕絵師の筆は見事に紙の上に写しとっていった。

「おっぱいでも揉んでやりましょうか」

手代の一人がニヤニヤしながら言うと、もう一人も、

「じゃあ手前は尻のほうを」

と、声をうわずらせた。

羽交い絞めに身悶える裸身から、甘酸っぱい乙女の体臭が立ち昇ってくる。役得で触れた双臀の、柔らかい中に青い固さを残した弾力がまだ手のひらに残っていた。

「いいだろう。この後オマ×コを開かせるのだから、今のうちにとろけさせておいたほうがいい。少しばかり可愛がっておやり」

伊勢屋が許すと、

「へへへ、聞いたかい」

「たっぷりといじりまわしてやる。遠慮せずに、お前も気分を出すんだ」

手代たちの手が乳房と尻に伸びてきた。剝きだしの乳房を根元から絞りたて、先端の乳首をつまんでひねりまわす。量感を確かめるかのように白い臀丘をすくいあげたかと思うと、指を食い込ませてタプタプと揉みしだいた。

「おのれっ……ゆ、許さぬ」

「何が『許さぬ』だ。へへへ、尻が熱いぜ。感じてんだろ？　え？　どうなんだ」

「ち、違う……拙者は感じてなど……」

美冬はかぶりを振った。

（感じない……感じてなどいない……でも……あ、あァ）

「熱いぜ。手のひらが火傷しちまわァ。それにブルブルと震えてよォ」

「乳首もおっ勃ってきやがった。フフフ、間違いねえ。感じてやがる。生娘のくせして、こいつ感じてやがるぜ」

「違う……違う……あァ」

「根っからの好きものってやつだなァ。そおれ、どうした？　やれやれ、色っぽい顔しやがって。もう腰砕けじゃねえか」

伊勢屋の合図で男たちの手が離れた。

美冬は崩れ落ちるようにしゃがむと、真っ赤に染まった顔を両手で覆い、シクシクと泣きはじめた。

自分の身体の成り行きが信じられない。尻を撫でられ、乳首をいじられただけで、女の官能が恐ろしいまでに昂って、頭の中がうつろになるほどの強烈な快感を覚えてしまったのだ。もう少し愛撫が続いていたら、我れを忘れて泣き狂い、生き恥を晒すさまを枕絵師の筆で写しとられていたにちがいない。そう思うと、感じやすい自分の体質が恨めしかった。

「次はオマ×コです」

春露が新たな紙をとりだした。

「犯される前の女剣士のオマ×コは、ぜひとも描いておかねばなりませんからな」

鼻息を荒げているのは、女陰の妖しさを見事に描ききることこそ、枕絵画家の真骨頂と彼が信じているからである。見ただけで魔羅が勃ち、思わず精を漏らしてしまうほどのいやらしい女陰図。彼の理想はそれだ。

「美冬、股をひろげなさい」

伊勢屋が猫撫で声を出した。

「自分の指でオマ×コを開くのです。奥までよく見えるように、いっぱいにひろげるのですよ」

「い、いや……いやです」

顔を覆ったまま美冬はすすり泣く。自分の手で恥ずかしい女の花園を開いて見せるなど考えられない。ましてそれを枕絵にされるなど——。

春画というものを、美冬はまだ見たことがない。だが唾棄すべきものであることは容易に想像できた。堕落した町人たちがいかなる目的でそれを買い求めるのかも。

自分の恥部が克明に描かれた春画を見ながら、上方や江戸の町人たちがおぞましい行為に耽る。想像しただけでも総毛立ち、冷たいものが背筋を走る。わああっと叫びたくなるほどの恐怖だった。

「できない……拙者には……そんなこと」

「主人である儂の言うことに何でも従う。先刻そう言ったはずです。『武士に二言はない』とも。そうだね、お前たち」

同意を求められ、二人の手代たちも、

「そうですとも」

「この耳ではっきり聞きましたぜ」

と、せせら笑う。

「どうしても嫌だと言うのなら、縛りあげて無理やり剝き身にするしかないね」

伊勢屋の目配せで、手代たちが襲いかかった。手には麻縄の束を持っている。

「ああっ、やめてっ」

あお向けに引き倒され、左右の肩を押さえられて美冬が悲鳴をあげた。

「へへへ、見せてもらうぜ。生娘の活き蛤を」

「女剣士なら女剣士らしく、潔くパックリ開いてみせろよ。どうせもう濡れ濡れなんだろ」

「いやっ、いやです！　け、けだものおっ！」

キリキリと足首に縄が巻きつく。股を開かせようとしているのだと知って、美冬は両足をバタつかせ、狂気したようにかぶりを振った。

「袴は脱がせず、そのまま『まんぐり返し』に転がしてください」

さすがに枕絵画家である。興奮しつつも春露は構図のことを考えている。素っ裸に剝いてしまえば武家娘もただの女。武芸者らしく青袴を穿かせたままの痴態のほうが見る者の淫欲をそそることを計算に入れていた。

「いやっ、いやっ」

暴れる足首がつかまれ、持ちあげられる。清楚な袴は花びらのように捲れあがって裏地を見せ、白い臀丘が天井を向いた。

あーっ――!!

まんぐり返しに押さえつけられ、美しい切れ長の眼が夜叉のようにひきつる。必死に秘部を覆い隠そうとする手を引き剝がされ、足首を縛った縄尻がそれにグルグルと巻きついた。右手首と右足首、左手首と左足首を括り合わされ、女として堪えることのできない大開脚を晒した。

ヒーッ!!　ヒーッ!!

すさまじい羞恥に美冬は喉を絞った。剝きだしの股間に今にも男たちの指が触れてきそうだ。角屋ではどんな辱しめを受けても、かろうじて女の操だけは守られていたが、ここでは何をされるか分からない。犯されるという恐怖感が、女剣士の魂を震えあがらせた。

「ヘッヘッへ。何て恰好だ」

「ツルツルの割れ目に小さいケツの穴、何もかも丸見えじゃないか。こうモロ出しにされたんじゃあ――」

目のやり場に困るねェ、などと言いつつ、手代たちの視線は美冬の秘所に粘りついている。裏地を見せた清楚な青袴が、丁寧に剃りあげられた悩ましい恥丘の隆起と、その下端にくっきりと刻み込まれた割れ目の妖しさを強調していた。

「見ないで！　ああ、どこを見ているのっ!?　駄目っ、見ては駄目っ」

美冬は泣き叫んだ。じっとしていると、見られる羞恥に灼かれて気が狂いそうだ。開脚縛りの半裸身を狂おしく揺すりたてて泣きわめいた。

「殺して！　いっそ殺してっ」

「ぎゃあぎゃあ喚くなよ」

「春露さんが絵に集中できねえじゃねえか」

手代たちが覗きこみながら言う。

「いえいえ、むしろ嫌がってくれたほうが有り難いのです。私が描こうと思う枕絵は、誇り高い女剣士が、何の因果か、卑しい商人ふぜいに――これは失礼――言葉の綾というやつでして、決して伊勢屋さんのことでは――」

「構わないよ、お続けなさい」

伊勢屋は別に気を悪くしたふうでもない。春露もそれならばと、

「商人ふぜいに女の一番恥ずかしい部分を剥きひろげられ、敏感なおサネをベロベロと舐めまわされて何度も何度も気をやる。それから――」

ヒイイッ――。

最後まで言い終わらないうちに、美冬がヒイッと泣き声を昂らせた。春露の言葉は彼女がこれから味わわされるであろう恥辱を――女に生まれたことを後悔するほどのおぞましい羞恥と屈辱を予告していたからだ。

「商人の野太い肉棒で女にされ、しまいには自ら腰を振って悦ぶような、淫らな牝に生まれ変わる様なのですからな」

「お前たちはもう下がっていいよ」

伊勢屋に言われ、手代らはしぶしぶ部屋を出ていく。座敷は美冬と伊勢屋、それに枕絵画家の三人きりになった。

「では、いよいよ御開帳といきますか」

「どうぞ、どうぞ」

春露はほくそ笑み、ペロリと絵筆を舐めた。

作品が生々しすぎるという理由で、彼は春画界で異端視されている。極端にデフォルメされた当時の枕絵に、春露はどうしても満足できなかった。男根に絡みつく女陰の妖美な蠢き、愛液の粘っこさと甘酸っぱい香り、のたうつ男女の汗の匂いやせわしない息づかいまで感じとれることのできる春画。それが絵師・歌川春露の目指す境地である。

「やめて……ひどいことはしないで……ああ、お願いっ」

美冬は総身に冷たい汗をにじませ、息絶えんばかりに声をかすれさせた。局部に陰湿な悪戯をされる羞恥と屈辱に、ブルブルと腰が慄えて止まらない。

「お願い……します……あ、あァ」

今にも気を失いそうだ。

顔だけはいかにも好々爺然とした伊勢屋だが、可憐な乙女の願いを聞き届ける憐憫の情など露ほども持ち合わせてはいない。無防備に開ききった女剣士の股間ににじり寄ると、無毛の丘陵に親指を押し当てて、閉じ合わさった割れ目をゆっくりと左右にくつろげた。

絶望の悲鳴とともに、開花する肉の花びら。甘酸っぱい蜜の香りを漂わせ、幾重にも折り重なった粘膜の層がのぞいた。美冬の腰が狂乱に跳ねるのも構わず、伊勢屋はさらに深く指を入れ、膣肉の奥まで剝き身に晒した。

「あ……あ……」

数度悲鳴をあげた後、美冬は衝撃に打ちのめされ、声も出なくなってしまった。

「あ……あ……あぐっ」

顔面は蒼白で、切れ長の美しい瞳は焦点を喪失して宙空を彷徨っている。が、一瞬の後、血の気を失った美貌がみるみる紅潮したかと思うと、しばたたかせる睫毛の間から大粒の涙が溢れでた。

「ううっ、け、けだものっ」

わななく唇から、嗚咽とともに悲憤の言葉が洩れでた。だがそんな痛罵を意に介すような伊勢屋ではない。

「どうです、この色、この形――」

指の先でつまみつつ、伊勢屋は満足げに言った。すでに先ほどのいたぶりに反応し、薄桃色の粘膜が甘い蜜をにじませ、ぬらぬらと妖しく濡れ光っている。

「素晴らしいじゃありませんか。儂はね、春露さん。この世でおぼこ娘のマ×コほど美しいものはないと思っていますよ」

「まったくですな。同感です」

相槌を打ちながら、春露は夢中になって絵の具を混ぜ合わせている。妖美な肉色を表すのに相応しい色彩の配合を求めているのだ。色といい形といい、これほど上質な女陰は、さすがの春露も目にしたことがなかった。女剣士であることを抜きにしても美冬が最高の画材であるのは間違いない。春画の神に——そんなものがいるとすれば——彼は感謝せずにはいられなかった。

「見事な上つきマ×コだ。それにこの匂い。ああ、たまらない。儂の目に狂いはなかった。五百両出した甲斐がありましたよ」

「すみませんが伊勢屋さん、おサネを剥いて、豆を露出させていただけますか」

「ああ、はいはい」

伊勢屋が慣れた手つきで包皮を剥く。

「うっ！」

敏感な女のつぼみを露出させられる恥ずかしい感覚に、美冬は鋭く呻いた。固い突起をつまんで引き伸ばされると、

「あっ、そこは……あっ……あんんっ」

嚙みしばった唇を震わせて、大きく開かされた下肢をせつなげにうねらせる。噴き

こぼれる甘い喘ぎを打ち消そうと、イヤイヤと首を横に振った。早くも官能をとろけさせつつある処女剣士の悩ましすぎる表情を、春露の筆致が見事に写しとっていく。

「ひっ!!」

ヌルリと舌先でなぞられて、美冬の背が反った。汚辱感を圧倒する戦慄が、のけぞった背筋を電流のように走りぬけた。

「そんな……あうっ!!　あううっ!!」

拒絶しようとする先から背中がのけぞる。

何ということだろう。伊勢屋は指でくつろげ開いた女の秘唇に口をつけ、熱い舌を挿しいれて花園の内部を蹂躙しはじめたのだ。

「やめて……あっ!!　あっ!!　あううっ」

美冬は顎を突き出し、背中をのけぞらせたまま狂乱したように腰を揺すりたてた。舌を使って生殖器官を愛撫する――剣一筋に生きてきた十八歳の女剣士には、そんな行為自体が信じられない。あの恐ろしい角屋ですら、そんな獣じみたことは強制されなかったというのに――。

「いやっ……いやああっ」

血も凍るすさまじい汚辱感。だが泣いてもわめいても、伊勢屋は許してくれない。

ヌルリヌルリと恥溝を舐めあげ、ペロペロと舐めさげてくる。そればかりではない。舌先をいやらしく蠢かせ、割れ目の頂点に位置する女蕾をも巧妙に刺激してくる。

「駄目っ……あっ！　あぐぐっ……あむ……」

美冬は汗の光る美貌をひきつらせて、ガクガクと腰を揺すりたてた。固さを残した若い乳房も、汗の玉を光らせて悩ましく左右に揺れ弾む。どんなにおぞましくとも、唇と舌を使った女芯責めは、女体をとろけさせる最も有効な性技のひとつだ。それが証拠に、執拗に舐めねぶられた女剣士の媚肉は——。

「ううっ……こんな……」

美冬はグラグラとかぶりを振った。

初めて味わう女陰への口唇愛撫。指とは比較にならない強烈な肉の刺激に、全身が甘く痺れ、最奥から熱い果汁が泉のように湧きだす。溢れでた果汁が会陰から肛門へ流れていく恥ずかしい感覚が、誇り高い女剣士をさらに惑乱させた。

「こんな……ひいっ……ひっ……ひいっ」

悲鳴が力を失うにつれ、美冬の総身に汗がにじみはじめた。白い肌が官能を匂わせ、ぼおっとけぶるような薄桃色に染めあげられていく。

「駄目……うん……あんっ……はああっ」

濡れた唇が半開きになり、甘ったるい声を洩らしはじめた。抗いにのたうった腰も今はヒクリヒクリと小刻みに痙攣するばかり。惜しげもなく溢れかえる乙女の果汁を伊勢屋の舌でペロペロと掬いとられていく。

「あ、あァ……ハァ、ハアッ……んんっ……も、もう……もう駄目……駄目ええっ」

ハァハァと熱い呼吸を切迫させると、美冬は屈服を示す重い呻き声を発して白い喉を晒した。括り合わされた四肢を突っぱらせ、脂汗にまみれた臀丘に生々しい逐情の痙攣を走らせる。

アーッ!!――アーッ!!――。

歓喜の絶叫をかすれさせた後、

「ハアッ……ハアッ……」

汗の光る美貌を横にねじ伏せ、半開きの朱唇から熱い呼吸を弾ませた。濡れ潤んだ睫毛がフルフルと震えて、弛緩しきった腰部にブルブルと余韻の痙攣を走らせている。生まれて初めて味わった女陰舐めで、美冬は骨の髄まで官能の炎に焼きつくされてしまったのだ。

「生娘のヨガり汁――回春の妙薬だよ」

舌先から水飴のように垂れ流れる透明な甘蜜を指先でぬぐいながら、伊勢屋が口を離した。どうだと言わんばかりに、枕絵師の顔を見る。

「いや、さすがです。伊勢屋さんにかかれば、天下の女剣士もただの小娘同然ですな。おやおや、まだ震えている。おサネを舐められて、よほど心地よかったのでしょう。それにしても今の狂いよう——とても生娘とは思えません」

満開に咲き誇った処女剣士の淫らな痴態は、すでに春露の手で枕絵の下書きへと変じていた。

「技巧でも何でもない。要は回数なのさ」

女剣士の甘酸っぱい芳香を嗅ぎながら、伊勢屋はしたり顔で言う。

「女をイカせるには、とにかく回数だ。乳を二百揉み、サネを二百舐め、そのうえで魔羅をオマ×コに挿れて、深く浅く二百回ほど抜き差ししてやれば、どんな堅い貞女だって本気汁を垂れ流し、腰を振って悦ぶ。女とはそういう生き物なのだ」

質より量——伊勢屋の説はいかにも、辣腕で藩随一にのしあがった豪商らしいものであった。

「ところで、絵の仕上がりはどうです?」

「はい、これからが正念場でございます」

下書きした女陰に彩色を施すところだと言う。春露は筆入れから未使用の筆をとりだした。

「生娘のマ×コを描くのですから、筆も新しいものを使いませんと――」

硬い筆先を丁寧に指先で揉みほぐすと、絵皿の水に浸した。たっぷりと水を含んでふくらんだ毛筆の穂先を女剣士の股間へとあてがい、何やら祝詞《のりと》のようなものを唱えながら、満開に咲き誇った肉の花園をなぞりはじめる。

「フフフ、これが本当の筆おろしですな」

伊勢屋は冗談をとばすが、絵師の魂であり、春露は、

「筆は道具に非ず。絵師の魂であり、分身にございますれば」

と、存外真面目である。

「女子の恥蜜を吸わせるのも、ひとえに傑作を描かんがため。後家女を描くには後家女の汁、生娘を描くには生娘の汁。たっぷりとヨガり汁を含ませねば、鬼神をも奮い立たせる春画は描けません」

ジクジクと熱い潤いを噴きつづける処女の秘口を、円を描くように筆の穂先でくすぐり、充血してツンと尖りきった肉芽の根元をスッスッとなぞる。春露にしてみれば儀式的な行為なのかもしれないが、それ自体が立派に愛撫になっていた。

「あっ、あっ」

火照った媚肉を冷たい穂先に嬲られ、美冬は切れぎれに悲鳴をあげた。絶頂の余韻も冷めやらぬ官能の源泉を毛筆でくすぐられたことで、くすぶっていた官能の熾火が再び燃えあがる。

「駄目……そこ……ううっ、たまんない」

のけぞってガクガク腰を揺すりたてた。イヤイヤと髪を振りたくる美貌は、羞恥と恍惚、屈辱と肉悦を交錯させて妖しい。十八の娘とは思えぬ色っぽさだ。

「フフフ、筆が気に入ったようだな」

どれ、私も――。

春露から筆を受けとると、伊勢屋は露骨な愛撫を加えはじめた。筆の穂先で女芯をくすぐり、屹立した肉芽を舌先で舐めあげる。

「あっ……あっ……」

美冬の腰がビクビクッと震えた。

太腿を開き加減にして弓なりに背中をたわめたのは、強い官能性の痺れに襲われた証拠だ。たっぷりと舐めあげてから、伊勢屋は再び筆を使った。冷たい水を含ませた穂先で、今はもう血を噴かんばかりに勃起した肉芽を軽くなぞる。

「あふ……んん……あんっ」

美冬は甘く鼻を鳴らし、むずかるように双臀をもじつかせた。明らかに焦れているらしく、総身の汗のぬめりが際立ってきた。

伊勢屋はまたも舌を使った。だが先刻のようにたっぷりとは舐めてやらない。驚くほど反りかえった肉芽の先を、軽く舌先でつついて刺激するだけだ。

「あっ、ああっ」

美冬はうわずった声をあげ、顎をつきあげてコクンと生唾を飲んだ。

「んん……んんんっ」

形のよい鼻孔から、ふいごのように熱い息を吹く。双臀をせりあげ、身も世もない身悶えを示した。揺れる乳房の先に、薄桃色の乳首をツンと尖らせている。

伊勢屋はまた筆責めに切り替えた。

今度は女芯の周辺をなぞるだけで、じかに肉芽には触れない。徐々に刺激を弱めていく陰湿な焦らし作戦に、女体の反応は烈しくなる一方だ。

「い、いやァ……」

泣き声が艶めいている。潤んだ眼をしばたたかせ、せつなげな喘ぎを昂らせた。

「いや……こんなの……あァ、もう……」

グラグラとかぶりを振る美冬。もっと強い刺激を求め、焦れたように尻を揺すって啜り泣く姿は、とてもあの凜々しい女剣士とは思えない。

「フフフ、こんなにいやらしくお尻を振って――」

美冬の腰がはしたなく踊りはじめると、伊勢屋は筆を引いた。

「ああっ」

舌舐めを予想して、美冬が悲鳴をあげた。嫌悪の悲鳴ではない。疼ききった女のつぼみを舌で愛撫される――そう思っただけで全身が甘く痺れ、メラメラと情感が燃えあがった。太腿が自然と開いて、ブルブルと歓喜にわななき震えた。

だが伊勢屋は残酷だ。

「して欲しいことがあったら、遠慮しないで言ってごらん。可愛い美冬の頼みなら、どんなことでも聞いてあげるよ」

春露と顔を見合わせ、ニンマリと笑う。

「ううっ……」

嬲られている――美冬は口惜しげに唇を噛んだ。

官能に溺れて忘れかけていた負けん気が、ムクムクと頭をもたげて美冬を苦しめる。

何もかも放擲して快楽に身をゆだねたい気持ちと、女武芸者としての矜持が、美冬の中で激しく火花を散らして闘争した。

が、それも長くは続かなかった。

美冬は唇を噛みしばったまま、しばらく腰をもじもじとさせていたが、ついに堪えかねて、

「お、お願い……」

ワナワナと唇を震わせた。

「舐めて……舐めてください」

蚊の鳴くような声をかすれさせると、濡れ潤んだ睫毛を固く閉じ合わせ、上気した美貌を苦しげに横にそむけた。羞恥でうなじまで真っ赤だ。

「どこを舐めればいいのかい？」

してやったりとばかり、遣り手商人は舌なめずりした。ついに誇り高い美人剣士にあの卑猥な言葉を口にさせることができる。

「乳首か、腋の下か。それとも――」

淫らな笑みがこぼれた。

「オマ×コか」

ヒクヒクと蠢動しているその部分を、促すように筆の先でつついた。スッ、スッと愛撫する。

ああっ——。

美冬の中で何かが崩れた。

「舐めて、オマ×コっ……ああっ、美冬のオマ×コを舐めてえっ！」

もう取り返しがつかない。美冬は自棄になって何度も卑語を口走り、狂ったように腰をうねらせた。官能の炎に身を焼かなければ、慙愧で気が狂ってしまう。今はもうめくるめく快楽の中で身を滅ぼしてしまいたかった。

「舐めてっ……オ、オマ×コ……ヒッ、ヒイイッ!!」

ただれた女肉に舌が触れると、美冬は絶叫し、太腿で商人の頭を挟みこんだ。

「い、い……あァ、いいっ！」

腰が弾み、惜しげもなく歔き声が噴きあがる。

伊勢屋の巧妙な舌遣いに、若い女剣士はひとたまりもなかった。美冬は双の乳房を揺すりたてて喘ぎ、背を反らせて呻き、あさましく腰を振って泣き叫んだ。焦らしに焦らされていた女体はたちまち昇りつめる。

「イ、イク……美冬、イキますっ」

屈服を告げ知らせ、ガクガクと双臀を揺すったかと思うと、筆をふるう春露の前に凄絶な逐情の相貌を晒した。

あああああっ——。

強すぎる快感に白眼を剝く。汗まみれの肢体に痙攣を走らせ、半開きになった唇の端から白い泡を噴いた。

キリキリと総身を突っぱらせ、ガックリと弛緩してしまう美冬。タガの外れた肉体の中で、汗の光る腹だけが大きく波を打って、絶頂の烈しさを物語っている。

だが伊勢屋は許さない。逐情の瞬間に溢れ出た甘蜜を美味そうに舐めとると、そのまま唇を女芯に押しつけ、赤ん坊が母親の乳首を吸うように、チュウチュウと肉芽を吸いはじめた。

「い、いやっ」

逐情した肉をなおも責められ、美冬はうろたえた。だが若い女体は貪欲だ。

弛緩していた五体がたちまちに活気を漲らせ、雪白の肌は再び汗を噴いて血の色に染め抜かれた。緊縛されたままうねり悶える裸身が、油を塗ったようにヌメ光る。

ハアッ、ハアッ——。

激しすぎる息遣いの合間に、

「いい……いいっ」

眉を八の字にたわめて、美冬は悦びを訴えた。もう嫌悪感はない。せりあげた腰を揺すりながら、一気に官能の高みへと昇りつめていく。

イクううっ。

ガクガクと腰を振った。

「フフフ。まだまだ」

肉の花園から顔をあげて伊勢屋は笑った。逐情にブルブルと震える双臀に、チュッ、チュッと熱い口づけを注ぎながら舌なめずりする。

一度や二度悦びを極めたぐらいで許すつもりはない。美冬のように勝気な女を屈服させ、従順な奴隷に仕立てあげるには、休む暇も与えず責めたてて、骨の髄まで肉の快楽を染みこませてやらねばならない。

「もう……あァ、もう……」

美冬は喘ぎ、グラグラとかぶりを振った。続けざまに強烈な絶頂感を味わわされて気が狂いそうだ。悦びの汗を絞りつくした裸身は鉛のように重い。手足は痺れきって感覚がなかった。そこをさらに責められる。女芯だけを徹底的に責めあげられるのだ。

「あァ、また……またあっ」

弛緩したはずの身体に生々しい痙攣が走る。溢れ出る甘蜜がさらに量と粘っこさを増した。まるで子宮そのものが溶け流れているかのようだ。

「あぐぐっ……あぐっ」

四度目の絶頂はさらに激越だった。

美冬は「イク」という言葉さえ発せず、苦悶に近い顔をのけぞらせて凄絶に果てた。

それでもまだ伊勢屋の責めは続く。

「あうっ、あううっ」

「いい声で歔きよる。ねえ春露さん、この声を絵で表現できないのが残念ですな」

息継ぎに顔をあげて、伊勢屋が言った。口のまわりは自分の唾液と処女の愛液で、水飴を塗ったようにベトベトだ。

「フフフ、お見くびりなさいますな」

すばやく絵筆を動かしながら、春露が不敵な笑みを浮かべた。

「眼に見えぬものまで描ききるのが我が枕絵の真髄なれば、ヨガり声は言わずもがな、この甘酸っぱい匂い、肌のなめらかさ、女陰の熱さまで、余すところなく写しとってご覧にいれまする」

また一枚描きあげたとみえ、筆を絵皿に置いて小筆に持ち替えると、出来上がった春画の右端に「女剣士・逐情の図」と書きこんだ。

ハアッ、ハアッ——。

今まさに五度目の逐情を果たした美冬は、汗みどろの白い肢体を官能的な薔薇色に染めあげ、息も絶えだえに喘いでいる。その妖しすぎる乱れ姿に、

「フフフ、そろそろいいでしょう」

伊勢屋は着物の帯を解き、褌をはずして全裸になった。青袴の裏地を見せて、まんぐり返しに緊縛された女剣士の尻の上に、まがまがしい肉の凶器を反りかえらせて仁王立ちになった。いよいよその時だと知って、春露が新しい紙を用意し、「女剣士・破瓜の図」の準備にとりかかる。

「ヒッ……」

毛叢の中に屹立する男根の長大さに、美冬は思わず息を呑んだ。官能に霞みきっていた瞳が怯えにひきつる。

「痛くはしないよ。儂にまかせておきなさい」

恵比須顔と猫撫で声を、脈打つ太幹と開ききった肉笠が裏切っている。こんな長大なもので貫かれるのだと思うと、美冬はもう生きた心地もなかった。恐ろしさに気死せんばかりだ。

「やめてっ！」

不自由な肢体をのたうたせて、美冬は叫んだ。

「それだけは……それだけは堪忍してっ！」

無駄だとわかっていても、哀願せずにはいられない。鼻先三寸を白刃がかすめても動じない女剣士が、五十男の逞しい肉棒に慄えあがった。

新鮮な秘肉を指でまさぐりつつ、伊勢屋はのしかかってきた。熱くただれた膣口に反りかえった怒張の先を押しつける。

「見なさい、美冬。自分が女にされる瞬間を、よおく見て心に焼きつけておくのだ。お前が儂の女だということを、生涯忘れぬようにな」

ザンギリになった美冬の髪を鷲づかみにし、前に引いて無理やり顔をあげさせた。破瓜の瞬間と、男女の契りを結ぶその部分を見せつけようというのである。

「いや……いやですっ」

髪をつかまれたまま、美冬は懸命にかぶりを振る。

無毛の恥丘が左右に割られ、唾液と愛液に濡れまみれた恥肉が、瑞々しい薄桃色の粘膜を大きく外にはみ出させていた。開ききった肉の合わせ目の上端には、連続逐情に充血した女芯が、愛らしい肉の勃起を根元まで剝き晒している。その小突起を押しつぶすようにして、樫の棍棒に似た長大な男の怒張が、ズブズブッと女肉の中に沈みはじめた。

「ひいっ」

先端を含まされただけで血の気がひいた。見た目をも上回る男根の迫力に、美貌の女剣士は怯えきって少女のように哀願の眼を潤ませる。

「む、無理です……大きすぎるわっ」

「その大きすぎるのが、今に恋しゅうて仕方がなくなる。これなしでは生きていけぬほどにな」

熱く濡れ潤んだ、だがいかにも処女のそれらしい青い緊縮を味わいつつ、伊勢屋はさらに体重をかけて屈曲位に持ちこんだ。

(ああっ、勝之進さまあっ——)

破瓜の瞬間、乙女の脳裏をよぎったのは、やはり恋しい男の顔である。だがそれも一瞬。たちまち身を裂かれる激痛が美冬を襲った。

あーっ——!!

火のような痛みに、押しつぶされた裸身を硬直させる。縛られた四肢が棒のように突っぱった。喉がつぶれるほど叫びながら、本当にこのまま死んでしまうのだと思った。伊勢屋の恵比須顔が眼前に迫り、何か慰撫するようなことを言っているが、何を言っているのか分からない。痛みと恐ろしいまでの拡張感、それ以外は何も感じられなかった。

裂ける――裂けるううっ――。

泣き叫びながら、子宮近くまで貫かれた。

相変わらず髪をつかまれたまま、美冬はハアッ、ハアッと激しい呼吸をしている。

根元まで埋め込まれてしまうと痛みは薄らいだが、灼熱の剛棒に串刺しにされている感覚はすさまじかった。

「くううっ……」

歯を食いしばって泣くまいと努めても、溢れる涙は止まらない。

ついに犯された。

武士の娘である自分が、卑しい商人に手篭めにされ、幾度も生き恥を晒したあげく「女」にされてしまったのだ。

死にたい。死んで恥を雪ぎたい――。

そう思ったとき、また激痛が走った。伊勢屋が腰を引いたのだ。

「フフフ、一手ご伝授つかまつろうかの。女剣士どの、これがオマ×コというものでござるよ」

伊勢屋が侍言葉でからかった。笑いながら、再びゆっくりと肉刀を沈めていく。

「いや……もう……あぐううっ」

はらわたがよじれるほどの激痛。痛みと屈辱に脳を灼かれる。

「おお、これは――狭い。狭いぞ。おまけに嬉しそうに締めつけてきよる。名器だ。実に名器だ」

出血がおびただしく、抜き差しのたびに新鮮な処女の証しが肉棒を濡らす。敗残の女剣士の体腔を肉の刀でズブズブッと突きえぐるのは、得も言われぬ嗜虐の快感だ。秀眉をたわめた絶望の表情、口惜しげなすすり泣きの声までが、生娘好みの伊勢屋の欲情を煮えたぎらせた。

「描いてますか、春露さん」

「………」

訊かれても、春露は答えない。

憑かれた眼をして、隠居商人と若い女剣士の禁断の肉交を描写している。汗ばんだ太腿をつたい流れる処女の真っ赤な血が白い紙に描きとられ、今まさに稀代の枕絵師歌川春露一世一代の名作が生まれる瞬間であった。

2

「どうです、春露さん。絵の売れ行きのほうは?」

「いやお蔭さまで、これがもう——江戸でも上方でも飛ぶように売れて、新たに版木を彫りなおしているのだとか。早く続きを描けと版元がうるさく催促してきますんで、ご迷惑とは存じあげながら、こうしてまたお邪魔した次第でございます」

「迷惑だなどと、とんでもない。そうですか。売れていますか。それはよかった」

伊勢屋は満悦顔だ。自分が女剣士と交わっている春画が日本中に流布していると聞かされて、嬉しくないわけがなかった。

「で?　次はどういう趣向の絵になるのですか?」

半月ぶりに交わされる伊勢屋と春露の対話は、茶を飲みながらなされているのではない。伊勢屋は四つん這いの美冬を後背位で揺すり犯しつつ、客の春露と話しているのである。

今日の美冬は小袖も袴も着けておらず、縄で縛られてもいない。一糸まとわぬ全裸で、汗ばんだ白い裸身を牝犬のように後ろから貫かれ、ハァハァとせつなげに喘いでいた。

「実は『女体四十八景』というのを描かせていただきたいと思いまして」

春露は答えながら、すっかり従順になって腰を振る女剣士を感慨深げに見つめた。

少しやつれた感じはあるが、整った清楚な美貌は少しも損なわれていない。毎日庄兵衛に抱かれ、大量の精を子壺に注がれているせいだろうか、青い固さを残していた乳房は見違えるようにふくらみ、肉づきを増した双臀が、ムンムンと成熟した色香を発散している。削ぎおとした短髪も長く伸び、ユラユラと揺れる乳房に垂れかかっていた。

「四十八景？　三十六景なら北斎。五十三次と言えば広重だが」

「ふん、あんなもの」

春露はせせら笑った。

「景色なんぞ描いて、なにが面白いもんですか。女です。浮世絵はやはり女体に限りますよ」

人気絵師らへの敵愾心を刺激されたのか、春露は紙を手にして、炭を強く握った。

よしきたとばかりに、伊勢屋は美冬の髪をつかんで顔を上向かせる。

「あああっ」

快美にまみれた美貌が絵師の前に晒された。

せつなげにたわんだ細眉。深く縦皺を刻んだ眉間。泣き腫らした切れ長の瞳には、以前は見られなかった濃密な翳りがある。半開きになった唇に真っ赤な紅を塗られて、ゾクゾクするほどの被虐美だった。いやがうえにも枕絵画家の創作意欲は高まる。

「四十八手でイカされる女剣士の姿を描くのですよ。一枚目はこの恰好で――『ひよどり越え』でイカせてください」

「造作もない。半月前と違って、美冬はオマ×コが大好きになったのでな」

自信たっぷりに言うと、伊勢屋は本格的に突きあげはじめた。大腰を使い、ドスンドスンと肉杭を打ち込んでいく。

伊勢屋の言葉通り、美冬はたちまち悩乱の渦に巻きこまれた。快美に汗ばむヨガリ顔を春露に写生されながら、うう、ううっと獣の唸り声を発し、貪るように腰を振りたてる。

「美冬、いや師範代どの。儂の『突き』はどうかの？　やはりまだ脇が甘いか？　ん？　どうなのだ」

道場で師範代を務めていた美冬が、しきりに『脇が甘いっ』と門下生らを叱咤していたのを想い起こして、伊勢屋は意地悪く揶揄するのである。

「フフフ、それ『突き』――『突き』っ！」

「い、いいっ……ヒッ、ヒッ……いいっ！　た、たまんない！　もっと、もっと強く突いてっ……あう、あううっ！」

「どうやら『突き』は及第点のようですな、師範代どの。ならばこれはどうです？」

尻割れに指をしのばせ、肛門に含ませた。

「ああ……あぁァ」

美冬の裸身に痙攣が走る。

「フフフ、これがほんとの『二本差し』ですな」

「もう……もう、イクっ」

尻穴で指を食い締め、一気に頂上まで昇りつめた。美冬はすでに角屋で女あしらいに長けた客たちに陰核や尻穴を責められ、数えきれぬほどの回数気をやらされていた。しかし生身の男根に深々と貫かれ、熱い樹液を子宮に浴びながら極める絶頂の恍惚感は、それとは較べものにならぬほど強烈なものであった。

「あ、あぐ……あぐぐっ！」

重く呻いて背中を弓なりに反らせた後、がっくりと弛緩した。

額づいた恰好のまま、ヒクヒクとうち震える美剣士の白裸身。まだ痙攣の収まらぬ太腿を抱えこむと、伊勢屋はつながったまま、ドッコラショと立ちあがった。

「ああっ……こんな……」

赤らんだ泣き顔を、美冬は弱々しく振りたてた。

まるで親におしっこをさせられる幼児のように限界まで内腿をはだけ、逞しい肉棒を咥え込んだ股間をあられもなく曝けだした恰好だ。陶酔の境になければ、とうてい堪えられるものではない。

「は、恥ずかしい……旦那さま」

たまらず前を隠そうとする手を、

「駄目だ」

伊勢屋の一言で封じられた。

「はい……旦那さま」

股間を隠すはずの手で、美冬は上気した美貌を覆うと、シクシクと泣き出した。

「ほう……」

春露が驚いた。

「いま、『旦那さま』と——」

あの勝気な女剣士が、見下していたはずの商人を旦那さまと呼び、叱られた少女のように泣いているのが信じられない。

「一昨日からなのだよ」

突き上げながら、伊勢屋は嬉しそうに言う。

「それまでは悪態ばかりついていたのが、おととい例の尼の話をし、素直に儂の妾になれば、尼に会わせてやると言ったのだ。そしたらどうだろう」

「だ、旦那さま……美冬、また……また恥をかきそう……」

美冬は手のひらで顔を隠したまま、弓なりに背を反りかえらせた。蒼白い鼠蹊部がひきつっているのは、それだけ快美が大きい証拠だ。

「よしよし。いいんだよ、美冬。遠慮せず、何度でも気をやるがいい」

いとしくてたまらないとばかり、伊勢屋はのけぞる女剣士の汗ばんだうなじに唇を押しつけ、春露に向かって、

「見てのとおり別人のようにしおらしくなってな。縄を解いても逃げるどころか、しっかりと儂の体にしがみついてきおる。フフフ、女というのは分からんものよ。よく見てごらん。あそこに陰毛が生えはじめている」

言われて春露は目をこらした。

なるほど、野太い肉棒を埋め込まれ、痛々しいまでに開ききった肉裂の上、優美な女の頂きの表面に、微かな産毛がけぶるように生えはじめていた。

「本当だ」

春露は近づき、搔きあげるように産毛を撫でさすった。そんな行為にも女の情感が昂るのか、美冬は細い顎を突き上げ、あーんとせつなげな声をあげた。くびれた腰をむずかるように悶えさせて、潤んだ瞳で恨みがましく春露を睨む。女剣士らしからぬ婀娜っぽい仕草に、春露は胴震いした。

「無粋なら剃らせますよ」

伊勢屋が言うと、

「いえ、このままで――『四十八景』とは別に、一枚描かせてください。『女剣士。犯されつつ恥毛生えそめしの図』です」

肉杭に裂かれた薄桃色の粘膜が、にじみ出る官能の甘蜜でヌルヌルに光っている。ヒクヒクと喜悦に震える女芯の肉芽。その妖しいたたずまいと、今まさに生えそめんとする初々しい春草の取り合わせが何とも色っぽい。女陰を見慣れている枕絵師さえ思わず生唾を呑む光景だ。

北斎に「蛸と海女」という春画がある。全裸で横たわった女に大小二匹の蛸が絡みついて、口と女陰を吸って気をやらせている図である。春露はふとそれを思いだし、悪戯心を起こした。

絵の具を溶き、筆に含ませると、

「失礼いたしますよ」

伊勢屋の垂れ袋に黒い目玉を描きはじめた。

熟達した筆遣いで、伊勢屋の大きな垂れ袋が蛸の頭に変じていく。絵筆は続いて、伊勢屋の内腿に蛸の足を描きはじめた。一本、二本……うねりのたくる蛸足は実に生々しく、今にものっそりと動きだしそうだ。

「ホッホッホ、くすぐったいよ」

「ご辛抱を——少しばかり魔羅を抜いていただけませんか」

「かまわないが、ぜんたい何をしているんだい？」

求めに応じて伊勢屋は腰を引いた。根元まで挿入されていた陰茎が、とろけきった柔肉をめくりつつ、半分ほど現れた。

「もう少しお願いします」

「こうかい？」

雁のくびれ付近まで露出した。

節くれだった太幹は、女剣士の熱い果汁に濡れまみれ、ドクン、ドクンと脈打っている。毎日スッポンの生き血を飲んでいるというだけあって、五十男のそれとは思えない逞しさだ。

「いやァ」

美冬が泣き、のけぞったままグラグラとかぶりを振った。気をやる寸前で突き上げを止められ、狂わんばかりだ。連日の色責めで、肉体が女の悦びに目覚めてしまった。もう男なしではいられない。

「やめないで……ねェ、やめちゃいやァ」

うわごとを口走り、貪るように腰を蠢かせる美冬。あの凛とした青袴の女剣士が、これはまた何という変わり果てようであろう。

「美冬さんは汁だくさんですなァ」

春露は半ば呆れたように言うと、濡れた肉棒を丁寧に懐紙でぬぐった。再び絵筆をとると、太い肉幹に蛸の吸盤を描きはじめる。

「さあ、出来ました」

伊勢屋の睾丸は、ギョロリと目を剝いた蛸の大頭。肉幹は女陰に押し入った太い足。そこには無数の不気味な吸盤がついている。

我れながらいい出来であった。伊勢屋本人に見せてやれないのが残念だ。

「もういいのかい？」

「絵の具が乾くまで、いましばらく——はい、結構ですよ。ゆっくりと突いてみてください」

伊勢屋はうなずき、おもむろに突きあげはじめた。

毛むくじゃらの蛸頭が蠕動を始め、吸盤のついた八本足が不気味にくねりはじめる。中でも太い一本の足は、伸縮しながら女剣士の媚肉を侵犯しはじめた。

「う、うぐぐっ……いい」

美冬はたちまち汗にまみれた。全身が火になって燃えあがり、一気に絶頂へと昇りつめていく。

「あぐぐっ……いい……いいっ」

凄絶に美貌を歪めてのたうつさまは、春露の目にはまさに蛸に犯されて気をやる女の姿に見えた。濡れ肉に没しては現れる太い蛸足。無数の吸盤が肉襞に吸いついて、甘い官能の蜜をジュルジュルと音を立てて吸いあげている。いや吸いついているのは吸盤ではない。女肉のほうが蛸足に絡みつき、貪欲に蠢きつつ奥へ奥へと引き込んでいるのだ。

「イク……あァ、イクっ」

蛸足を締めながら、美冬は逐情を告げ知らせ、キリキリと総身を絞りたてた。万力のように締めつける肉輪の縁から、じんわりと白い絶頂汁がにじみ出て、睾丸に描かれた蛸の頭をドロドロに溶解させていく。膣穴に埋没した蛸足の吸盤も、熱い果汁に溶け流れてしまったようだ。

「あ、あァ……」

ようやく降ろされた美冬は、もう精魂尽き果てたといった感じで畳に倒れ伏した。

贅肉のない優美な肢体が、ねっとりと汗にまみれて弛緩しきったさまは実に悩ましい。背中や腰の曲線にこそまだ青い固さを残すものの、双臀の見事な盛り上がりや尻割れの妖しさは、立派に大人の女性のものであった。少し伸びた髪を束ねる白い元結だけが、彼女が少し前まで生娘であり、剣術修行に身をささげる女武芸者であったことを仄めかしている。

「いけないいな、美冬」

怒張をそそり立てたまま、伊勢屋は慇懃に言う。

「自分だけいい想いをしてはいけないと、あれほど教えておいたのに。客人の前で、儂の顔が立たないじゃないか」

主人である自分を果てさせず、ひとりで悦びを極めたことを言っているのだ。

「お、お許しを……旦那さま」

ハァハァと熱い息を吐きながら、美冬は疲れきった身を起こした。汗の光る裸身をくねらせて商人の足元にいざり寄ると、

「ご奉仕……させてください」

肉棒の根元を握りしめ、白い歯をのぞかせて先端を口に含む。たっぷり唾をのせた舌で、ペロペロと鈴口の溝を舐めながら、すぼめた唇で雁のくびれを強く摩擦した。教えられた通りの上目遣い。ねっとりと伊勢屋を見る瞳は、激しかった逐情の余韻に妖しく濡れ潤んでいる。

「魔羅吸いは下から描くのがいいのですよ」

春露は紙と絵筆を持ったまま、仁王立ちになった伊勢屋の股下にもぐりこんだ。

何とも卑猥な眺めであった。

毛叢の中にそそり立つ野太い肉柱を、女剣士の小さな唇が懸命に吸いあげている。花びらに似た唇のすぼまりから、男根の裏筋が現れては没し、現れては没しを繰りかえすたび、妖しく捲れた美冬の下唇はギュボッ、ギュボッと淫らな音をたて、下顎に甘い唾液がしたたり流れた。

美冬はいったん肉棒を吐き出すと、苦しげに息をつぎ、今度は垂れ袋を口に含んだ。口一杯にほおばって金玉をしゃぶりながら、怒張したままの肉棒を細い指でしごきあ

げる。

「くくっ」

伊勢屋が笑った。

「上手くなったねェ、美冬」

誇り高い女剣士が、彼の垂れ袋をしゃぶりながら、そそり立つ肉棒を懸命にしごいている。それを描いた枕絵は、まさに天保の世を——崩壊しつつある武家社会を象徴していた。

春露の多色刷り版画を片手に自慰に耽った町人たちは、性的随喜を貪ると同時に、長年自分らを圧迫してきた身分制度という重い軛を打ち毀すカタルシスをも味わったに違いない。世はまさに商人の時代であった。

美冬は垂れ袋を吐き出し、再び怒張を咥える。

しゃぶり抜かれた垂れ袋の蛸は、すっかり唾液に溶け流れてしまっていた。

「うむううっ……」

灼熱の肉柱を口いっぱいに頬張ると、美冬は汗に湿った髪をユラユラと揺らしながら、真っ赤に上気した顔を前後させはじめた。反りかえった肉棒の先が上顎の粘膜をこすって喉に達する。嘔吐感に堪えながら、美冬は懸命の口唇奉仕を続けた。開ききった肉笠を喉粘膜で刺激しつつ、逞しい肉幹に舌を絡め、淫靡に舐めさすった。どうすれば男が喜び、どうすれば自失するか、処女を奪われた後の半月間、徹底的に教えこまれた女剣士である。

「うむ……ううむっ」

魔羅吸いを行いながら、火のように身体が疼くのであろう。下から見上げる春露の眼には、胸の谷間から鳩尾を経て、悩ましい縦長の臍へと、ひっきりなしに汗の玉がすべり落ちていくのが見える。揺れる乳房の先に、美麗な桃色の乳首が妖しく尖っていた。

「ううっ、いいぞ、美冬」

腰骨もとろける甘美な舌遣いに、さしもの伊勢屋も唸り声をあげた。美しい頭髪を鷲づかみし、せわしなく腰を使いはじめる。美冬が白眼を剥くほど深く挿れ、魔羅を吸われる愉悦を存分に堪能した。春露の目にも、伊勢屋が果てそうになっているのが見てとれた。

「くうっ、たまらん……ううっ……うむっ」

伊勢屋は腰を静止させると、太腿をブルブルわななかせた。同時に美冬の細い喉がゴクッ、ゴクッと嚥下の動きを示す。商人の熱い樹液をためらいもなく呑みくだして

いく女剣士の白い喉を、春露はあお向けのまま描きとった。

「あ、あァ……」

ねっとりと唾液の糸を引いて、女剣士の唇が離れた。喉奥にたっぷり射精したにもかかわらず、相変わらず逞しく屹立したままの肉棒の先に、美冬はもう一度愛しげに舌先をあてがうと、にじみ漏れる熱い精汁を丁寧に掬いとった。

「フフフ、可愛い奴」

伊勢屋はしゃがんで女剣士の口を吸う。牡の精汁をたっぷりと飲まされた美冬は、麻痺したように伊勢屋のなすがままだ。

「立ちなさい」

言われておずおずと腰をあげた。

肌を隠してはならぬと厳しく命じられているので、両手は臍の上に重ねられたまま。それでも火のような羞恥をさすがに拭いきれず、ムッチリと張りつめた太腿が内側によじれるのをどうしようもない。

「お客さまにご挨拶せんか」

伊勢屋はどっかと畳に腰を据えて言った。口上はあらかじめ教えこんである。女剣士の従順ぶりを春露に見せつけて自慢しようというのだ。

「春露さま……」

美冬は睫毛を伏せたまま挨拶を述べはじめた。

「本日は、わたくし早乙女美冬の乱れ姿を描くため、わざわざ御足労いただきましたこと、まことにいたみいります」

深々と頭を垂れた。

卑しい枕絵画家に、生まれたままの姿を晒しつつ挨拶の口上を述べなければならぬ屈辱に、女剣士の美しい肢体は瘧にかかったように震えている。だが伊勢屋の機嫌を損じたら、青蓮尼に会うことはかなわない。

純潔を奪われ、淡い初恋も、剣士としての誇りも、すべてを失った美冬にとって、青蓮尼に会うことが最後の望みであった。青蓮尼さまにお会いしてひと言、彼女と寺、そして尼たちを守りきれなかったお詫びがしたい。それができたなら、恥を雪ぐため自ら命を絶とうと思っている。

「聞けば春露さまのお描きになった錦絵は大変御好評との由、心よりお慶び申しあげます。本日も美冬はいっぱいお尻を振り……」

平静を装っていたが、さすがに言いよどんだ。

「お尻を振り……そ、それから……」

「フフフ、それから？」

伊勢屋が先を促す。

春露もゴクリと生唾を呑んだ。口惜しげにワナワナと震える朱唇からどんな猥褻な言葉が出るのかと期待し、ジーンと官能に痺れる。

「そ、それから……」

美冬はうなじまで真っ赤になった。

恥ずかしい淫語を言わされる屈辱に、形のいい膝小僧がガクガクと慄える。しっかりと睫毛を閉じ合わせていても、男たちが自分の太腿の付け根付近を凝視しながら、全身を耳にしてその言葉を待っているのが分かった。

「オ、オマ×コ……」

喉奥から絞りだすように口にした。すさまじい羞恥に脳が灼けただれる。

「オマ×コを……本日もオマ×コをいっぱい開きますので、どうぞ良い枕絵をお描きください」

言い終えると眩暈がし、フラフラとよろめいた。

身も心も穢され尽くして、そんな淫猥な言葉さえも口にする自分は、もはや青蓮尼さまにお目にかかる資格もないのでは――そんなふうにさえ思える。

「フフフ、よしよし。よく言えたぞ美冬。さあ、そのムチムチの尻をこちらへ向けて、いやらしく腰を振ってみせろ」

「あ、あァ……もう堪忍……」

いやらしい口上を言わされたり、屈辱的な裸踊りを披露するくらいなら、犯されてヨガり狂うほうがまだマシだった。美冬は半ベソをかいて何度もかぶりを振る。が、いくら哀願しても無駄と悟ると、観念して男たちに背中を向け、若さと官能味に満ちあふれた白い双臀を晒しきった。

「ご、ご覧になって」

自棄になった美冬は、くびれきった柳腰に両手を添え、挑発するように双臀を突き出すと、

「ああ、見て……美冬のお尻。いやらしいお尻の形を、よく見てください」

首を後ろへ捻じ曲げて甘えるように言い、色っぽく総身をくねらせはじめた。

「もっとだ、美冬」

「あ、あァ……」

すすり泣きを洩らし、腰のうねりを大きくする。

「もっとだよ」

「あァ、そんな……」

「まわすだけじゃつまらん。ゆっくりまわした後、尻をすばやく左右に振るんだ」

「は、はい……御主人さま」

言われるがままにゆっくりと腰をまわし、羞恥に色づいた双臀を左右に振りたくる被虐の女剣士。次第に激しさを増す腰の動きに、成熟味を漂わせる臀丘がプリプリと揺れ弾む。汗ばんだ乳房の先で薄紅色の乳暈が盛りあがり、硬くなった乳首がググッと頭をもたげた。感じている。明らかに感じている。

「あァ、もう……」

全身をジーンと甘い官能に痺れさせ、美冬は腰砕けになった。股の奥が熱いものでヌルヌルになっている。ブルブルと悦びに双臀が震えた。苛められて感じる女に成り下がってしまったことを、いやでも悟らされた。

「どうです、春露さん」

伊勢屋は得意げに顎をしゃくった。

「半月前と較べると、おっぱいもずいぶん大きくなったでしょう」

「本当ですな」

「たっぷり精を注いでやっていますからね。やはり女の身体は、男の精を吸わないと熟しません」

「このぶんですと、あそこの毛が生え揃う頃には、立派な牝になってますな」

筆を動かしながら、春露が感慨深げに言う。

「旦那さまァ」

美冬は首をねじって流し目を送った。

「お情けを……美冬にお情けをください」

プルンプルンと尻を振りながら甘えた。心臓がドクドク脈打って、熱い情感が全身を駆けめぐる。清純な雪白の肌は官能的な牝色に染めあがっていた。犯される準備が整ったのだ。

「フフフ、いいだろう。おいで」

伊勢屋があぐら座りのまま手招きした。その手招きに吸い寄せられるように美冬はフラフラとよろめき歩き、垂直にそそり立つ肉柱の上に、対面座位でゆっくりと腰を落としていく。

「ああっ、旦那……さま……」

唇が開いて、悦びの声が震えた。官能にざわめく柔肉を、太い熱鉄でズブズブッと犯されていく快感。ズーンと最奥まで貫かれ、子宮がググッと押しあげられた。目もくらむ喜悦が、美冬の中の女を狂わせる。

「い、いいっ！」

気がつくと美冬は、伊勢屋の体にしっかりしがみつき、対面座位の姿勢のまま自らせわしなく尻を弾ませていた。

「い、いい……旦那さま……いいっ！」

商人の背に細腕をまわし、逞しい肩に顎を乗せ、美冬は惜しげもなく嬌声を放った。垂直に突きあげられて、漆黒の髪が乱れ舞う。なめらかな柔肌は油でも塗ったようにヌルヌルだ。

「今日はまた一段と激しいじゃないか、美冬」

見られながら性交するせいなのか、女剣士の激しすぎる腰使いを、伊勢屋が耳元でからかった。

「ううっ、おっしゃらないで」

美冬は羞恥してかぶりを振る。だが腰の動きは止まらない。暴走する肉体は、もう自分のものではないかのようだ。

「美冬はこの体位が好きなのだよ」

夢中で描きつづける春露に向かって笑いかけると、伊勢屋は美冬の足首をつかんで持ちあげ、両肩に抱えあげた。

「そら、お前の好きな『帆かけ茶臼』だ」

「あぐぐっ」

結合がさらに深まった。気が遠くなるほどに深くえぐられ、美冬は白眼を剝いた。

両脚を抱えあげられているため、どうしても互いの顔が離れる。

「恥ずかしい……旦那さま……」

肉悦に浸る顔を見られるのが恥ずかしかった。美冬は上気した頰を横にねじろうとするが、逆に両手で美貌を挟みこまれ、唇を吸われてしまう。

「ん……んんっ」

たやすく舌の侵入を許し、口腔内を荒らしまわられた。上顎を舐めねぶられ、舌を絡めとられて存分に吸われた。その間も最奥への猛烈な突き上げは止まらない。

「ハアァッ……ハア、ハアッ」

唇が離れると、美冬は絶息せんばかりに喘いだ。

「奥に……ううっ、奥に当たっています」

「フフフ、何がだい？　何が奥に当たっているのかね？」

突きあげながら、意地悪く尋ねる。

「旦那さまの……旦那さまのおチン×ンが」

「儂の魔羅か。儂の魔羅がどこに当たっているのだ？」

「奥に……ンンっ」

「聞こえないよ」

伊勢屋は突きあげの勢いをゆるめる。

「お、奥ですっ……美冬の……オ、オマ×コの奥に。ああン、やめないでっ」

「よしよし、次はこれだ」

春露が紙を取り替えたのを見て、伊勢屋は体を後ろへ倒した。あお向けに寝ころがった商人に女剣士が跨った恰好になる。

「恥ずかしいっ」

騎乗位は美冬にとって最もつらい体位だった。女上位で腰を振り、ヨガり泣く顔を下から意地悪く観察される。気が狂うほどの恥ずかしさと口惜しさだった。だがその羞恥と屈辱が女の官能を煽りたて、若い牝肉を狂わせる。

「ああっ、もう……もう」

汗でヌラヌラと光る裸身が上下に跳ね、前後左右にうねり舞う。淫ら乗馬にきしむ骨肉。今にも気をやらんばかりの激しさだ。

「もう……もう駄目っ」

痺れきった腰が据わらなくなり、美冬は上体を崩して商人の体にしがみついた。

「だ、旦那さまっ」

本茶臼の体位でブルブルと震える。

「フフフ、だらしないぞ、美冬。女剣士のくせに」

伊勢屋がからかい、汗みどろの双臀を平手で叩いた。張りつめた臀肉は汗を光らせ、ピタピタと小気味よい音を立てる。

「だって……だってェ」

胸のふくらみをひしと商人の胸に押しつけ、しこり勃った乳首を擦りつけながら、美冬は甘える。

もう限界だった。

体奥に熱いものが煮えたぎり、今にも噴出しそうだった。官能の熱い疼きに、総身の震えが止まらない。皮膚の毛穴が全部開ききった感じで、じっとしていても生汗が流れた。

「イカせて……美冬をイカせてください」

ハア、ハアッと熱い息をはずませながら、美冬は哀訴した。

気をやっても許されるわけではない。伊勢屋の体力が続くかぎり何度でも犯され、身も世もなくヨガり狂わされるのだ。頭ではそれが分かっていても、九合目まで昇りつめた肉体はとどめを刺されることを求めた。

「ねえっ、ねえっ」

焦らされて、火柱となった身体が蠢く。若鮎のような女体の身悶えが、伊勢屋にはたまらない。だがわざと自分から動こうとはせず、我れを忘れた女剣士の痴態を楽しんでいる。

「ひどい……ひどいわっ」

美冬はすすり泣き、もう一度身体を起こした。汗の光る美貌をひきつらせて、再び腰を振りはじめる。

「イキたい……美冬、イキたいの」

うわごとのように口走り、裸の双臀をこすりつけた。

「よしよし」

ご褒美と言わんばかりに、伊勢屋が腰を浮かせた。いったん浅くなった結合が再び深まって、あーっと美冬が喉を絞った。

「あっ、あっ……あうっ、あううっ……これ、いいっ。いいわっ、素敵よっ」

のけぞった表情が眉をたわめ、開きっぱなしになった唇の端からヨダレを垂らした。血色に染まった頬と額にべっとりと乱れ髪が貼りついて、凄艶の極みである。

「突いて！　もっと……ああ、もっと突いてっ。美冬を滅茶苦茶にしてえっ」

美冬は我れを忘れてヨガり狂いはじめた。これほどに激しい乱れようは、伊勢屋もまだ目にしたことがない。秘められていた官能がいっぺんに開花したのだ。

「いやはや、たいしたハメっぷりですなァ」

野太い肉棒をしっかりと根元まで咥え込み、貝類のように妖しい蠢きを示す媚肉を後ろから覗きながら、春露が感嘆の声をあげた。

「尻穴が開くと、もっといいのですが」

いっぱいに開ききった花芯と、慎ましくすぼまった肛門。その好対照も悪くないが、美麗な穴を二つながら開いて犯される女剣士の姿も描いてみたい。

すすいだ筆で、春露は美冬の肛門をくすぐりはじめた。放射状の美麗な襞にそってスッ、スッと濡れた穂先を滑らせる。

「オオオッ！」

美冬の反応は早かった。

もともと尻穴が敏感なうえに、犯されながら排泄器官を玩弄される被虐感が、燃えあがった官能の火柱に油を注いだ。

「お尻は……お尻は駄目、駄目よっ……あわわ、あわわわっ……ひえっ、ひっ、ひっ！」

しゃくりあげ、イヤイヤとかぶりを振りつつも、美冬は淫らな情感の渦に巻きこまれていく。強烈な肉の快感を送りこんでくる逞しい律動。小さくすぼめた肛門の襞を一枚一枚めくるようになぞりあげてくる筆の穂先。くるめくような肉悦と暗い肛辱の感覚が混ざりあって、美冬はもう何が何だか分からなくなっていく。

「ひっ、ひっ、旦那さま……旦那さまあっ」

「オマ×コをヒクヒクさせおって。よほど尻穴をいじられるのが心地良いらしいな」

「尻穴が開いてきましたよ」

「こっちは締めつけてくる。ああ、これはたまらんわい」

妖美な肉の味わいに、伊勢屋も限界が近い。上体を起こして、今度は前から美冬の太腿を掬いあげた。帆かけ茶臼に持ちこむと見せかけ、そのままスックと立ちあがる。いわゆる『やぐら立ち』、現代風に言うなら駅弁ファックだ。

宙に抱きあげられて、美冬はアーッと悦びの声を迸らせた。

「凄い、凄すぎますっ。あァ、旦那さまっ」

スラリとした美脚を伊勢屋の腰に絡みつかせ、両腕で太い首にしがみつく。尖端をしこり勃たせた二つの美乳を、つぶれんばかりに男の胸板に押しつけた。

「奥に……奥に当たってます。あァ、毀れちゃう……オマ×コが……美冬のオマ×コが毀れちゃううっ」

ユサユサと揺すられて、漆黒の髪がうねり舞う。垂直の突き上げに子壺をえぐられ、脳天まで快美に灼きつくされた。

「息子の嫁に子供ができんのでな。お前が儂の子を産んでくれたら、いずれ店を継がせてやってもよいぞ。どうだ、美冬」

「うぐぐっ……死ぬっ」

身も心もどっぷり官能に浸りきった女剣士に、伊勢屋の言葉など聞こえていない。汗ばんだ男の背中に爪を立てて皮膚を裂き、絡みついた下肢をブルブルと震わせた。爪先がひきつって痙攣し、外側に反りかえる。

「あおお……あおおっ」

絶頂感に、もう言葉も出ない。

「孕め、儂の後継ぎを……ううっ、出るっ」

「あわわわわわっ」

「出るぞっ、おおっ!!」

「ヒイイィィーッ!!」

歓喜と断末魔の絶叫が響きわたる中、歌川春露は紙の隅に、「女剣士・中出しされ悶絶の図」と書き記した。

3

全裸のままで緊縛され、猿轡を嚙まされて駕籠に乗せられた青蓮尼は、家老の瀬谷兵左衛門とともに西班牙船の船長室に跪いていた。

「閣下には御機嫌うるわしく——」

床の上をいざるように膝行した瀬谷は、豪奢な事務机の向こう側にゆったりと腰を掛けている軍人風の男に向かって何度も叩頭した。卑屈な愛想笑いを凝固させたまま振り返って、小声で青蓮尼に囁く。

「ロドリゲスさまだ。ご挨拶しなさい」

「…………」

青蓮尼は傲然と頭を上げたまま、大柄な異人を無言で睨みすえている。

「ホセ・ミカエル・ロドリゲス、ト申ス」

有坂藩二十万石の家老の挨拶を尊大に受け流し、軍服を着た赤毛の異人は、訛りのある日本語で青蓮尼に話しかけてきた。

「ワガ船へヨウコソ」

素っ裸を後ろ手に厳しく縛められていても、気品と誇りを失わぬ正座姿を頼もしげに見やるが、

「ホセ・ロドリゲス――なるほどそれがこのわたくしを異国へさらっていこうという卑しい人買いの名前か。覚えてつかわす」

頬を冷たく凍らせたまま青蓮尼が言い放つと、驚愕の色を顔に浮かべ、祖国の仇敵阿蘭陀人の血を引く混血の貴婦人を、憎悪を含んだ赤い眼で睨みつけた。

「こ、これっ」

瀬谷が蒼ざめた。

「ロドリゲスさまは偉大なる西班牙商艦隊の提督。国王の命を受けた東アジア貿易の総責任者で、イエズス会の名誉ある一員でもあらせられる。人買いなどではない」

瀬谷の狼狽ぶりからも、西班牙国と有坂藩の力関係が推し量られた。

「イエズス会……」

青蓮尼は眉を顰めた。

鎖国令以後も、西班牙を拠点とするイエズス会の宣教師らが我が国に潜伏、ひそかに布教活動をしていると聞いたことがある。しかしまさか瀬谷の口からその名が出るとは思わなかった。禁制の南蛮貿易とイエズス会。あってはならぬ不吉な結びつきであった。事があからさまになれば、お家騒動ぐらいでは済まない。二十万石の藩など跡形もなく消し飛んでしまう。

「美シイ乳房ヲシテイル」

人買いと罵られた軍人は、今はもう見せかけの紳士的態度をかなぐり捨て、好奇の視線で舐めまわすように青蓮尼の身体を値踏みしている。

「勝気ナトコロモ、モリエンテス公ノオ気ニ召スコトデアロウ。ヨシ、立ッテ後ロヲ向カセロ。尻ノ熟レ具合イヲ見テミタイ」

瀬谷が立ちあがって縄を引く。青蓮尼は黙ってそれに従い、異人に向かって優美な背中と豊満な双臀を晒した。

「イイ尻ダ。脂ガノッテ、割レ目モ深イ」

頂点の高い真っ白な双丘を見て、赤毛の軍人は眼を細めた。

「コノ辺境ノ蛮国ニ、コレホドノ熟レ尻ヲシタ女ガイタトハナ。オオ、ソウ言エバ、モウ一人、確カ美冬トイッタカ、アノ女剣士ノ尻モ、ナカナカ見事ナモノデアッタ」

美冬と聞いて、青蓮尼の顔色が変わった。

「美冬？　美冬を知っているのですか!?」

「Llevelo a la parte inferior de buques（船底へ連れていけ）」

水夫が二人入ってきて、青蓮尼の肩をつかんだ。柔らかく華奢な感触とかぐわしい女体の芳香に、だらしなく鼻の下を伸ばしている。

美冬に、美冬に会わせてっ——そう叫びつつ、船底へ引き立てられていく青蓮尼。プリプリと揺れ弾む白い裸の双臀を見送りながら、瀬谷は無念そうに頬をゆがめた。

（くそ、お万め）

何と悪知恵の働く妊婦であろうか。青蓮尼を西班牙へ連れていくようロドリゲスに進言したのは、嫁のお万であった。

お万にしてみれば、自らの権力の後ろ盾である舅が、胤違いの美しい妹に執心しているのが不快であり、不安でもあった。自らの手は汚さずして目障りな妹を完全排除するのに、異国船の船長を利用することを思いついたのだった。

たまたまロドリゲスの側でも、大貴族でイエズス会の支援者であるモリエンテス公に献上すべく才色兼備の東洋女性を探していたところだったので、すぐさま瀬谷に、彼が囲っている美しい尼僧を差し出すよう命じた。

是非もなかった。禁制の南蛮貿易がもたらす法外な利益は、瀬谷の潤沢な財力の源であり、その財力は彼が藩政を私し、権力をほしいままにするために欠いてはならぬものであった。どんなに青蓮尼に惚れぬいていても、その美貌と美肉が惜しくとも、提督ロドリゲスの意に叛くことはできなかった。

美冬に会わせてっ——。

青蓮尼の高い叫び声が次第に小さくなっていき、ついに聞こえなくなった。瀬谷はそびやかした羽織の肩をがっくりと落とすと、床を睨んだまま低い唸り声をあげた。

4

「踏まぬ」

足元に据えられた銅版画を見るなり、青蓮尼は決然と——否むしろ嬉々として言い放った。

銅版画にはイバラの冠をかぶせられた基督の顔が彫り込まれている。ひと目見て「踏み絵」であると知れた。

たとえ殺されようと、主の尊顔を蹂躙するつもりなどない。いやこの期に及んでは、拷問で屠られることこそ彼女の宿願であった。

悪人が幅を利かす穢土を去って神の国に昇る。踏み絵を拒否して殉教することほど、敬虔な切支丹にとって名誉なことがあろうか。ただ、宗派は違っても同じ宗門であるはずのイエズス会士が、なにゆえに信徒の自分に踏み絵を強制しようとするのか、二百年にわたる鎖国で世界の趨勢から取り残されてしまった日本国の尼僧には、英蘭に海の覇権を奪われた旧教国西班牙の、新教国に対する怨恨のすさまじさは想像すべくもない。

「踏メト言ッテイルノデハナイ」

船底に降りてきたロドリゲスは、軍服姿ではなかった。巨大な蝙蝠を連想させる黒マントに黒頭巾。首にはまばゆい金色のクルスを懸けている。イエズス会士がミサに臨む際に着用する正式の法衣を、ロドリゲスは美冬を妖しげな術でたぶらかした時にも身にまとっていた。軍人にして商船団提督、イエズス会士、妖術師――いずれもがこの不可解な異人ロドリゲスの姿であった。

「足ノ裏デ踏ムノデナク、股グラト尻ヲ擦リツケルノダ」

「愚劣な。なぜそのようなことを」

「誤ッタ教エニ染マッタ女ヲ、我ガ聖ナル祖国ニ連レテユクワケニハイカヌカラダ。『Expiacion』、コノ国ノ言葉デ言エバ『禊ギ』――ソレヲ行ウ必要ガアル」

「わけが分からぬ。ともかくお断りじゃ。さっさとわたくしを殺すがよい」

「フフフ……」

ロドリゲスは顎鬚を撫で、笑みを洩らした。

「美冬ノコトハドウダ？　アノ武家娘ノコト、気ニシテイルヨウダガ」

「…………」

「聞クトコロ、アノ娘ハ淫売宿デ色修行ヲ積ンダ後、我々ト取引ノアル商家ニ囲ワレ、老隠居ノ慰ミモノニナッテイルトカ」

「美冬が……なんと……」

青蓮尼は絶句し、華奢な肩を悲憤に慄わせた。

凜とした若衆髷、青袴の裾を春風にたなびかせた涼やかな立ち姿は、今でも鮮やかに目に浮かぶ。あの誇り高い美剣士が、花なら蕾と言うべき若々しい肉体を、下劣な商人の慰みものにされている――酷い。あまりに酷すぎる。

「お前たちに人の心はないのですか？　武芸者といってもあの娘はまだ十八。好いた男もいる。いったい何故そんな酷い仕打ちを……」

「何故カハ私ノ知ッタコトデハナイ。ダガ私ガソノ気ニナレバ娘ヲ解放シテヤルノハタヤスイ。コノ国ノ格言デ、『魚心アレバ水心』。フフフ、ワカルナ?」

「わたくしに神を捨てろと――」

「フフフ、大袈裟ニ考エナクトモヨイ。ソノ板ニ裸ノ尻ヲ擦リツケ、モウヒトツ、形バカリノ儀式ヲコナシテモラエレバ、ソレデヨイノダ。半刻デ娘ハ自由ノ身ニナル」

「主の御名に懸けて誓えるのですか」

「イエズス会士ハ虚言シナイ」

「…………」

青蓮尼は足元の銅版画を見つめた。

イバラの冠をかぶせられた基督と同様、彼女の高貴な容貌も血の気を失っている。棄教は地獄行きの大罪だ。だが義のために命懸けで闘ってくれたあの純粋無垢な娘、野に咲く白百合のような美剣士を、罪と汚辱の巷に見捨てたまま、おのれひとりだけ殉死を遂げることが出来ようか。パライソ(天国)へ赴くことが出来ようか。

出来ない。そんな無慈悲な真似は出来ない――ああ、では所詮、転び伴天連の父と同じく、自分も背教の道を歩む運命なのか。

「誓ってください」

青蓮尼は眩暈に堪えつつ、喉奥から悲痛な声を絞った。

「美冬を……あの娘を間違いなく本多勝之進のもとに送り届けると――」

「ヨロシイ――主ノ僕ホセ・ミカエル・ロドリゲスガ、父ト子ト精霊ノ御名ニオイテ誓ウ」

ロドリゲスは恭しく十字を切った。

「サア、コレデヨカロウ。尻ヲ下ゲテ、シッカリ股グラヲ擦リツケロ」

「ううっ」

青蓮尼は後ろ手に縛られた拳を固く握りしめた。ワナワナと震える唇を噛みしばると、わずかに脚を開き、受難の基督像を跨いだ。腰を後ろへ突き出し気味にし、剝き玉子に似た裸の双臀を少しずつ下降させていく。その美貌はまるで死人のように蒼ざめていた。

「ああっ」

排泄の姿勢まで腰をさげた青蓮尼は、ついに体重を支えきれなくなり、冷たい銅版画の上にペタンと尻餅をついた。

「お、お許しをおおっ――」

神の御子の尊顔に双臀を擦りつける。瀆神行為以外の何物でもなかった。青蓮尼は裸身を丸ごと地獄の業火に灼かれたと感じ、腸がよじれるような叫び声をあげた。

「ヨシ、尻ヲ動カセ」

「ううっ……うっ、うっ」

しゃくりあげながら、青蓮尼は腰を動かし、冷たい銅版画の凹凸に女の羞恥を擦りつけた。戦慄が背筋を走り抜け、頭の中は燃えるようだ。

「淫蕩ナ血ガ騒グデアロウ。父親ユズリノ淫蕩ナ血ガ。罰当タリノ阿蘭陀人メ」

蝙蝠に似た異人は、壁にかかった長い鞭をとりあげた。唸りをあげて大きく振りかぶると、後ろ手縛りされた尼僧の優美な背中に向け、力まかせに振りおろした。

ピシイッ――。

「ヒイイッ!!」

甲高い悲鳴と同時に皮膚の裂ける音がし、官能的な肢体が後ろへのけぞった。雪白の皮膚にたちまち赤い蚯蚓腫れが浮かびあがる。鞭はそのままビュンビュンと宙空を旋回し、蚯蚓腫れと交叉する角度で再び背中に食い入った。

ピシイッ――。

悲鳴とともに、生贄に供された女体が跳ねる。鮮血の赤い十文字を背負った背中が苦悶にくねり、その上を栗色の豊麗な髪がうねり舞った。

「LAUDATE　EUM（主を讃えよ）LAUDATE　EUM——阿蘭陀人メ、思イ知ッタカ」

赤い眼を憎悪に煮えたぎらせ、イエズス会士は狂乱したように鞭をふるいつづけた。悲鳴を絞りつくした青蓮尼が気を失うと、頭からバケツの冷水を浴びせかけ、再び鞭打った。

さほど広くはない船底に、異様な熱気と興奮が渦巻いていた。阿蘭陀人の血を引く日本の貴婦人が、全裸で船長に責められていると聞き、水夫たち全員が見物に降りてきたのだ。その中に、裃を整えた瀬谷兵左衛門の姿もあった。赤い蚯蚓腫れを縦横に走らせた青蓮尼の背中を見て、どうすることも出来ずオロオロしている。

「Mata a su（殺せ）」

「Matar el holandesa（オランダ女を殺せ）」

「Catolica de muerte de mil cortes（切り刻んでなぶり殺しにしろ）」

残忍好色なショーに興奮し、蒙昧な水夫たちは口々に喚きたてた。成熟味と官能美にあふれた女体が責め苛まれる光景に、長い船旅で鬱屈した性欲を爆発させているにすぎないのだが、それを愛国心にすりかえることで誤魔化していた。

「Hurra Espana!（イスパニア万歳！）」

「Hurra Espana!」

「Hurra!」

「殺して……もう殺して」

血の気を失った頬に、ほつれ髪をへばりつかせ、青蓮尼は息も絶えだえに哀願した。

「殺シハセヌ、青蓮尼。オ前ハ我ガ主君ヘノ大切ナ貢ギ物ダカラナ。コレハアクマデ『禊ギ』ニ過ギヌ」

イエズス会士は悪魔のように赤い舌をのぞかせ、勝ち誇ったように笑う。

「ダガ、禊ギハコレデ終ワッタワケデハナイゾ。ソレ、アレヲ見ヨ」

黒マントを翼のように広げて、イエズス会士は船底の中央を指差した。

そこには燃え立つような緋毛氈に覆われた祭壇がしつらえられ、その上に人の形をした物体があお向けに横たえられていた。祭壇の周りには数十本の太い蠟燭が、銀色の燭台の上で不気味に炎を揺らめかせている。

栗色の乱れ髪をつかんで無理やりに立たせると、ロドリゲスは引きずるようにして高貴な尼僧を祭壇の前に連れてきた。

「あっ、これは」

青蓮尼の頬がひきつった。

人型の物体は樫で出来た木像だった。頭部にニョッキリと牡牛の角を生やし、背中には大きな翼をひろげていた。羽毛のざわめきまで彫りこんだ精巧な翼とは対照的に、大雑把に彫りあげられた無機質な顔の表情からは男女の判別すら窺えぬ。だが股間にあたる部分には、男性器を模した長大な突起が、真上を向いて禍々しい形状をそそり立たせていた。まぎれもなく堕天使ルシフェルの彫像である。

「るしふぇる……」

「まさか、『黒ミサ』を……」

「フフ、ソノマサカダ」

ロドリゲスは、青蓮尼の怯えきった顔を覗きこんで笑った。

「異教ヨリモ性悪ナ、オ前タチ阿蘭陀人ノ誤ッタ信仰ヲ根コソギ消シ去ルノニ、コノ国ノ言葉デ『黒ミサ』ト呼バレル手法、スナワチ堕天使ルシフェルトノ契約ホド、フサワシイモノハナカロウ。ソウハ思ワヌカ、青蓮尼ヨ」

「や、やめて。そんな恐ろしいこと……」

「ヤメテモヨイ。ダガ女剣士ノコトハ知ラヌゾ。フフフ」

「ううっ、卑劣な」

青蓮尼はがっくりとうなだれた。もはや逃れる術はないと知り、黒々とした絶望に覆われていく。

「……ど、どうしろというの？」

「タヤスキコト。木像ニ跨リ、淫ラニ尻ヲ振ッテ泣キヨガルノダ。己ノ罪ヲ悔イ改メナガラナ」

「…………」

ロドリゲスは青蓮尼の縛めを解いた。ムチッと張った双臀をいやらしく撫でまわしながら、

「サア、ヤレ。コウシテイル間ニ、女剣士ハ死ニモ勝ル辱シメヲ受ケテイルヤモ知レヌゾ」

「ああ、美冬っ」

青蓮尼はサッと顔をあげた。

蒼ざめた頰に赤みがさすと、悲壮感を漲らせた美貌はにわかに凄艶さを増し、鬼気迫るほどだ。騒いでいた水夫たちまでもその気迫に圧倒され、一瞬水を打ったように船底が静まりかえった。その静寂の中で、青蓮尼は木像を跨ぐと、ワナワナと全身を慄わせながら双臀を沈めていく。

硬い樫の棒の先端が、繊細な柔肉に触れた。青蓮尼は悪寒に全身を総毛立たせつつ

も、さらに深々と腰を沈めていく。

「ううっ……う、うむ」

細い喉がのけぞって、悲痛な呻き声を絞り出した。白い肌にたちまち生汗がにじみはじめる。自ら堕天使の剛棒を受け入れる恐ろしさに、総身の慄えが止まらない。

「うむ……あァ……うむむっ」

重い呻きと喘ぎ声を交互に洩らしながら、青蓮尼はとうとう根元まで受け入れた。人型の木像の胸に両手をつき、騎乗位で跨ったまま、しきりにかぶりを振る。よほどつらいのだろう。ハァハァと荒い息を吐きながら、華奢な肩を上下させ、なめらかな腹を大きく波打たせた。背中となく脇腹となく、滝のように汗が流れ落ちる。

見守る水夫らの間から溜め息が洩れた。初めて目にする黒ミサの儀式。その背徳的なエロティシズムを、生贄の女の妖しいばかりの美しさが一段と引き立たせていた。もう野次をとばす者はおらず、全員が食い入るように儀式の進行を見つめる。瀬谷もそのひとりだった。

「腰ヲ振レ。ルシフェルト交ワッテ気ヲヤルノダ。サスレバ未来永劫、神ノ恩寵カラ見離サレル。不埒ナ阿蘭陀人ニハ、ソレガフサワシイ」

「アググッ、いっそ殺して……」

青蓮尼はすすり泣きながら、それでも美冬を救おうと腰を振りはじめた。成熟した双臀をゆっくりともたげ、再びゆっくりと沈める。太い樫の棒が媚肉をめくりあげ、深くえぐり抜いた。

「あっ、ああっ」

ジーンと腰が痺れて、力が抜ける。連日の色責めで身体が異常に感じやすくなっていた。数回腰を揺すっただけで官能を刺激され、頭の中がうつろになる。声をあげて歔きたくなった。

「ううっ、こんな……こんなことって」

唇が開き、ハァハァと熱い息が噴きこぼれた。肉が勝手に蠢いてキリキリと木像を締めつけるのが、自分でもハッキリと分かった。悦びの発作に、ビクンビクンと腰が震えている。

「フフフ、青蓮尼ヨ。ルシフェルノイチモツガ、ヨホド気ニ入ッタト見エルナ」

簡単に気をやられては面白くないと、黒マントのイエズス会士が揶揄する。

「阿蘭陀ノ女ハ、好キモノガ多イト聞クガ、ドウヤラ本当ダッタヨウダ」

「ううっ……わ、わたくしは……日本人ですっ」

衆人環視の中で生き恥を晒すのを恐れ、青蓮尼はほつれ髪を噛みしばる。だが一方で、美冬を救い出すためには最後まで儀式をやり遂げなければならない。

「日本人？　日本人ニ、コンナイヤラシイ尻ヲシタ女ハイナイ」

上下する裸の双臀を見つめながら、ロドリゲスは淫らに笑う。くびれきった細い腰、たっぷりと量感を湛えた双臀の美しさは、やはり西洋人の血を引いた女ならではだ。臀丘の頂きは驚くほどに高く、尻肌は剝き玉子の表面のように白く滑らかで、中心の亀裂は深い。その神秘的な臀裂の奥に、さっきから妖しい肉擦れの音を立て、堕天使ルシフェルの剛棒がせわしなく出入りを繰り返している。

「ああっ、もう……もう駄目っ」

今にも気をやらんばかりの声をあげて、青蓮尼はグラグラと頭を揺らした。骨の髄まで痺れきったと見え、もう自ら腰を振る気力もない。苦しげに喘ぎつつ、ときおりブルルッ、ブルルッと美しい下肢に痙攣を走らせる。

「フフフ、ダラシナイゾ青蓮尼」

嘲ると、ロドリゲスは黒マントを蝙蝠の翼のように開いた。ゆっくりと左右の腕を持ちあげ、陀羅尼のような呪文を唱えはじめる。

Reisque dele crimna　Reisque dele crimna
ロドリゲスの赤眼が光り、手のひらから湯気のように金粉が舞い上がりはじめた。

et Fillio et Spiritui et Fillio et Spiritui Premunt hostilia……

美冬の時と同じであった。妖しげな術は女の心を惑わせ、官能を狂わす。

(あっ!!)

青蓮尼は驚愕した。

体腔を深く貫いた木像の男根が、にわかに熱化したかと思うや、ドクン、ドクンと脈動を始めたではないか。

(そんな!?)

信じられない。あわてて身を離そうとするが、身体の自由がきかない。気がつくと無表情だった堕天使の顔に生気があった。邪悪な笑みを浮かべて、嘲るように下から見上げている。両手で青蓮尼の尻たぶを鷲づかみにしていた。

「い、いやっ。いやですっ」

堕天使の腰がゆっくりと動きはじめ、騎乗位の青蓮尼は激しく狼狽した。まやかしだとは思うものの、仮借なく最奥を突く淫らな抽送は、本物以上の迫力と逞しさだ。ギュボッ、ギュボッと果肉をえぐり、ドスン、ドスンと子宮に響く。

「いやっ……いやよっ。ああ、許して」

双臀を弾ませながら、青蓮尼は狂ったように泣き叫んだ。堕天使と交わって絶頂を極める。そんな恐ろしいこと……ああ、でも……。

次第に勢いを増す逞しい抽送。次々と最奥に送り込まれてくる肉の法悦。この世のものとも思えぬ強烈な快楽に、理性はとろけ羞恥心は麻痺していく。

Reisque dele crimna　Reisque dele crimna
「いや……いや……いやァ……」

抗いの声が弱まっていく。汗まみれの臀丘を、堕天使の手のひらで愛撫され、熱く疼く乳首をつままれた。

「い、いいっ」

背中が弓なりに反った。のけぞった高貴な美貌は眉をたわめ、眉間に深い縦ジワを寄せている。

「あぐっ……ひっ、ひっ」

強すぎる快感のせいか、苦悶にも似た表情だ。

水夫たちは全員瞬きするのも忘れて、異様な狂態を示す尼僧の裸身を見つめている。術にかかっていない彼らの眼には、微動だにしない木像の上で、青蓮尼が豊満な乳房を嵐のように揺らしながら、官能味あふれる双臀を大きく上下に弾ませて、憑かれたように自慰を貪っているとしか見えないのだ。

悩ましい尼僧のヨガり声。ヌラヌラと脂汗に濡れまみれた女体が、祭壇をとり囲む蠟燭の光に照り映えながら、火に焙られる白蛇のごとくに狂いのたうつ。妖しすぎる光景に、若い水夫たちが平気でいられるはずもない。全員いそいそとズボンを脱ぎ、いきりたった肉棒を取りだした。間に合わず、ウッと呻いて股間を押さえる者もいる。

「Pater omnipotens Pater omnipo……フフフ、青蓮尼ヨ、気ヲヤリタイカ?」

「アググ……イカせて、もうイカせて」

「ナラバ誓エ。神ヘノ反逆者、堕天使ルシフェルニ永遠ノ忠誠ヲ誓ウノダ」

「あ、あァ……ハアアッ」

「誓ウノダ、青蓮尼」

「ち、誓います……あァ、ですから……」

青蓮尼は堕天使の胸にしがみつき、一段とせわしなく腰を使う。

「るしふぇるさま、イカせて……イカせてっ」

「フフフ、イカセテヤルトモ。何度デモナ」

堕天使がニヤリと笑ったようだった。惑乱しきった青蓮尼には、その言葉が堕天使の口から発せられているのか、それともイエズス会士が喋っているのか、もう区別がつかない。

「マワレ。コチラへ尻ヲ向ケルノダ」

「る、るしふぇる……さま」

最奥を貫いた肉棒を軸にして、青蓮尼は騎乗位のまま向きを変えはじめた。

「ああっ、いいっ！」

とろけきった肉襞が灼熱に擦れてよじれる感覚が、さらなる快美感を生んだ。

「た、たまらないっ、るしふぇるさまっ」

カーッと灼けただれたところを、狙いすましたようにズンとえぐられた。

「あうーっ!!」

あまりの深さに白眼を剝いた。意識がとぶほどの衝撃とともに、官能の津波が渦を巻きながらせりあがってくる。

「ああっ、もう……もう」

青蓮尼は泣いていた。羞ずかしさも口惜しさも忘れ、すすり泣きながら激しく腰を使った。もう美冬のことも頭から消えている。ただひたすら官能の炎の中に身を焼きつくしたかった。

「フフフ、モウ一度ダ。モウ一度マワレ」

「ああ、気が変になるゥ」

青蓮尼は呻き、グラグラとかぶりを振りつつ再び向きを変えた。数回強く突き上げられて歓喜の絶叫を噴きあげた後、また向きを変えさせられた。騎乗位のままで何度も何度も回転させられる。昂る欲情と快感に翻弄されて、もう何が何だか分からなくなっていた。

「フフフ、ソンナニ気ヲヤリタイカ、青蓮尼」

堕天使が尋ねる。

「イキたい……イキたい」

うわごとのように言って、ガクガクとうなずいた。それは青蓮尼自身の意思というより、成熟した女体の反応なのだ。

「イカセテヤル。人ノ身ニ許サレル最大ノ快楽ヲ味ワワセテヤル。存分ニ気ヲヤルガヨイ」

Exaudi nos prasta Exaudi nos prasta……。

怪しい呪文とともに、最奥に届いた灼熱がさらに熱化して長大さを増す。子宮口の固い肉環を突き破って、子壺の奥へと侵入してくる。不思議な現象はそればかりではない。船員たちの眼にこそ見えないが、堕天使の陰茎の付け根から、線虫に似た細い触手が伸び、熱く疼く女のつぼみに絡みついて、しこり尖る肉芽の根元をキリキリと締めあげはじめたのである。

「ヒッ、ヒッ……ヒエエッ!!」

すさまじすぎる感覚に青蓮尼は絶叫した。

Prasta puram Prasta puram……。

子壺に押し入った肉茎が、ぐにゃりと柔らかく変形した。ねっとりしたそれが子宮の壁をなぞりはじめる。舌だ。陰茎の先が舌状に変化して、子宮の内側を舐めねぶりはじめたのだ。

「あわわ……あわわわっ……ヒッ、ヒッ」

女の生命とも言うべき子宮を内側から舐められて、青蓮尼はもうまともに息もできない。全身の血が逆流するほどのおぞましさ。だが同時に、苛烈な肉の愉悦に性感を灼きつくされる。

「あわわっ、る、るしふぇるさまっ」

堕天使の上体がゆっくりと持ち上がり、力強く自分の身体を抱きしめてきたのを、錯乱した尼僧は奇異と思うことすらなかった。

「ああっ、るしふぇる」

逞しい胸に柔らかい乳房を押しつけ、堕天使の胴にひしとしがみつく。唇を奪われ、舌を強く吸われて恍惚となった。嚥下した甘露の唾液は、女を狂わす麻薬のごとし。心地よい口吸いが、子宮壁を舐める舌の動きと相俟って、青蓮尼の官能をドロドロに溶けただれさせていく。

「ああ、はああっ」

「孕メ、青蓮尼。世ガ子ヲ」

唾液の糸を引いて唇を離すと、堕天使は狡猾に笑った。むろんそれが見えるのは、淫術に嵌まった青蓮尼の眼にだけだ。

「孕ムノダ、青蓮尼。フフフ、世ノ子種ヲ、タップリト汝ノ子壺ニ注イデヤロウ」

再び口吸いをし、同時にベロリベロリと内側からも子宮を舐めねぶる。

「ムウッ、ムウウッ」

昂りきったところに、女芯に絡みついた触手が締めつけを増した。キリキリと締めあげられて女蕾が充血する。青蓮尼はひとたまりもなかった。

ムフウウッ!!――。

細眉をきつくたわめ、堕天使の口中に逐情の熱い呻きを放った。その瞬間、子宮の内側にビュッ、ビュッと熱い樹液を浴びせられ、青蓮尼は恍惚の中に重い呻きを発しながら、汗みどろの裸身をブルブルと震わせた。

青蓮尼が気をやったと知った水夫たちは、「Viva!」と叫んで、いきりたった肉棒の先から祝砲のようにいっせいに宙空へ精を放った。

「ヒッ、ヒッ、ヒッ」

しゃくりあげるような悲鳴をあげながら、青蓮尼の裸身は、堕天使の膝の上で弾みつづける。フルフルと絶頂に震える肉芽を触手に絞られ、熱くただれた子宮の内側を炎の舌で愛撫される。逐情の余韻に浸る余裕も許されず責め苛まれるのだ。

「きいっ、きいっ」

喉奥から絞り出る嬌声とともに、股の奥から悦びの果汁が溢れ出て、まるで失禁でもしたかのように祭壇の緋毛氈を濡らした。

官能の渦にどっぷりと呑みこまれて、青蓮尼は狂ったように泣き悶える。怪しげな呪文の声も、男たちのざわめきも聞こえない。燃えさかる官能の炎に、すべてを焼きつくすのみである。

「あァ、るしふぇるさま……また、またイクっ」

悦びの痙攣が始まった。津波のように押し寄せる官能は、恐ろしいまでだった。

「死ぬ、あっ、死ぬっ」

弓なりにのけぞったまま、青蓮尼は激しく裸身を震わせた。女陰の肉環をキリキリと音が出るほど収縮させ、堕天使の剛棒を締めつける。くるめくような快感に、頭の中が真っ白になった。

気がつくと四つん這いになって緋毛氈に顔を押しつけ、獣のように後背位で犯されていた。その間に何度精を注がれたのか分からない。堕天使の熱い樹液を最奥に感じながら、青蓮尼は幾度となく悦びの絶叫を響かせた。彼女が果てるたびに、男たちは「Viva!」と叫んで、祝砲の精を宙空に放つ。それは黒ミサと言うより、ソドムの宴と呼ぶにふさわしい乱痴気騒ぎであった。

（ああっ、また……またイキますっ！）

叫んだつもりが声にはならぬ。ヒューヒューとあえぐように喉笛が鳴るだけだった。したたり落ちる脂汗とともに、もう悲鳴も呻き声も絞りつくした青蓮尼である。それなのに、女陰だけは別の生き物のように妖美な蠢きを示しつづけて、甘く匂う果汁をドクドクと溢れさせながら、地獄の悦楽を貪りつづけている。

（うぐぐっ……イクっ）

胸の内で叫ぶと、青蓮尼は絶息せんばかりにうなじを反らし、全身を収縮させた。ビュッ、ビュッとおびただしい量の樹液を浴びせられる。熱ロウのようなその熱さに身体の芯が灼けただれた。足の爪先にまで痙攣が走る。

アヒイイィッ!!――。

身も心も灼熱の快美に呑まれて、青蓮尼は激しく昇りつめた。

船底には異様な熱気が立ちこめていた。

汗と愛液、男たちが放った淫汁の匂いが混じって、息をするのも苦しいほどだ。

生気のない木像の上で、青蓮尼は死んだように横たわっている。色づいてツーッと汗の玉が流れる柔肌を、ときおりさざ波のごとくに痙攣が走って、堕天使との交接の凄まじさを物語っていた。本当に木像の子を孕んだのではないか――そう錯覚させるほど妖美な、そして落花無残な有様に弛緩しきった青蓮尼の裸身である。

ひとり見張りに立たされていた若い水夫が、靴音もせわしなく入ってきた。木像に跨ったまままうつ伏せに倒れ伏した尼僧を見て、アッと驚きの声をあげたが、すぐさまロドリゲスのもとに駆け寄ると、二言三言耳打ちする。ロドリゲスは鼻でせせら笑い、イスパニア語で何か命じた。

引き返した水夫と入れ替わりに、伊勢屋庄兵衛が入ってきた。家老の瀬谷と同様、この商人も露骨に仏頂面をしている。伊勢屋の背後から、全裸を高手小手に括られた美冬が、手代に縄尻を引かれて入ってきた。

「せ、青蓮尼さま……」

祭壇に晒された無残な青蓮尼の姿を見て、美冬は胸がつぶれる思いだ。不気味なる木彫り人形。それを取り囲む無数の蠟燭。汗みどろになった青蓮尼の背中にのたくる鞭打ちの赤い傷痕――いったいここで何が行われていたのか。恐ろしさにガクガクと膝が慄えた。

「青蓮尼さまっ」

「!?……」

その声にハッと涙眼を開いた青蓮尼は、全裸で立ちつくす若い娘に気づくと、痺れきって言うことをきかない身体を懸命に励まして上体をもたげた。

「み、美冬……どうしてここへ？」

「青蓮尼さまあっ」

美冬は縄尻をつかんだ手代に身体をぶつけ、相手がよろけた隙に祭壇へ駆け寄った。抱きつこうとするが後ろ手縛りだ。燭台をなぎ倒しながら、そのままぶつかるように飛びこんできたのを、青蓮尼の細い腕が抱きとめた。

「美冬、ああ、美冬」

「青蓮尼さま、青蓮尼さまあっ」

尼僧の柔らかい乳房に顔をうずめたまま、万感胸に迫って泣きじゃくる女剣士。

美冬を抱きしめたまま呆けたようになっていた青蓮尼だったが、突然憤怒の表情をこわばらせて、キッとロドリゲスを睨んだ。

「騙したのね！」

ワナワナと唇が震える。

「嘘つきっ。美冬は勝之進のところへ返してあげる約束よ。あぁ、今すぐ縄をお解きなさい。この人でなし、外道、悪魔っ」

「フフフ、ソウデハナイ」

ロドリゲスは鼻先に指を立て、茶化すように横へ振ってみせた。

「娘ノホウガ拒絶シタノダ。男ノモトニハ行カヌ、イヤ、行ケヌトナ」

「何ですって⁉」

青蓮尼は腕の中の美剣士を見た。

「美冬……」

「青蓮尼さま……」

悲痛な眼差しを見交わして、青蓮尼は美冬の心を悟った。武士の誇りと同時に女の操をも奪われてしまった美剣士は、汚された身体で愛する男のもとに戻ることに堪えられないのだ。

「コノ娘ヲ、オ前ト一緒ニ我ガ祖国へ連レテ行ク。娘ガソレヲ望ンダノデナ。調度ヨイ。オ前ノ世話係ガ必要ダシ、船員達ノイイ玩具ニナル」

「おお、美冬」

女剣士をきつく抱きしめると、青蓮尼は涙にかきくれたその頬に、感動に上気した自分の頬をこすりつけた。

「わたくしは……わたくしは今こそ、聖句の真の意味を悟りました」

青い瞳から大粒の熱い涙がこぼれ落ち、美冬の涙とひとつになった。

「『罪の底で主の恩寵を知る』──わたくしは神を裏切った。だが、神はそんなわたくしをもお見捨てにならなかった。なぜなら美冬、お前がここにいるからです。お前こそ……おお、お前こそ、まさしく主の恩寵──」

「青蓮尼さま……」

「フフフ、牝犬ノオ前タチニ、恩寵ナドアルハズガナイ」

ロドリゲスが嘲笑った。

「我ガ祖国マデ三ヶ月ノ船旅。ソノ間、オ前タチハ、ココニイル獣ジミタ船員タチノ慰ミモノ、退屈シノギノ肉人形ニナル。ソレヲシモ恩寵ト呼ビタクバ、勝手ニスルガヨイ」

「心配はいりません、美冬」

青蓮尼は抱きしめる手に力を込めた。

「主がきっとお守りくださいます。どんな辛い迫害にも、わたくしは堪えられます。お前と一緒なら」

「はい、青蓮尼さま」

見上げる美剣士の黒瞳がキラキラと光っている。青蓮尼は薄く開いた美冬の唇に、祝福の熱い口づけを与えた。

5

(勝之進さま)

(美冬どの……)

(勝之進さま、あなたさまをお慕い申しあげておりました。ずっと前から――)

竹刀を置いて、美冬が柔らかく微笑む。

小袖を脱ぎ、浅葱色の袴を床に落とすと、まばゆいほどに白い乙女の裸身が現れた。

小ぶりな乳房の先端に、男を知らない乳首が薄い桃色を滲ませている。優美な恥丘の盛り上がりが、凛とした女剣士にいかにもふさわしい。

（美冬どのおっ）

矢も盾もたまらず、むしゃぶりついた。唇と唇を重ね合わせ、小ぶりな乳房を揉みしだきながら、ヂュルヂュルと音を立てて甘い唾液を吸った。張りつめた白い双臀の弾力がたまらない。唇を離し、ガキガキと左右の乳首を噛んだ。美冬の清らかな肢体が弓なりにしなって、ああっ、勝之進さまあっ——細い喉が歓喜の悲鳴を迸らせる。

（美冬どの……離さぬ。もう決して離しはせぬ。ああ、美冬どの）

美冬どのおっ——。

大声をあげて目が覚めた。

寝間にしている畳敷きの四畳半から、囲炉裏を切った板の間が見え、その向こうの古障子には早暁の光が薄く当たっている。行灯、屏風、茶簞笥に長火鉢——見慣れた調度類が、桃色の性夢の後では陰惨なまでに侘しく勝之進の目に映じた。隣家の雄鶏が時をつくっている。

（またか……）

布団の中で寝返りをうち、勝之進は深いため息をついた。八幡町の女郎屋を訪ねて以来、毎夜欠かさず美冬の夢を見る。褌が生温かく濡れているのは夢精してしまったためだ。

閉門が解けても、城勤めに出る気力はなかった。病と称して、もう半月以上自宅にこもっていた。

見舞いにきた知人の話では、早乙女道場も門を閉じたままらしい。道場主の又八郎は、行方知れずの娘の身を案ずるあまり、病の床に伏せっているとか。無理もない。

褌を脱ごうと身を起こした時、本多さま本多さまと、表で人の声がした。勝之進はのろのろ立ち上がると、寝巻き姿のまま土間に降り、突っかえ棒をはずして引き戸を開けた。

足元に、丸めた白い布が置いてある。拾いあげて布地を解くと、中から白い元結でくくられた漆黒の髪の房が出てきた。

ハッとして顔をあげた勝之進の目に、十間ほど先の路地に入っていく町人風の男が映じた。

「待てっ」

勝之進の声に、男は振り返るや、一目散に駆けだした。

待てっ――。

勝之進は慌てて後を追う。だが恐ろしく足の速い男で、二つ目の辻を曲がった所で姿を見失ってしまった。

ハァ、ハァッ――。

息をはずませながら、勝之進は握りしめたままの白布をもう一度開いた。艶やかな漆黒の髪房。間違いない。これは美冬どのの髪だ。では美冬どのはまだ生きておられるのか？　それともこれは夢の続きなのだろうか？

激しく動悸がした。眩暈を感じつつ、勝之進は黒髪をくるんでいた白布をひろげてみた。意外や意外、それは六尺褌であった。

（もしや、この褌は……美冬どのの……）

驚愕の眼で白布を凝視し、恋しい女の痕跡を探しはじめる勝之進。果たせるかな、有るか無きかの微かな色染みを見つけると、その部分に顔を埋め、馥郁たる女の芳香を嗅いだ。

（おおっ、美冬どの……）

地面に跪いた寝巻き姿の侍は、白布に染みついた女剣士の妖しい肉香に陶然と酔い痴れ、時の経つのを忘れた。

＊

スペインのバスク地方に居城を構える大貴族、モリエンテス家の年代記に、十四代当主のフェリペが極東の小国から連れてこられた女奴隷をいたく気に入り、正式に妻に迎えたという記載がある。セイレンと呼ばれたその女には、剣技に長じた婢がおり、年代記の作者は、その若い婢が王位継承をめぐるカルリスタ戦争において、女の身でありながら一個中隊を率い、鬼神のごとき戦いをしたことを驚きと賛嘆の念を持って書き記している。美しい主従の間には、身分を越えた交際が生涯続き、まるで親子か姉妹のごとくであったという。

翻って我が国には、維新まで命脈を保った有坂藩に関する資料は少ない。

家老の瀬谷兵左衛門は後に失脚するが、そのいきさつについて詳細は分からない。藩士本多勝之進は妻を娶り、二人の子をなして五十二歳で没した。鵜飼新右衛門が妻女志乃、ならびに長子新之丞、また志乃の情夫となった蟇目寅之助のその後を伝える資料は皆無である。

歌川春露の傑作「女体四十八景」の原画は、東京都千代田区にある国立国会図書館地下書庫に保管されているが、あまりの過激さのため、限られた専門研究者以外には閲覧が禁じられている。

（完）

本作は『美臀おんな秘画』（フランス書院R文庫）を大幅に加筆、改題の上、刊行した。

フランス書院文庫X

美臀《びじり》おんな秘画《ひが》【完全版《かんぜんばん》】

著　者　御堂　乱（みどう・らん）

挿　画　川島健太郎（かわしま・けんたろう）

発行所　株式会社フランス書院

東京都千代田区飯田橋３−３−１　〒102-0072

電話　03-5226-5744（営業）

　　　03-5226-5741（編集）

URL　http://www.france.jp

印刷　誠宏印刷

製本　若林製本工場

ISBN978-4-8296-7656-1 C0193

フランス書院文庫X 偶数月10日頃発売

人妻 孕ませ交姦【涼乃と歩美】
御前零士
(心では拒否しているのに、体が裏切っていく…)夫婦交換の罠に堕ち、夫の上司に抱かれる涼乃。老練な性技に狂わされ、ついには神聖な膣にも…。

人妻 エデンの魔園
結城彩雨
診療の名目で菊門に仕込まれた媚薬が若妻を狂わせる。浣腸を自ら哀願するまで魔園からは逃れられない。仁美、理奈子、静子…狩られる人妻たち。

媚肉夜勤病棟【人妻と女医】
御前零士
「あなたは悪魔よ。それでもお医者様なんですか」夫の病を治すため、外科部長に身を委ねた人妻。淫獣の毒牙は、女医・奈々子とその妹・みつきへ。

美臀おんな秘画【完全版】
御堂 乱 著
川島健太郎 装画
「後生ですから…志乃をイカせてくださいまし」憎き亡夫の仇に肉の契りを強いられる若後家志乃。美しき女たちが淫猥な肉牢に繋がれる官能秘帖!

【決定版】義母奴隷
管野 響
「ああっ、勝也さん、お尻はいけません…いやっ」対面座位で突き上げながら彩乃の裏穴を弄る義息。27歳と34歳、二人の若義母が堕ちる被虐の肉檻。

以下続刊